英語教學界
讚聲推崇

超越英文法

Beyond English Grammar

★★★★★★★★★★★★★★★★★★★★★★★★★★★★★

大量應用語意邏輯策略,以500則錯誤例示,
心智鍛鍊英文認知能力,一掃學習迷思!

★★★★★★★★★★★★★★★★★★★★★★★★★★★★★

全書錯例取自各級教科書、文法書、參考書、升學試題!

★★★★★
徹底釐清
錯誤觀念

★★★★★
最佳字句
文法鍛鍊

★★★★★
適合各級
全民英檢

U0080733

*F*oreword 1
推薦序

Tony Coolidge（陳華友）／

American Author and Foreign Correspondent Journalist in Taiwan

In a competitive marketplace, it is difficult to decide which English language resource will be the most beneficial to students. One thing is for sure. Students have limited time to master the English language for tests and practical usage. Knowing this, the author, who started his career as an English teacher in 1973, designed a book that would teach readers how to determine proper grammar and sentence structure. The book is full of logic, explanations, and examples, so that intuitive learning is possible. The result will be a great time savings for students, who no longer have to resort to rote memorization to improve their English writing skills.

One reason this book has so much thought and effort put into it, is because Teacher Huang has consistently been passionate about the English language and cares about the future generations of students, hoping that they will appreciate the language as much as he does. Knowing that a mastery of English opens many doors for the future, this book is offered as a key to your future. Enjoy.

Best wishes!

Foreword 2
推薦序

楊智民／格林法則研究專家

國人在學習英語句型時往往囫圇吞棗，死記硬背、不求甚解，甚至一味求速成，誤信旁門左道，這樣的後果是：寫出來的英文句子充滿謬誤；更嚴重的是，他們常察覺不出自己的錯誤。因為對於英語的語性不了解、不重視語意邏輯，過度依賴句型公式，學習方法錯誤，數十年如一日，積重難返。

本書作者黃宋賢老師，善於應用淺顯易懂的語言，透過思考、理解幫助讀者釐清錯誤觀念，其過程貼近認知教學理念。湯廷池教授曾說：「認知教學觀認為語言的學習不是單純的模仿、背誦或記憶，而是運用心智推理推論的認知活動。」由此可知，學習語言固然可在不知不覺之間就習得用法，但要將語言用的精準、正確，仍必須要透過有知有覺的推理推論，方能對語言的掌握深入。

本書所蒐集的句子出自於英文課本、文法書、參考書、學測、基測試題等，大多出自教師之手，教師會犯這些錯誤，一般的學習者更是難以避免。作者提供誤句或劣句，透過錯誤分析，讓讀者思考錯在哪裡之後，隨即提供解釋，針對各詞類、句型、比較法等誤用情況深入剖析，直指問題核心，讓讀者有種原來如此的感覺。

這些解釋都佐以例句，其中包含名言佳句、字典例句，加深讀者印象，實為本書的一大特色。此外，本書提出不少精闢見解，如：作者從英文定義著手，來分辨 when/while 或 as if/as though 的根本差異；不僅如此，作者提出弱勢名詞後不接不定詞 to-V 的概念，頗有新意，兼之清晰易懂，令人茅塞頓開。

讀到時態這章節時，更令筆者拍案叫絕，作者對於現在進行式／現在簡單式的誤用，提出解方，只要了解何謂靜態動詞、動態動詞，並判斷句子是常態敘述或特定敘述就能正確使用這兩個時態。本書精彩之處俯拾即是，列舉不完，書中每個章節含金量高，有待讀者深入體驗，一掃過往的學習迷思。

Foreword 3
推薦序

蘇秦／兩岸英語學習叢書暢銷作者

　　黃宋賢老師是眾多英語老師請益的前輩，他的殷切提點總讓後輩如沐春風、受益良多。老師在英語教學上的仁心仁術，以英語教學為志業，並以教導後學為樂，著實令人感佩。

　　老師在英語教學上的仗義執言更是令人欽佩！對於錯謬或不佳的文字，老師絕不等閒視之，一定引經據典，提出真知灼見；難得的是，針貶批判之後，尚且提出正確形式，老師在英語文方面的學識、見識、膽識展露無遺。

　　老師長年關注國內英語教科書、入學考試試題、文法學習用書的語料，持續整理、記錄錯誤並提出剖析。全書列舉 500 則例示，內容豐富而詳實，網路學習世代中，老師的大作宛如 500 盞明燈照亮漫漫學習路，又如 500 晨昏的暮鼓晨鐘，引人深思。

　　各個例示中，老師總能從語詞的定義著手，說明語詞在句子中的用法，也就是事件中的角色，然後老練地描繪事件的合理樣貌，引導讀者審視語詞用法及事件邏輯，宛如一名主治大夫帶著實習生觀看句子超音波螢幕，語詞用法或語意邏輯問題都無所遁形。更棒的是，老師不僅是一位揪出病灶的病理學家，更是一名醫術高超的醫學專家，熟捻地開出診治方案，而且是數個方案一明確列出句子修潤方式。值得一提的是，例示包括英語教科書及大考試題，足見老師敏銳的洞察力及精湛的英語造詣，這份追求真實的執著、呈現完美的心力，真是英語教學者效法的榜樣。

　　這一本書，可說是老師英語教育哲學的具體實踐，對於現今英語文教學將造成深遠的影響，舉凡英語學習、教學現場、教材教法、測驗評量、英語教育決策等面向都將深受本書的衝擊。凡是關心臺灣英語文教學，乃至教育思維與作為者都應該研讀本書、並且多方省思。

早在一九七三年，筆者初執教鞭時，就用自創的**「英文看字讀音法」**，迅速讓學生習得駕馭英文單字讀音的技巧，激起學生高昂的學習興趣，讓學生建立超強的、勢如破竹的學習能力，這在當時英文教學法一片荒漠、學生學習英文哀鴻遍野的年代，無疑是難得一見的綠洲。直到 2003 年左右，台灣英文教學界才開始倡導「自然發音法」，雖然至今仍然處於「半吊子」的階段，但總算讓英文教學注入了「聊勝於無」的基本生命力。

接下來學生要面對的是更複雜的文法。所謂文「法」，是指文句成立的「法則」，不是句型或規則。少數國內文法書即使有談法則，也多避重就輕、拾人牙慧，少有新創真知灼見者。有人說文法不必學，讀久自然會，我這本書證明這個說法不符實際，因為書裡面的錯例都是老師寫出來的。

其實文法教與學，首重「方法」，不能只靠熱誠與努力，那結果必定事倍功半。

了解文法並運用文法的關鍵在於語言的核心「語意」，光談表面，無濟於事；死背句型，更無意義，因為同一個字，可因定義不同，而產生不同的句型，所以把單字的定義弄清楚，是寫出合法的文句的首要，再搭配其他文法層面，就能很有把握地寫出語法正確，語意健全的文句。

本書異於其他英文學習書之處，在於大量運用語意邏輯，深入淺出剖析表面語法現象，讓學習者真正了解語言運作的原理原則，訓練學習者運用「心智鍛鍊（mental exercise）」，逐漸建立對英文的認知能力，達成獨立思考，進而自信且正確運用英文的目標。

本書就像一座礦山，裡面盡是蘊藏他處沒有的寶藏，只要有心挖掘，必定滿載而歸。以前用死背學習英文者，看過作者精闢的解析後，心中必然浮現「原來如此，茅塞頓開」的喜悅！

時值本書即將付梓之際，我要感謝 Tony Coolidge、楊智民老師、蘇秦老師，在百忙之中撥冗為我寫序，更要感謝凱信出版社協助本書出版。雖然校對多次，恐仍有疏漏及舛誤之處，懇請方家不吝指正。

黃崇賢

Contents
目錄

• 附錄 A 略語表
• 附錄 B 特殊名詞釋義
• 附錄 C 形容詞子句另類教學法
• 附錄 D 關係代名詞 what 引導名詞子句的另類教學法
• 附錄 E 以字母 o 結尾的名詞，複數形是加 -s，還是加 –es ？
• 附錄 F 英文字母 o 與單字 to 和 do 的玄妙
• 附錄 G 形容詞後面接的不定詞，表達那些意含 ？

第 **1** 章

句型與句構的誤用

001. (X) Susan texted her friend to tell her that she would be *late for ten minutes*.

蘇珊傳簡訊給朋友，告知她會遲到十分鐘。

(✓) Susan texted her friend to tell her that she would be **ten minutes late**.

關鍵解説

(1) 這是中式英文。以下用二個例子和圖示，説明 ten minutes late 和 unconscious for ten minutes，因語意邏輯不同，導致語法結構不同：

→ He was **ten minutes late** for his appointment.

他赴約**遲到了十分鐘**。

約定的時間　不處於遲到狀態　到達的時間

＊ 如果只説 He was late for his appointment.，那沒問題。如果要表達遲到「多少時間」，時間名詞必須置於形容詞 late 前，因為 10:10 到達，表示遲到的「程度」是 10 分鐘，所以 10 分鐘轉用為「程度副詞」，程度副詞要置於形容詞前，故要説 ten minutes late，這是淺顯易懂的語意邏輯。10:00 到 10:10 之間他未到，等於説這 10 分鐘他沒有處於遲到的狀態，所以不能用「late ＋一段時間」。英文 ten minutes late 詞序雖然跟中文「遲到十分鐘」不同，但知曉語意邏輯，要犯錯也難。

→ He was/*is* unconscious for ten minutes.

他**昏迷了十分鐘**。

清醒　　陷入昏迷　　處於昏迷狀態　　清醒過來　　清醒

＊ 10:00 他陷入昏迷，到 10:10 醒過來，這 10 分鐘他都處於昏迷的狀態，故要用 unconscious ＋一段時間，説成 unconscious for ten minutes。

(2) 另外，指**年紀、長／寬／高／深、空／時間的距離、鐘／錶快慢**等，只要跟**數字**連用，就是指時空上的一個**點**，**程度副詞**也都要置於形容詞 old, tall, long, wide, deep, away, fast, slow 等前面。如：

→ Your watch is **5 minutes slow/fast**/*slow/fast for 5 minutes*.

你的錶**慢**／**快了五分鐘**。

→ Her hair is **two feet long**.

她的頭髮二呎長。

002. (X) The car accident was *because* the driver was careless.

　　這次車禍是因為司機不小心。

(✓) The car accident happened **because the driver was careless/because of the driver's carelessness**.

(✓) The car accident **was due to the driver's carelessness**.

關鍵解說

(1) 從屬連接詞 **because** 引導**副詞子句**，故 **because ＋ S ＋ V** 或 **because of ＋ 名詞片語**，只能當副詞用，修飾動詞，不能修飾名詞，也不能當事件名詞的**補語**。如：

→ The flight was canceled **because of** (the) bad weather/**because** the weather was bad.

　因天氣不佳，班機取消了。

＊ because of... 和 because the... 都是修飾動詞 was canceled。

(2) **due**（歸因於～的）是**形容詞**，與 to 連用，故 due to...（由於～）自然可當**主詞／事件的補語、形容詞片語倒退修飾前面的名詞**，還可擴大當**副詞片語**用，修飾動詞，如：

→ **My success was due to**/*because of* hard work and support from friends.

　我成功是因為努力，還有朋友的資助。（due to... 當 success 的補語）

→ Some students **cannot afford to pay** their tuition fees **due to/because of** financial difficulties.

　有些學生因經濟困難，付不起學費。（副詞片語 due to.../because of... 修飾動詞 aren't able to pay）。請比較以下例子：

→ The boy **died as a result of** multi-organ **failure due to**/*because of* **lack of oxygen**.

　這個男孩由於缺氧，導致多重器官衰竭而死亡。

Cf：The boy died **due to/because of** lack of oxygen.

　　這個男孩由於缺氧而死亡。

＊ 形容詞片語 due to lack of oxygen 修飾名詞 failure（衰竭），指因缺氧引起的衰竭。
　because of lack of oxygen 只能當副詞片語，修飾動詞 died，如 Cf 句。

(3) 但承接上句而來的 **That's because ＋ S ＋ V**、**That's because of ＋ 名詞片語**、或**分裂句**由虛詞 it 引導的 **It is/was because (of)... ＋ that- 子句**這種加強句，都屬正確，如：

→ He didn't go to the office yesterday; **that was because he had a splitting** headache.

　他昨天沒有去上班，那是因為他頭痛欲裂。

→ It was **because of his carelessness/because he was careless** that he had a serious accident on his way home.
他在回家途中發生嚴重意外，就是因為不小心。

003. (X) *How* do you call that in English?
那個東西用英文要怎麼說？
(✓) **What** do you **call** that in English?
(✓) **How** do you **say** that in English?

(1) call 當作**把 A 叫做 B** 用時，是不完全及物動詞，需要受詞補語 (OC)。本題的補語 B 是東西的名稱，故只能用疑問代名詞 **what** 對應。如：
→ "**What**/*How* do you call him?""I **call** him **Jason** though his name is Jack."
「你叫他什麼？」「雖然他名叫傑克，但我叫他傑森。」

(2) say（說）是完全及物動詞，不需要補語，故要用疑問副詞 **how**（怎麼）來修飾。以下的例子巧妙顯示 say 和 call 因定義不同，造成用法不同：
→ Some people **say**/*call* he's a good man (O), but I **call**/*say* him (O) a fool (OC). (Merriam-Webster)
有的人說他是好人，但我說他是傻瓜。

004. (X) Thanks (=Thank you) for *your calling*.
謝謝你來電。
(✓) Thanks (=Thank you) for **calling/your call**.

(1) 已知動名詞 calling 的主事者是 you 了，所以 calling 前**沒有必要**再加所有格 **your**。無法確認主事者是誰時，才要加所有格，請比較以下例子：
→ Thank you **for staying**/*for your staying* by my side even though I tried to push you away.
感謝妳對我不離不棄，雖然我想過疏遠妳。

→ I appreciate **your taking** time to review our year-end report.
感謝你抽空審閱我們的年終報告。

(2) 如果是名詞，因為要表現**數**或**指定**，才要加所有格或定冠詞。修正句動名詞 calling 換成名詞 **call**（一通電話）時，前面要有 your，如以下例子：
→ Thank you very much for your **present/advice/call**.
非常感謝你的禮物／建議／來電。

005. (X) How *many Jolin's new albums* did you buy yesterday?

你昨天買了多少張蔡依林的新專輯？

(✓) How **many copies of Jolin's new album** did you buy yesterday?

蔡依林的新專輯你昨天買了多少張？

關鍵解說

(1) 限詞 many 不能再接專有名詞或代名詞的所有格或指示詞 Jolin's/his/these 等限詞。**某人的專輯/CD 買很多張**要使用 buy **many copies of** one's album/CD，copies 表示張數，如：

→ Have you picked up **a copy of her new CD** yet?
她新發行的 CD 你買到了沒？

→ **How many copies of his first album** were sold on the first day of release?
他第一張專輯發行的第一天賣了多少張？

→ **Many of his**/*Many his* **novels** were translated into foreign languages.
他很多小説翻譯成多種外語。

(2) 限詞 many 可接普通名詞的所有格或另一個限詞 more, other，如：

→ Today's demonstration is an expression of **many people's opinions and views**.
今天的示威表達了許多人的意見和看法。

→ Her specialism/specialty is caring for people with dementia and **many other mental health problems**.
她的專長是照顧失智和許多別的精神健康問題的患者。

006. (劣) *It is the first time for me to* be on a plane.

這是我第一次搭飛機。

(優) It/This is the first time (that) I **have been on a plane**.

關鍵解說

(1) 雖然有人這樣説，但那不是正統的、標準的表達方式。表達到目前第～次的經驗，用 **This/That/It is the first/second/third etc time** + (that-) **子句**的方式，子句的動詞要用**現在完成式**，因為表達**到現在説話時為止的經驗**要用現在完成式，如：

→ It is not the first time **Melania Trump's fashion choices have been criticized**.
梅蘭妮雅·川普的穿搭遭受批評，這已經不是第一次了。

(2) 若談到**過去的事情**，則 (that-) 子句的動詞要用**過去完成式**，如：

→ That **was** the first/second time I **had taken** responsibility for my own actions.
那是我第一／二次為自己的行為負責。

(3) 但如果説話時**動作在進行中**，就用**現在進行式**，如：
→ It is the second time that the American aircraft carrier, the USS Ronald Reagan, **is visiting** Manila in just over a year.
美國雷根號航空母艦目前在訪問馬尼拉，這是一年多來的第二次。

007. (X) The teacher *hopes his students to realize* the importance of mutual respect.
這位老師希望他的學生了解互相尊重很重要。
(✓) The teacher **hopes** (that) **his students** (will) **realize** the importance of mutual respect.
(✓) The teacher **wishes/expects** his students **to realize** the importance of mutual respect.

關鍵解説

(1) hope 是**不及物**動詞，故**沒有 hope + O + to-V** 的説法，要改用
hope + (that-) 子句、或 **hope + to-V**，這時 hope 變成**及物**動詞，如：
→ I **hope** (that) **tomorrow is going to be even better than today.**
我希望明天會比今天更好。

(2) hope 驅動力不強，只能驅動主詞去做可望**做到**的事情，如：
→ He hopes to get a better job.
他希望找到更好的工作。（隱含有可能）
Cf: He **wishes to get** a better job.
他想要找到更好的工作。（僅表示意願）

(3) 用驅動力較強的動詞 **wish/expect**，就可用 **V+ O + to-V** 的句型，如：
→ Do you really **wish/expect me to come** back later?
你真的想要／期待我稍後回來嗎？

進階補充

介詞 to 是空間往目的地移動，如 **go to Tainan**，到達台南的時間一定在 go 之後的未來；**不定詞 to 是時間往未來移動**，如 have decided **to go**（已決定要去），不定詞 to go 的動作**發生的時間**一定在 **have decided 之後**，這就是不定詞 **to-V 具有未來**含意的由來，從這裡也看得出**時空概念一致**。注意**未來蘊含變數、不確定**，所以不定詞的動作 **to-V 不一定真的發生**。要具有**外擴驅動力**的動詞，才能讓時間**往未來的目標動作移動**，也才能用 **Vt (+ O) + to-V**。動詞驅動力有無由**定義**決定，而且同一個動詞，因定義不同屬性也會不同。舉 think 為例，當作**認為**解時，是認知動詞，只有**內蘊力量**，故不可能接不定詞，當作**意圖、想要**解時，才**有外擴驅動力**，故可接不定詞，如 He never **thinks** (=intends) **to call** home.（他從來沒有想要打電話回家）。動詞驅動力有強、中、弱之分，以下分項舉例説明：

(1) **Vt + to-V**：這類 Vt **外擴驅動力不強**，僅能**驅動主詞**，去做 **to-V** 的動作，常見的這類動詞有：aim, attempt, choose, determine, hesitate, hope, long（渴望）, manage, refuse, tend, pretend, promise, strive, threaten, try 等。**to-V 是 Vt 的受詞，也可說是 Vt 的補語，讓句意完整。**如以下例子：

→ He **promised to be** here at five-thirty.
他答應五點半要來這裡。

＊ promise 是答應自己做到～，故只能驅動主詞去做已許諾的事。即使接受詞 + 不定詞，不定詞的動作仍然是主詞做的，如以下例子：

→ He **promised me to** be here at five-thirty.
他跟我答應他五點半要來這裡。

→ He **attempted to break out of** the prison but failed.
他企圖逃獄，但失敗了。

Cf：You will risk your life if you **attempt traveling** so soon after surgery.
如果你術後這麼快就真的嘗試旅遊，你會有生命危險。（真的旅遊才會有危險）

＊ attempt 和 try 一樣，如果後面的事情只是想要做，或者沒有做成功，則接不定詞 to-V，如果真的做了，那就接 V-ing。

(2) **Vt (+ O) + to-V**：這類 Vt 外擴驅動力中等，能驅動自己或別人，常見的這類動詞有：ask, beg, expect, help, need, prefer, trouble, want, wish, would like 等。如：

→ He **asked/begged** (her) **to see** the manager.
他要求（她）見經理。

→ I **would like** (you) **to watch** him do it.
我要（你）注意看他做。

(3) **Vt + O + to-V**：這類 Vt 外擴驅動力超強，必定驅使別人。常見的有：advise, allow, command, cause, compel, **drive**, force, encourage, order, permit, persuade, recommend, remind, request, require, teach, tell, urge, warn 等。請參考 171 題進階補充（一）。以下列舉數例加以說明：

→ Hunger **drove the little boy to steal**.
飢餓**驅使**這個小男孩偷竊。

＊ 有外擴驅動力的動詞以 drive 為最佳代表，drive（開車）即以動力驅使車子前進，因此 drive 自然具有驅使的含意。

→ The police officer **ordered her to drop** the weapon.
警察命令她放下武器。

＊ 一般會使用較客氣的命令 tell 這個字取代 order，請比較以下例子：

Cf：The teacher **told the student to hand in** his assignment by three o'clock.
老師叫這個學生三點以前交作業。

(4) **Vt + O + V**：這類動詞外擴驅動力最強，去掉表**往未來時間移動／不確定的 to**（去／要），意即 V 的動作**必定發生**，使役動詞 **make, have, let** 即是這類動詞。

另外，**hear, see, feel**（感覺），**notice** 等當知覺動詞用時，只是透過知覺神經，被動接收受詞 / 物體（光、聲等）的反射訊息，所以**對受詞完全沒有驅動力**，故受詞後面的動作時間，自然跟感官動詞的時間**同步**，這是要接原形動詞 V，而不能接不定詞 to-V（時間不同步）的原因。知其所以然，就不必死記文法規則。請參考 047 題進階補充 (1)。請比較以下例子：

→ The stepmother **made/had/let her do** all the household chores.
　　這個繼母強迫／叫／讓她**做**所有的家務事。（家務事一定做了）

Cf：The stepmother **asked/told/ordered her to do** all the household chores.
　　這個繼母要求／叫／命令她**去做**所有的家事。（家務事未必做了）

→ I **saw** the woman **take/***to take the necklace and **slip/***slipped it into her handbag.
　　我看到這個婦人拿了項鍊，偷偷塞進手提包裡。

→ She was so absorbed in her work that she didn't **hear/notice** him **come/***to come in.
　　她全神貫注於工作，所以沒有聽到／注意到他進來。

---

008. (X) It's much *easier* to memorize a word *instead of learning* how to use it.
　　背一個字要比學習如何使用容易得多。

(✓) It's much **easier** to memorize a word **than to learn** how to use it.

關鍵解説

用比較級形容詞時，應銜接**表比較的 than**；instead (of) 只能表達**做某事取代另一件事**，請比較以下例子：

→ She locked herself in her room **instead of going to work**.= She didn't go to work. **Instead**, she locked herself in her room.
　　她沒有去上班，反而把自己鎖在房間裡。

→ It is **easier** to prevent bad habits **than to** break them. (Benjamin Franklin)
　　預防壞習慣比革除壞習慣容易。

→ You are **more likely to** be hit by lightning **than to** be hit by satellite debris.
　　被閃電打到的可能性，比被衛星殘骸打到還要高。

009. (X) Please tell me *the way how he did it.*

請告訴我，這件事情他是怎麼做的。

(✓) Please tell me **the way** (that/in which) he did it.

(✓) Please tell me **how** he did it.

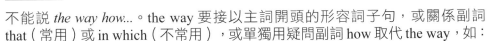

關鍵解說

不能說 *the way how...*。the way 要接以主詞開頭的形容詞子句，或關係副詞 that（常用）或 in which（不常用），或單獨用疑問副詞 how 取代 the way，如：

→ Music is the best **way** (that/in which) **I communicate with other people**.

Cf：Music is the best **way for me to communicate with other people**.

音樂是我（用來）跟別人溝通的最佳方式。

→ Music is **how I communicate with other people**.

音樂是我跟別人溝通的方式。

進階補充

為什麼不能用 the way how... ？觀察以下的例子，即可瞭解其原委：

a. He did it **at** this time.

他在這個時候做了這件事情。

b. He did it **at** this place.

他在這個地方做了這件事情。

c. He did it **for** this reason.

他為了這個原因做了這件事情。

d. He did it (in) this way.

他用這個方法做了這件事情。

★ 以上例子顯示，雖然名詞 **time, place, reason** 具有副詞性質（請參考 025 題進階補充 (1)-(2)），但還不是純副詞，因為都要跟介詞 at, at, for 連用，才能成為副詞片語，修飾動詞 did；反觀 way 不需要介詞 in，就能當副詞片語，修飾動詞 did，可見 the way 可當純副詞用，故不須再接關係副詞 how。

010. (X) *Don't do your work until tomorrow.* Do it now.

工作不要一直做到明天，現在就做。

(✓) **Don't postpone** (formal)/**put off** (informal) **your work till/until tomorrow**. Do it now.

不要把工作拖延到明天，現在就做。

關鍵解說

(1) 本題在表達**不要把工作拖延到明天**，故要用 **put off/postpone**（拖延），如：

→ Don't **put off/postpone** studying for your exam **until** the last minute.
考試不要臨時抱佛腳。

→ Never/Don't put off till tomorrow what you can do/**what can be done** today.
今日事，今日畢。（不要把今天能做的事情，拖延到明天。）

(2) **put off**（拖延）:put 是**放置**，介副詞 off 是**離開**，把事情放在離開自己的位置，表示延後處理。**postpone**（拖延）：字首 post- =**after**，字根 pon-=**put**，表示把事情放在某事之後，意同 put off，請參考 171 題進階補充 (5)。**post**war 是**戰後的**。

011. (X) She *heard the news that the singer was coming to Taipei the next day on the radio.*
她在收音機上，聽到這位歌星隔天要來台北的消息。

(✓) She **heard on the radio that the singer was coming to Taipei the next day**.

關鍵解説

on the radio 是修飾 heard，故應鄰近 heard。heard 的受詞 the news 後面接了同位語 that- 子句，所以 the news 就變成多餘了，如：
→ I **read in/***on the newspaper that** he was killed by a terrorist.
我從報上得知他是遭恐怖份子殺害的。

012. 中文：並非每個人都能當老師。
英文：(X) *Everyone cannot be* a teacher.
(✓) **Not everyone can be/become** a teacher.

關鍵解説

本題句意是**部分否定**，但誤句的英文可能被誤解為**全部否定**，因此 all, both, every 的否定用法，必須特別謹慎，以免產生歧義。請參看以下例子的正誤（請注意否定詞的位置。?號的句子會有爭論，因為可能被解讀為全部／部分否定）：

中文：這個世界上並非人人個性都相同。
→ **Everyone** in this world does **not** have the same personality.（誤）
→ **Not everyone** in this world has the same personality.（正）

中文：這二個答案我都不喜歡。
→ I do **not** like **both** (the) answers.（?）
→ I do **not** like **either** of the answers. =I like **neither** of the answers.（正）

中文：並非所有兒童都有接受學前教育的機會。

　　→ **All** children do **not** have the opportunity for preschool education.（？）

　　→ **Not all** children have the opportunity for preschool education.（正）

中文：我的問題他都沒有回答。

　　→ He did**n't** answer **all** (of) my questions.（？）

　　→ He did**n't** answer **any** of my questions.（正）= He answered **none** of my questions.

---

013. 中文：2016 年 12 月消費者信心指數 (CCI) 為 77.22 點，創 2013 年 10 月以來新低，月減 0.49 點。

英文：(X) The Consumer Confidence Index (CCI) for December 2016 stood at 77.22 points, *the lowest it has been since October 2013, falling 0.49 percent since the previous month.*

(✓) The Consumer Confidence Index (CCI) for December 2016 stood at 77.22 (points), **down** 0.49 (points) from the previous month and **the lowest since October 2013**.

2016 年 12 月消費者信心指數（CCI）為 77.22（點），較上月下降 0.49（點）／月減 0.49（點），為 2013 年 10 月以來最低。

關鍵解說

(1) 指數主要在表現數目，所以數目後面通常不接 points，但也可以接。

(2) 句末 falling 0.49 percent since the previous month 用法錯誤。0.49 點跟 0.49% 含意大不同。而且數字 0.49 應鄰近前面的數字 77.22，以方便比較，同時也把**創 102 年 10 月以來新低**，置於句末。另外，the lowest it has been since October 2013 的 it has been 是多餘的，可去掉。如：

　　→ The **jobless rate** across the 19 country bloc was **8.7 percent** in November 2017, **down from 8.8 percent in October and the lowest since January 2009**. (Independent)

　　2017 年 11 月，19 國聯盟的失業率為 8.7%，低於 10 月的 8.8%，也是 2009 年 1 月以來的最低。

014. (X) *Do* you think who stole the jewels?

你認為誰偷走了珠寶**嗎**？

(✓) **Who** do you think stole the jewels?

你認為誰偷走了珠寶**呢**？

英文由**疑問詞**開頭的問句，譯成中文時以**呢**結尾；以**非疑問詞**開頭的問句，譯成中文時以**嗎**結尾，請注意以下英文問句，與中文問句尾助詞**嗎**和**呢**的對應關係，並注意中英文句子之正誤**巧妙一致**：

(1) **think 是 nonfactive verb**（非事實動詞），要接**語意確定、語法完整的 that- 子句**，類似動詞有 believe, guess, imagine, suggest, suppose, assume, presume 等。如：

→ **Do** you think/suppose (that) **Tom will agree to your plan**?
你認為湯姆會同意你的計劃**嗎**？（Tom will agree to your plan **是完整的子句**）

(2) think 若接**疑問詞**引導的**語意不確定、語法不完整**的子句（即 wh- 子句），則該子句必須分裂，將疑問詞置於句首，否則語意不能成立，如：

→ *Do you think/suppose **who will agree to your plan**?
* 你認為誰會同意你的計劃**嗎**？（who will agree to your plan **不是語意確定的子句**）

→ **Who** do you think/suppose **will agree to your plan**?
你認為誰會同意你的計劃**呢**？

★ 將疑問代名詞 who 調到句首，以符合含有疑問詞且問內容的問句，疑問詞必須在句首，而且譯成中文時，必須以呢為結尾的要求，這也是唯一的解決辦法。

(3) 有人認為中間的 do you think/suppose 是插入句，其實不是。**真正的插入句拿掉後，不會影響句構**，如：

→ I will introduce you to some people **who** (I believe/think) **are worth meeting**.
我會把你介紹給幾位（我認為）值得認識的人。

★ 插入句 **I believe/think** 可拿掉，不影響句構。請比較下一句：

→ **Who** do you think **you are**, talking to her like that?
你用那種態度跟她講話，你以為你是誰啊？

★ 但將 do you think 拿掉，*Who you are, talking to her like that?* 句構就不合法了。

觀察以下文句結構的變化與正誤，就可輕易理出頭緒來：

→ I know **what he wants you to do**.
我知道他要你做什麼。

→ *I know that **what he wants you to do**. （連接詞 that 要接**語意確定、語法完整的子句**）

→ *I think what he wants you to do.
我認為他要你做什麼。

→ I think **(that) he wants you to do as you are told**.
我認為他要你照他說的去做。

→ Do you know **what he wants you to do**?
你知道他要你做什麼**嗎**？

→ *Do you think what he wants you to do?
你認為他要你做什麼嗎？

→ **What** do you think **he wants you to do**?
你認為他要你做什麼**呢**？

---

015. (X) *Who do you know* can help us out?
你知道誰能幫我們忙**呢**？

(✓) **Do you know who** can help us out?
你知道誰能幫我們忙**嗎**？

關鍵解説

know 是 **factive verb**（事實動詞），所以可接**語意確定、語法完整**的 **that-** 子句，或疑問詞引導的**語意不確定、語法不完整**的 **wh-** 子句，因此疑問詞不可前置，請參考上題，如：

→ Do you know **that Tom stole your car**?
你知道湯姆偷了你的汽車**嗎**？

→ Do you know **who stole your car**?
你知道誰偷了你的汽車**嗎**？

→ *Who do you know **stole your car**?
* 你知道誰偷了你的汽車**呢**？

---

016. (X) Don't *expect him too much*.
不要對他期望太大。

(✓) Don't **expect too much from/of him**.

關鍵解説

這是中式英文。把 too much 置於句尾，變成副詞片語修飾動詞 expect，結構錯誤。**對某人期望某事**要説 **expect sth of/from sb**，介詞 of/from 即**對／向**。**too much** 是**名詞片語**，當 **expect** 的**受詞**，故應**置於其後**，如：

→ I think my parents have always **expected too much of** me.
我認為父母一直對我期望太大。

→ Don't blame people for disappointing you; blame yourself for **expecting too much from them.**
不要責怪人家讓你失望，要責怪自己對人家期望太大。

Cf：One who talks **too much** makes the most mistakes.
話說太多的人，犯的錯最多。（too much 是**副詞片語**，修飾動詞 talk）

017. (X) It seems as if *he would be easy to be defeated* since he looks scrawny.
他看起來骨瘦如柴，好像很容易被打敗。

(✓) He is scrawny; it seems as if/as though he will be **easy to defeat/ easily defeated**.
他骨瘦如柴，好像很容易被打敗。

關鍵解說

(1) 這是中式英文。**S（真主詞）＋ be ＋ easy 類形容詞 ＋ to ＋ 及物動詞，表面結構是主動，但深層結構是被動**，故不能再用被動式 to be defeated。easily defeated 比 easy to defeat 更簡潔。請參考 223 題，如：
→ The plan is **impossible to cancel/implement**. =It is impossible to cancel/implement the plan. =To cancel/implement the plan is impossible.
這個計畫不可能取消／實行。＝要取消／實行這個計畫不可能。

→ Success **is not easy to attain/achieve**. It requires a lot of hard work, determination, and willpower.
成功不容易達成，那需要努力、決心、意志力。

(2) 把非事實的 looks scrawny（看起來很瘦），改為已是事實的 is scrawny（就是很瘦），讓句意更合理。

進階補充

(1) as if/as though 後面若接（可能的）**事實**，則用直說法。本題由下文可知他**很有可能會被打敗**，故用現在式 will。如：
→ It looks like/as if **we're** going to be late.
我們好像會遲到。（like 當連接詞）

(2) 若接非（可能的）**事實**，則用**假設法**，如：
→ The house looked as if **it had been deserted for years**.
這間房子看起來好像已荒廢多年。（其實沒有）

(3) 語言學家 Noam Chomsky 談到文句結構相同，意思未必相同時，舉了以下的例子：

→ John is **easy** to please.

約翰很容易（被）取悅。

→ John is **eager** to please.

約翰很渴望去取悅別人。

✻ 這二句的差別是 easy 和 eager 造成的：easy（容易的）不能修飾 John，只能修飾取悅這件事情，故其深層結構是 It is easy to please John. 或 To please John is easy.（要取悅約翰很容易），可見 John 是語法上的主詞，語意上的受詞。另外，easy（容易的）沒有驅動力，無法驅動 John 去 please 別人，結果就只能被 please 了。但 eager（渴望的）驅動力很強，能驅動 John 去做 please 的動作，而且 eager 是修飾 John，非修飾取悅這件事情，故不能換成 *It is eager to please John.* 或 *To please John is eager.*。easy 類沒有驅動力的形容詞常見的有：comfortable, hard, tough, difficult, impossible, perfect, pleasant, ugly, beautiful 等。

(4) 在沒有語意情境的情況下，The chicken is ready to eat. 可以有二解：

(a) 雞肉準備好了，可以吃了。

(b) 這隻雞準備好要去吃東西了。

✻ ready 有兩個定義，才會有兩種解釋。中文句 (a) ready 定義為 properly prepared or finished and available for use（處在準備好／可以使用的狀態的），沒有驅動力，故不定詞 to eat 表示被動的被吃，chicken 是雞肉。中文句 (b) ready 定義為 prepared to do something（準備好要去做~的），有驅動力驅動主詞去做吃的動作，所以 chicken 是活的雞，不定詞 to eat 表示主動的去吃。

---

018. (X) There is *a saying that give* him an inch and he'll take a mile.

俗話說：「得寸進尺。」

(✓) **As the saying goes**, "Give him an inch and he'll take a mile/yard."

(✓) **There is a saying:** Give him an inch and he'll take a mile/yard.

關鍵解說

名詞 saying 後面由從屬連接詞 that 引導的**同位語子句**，要用**完整的句構** (S + V)，不能像誤句用原形動詞開頭，那是祈使句。引用格言／名言／座右銘，有以下三種方式：

→ **As the saying goes,** "Accidents will happen."

常言道：「意外事，總難免。」

→ **There is an old saying:** Let sleeping dogs lie. (Betty Schramfer Azar)

俗話說：「不要自找麻煩。」

→ **There is an old saying that** Egypt is the gift of the Nile.

有句古話說埃及是尼羅河的恩賜。

019. (X) *After bullied* at school, the boy was frightened at the thought of having to go to school.

這男孩在學校遭霸凌後，想到要上學就害怕。

(✓) **After being bullied/Having been bullied** at school, the boy was frightened at the thought of having to go to school.

關鍵解説

(1) 在縮簡的文句中，從屬連接詞 though, although, while, when, unless, if, as though, as if 等可接**過去分詞**表被動，如：

→ Davidson fought bravely, and **although** (he was) **badly wounded**, he refused to surrender.

大衛森奮勇戰鬥，雖然身負重傷，也不願投降。

(2) before/after 雖然可當從屬連接詞，但在**縮簡的被動句**中，只能當**介詞**用，故過去分詞前，不可省略**動名詞** being，如：

→ The teenage girl died three days **after being hit**/*after hit* by a car.

這個十幾歲的女孩被車子撞了後，三天就過世了。

020. (X) My cell phone is *as good*, if not better than, your cell phone.

我的手機即使沒有比你的好，也跟你的一樣好。

(✓) My cell phone is **as good as**, if not **better than**, your cell phone.

(✓) My cell phone is **as good as yours, if not better**.

關鍵解説

(1) 把誤句的 if not better than 拿掉，馬上看出 as good 後面要有連接詞 as，才能接 your cell phone，如修正句 1。以下是類似例子：

→ Steve said he could play the guitar as well **as**, if not better than, Jack. (Susan Thurman)

史蒂夫説他吉他即使無法彈得比傑克好，也跟他一樣好。

(2) **更簡潔有力的説法是**：My cell phone is **as good as yours, if not better.**。如：

→ I'm sure he would be **as rich as the Johnsons of Fedelity**, if not richer. (The Finance Buff)

我相信他會跟富達的約翰遜一樣富有，即使不會較富有。

021. (X) If you want to know more about the area, *historical data is available for inspection in the local library.*

如果你想更了解這一帶，當地的圖書館查得到歷史資料。

(✓) If you want to know more about the area, you can **go to** the local library **for reference to its historical data**.

如果你想多了解這一帶，可以去當地圖書館，查閱歷史資料。

關鍵解說

(1) 想要了解某事，就要想辦法，而不是接**資料在圖書館查得到**。另外，本題**破壞了主詞的一致**，主要子句的主詞**不宜改為 historical data**，而要維持 **you**。以下是 Wykoff/Shaw 的例子：

→ You should follow a budget, and **you will save much money**/*much money will be saved.*

你應該遵照預算，那麼就可省下很多錢／很多錢就可省下來。

→ If **you** follow a budget, **you will save much money**/*much money will be saved.*

你如果遵照預算，就可省下很多錢／很多錢就可省下來。

(2) 誤句 inspection 定義是檢查，要改為 reference（查閱）才正確。

022. (X) Water pollution *in this country* is *to such a great extent that its people have to import* drinking water.

該國的水污染，到了全國人民必須進口飲用水的程度。

(✓) Water pollution **in this part of the country** is serious **to the extent that/to such an extent that** almost all the residents have to buy drinking water.

該國此地區的水污染，嚴重到幾乎所有居民都必須買飲用水的程度。

(✓) The water **in this part of the country** is polluted **to the extent that/to such an extent that** almost all the residents have to buy drinking water.

該國此地區的水受污染，幾乎到所有居民都必須買飲用水的程度。

關鍵解說

(1) 水汙染通常涉及「區域或場所」，故用 in this part of the country 取代 in this country，its people 也要改為 all the residents（污染地區的居民）。

(2) 只有 **to the extent that...** 或 **to such an extent that...**（到了～的程度）的說法，因為程度大小**由 extent 後面的 that- 子句的內容**表現，故 extent 前**不可再加形容詞**。這二個片語引導表示**結果**的副詞子句，故前面要有表示**原因**的形容詞、副詞、或動詞（如以下 fearful/changed），讓它們修飾，如：

→ He was **fearful to the extent that** he refused to leave his house. = He was **so fearful that** he refused to leave his house.
他害怕到不肯離開家門的程度。

→ He had **changed to such an extent that** I no longer recognized him. = He had changed **so much that** I no longer recognized him.
他改變到我認不出來的程度。

023. (X) Not only can exercising help us strengthen the heart, *but we can also* shed some kilograms.
運動不僅能幫助我們增強心臟，我們也能甩掉幾公斤。

(✓) Not only can exercising strengthen our heart, **but it can** (also) **help us lose/shed weight.**
運動不僅能強化我們的心臟，還能幫助我們減肥。

關鍵解說

語意上運動是**強化心臟**和**減肥**的主詞，故 but 後面要改用代名詞 it (=exercising)，**讓前後主詞一致**，如：

→ Not only can **swimming** promote the blood flow around your body, but **it** can also help boost your HDL level.（HDL =high-density lipoprotein（高密度脂蛋白））
游泳不但能促進你全身血液循環，還能幫助你提升高密度脂蛋白值。

024. (X) In the class, students *take turns and make comments* on the recent incident.
在課堂上，同學輪流針對最近發生的事件發表評論。

(✓) In the class, students **are taking turns making** comments on the recent incident.
在課堂上，學生輪流評論最近發生的事件。

(✓) In the class, students **are taking turns to make** comments on the recent incident.

關鍵解說

(1) 輪流做某事，美語常用 **take turns (at) doing sth**，at 幾乎都省略；英語較常用 **take turns to do sth**。原句把 take turns 和 make comments 置於對等位置，實為不當。以下是用法範例：

→ We took turns **driving/at the wheel** on the return journey.
我們回程輪流開車。

(2) **輪流評論最近發生的事件**是短暫的狀況，宜用現在進行式 **are taking turns**。

025. (X) David rushed out of *the pizzeria he worked* part time.
　　　大衛匆忙走出他打工的披薩店。
　　(✓) David rushed out of the pizzeria (which/that) he worked **in** part time.
　　(✓) David rushed out of the pizzeria **where/in which** he worked part time.

關鍵解說

(1) worked 是不及物動詞，故只能說 He worked **in the pizzeria**.，然後把**訊息焦點／先行詞** the pizzeria 往前移，形成形容詞子句 the pizzeria **he worked in**，就可看出誤句 worked 後面少了介詞 **in**。

(2) 形容詞子句的先行詞，當受詞用時，關係代名詞可以省略，如 **the pizzeria** (which/that) he worked **in**，但把介詞 in 往前調時，就要說 the pizzeria **in which** (=where) he worked。關係副詞 where, when, why 都等於**介詞＋關係代名詞 which**/*that*。

進階補充

(1) 形容詞子句的先行詞是與**疑問副詞 when/where/why/how 相關的名詞** moment/instant/minute/time/day/year; place; reason; way 時，這些名詞自然也具有**副詞性質**，故後面接的**關係副詞 when/where/why 才可省略**。that 可當關係代名詞，也可當關係副詞，取代關係副詞 when/where/why（＝介詞＋關係代名詞 which），但**介詞＋關係代名詞 which 不常用**，如：
　→ Gone are **the happy days when/that/on which**/*on that* we were together.
　　我們在一起的快樂時光一去不復返了。
　→ The **reason why/that/for which**/*for that* **I'm phoning you** is to invite you to my birthday party.
　　我打電話給你的原因，就是要邀請你參加我的生日聚會。

(2) 名詞 pizzeria 跟 room（房間）, town, house, country 等都是**純名詞**，不具副詞性質，所以後面的**關係副詞 where 不能省略**。**place**（地方）**具有副詞性質**，所以後面的**關係副詞 where 可以省略**。這也是連很多老外都搞不清楚，為什麼 place 和 room 同樣是名詞，語法現象卻不同的原因。
where = in which。請比較以下例子：
　→ This is the **room where/in which**/*in that*/*x I spend most of my leisure time.
　　這是我打發大部分閒暇時間的房間。
　= This is the **room** that/which I spend most of my leisure time **in**.

→ This is **the place where/that/in which/***in that* I spend most of my leisure time.

這裡是我打發大部分閒暇時間的地方。

= This is **where** I spend most of my leisure time.

✴ 關係副詞 where 引導名詞 / 副詞子句時，定義為「（在）～的地方」。

(3) 為何可用**介詞＋關係代名詞 which/whom**，但不能用**介詞＋關係代名詞 that** ？這可由以下幾個面向來說明：

1. that 是關係代名詞，還是連接詞，爭論已久。文法學者 Bas Aarts 把 that 歸類為從屬連接詞，但從屬連接詞（if, because, etc.）不能當主詞，自然不能接限定動詞，而 that 卻可以接，可見**這時 that 的確是關係代名詞**。

2. 但不能用介詞＋ that 又證明了 that 不是關係代名詞，而是連接詞的身分。我們只能說唯一的理由是：**介詞後面接的任何子句（名詞／形容詞／副詞子句）都不能由連接詞 that 引導**：in that (因為) 有固定的定義，不算是介詞 in + that- 子句，因為介詞＋關係代名詞沒有固定含意。至於 except that 和 but that 是複合從屬連接詞，except 和 but 都是連接詞。如：

   → I am sure **that** he will win the prize. = I am sure of **his winning the prize/***that he will win the prize.*

   我相信他會得獎。

✴ 連接詞 that 引導的子句不能置於介詞後，要名詞片語化為 his winning the prize。

3. 介詞後面接的子句只能由 wh-word 引導，這是最重要的語法現象，在以下的例子裡，把 **its rarity/his appearance** 換成**子句形式**，自然會出現 **wh-word "how"**：

   → A stamp's value depends on **its rarity**. = A stamp's value depends on **how rare it is**.

   郵票的價值取決於稀有的程度。

   → A man's happiness has nothing to do with **his appearance**.= A man's happiness has nothing to do with **how he looks**.

   一個人的幸福跟外貌無關。

4. 觀察 **whether**（是否）**和 if**(是否) **這二個同義詞的用法，就可杜絕一切爭論**。二者引導名詞子句時，都可當及物動詞的受詞，但**只有 wh-word "whether" 可引導子句，置於介詞後**，如：

   → I don't know **whether/if** she can afford it.

   我不知道**她是否買得起**。

   → It depends **on whether/***if* she can afford it.

   那要看**她是否買得起**。

026. (X) It was *not until she stood for a while* that she went on with the assignment.

直到她站了一會兒，她才繼續做指定作業。

(✓) It was **not until after she stood for a while** that she went on with the assignment.

直到她站了一會兒後，她才繼續做指定作業。

(✓) She **stood for a while before** she went on with the assignment.

她站了一會兒後，才繼續做指定作業。

關鍵解說

until 要接時間上的**基準點**，誤句 she stood **for a while** 是**一段期間**。在前面加上 **after**（她站了一會兒後），就變成時間上的**基準點**，如：

→ I didn't see her until **after a few days/a few days later/afterwards**.
　直到幾天**後**，我才見到她。

→ It was **not until after the war** that the family was reunited.
　直到戰**後**，這一家人才團圓。

027. (X) It would not be fair to *other students* if Josh was allowed to hand in his homework late *while others on time*.

如果喬希獲准遲交作業，而別人準時，那麼對別的學生就不公平了。

(✓) If Josh was allowed to hand in his homework late, it would not be fair to **the other students who met/made the deadline**.

如果喬希獲准遲交作業，那麼對其他準時交作業的學生就不公平了。

關鍵解說

誤句語意雜亂，要加以重整：Josh 以外的學生就是指**其他學生**，表特指，所以 other students 前面要有定冠詞 **the**。other students 和 others 重疊，只要用 students＋形容詞子句 **who met/made the deadline**，變成**準時交作業的學生**，整個句意就變得通順、合理。

028. (X) The student *having learned* Japanese for a month wants to move to Tokyo.

這個已經學了一個月日文的學生，想要搬到東京去。

(✓) The student **who has been learning/studying** Japanese for a month wants to move to Tokyo.

關鍵解說

形容詞子句（關係代名詞＋動詞）不是在任何情況下，都可以縮簡為形容詞片語。以下舉例說明何時能，與何時不能：

(1) **跟本動詞 (幾乎) 同時發生的動作**（較常見的是具有進行意義的動態動詞），**可縮簡為形容詞片語**，反之用形容詞子句，如：

→ A tile **falling** (=which fell/*which was falling*) **from a roof** shattered into fragments at his feet. (Quirk)

有一塊從屋頂上掉下來的瓦片，在他腳邊破成碎片。

→ The girl **sitting** (=who is sitting) **in the middle** is 5 years old.
坐在中間的女孩子五歲大。

→ The dog **barking** (=which was barking) **next door** sounded like a beagle.
隔壁那隻在吠叫的狗聽起來像畢格爾獵犬。

→ Tomorrow you **will meet** a man **carrying** (=who will be carrying) **a large umbrella**. (Quirk)

明天你會遇到一個拿著大雨傘的人。

(2) **比本動詞更早發生的動作，不可縮簡為形容詞片語**，要用形容詞子句，如：

→ The man **who cheated**/*cheating* the old woman (out) of her life savings has been arrested.

那個騙光這個老婦人一生積蓄的人，已經被逮捕了。

→ His good memory enables him to remember things **that happened**/*happening* decades ago.

他記憶力很好，記得住幾十年前發生過的事情。

(3) 所以在**特定敘述中，完成式的形容詞子句，一定不能縮簡為形容詞片語**，如本題。如：

→ The teacher **thanked** the students **who had given**/*having given* him some flowers.

這位老師感謝送他一些花的學生。

(4) 在**一般的、泛時的**敘述裡，**任何簡單式或完成式的形容詞子句，都可以縮簡為形容詞片語**。如：

→ People **exercising** (=who exercise) **regularly** are more likely to maintain a healthy weight than those who don't exercise.
有規律運動的人，比沒有運動的人，更有可能維持健康的體重。

→ Experts **having studied** (=who have studied) **the problems** (that) packaging creates have realized the seriousness of the problem. (W. S. Fowler)
研究過包裝材料會產生種種問題的專家，已經瞭解這個問題很嚴重。

(5) 本題完成式 has learned 表**學會了**，**會**是表**結果**，故不接一段期間，所以要用完成進行式 **has been learning/studying**（一直在學）。

029. (X) Jimmy loves reading the book *having come out for ten years*.
吉米很喜歡讀這本已經出版十年的書。

(✓) Jimmy loves reading the book that/which has been **out/around** for ten years.

(✓) Jimmy loves reading the book that/which **came out/was published** ten years ago.
吉米很喜歡讀這本十年前出版的書。

關鍵解說

(1) 在特定敘述裡，不可用完成式分詞片語，當形容詞用，如上題。

(2) come out（出版）是**瞬間動詞**，不能接**一段期間 for ten years**，故要改為 that **came out/was published** ten years ago。如果要保留 for ten years，動詞要用表**狀態持續**的 has been **out/around** 才合理。形容詞子句 that/which was published ten years ago 可省略 that/which was。

030. (X) At that time, the neighboring couple *viewed/regarded/looked upon me as they did their own child*.
那時候，隔壁那對夫婦視我如同視他們自己的孩子。

(✓) At that time, the neighboring couple **looked upon/viewed/regarded me as their own child/as a child of their own** (OC).
那時候，隔壁那對夫婦**視我如己出**。

關鍵解說

誤句助動詞 did 指動詞 viewed/regarded...，所以句意指隔壁那對夫婦視我如視自己的小孩一樣，語意不通。視某人為～邏輯上要用 view/regard/think of/look upon **sb (O)** + **as** + (being +) **OC**，as 是（表**身分**的）**介詞**，O 和 OC 為語意上的**必要成分**。如：

→ I have come to **regard** you **as a close friend.**
我已把你視為密友。

→ I've always **looked upon** him **as a friend** as well as **a doctor**.
我不但一直把他視為醫生，也把他視為朋友。

031. (X) The blind live in *the world in which it is full of danger.*
盲人生活在一個充滿危險的世界裡。
(✓) Blind people/The blind live in **a** world (that is) **full of/fraught with** danger.
(✓) Blind people/The blind live in **a** world in which **there is danger everywhere**.

關鍵解說

(1) the world 是**整個世界**，表示**唯一**，故**不能接限定形容詞子句** in which it is...，要用 **a world**，因為還有一個相對安全的世界，如：
→ Can you imagine **a** world without poverty or war?
你能想像一個沒有貧窮也沒有戰爭的世界嗎？

(2) 若將誤句還原，會產生 The blind live in the world 和 in which (=the world) it (=the world) is full of danger，可見後半部重複 the world，結構錯誤。the blind live in the world（盲人生活在世界上）說法沒有意義。

032. (X) *For what* did you do that?
你為什麼做那件事情？
(✓) **What** did you do that **for**?
(✓) **For what reason** did you do that?
(✓) **Why** did you do that?

關鍵解說

What...for? =For what...? 是五、六十年前就存在的錯誤，可見以訛傳訛的情況多嚴重。修正的方式如下：

(1) 英文**器具、原因、目的**的問法，要以**疑問詞開頭，介詞結尾**，如：
→ **What** did you do that **for**? (Quirk)
你為什麼做那件事情？
→ **What** shall I mend it **with**? (Quirk)
我該用什麼修理？

✶ **句中有 be 動詞，或疑問句轉成間接問句時，情況也相同。**如：
→ **What** is the weather **like**?/**Like what is the weather*?
天氣怎麼樣？

→ I don't know **what you did that for**/*for what you did that.
我不知道你為什麼做那件事情。

(2) 疑問副詞可置於**句首**，這時**疑問副詞＝介詞＋疑問詞 what＋相關名詞**，所以誤句 **For what** 要改為 **For what reason**。如：

→ **Where** did you see him? = **At what place** did you see him?
你在哪裡見到他？

→ **When** did he arrive here? = **At what time** did he arrive here?
他何時到達這裡的？

→ **How** did he get the job? = **In what way** did he get the job?
他怎麼找到工作的？

→ **Why** did he hate you? = **For what reason** did he hate you?
他為何恨你？

(3) 省略的問句也常用**疑問詞＋介詞**，如：Where to?（要去哪裡？），Who with?（跟誰？），What with?（用什麼？），What for?（為什麼？）。(Quirk)

---

033. (X) He firmly believes that *no obstacles cannot be overcome in life* as long as you have determination and perseverance.
他堅信只要你有決心和毅力，生活中沒有障礙不能克服。

(✓) He firmly believes that you **can overcome all obstacles in life** as long as you have determination and perseverance.

關鍵解說

(1) 這是中式英文。英文 **no-word** 和否定助動詞，不能在同一個子句裡，因此要改為 **can** overcome **all** obstacles。

(2) 修正句將二個從屬子句的主詞都用 you，讓文句語意更順暢。

進階補充

英文雙重否定有兩種表達方式：

(1) **把 no-word 和否定助動詞，分開置於不同的子句裡**。如：

→ Apparently there is **nothing** that **cannot** happen today. (Mark Twain)
顯然今天沒有什麼事情不可能發生。

(2) 如果在**同一個子句裡**，那後半部要用**否定介詞 without**，如：

→ **No** man succeeds **without** a good woman behind him. (Anthony T. Hincks)
成功的男人背後都有一個好女人。

034. （劣）Whoever wins the game, *he or she* can have a free trip to Europe.

　　　無論誰贏得比賽，他／她可以免費去歐洲一遊。

（優）**Whoever** (=Anyone who) **wins the game** can have a free trip to Europe.

　　　凡是贏得比賽的人，都可以免費去歐洲一遊。

關鍵解說

(1) 複合關係代名詞 whoever 可等於 **anyone who**，引導**名詞子句**，當**主詞**或**受詞**，如：

→ **Whoever** (=Anyone who) **is happy** will make others happy too.
(Anne Frank)
（凡是）快樂的人也會讓別人快樂。

→ We all enjoy being with **whoever** (=anyone who) **is happy.**
我們都喜歡跟快樂的人在一起。

(2) whoever 也可等於 **no matter who**（無論誰），引導**副詞子句**，如：

→ **Whoever** (=No matter who) **bullies you**, stand up for yourself and give it back to the bully.
不管誰欺負／霸凌你，你要捍衛自己，並且予以回擊。

(3) 劣句 whoever 引導副詞子句，結果主要子句用了較彆扭的主詞 he or she。

035. （劣）*Victor turned off his computer, going to bed.*

　　　維克多爾關了電腦，就去睡覺了。

（優）(After) **turning off his computer, Victor went to bed**.

關鍵解說

本題前後二個動作，有先後順序，但沒有明顯的關聯，這時先發生的動作 turning off his computer，通常用分詞片語，置於句首。**turning off 是瞬間動詞**，所以**前面省略 after 仍能表現動作時間，發生在主動作 went 之前**。請參考 420 題。如：

→ **Turning off the TV**, he lay down on the rug in front of the fire to do his English homework. (The Mitchell Family)
他把電視機關掉，在爐火前面的地毯上躺了下來，做英文作業。

進階補充

置於句末的分詞片語，主要有以下幾種用法：

(1) **與主動作同時發生**：補充說明主動作發生時的附帶狀況，如：

→ He **walked** into the hospital, **clutching his belly and yelling in pain**.
他走近醫院，手捧著肚子，痛得大叫。

Cf：**Getting shot in the belly and yelling in pain**, he was immediately sent to the hospital for medical treatment.
他**因為**被擊中腹部痛得大叫，所以立即送醫治療。

(2) **與主動作相關聯的後續動作**：此時分詞片語**不可以**調到句首，如：
→ She **stalked** out of the room, **slamming the door closed.**
她怒氣沖沖地走出房間，隨後砰的一聲把門關上。

(3) **對主動作的內容具體的補述**：此時分詞片語**不可以**調到句首，如：
→ Jim **reacted** instantly, **turning the steering wheel** as hard as he could toward the right.
吉姆立即反應，使命地把方向盤向右打轉。
→ Insomnia can be short term, **lasting for days or weeks**, or long term, **lasting for more than a month.**
失眠有時是短期的，持續幾天或幾週，有時是長期的，持續超過一個月。

(4) **說明主動作的原因**：這時分詞片語**可以**調到句首，如：
→ He **didn't lend** her the book, **knowing that she had the habit of keeping borrowed books.** = Knowing that she had the habit of keeping borrowed books, he didn't lend her the book.
因為他知道她有借書不還的習慣，所以沒有把書借給她。

(5) **補述主動作所產生的結果**：這時分詞片語**不可以**調到句首，如：
→ The hurricane **destroyed** more than 200 houses, **leaving hundreds of people homeless.** = The hurricane **destroyed** more than 200 houses, so that it left hundreds of people homeless.
颶風摧毀了兩百多間房子，**結果**讓數百人無家可歸。

---

036. (X) Norah *demanded her secretary to arrange* a meeting with Mr. Lewis *tomorrow.*
諾拉要求她的祕書安排明天跟路易斯先生會面的事情。

(✓) Norah **asked her secretary to arrange a meeting for tomorrow** with Mr. Lewis.
(✓) Norah **asked/demanded that** her secretary **arrange** (AmE)/ **should arrange** (BrE) **a meeting for tomorrow** with Mr. Lewis.

關鍵解說

(1) demand 不能直接以人為受詞，故沒有 demand sb to do sth 的說法。修正法有二：把 demanded 換成 **asked**，或用**語意強烈**（即意志／權威強加於他人）**的動詞 demanded/asked + that- 子句**，美式英語 that- 子句是強制性假設子句，即動詞用**動詞原形**；英式英語 that- 子句是**強制性** should- 子句），

即動詞用 **(should) + 動詞原形**。把語意強烈的動詞跟子句裡語意強烈的 should（應該）做連結，可免除死記。

(2) **語意強烈的動詞常見的有：要求** (ask, beg, demand, request, require)；**命令**（command, order, mandate）；**正式提議**（move, propose）；**建議**（recommend, suggest, advise）；**堅持**（insist）；**力勸**（urge）等。**弱勢語意的動詞** feel, hope, know, say, think 沒有這種用法。請參考 315 題，如：

→ The doctor **insisted that** we **not reveal** (AmE)/**should not reveal** (BrE) to him his hopeless condition.
醫師堅持我們不可跟他透露他的病情已經絕望。

Cf：I **know/hope/think/believe** that **the report** <u>will</u> **be made** public.
我知道／希望／認為／相信這份報告會公佈。

(3) 將上列動詞改為**名詞**，即**情態名詞** (modal nouns)，**語意依然強烈，後面接同位語 that- 子句時，子句的動詞用法同上面** (2)，如：

→ She followed up with **a suggestion** that he (should) **take** her out to dinner.
她接著建議他帶她出去吃晚餐。

→ Her **insistence** that she (should) **have** the best room annoyed everyone. (Cambridge)
她堅持要最好的房間，那惹火了大家。

(4) 在**一般用法中，上列動詞也能用於 V + O + to-V 的句型的是 ask, request, urge, require, mandate, order, command, advise**，如：

→ My boss **asked me not to say** anything about it to anyone.（一般用法）
我的老闆要求我不要跟任何人說起這件事情。

→ My boss **asked that I** (should) **not say** anything about it to anyone.（正式用法）

(5) 誤句 tomorrow 置於句末，可修飾 arrange 或 a meeting，造成語意模糊，故改為 **a meeting for tomorrow**（明天要會面的事情）。

★ 在英式英語中，常用直說法動詞取代假設法動詞。以下是文法學者 **Bas Aarts** 提供的例子，他說二句完全可以接受，句意也無不同：

→ His friends should demand that he **get** justice.
他的朋友應該要求他討回公道。

→ His friends should demand that he **gets** justice.

037. (X) *After my mother had learned to bake bread for ten years*, she started a bakery.

我媽媽學會烘烤麵包十年後，開了一間麵包店。

(✓) My mother started a bakery **ten years after she had learned to bake bread.**

(✓) **Ten years after she had learned to bake bread**, my mother started a bakery.

關鍵解説

學會～（had learned to...）重點在**會**，表**結果**，**不能持續**，不可接 **for ten years**。把 ten years 移到句首，變成**學會烘烤麵包後，經過了十年**，就合邏輯了，如：

→ He was arrested **10 hours after he robbed the bank**/**after he robbed the bank for 10 hours.*

他搶劫銀行十個小時後被逮捕了。

038. (X) Before denying any wrongdoing, *meditate on yourself whether it's you to blame*.

在你否認做錯事前，要仔細想想，該受責怪的人是不是你。

(✓) Before denying any wrongdoing, **meditate on whether** (or not) **it's you who are to blame** (=deserve to be blamed/deserve the blame).

關鍵解説

(1) meditate（沉思）是**不及物動詞**，要接**介詞 on**，而且**只能接一個受詞**（指事情），如：

→ She **meditated on** whether or not to return to school.

她仔細思考要不要復學。

(2) 表**強調**的句型，可用**分裂句 It + be + 要強調的部分 + 子句**。本題強調 **you**，故應使用 It is **you** who are to blame.，如以下例子：

→ It is **you** who are to report this to the police.

應該去報警的人**是你**。

→ It was **on this day two years ago** that he was put in/sent to prison for smuggling drugs/for drug trafficking.

就在二年前的這一天，他因走私毒品／販毒而入獄。

039. (X) Some of the old people even *died* in their houses for several days *until neighbors* noticed and called the police.

其中有幾個老年人甚至在家裡死了好多天，直到鄰居察覺而報警。

(✓) Some of the **old**(er) people **had even been dead** in their houses for several days **before their** neighbors noticed and called the police.

其中有幾個老年人甚至在家裡死了好多天，鄰居**才**察覺而報警。

關鍵解説

(1) 把老年人説成 **older people**/senior citizens（資深公民），降低 old 的色彩，就像把 die 説成 pass away，降低對死亡的恐懼和忌諱一樣。
　→ With the advances in medical technology, many **older people** are living longer nowadays. (Scott Dreyer)
　　隨著醫技進步，現在很多老年人更長壽了。

(2) die 是**瞬間動詞**，不可跟 **for several days** 或持續性連接詞 **till/until** 連用，要改為表狀態持續的 **had been dead**，連接詞也要改成 before（才），如：
　→ The injured boy **had been unconscious for half an hour <u>before</u>** the ambulance arrived.
　　這個受傷的男孩昏迷了半個小時，救護車**才**來。

(3) 中文經常省略所有格。本題 neighbors 表**特指**，故前面要有所有格 **their**。

040. (X) "No, I *will never*!" she yelled and stamped her foot.

她跺著腳，大聲吼叫：「不會，我絕對不會！」

(✓) "No, I **never will**!" she yelled **and stamped her foot**.

(✓) "No, I **never will**!" she yelled, **stamping her foot**.

關鍵解説

"No, I will never!" 是未完成的句子。**簡答句都要以 be 動詞、一般助動詞、情態助動詞結尾**，有副詞 usually, always, never, certainly, sure, really 等時，都要置於它們的前面，如：
　→"Is she capable?" "She **certainly is**."
　　「她很能幹嗎？」「那當然。」
　→ "Does she like Mexican food?" "She **really does**."
　　「她喜歡墨西哥菜嗎？」「她真的喜歡。」
　→ "Don't trust politicians." "I **never have**, and I **never will**."
　　「不要信任政客。」「我從未信任，也永遠不會。」

041. (X) *With only twice of washing,* the deep blue *jeans faded into light blue ones.*

這條深藍牛仔褲才洗過二次，就褪成淺藍色。

(✓) **After only two washes,** the deep blue jeans **faded into a light blue**.

關鍵解説

(1) **只洗過二次**要説 **after only two washes**，如：
→ You might think you're saving money buying/*to buy* cheap clothes, but they'll fall apart **after two washes**.
你可能認為買廉價的衣服是在省錢，但洗兩次後就會解體。

(2) **褪成淺藍色**的重點在**顏色**，故要説 faded into **a light blue**，如：
→ The sky slowly **faded into a deep gold**.
天空慢慢褪成一片深金色。

042. (X) He said: "I will do it if I *feel like to*."

他説：「如果我想做，我就會去做。」

(✓) He said, "I will do it if I **feel like it** (=doing it)."

關鍵解説

feel like 的 like 是介詞**像**，意即**覺得像～**，引申為**想要～**，要接（代）**名詞或動名詞**，所以 feel like 後面要接 **it** (=doing it)，如：
→ "Why won't you go out for a walk?" "Because I don't **feel like it**."
「你為什麼不要出去散散步？」「因為我不想去。」

043. (X) *When reading novels,* Flora *makes it a habit of consulting* her dictionary every time she comes across new words.

讀小説時，Flora 養成一遇到生字就查字典的習慣。

(✓) Flora **has made a habit of looking up** in a/her dictionary every new word she **comes across/encounters when reading a novel**. Flora 養成了看小説時，遇到生字就查字典的習慣。

(✓) Flora **has made it a habit to look up** in a/her dictionary every new word she comes across/encounters **when reading a novel**.

關鍵解説

(1)（副詞）**修飾語應靠近所修飾的字詞**。when reading a novel 是修飾 **comes across**（遇到），**應置於其後才合理**。請比較以下例子：
→ I've got into the habit of **turning on** the TV **as soon as I get home**.
我已經養成了**一回到家就開**電視機的習慣。

Cf：**As soon as I get home**, I always turn on the TV. =I always turn on the TV **as soon as Iget home**.

我一回到家，都會打開電視機。

(2) make it a habit of doing something 結構錯誤，虛受詞 it 不能指涉 of + V-ing。用 **make** 表達**養成做某事的習慣**時，只有二種正確說法：**(A) make it a habit to do something**，**a habit** 是受詞補語，虛受詞 **it** 指涉 **to do something**，意即**使做某事成為習慣**；**(B) make a habit of doing something**，即**把做某事打造成習慣**，結構同 make a singer of him =make him a singer（把他打造／培養成歌手）。

→ They have made **a habit of criticizing/it a habit to criticize** each other whenever possible. (Merriam-Webster)

他們養成了隨時互相批評的習慣。

(3) 說話時習慣已經養成了，所以宜用現在完成式 has made。

---

044. （劣）He was worried that she would ride a motorbike without wearing a helmet *and the police* would give her a ticket.

他擔心她會騎機車不戴安全帽，警察會給她開罰單。

（優）He was **worried that** she would ride/drive a motorbike without wearing a helmet **and that** the police would give her a ticket.

關鍵解說

同一個動詞接**兩個（以上）that- 子句**為受詞時，**第二個子句（起）的 that 不宜省略**，否則該子句容易被誤以為跟主要子句對等。請參考 405 題關鍵解說 (1) 的範例。如：

→ I have noticed that even those who **assert that** everything is predestined **and that** we can change nothing about it still look both ways before they cross the street. (Steven Hawking)

我注意到了，即使斷言一切早注定，而無法改變的人，在過馬路前，仍然會左右看看。

→ You **mean that** he lacks skill **or that** what he has done is not as good as it should be. (Reader's Digest)

你意思是說他缺乏技術，或者說他的表現沒有達到應有的水準。

045. (X) You should not leave your car doors unlocked *no matter under what kind of circumstances*.

無論在哪種情況下，你的車門都不該沒有上鎖。

(✓) You should not leave your car doors unlocked **under any circumstances**.

(✓) **Under no circumstances should you** leave your car doors unlocked.

關鍵解說

(1) **no matter**（無論）**要接子句**，如：

→ **No mater what happened yesterday**, today is a fresh start.

不管昨天發生什麼，今天都是嶄新的開始。

→ **No matter how organized you are**, or how well you plan, you can always expect the unexpected.

不論你做事多麼有條理，或計畫有多麼周詳，一定都會碰到意想不到的事情。

(2) no matter under what kind of circumstances 完全**由中文逐字翻譯過來的中式英文**。**無論什麼情況下**要說 **under any circumstances**，可用於肯定或否定句。修正句 2 用否定副詞片語 under no circumstances 置於**句首**，所以句子要**倒裝**。

046. （劣）*To learn* to play a musical instrument is much more difficult than learning to swim.

學彈樂器比學游泳難多了。

（優）**Learning** to play a musical instrument is much more difficult than **learning** to swim.

關鍵解說

很多文法書都有類似以下的例子：Keeping (=To keep) early hours makes us healthy. 或 Seeing is believing. =To see is to believe.，其實不能隨便畫上等號，因為不定詞 to-V 和 V-ing 性質不同。我們先來看看 Understanding Grammar 裡面的二個例子：

→ **To sell these cars** is not easy.（特定敘述）

要把這些車子賣掉不容易。

→ **Selling cars** is not easy.（常態敘述）

賣車子不容易。

＊ 不定詞 to sell 當主詞時，表示特定狀況，難賣的原因可能是車況不好，賣掉車子的時間是在說話時之後的未來。動名詞 selling 當主詞時，表示難賣的原因可能是大環境不好，賣車的動作在說話時之前已存在，而且呈現泛時狀態。由以上的說明，可得到以下二個結論：

(1) 句意表達**一般的、泛時的**事情時，主詞用**動名詞（片語）**，用不定詞（片語）視為不當。如：

→ **Raising children** is probably the toughest job in the world.
養兒育女大概是世界上最艱難的工作。（一般／常態敘述）

(2) 句意表達**特定的**狀況時，主詞用**不定詞（片語）**。如：

→ "This class is too long. I feel very *boring*." "**To say** you are *boring* is **to insult** yourself." (Scott Dreyer)（特定敘述）
「這堂課太久了，我覺得很令人厭煩。」「説你很令人厭煩，等於侮辱你自己。」

★ 這是特定敘述。你不會永遠這樣説話侮辱你自己。主詞用 to-V/V-ing 時，補語也要用 to-V/V-ing，讓結構對稱、平行。修飾人的心理狀態要用 bored（感到厭煩的）。

047. (X) "Have you ever seen him dancing?" "Yes, many times. And I'd like to see him *dancing* again."
「你看過他跳舞嗎？」「有，很多次了。我想再看他跳。」

(✓) "Have you ever seen him dance/dancing?" "Yes, many times. And I'd like to see him **dance** again."

關鍵解説

(1) 文法書上説的**知覺動詞 + 受詞 + V/V-ing**，這**不是完整**的説法，有時 **V/V-ing 不能互換**。這是語法脱離語意，產生的殘缺現象。

(2) 問人家曾不曾看過某人做某事，如補語是持續性動詞，則用表完整動作的原形動詞 dance，或表部分動作的現在分詞 dancing 皆可，至於**想要看某人做某事**，於情於理，一定是**看完整的動作**，故本題補語要用**原形動詞 dance**。

進階補充

知覺動詞都可當及物動詞，接了受詞後，自然會補充描述受詞的種種狀況。不同形式的受詞補語表達不同的意思，以下分別舉例説明：

(1) 主詞 + 知覺動詞 + 受詞 + **動詞原形**：
→ I saw her **cry**/*to cry.（用 cry 表完整的動作）
我看到她**哭**。

★ 不能用表未來的不定詞 to cry，因為哭不會發生在看到之後。

(2) 主詞 + 知覺動詞 + 受詞 + **簡單式現在分詞**：
→ I **saw** her **crying**.（用 crying 表部分動作）
我看到她**在哭**。

*I **saw** her *having been crying*.（誤）（看到和哭時間不同步）
我**看到**她剛哭過。

Cf：I **saw that** she had been crying. （正）
他**看得出**她剛哭過。

(3) 主詞＋知覺動詞＋受詞＋(being) **過去分詞**：
→ I heard the pencil **being sharpened**.
我聽到鉛筆（正）在削的聲音。

→ I'll see him **hanged**/*being hanged* before I lend him any money.
我絕不借錢給他。

＊ 句子原意是我要看到他被吊死，故要用表結果的 see him hanged，不能用表示還在進行的 see him being hanged。

(4) 如果受詞**沒有改變動作／狀態的能力**，則補語**不能用原形動詞**；如果補語是**瞬間動詞**，則**不能用表過程的現在分詞形**，除非表示**動作的反覆**，如：
→ I saw the book **lying**/*lie* on the desk, open at page 20.
我看到這本書放在書桌上，翻開在第二十頁。

→ Did you hear the bomb **explode**/*exploding*?
你有聽到炸彈爆炸嗎？

Cf：I heard the door **slamming** all night (long).
我聽到門**整晚**砰砰作響。

＊ 書本沒有自己改變狀態的能力，故不能用動詞原形 lie。explode（爆炸）是瞬間動詞，故只能用動詞原形，不能用分詞 exploding，因為 exploding 表動作的反覆，但炸彈不可能反覆爆炸。slam（砰地關上）同樣是瞬間動詞，但可用分詞 slamming，因為 slamming 這個動作可以反覆。

---

048. (X) The interviewees were trying very hard to *impress the interviewers that* they were very capable and should be given the job.
接受面試者盡力讓面試官了解，他們能力很強，應該得到這份工作。

(✓) **The interviewees were going all out to impress on the interviewers that** they were best suited/qualified for the job.
接受面試者盡力讓面試官了解，他們最適合這份工作。

關鍵解說

(1) try very hard（盡力）已過度使用，go all out（盡力）是較好的選擇。

(2) impress =im- (=in- =on) + press（壓），即**將～刻印在／壓在～上面**，故依定義形成以下二種表達方式：**impress sb with sth**（以某物壓在某人心上／腦海裡），或 **impress sth on sb**（將某物壓在某人心上／腦海裡），引申為**讓某人深刻了解某事**。如果受詞 sth 太長，則 that- 子句、或 wh- 子句，都要移到 on sb 後，以免頭重腳輕，故本題要改為 **impress on the interviewers＋that- 子句**的句型，如：

→ The speaker tried to **impress the dangers of drugs on the children**.= The speaker tried to **impress on the children how dangerous drugs can be.** (Merriam-Webster)

演說者想要讓孩童了解吸毒的危害有多大。

→ I wish to **impress on you that you must study**. (Crowell)

我想讓你了解你必須讀書。

→ My dear mother **impressed on me that the family name I bore**, Croyden, **was a cherished possession** which I must never sully. (T. Powell)

我親愛的媽媽讓我了解，我擁有的姓 Croyden 是珍貴的財產，我絕不能玷污。

(3) 以簡潔的 they were best suited/qualified for the job 取代語意結構較繁複的 they were very capable and should be given the job，讓表達更具效力。

第 2 章

冠詞的誤用、遺漏，
或不該用而用

049. (X) He was *the* player of his school baseball team 10 years ago.

十年前他是該校棒球隊的球員。

(✓) He was **a** player of his school baseball team 10 years ago.

關鍵解說

用定冠詞 **the** 表唯一，但一個球隊**不只一個球員**，故要用 **a player**，表示**其中一個球員**，請比較以下例子：

→ The time to repair the roof is when **the sun** is shining. (John F. Kennedy)

修理屋頂的良機，是在太陽燦爛時。

→ My brother is **a founder member** of the club.

我弟弟是該社團的一個創始會員。

★ 【註】found（建立）, founded, founded, founding, founder（建立者）。find（發現）, found, found, finding, finder（發現者）。

050. 中文：時鐘有各種形狀及大小。

英文：(X) *The clocks* come in various shapes and sizes.

(✓) **Clocks** come in various shapes and sizes.

關鍵解說

本題中文是**一般敘述**，所以時鐘是**泛指**，但誤句 **the + 複數名詞 clocks** 是**特指這些時鐘**，與中文句意不合，故去掉定冠詞 the，以表示**泛指**，如：

→ **Dogs** come in all shapes and sizes. (Oxford)

狗有各種形狀和大小。

進階補充

(1) 英文表**泛指**有三種方式。舉「斑馬是草食哺乳動物」為例：

a. A zebra is a/an herbivorous mammal.

（一匹）斑馬是（一匹）草食哺乳動物。

b. The zebra is a/an herbivorous mammal.

斑馬（這種動物）是（一種）草食哺乳動物。

c. Zebras are herbivorous mammals.

斑馬是草食哺乳動物。（最常用）

(2) 但這不表示這三種說法都能隨意互換。a zebra 指**全體斑馬當中的一分子**，故仍指**個體**；the zebra 指**斑馬這種動物**，以別於其他種類的動物，故有表示**全體斑馬**的功能；zebras 是**泛指全體斑馬**。

(3) 故在需要以**全體**為前提的語意情況下，只能用 **b-c** 這二種說法來表達**泛指**，如：

中文：北極熊（這種動物）現在面臨絕種的威脅。
→ **The polar bear**/*A polar bear* is now threatened with extinction.= **Polar bears** are now threatened with extinction.
＊ 個體不會有絕種的問題，要整個物種才會有絕種的問題。

051. (X) The invention of *telephone* has made communication much easier.
發明了電話，使通訊變得容易多了。

(✓) The invention of **the telephone** has made communication much easier.

關鍵解説

(1) telephone 是可數，要表現**數**，除非前面有 by：call him **by telephone**（用電話打給他）等於 call him **on the telephone**。

(2) invent **the telephone** 的 the telephone 是指**電話這種東西**，不是**這部電話**。即使用 **a** telephone（某一部電話）也不行。所有的發明物都是表**族群泛稱**，只能用**定冠詞 + 單數名詞**來表達，如：
→ Who invented **the telephone/the wheel/the refrigerator/the plane**?
電話／輪子／電冰箱／飛機誰發明的？
→ One of the most powerful scientific tools ever invented is **the telephone**.
(John C. Mather)
人類有史以來所發明的最強大的一種科學工具就是電話。
→ The person who invented **the telephone** was named Alexander Graham Bell.
發明電話的人名叫貝爾。

進階補充
定冠詞 + 單數名詞還可表示**抽象的意義**，如：
→ **The pen** is mightier than **the sword**, but **the tongue** is mightier than them both put together. (Marcus Garvey)
文字比**武器**威力更大，但**説話**比二者加起來威力還大。

052. （劣）I'm going to visit *my friend* tomorrow morning.
我明天早上要拜訪我的朋友。

（優）I'm going to visit **a friend** tomorrow morning.

關鍵解説

英文這時説 my friend，會讓人以為説話者只有一位朋友，故通常會説 (He is) **a friend** (of mine).（（他是我的）一位朋友），如：

→ When you go to stay at **a friend's** house, bring a thank-you gift for their hospitality.

去住朋友家時，要帶一份謝禮，以感謝他們的招待。

---

053. (X) If you don't have a road map, you'll have *problem* finding the way to his house.

如果你沒有道路圖，會很難找到去他家的路。

(✓) If you don't have a road map, you'll have **a problem/problems/a lot of problems/trouble/difficulty** finding the way to his house.

關鍵解説

problem 是**可數**名詞，在句中要表現**數**，本題可用 a problem/problems/a lot of problems，還可使用**不可數**名詞 trouble/difficulty，如：

→ I'm **having a problem** making a choice between paint and wallpaper.

我現在很難選擇要油漆、還是要貼壁紙。

→ I've been **having problems/trouble** <u>with</u> this computer ever since I bought it.

這部電腦從我買來問題就一直不斷。

---

054. (X) The number of *the* visitors to the town has increased from 50 to 120 *people* a day.

到這鎮上的遊客人數，已從每天 50 人，增加到 120 人。

(✓) **The number of visitors/tourists** to the town has increased from 50 to 120 a day.

關鍵解説

(1) the number of 要接**不特定的複數名詞**。重點在講名詞的**數目**，故 number 前要有定冠詞 the，後面的名詞不限定，故**前面沒有 the**，如：

→ The figure in brackets gives **the number of students** in the class.

括弧內的數字表示這個班上的學生人數。

(2) number（**數目**）要用**數字**與之對應，後面不再接名詞，如：

→ The average **number** of students in each class is approximately **25**.

每班平均學生人數大約 25 個。

055. (X) *The sighted people* are to understand the difficulties of *the sightless people.*

明眼人要了解盲人的困難。

(✓) **Sighted people/The sighted** are to understand the difficulties of **sightless people/the sightless.**

關鍵解說

定冠詞＋（形容詞＋）複數名詞表特指。原句**未指定哪些明眼人／盲人**，故要**去掉定冠詞 the**，以表示**泛指**。**泛指明眼人**可用 the sighted, sighted people; the seeing, seeing people；**泛指盲人**可用 the blind, blind people; **the sightless**, **sightless people**; the unseeing, unseeing people。如：

→ There ought to be institutions for the education of people whose duty (it) is to take care of **the sick/sick people**/*the sick people.
應該要設立教育機構，來教育那些以照顧病人為職責的人。

進階補充

定冠詞＋形容詞是英文很特別的表達方式，可等於**複數名詞**，也可等於**單數名詞**；可表**泛指**，也可表**特指**（有文法書説 the sick = the sick people，只講對了一半），完全依句意而定：

(1) 指**人**時，等於**複數名詞**，如：

→ **The dead** (=People who are dead) cannot cry out for justice. It is a duty of **the living** (=people who are alive) to do so for them. (Lois McMaster Bujoid)
（**表泛指**）死者無法呼籲正義，為他們呼籲正義，是生者的責任。

→ More nurses are needed to care for **the sick** (=the sick people) in this infirmary.
（**表特指**）需要更多的護理師，來照顧該**醫務所裡的病患**。

★ 這類形容詞常用的有：**blind, dead, deaf, disabled, dumb, elderly, gifted, handicapped, hearing impaired, homeless, injured, living, maladjusted, mentally/ terminally ill, mentally retarded, old, poor, powerful, sick, talented, unemployed, visually impaired, wounded, young**。

(2) 指**事物、抽象的觀念、狀態**時，視為**單數名詞**，如：

→ **The unknown** always **has** greater power to capture my interest than **the known**.
（**指事物**）未知的事物總是比已知的事物更能擄獲我的興趣。

→ **The unconscious** affects our thoughts and actions.
（**指抽象觀念**）潛意識影響我們的思想和行為。

→ They believe that Jesus Christ rose from **the dead** (=the state of being dead).
（**指狀態**）他們相信耶穌基督從死裡復活。（比較上面 (1)）

(3) 但 the former（前者）, the latter（後者）, the accused（被告）, the deceased（死者）依指涉對象而定，可當單數或複數名詞使用。

056. (X) On our way home, we ran out of *the gas*.
我們回家的路上，汽油用完了。

(✓) On our way home, we/our car ran out of **gas**.

(✓) On our way home, **the/our gas** ran out.

run out of... 後面接的名詞一律不加冠詞。若用**物品的名稱**當主詞，前面要有**定冠詞**或**所有格**，否則不知物品屬誰，動詞則用 **run out**，如：

→ He has **run out of rice/face masks.** = **His rice/face masks** has/have run out.
他米／口罩用完了。

→ I often **run out of money** before the next payday.
我常常下次發薪日還沒到，就把錢花光了。

057. (X) There are two kinds of fruits in the picture. One is *apple*, and the other is *banana*.
圖片中有兩種水果。一種是蘋果，另一種是香蕉。

(✓) There are **two types of fruit** in the picture. One is **an apple**, and the other is **a banana.**
（圖片中的水果是單數）

(✓) There are two types of fruit in the picture. One is **apples**, and the other is **bananas.**
（圖片中的水果是複數）

fruit 可當可數與不可數。**two/these types of fruit** 比 two/these kinds of fruits 常用。水果的名稱**都是可數名詞**，在句中要表現**數**，如：

→ My favorite fruit is **apples**.
我最喜愛的水果是蘋果。

→ **Grapes are** my favorite fruit.
葡萄是我最喜愛的水果。

058. (X) The man with *beard* and long hair is the thief.

留鬍子和長髮的那個人就是小偷。

(✓) The man with **a beard** and long hair is the thief.

關鍵解說

beard 是可數名詞，在句中要表現**數**。一個人只有一個 beard，如：

→ The man has **a long beard**; the boy is beardless.
這個男子鬍子很長，這個男孩沒有鬍子。

→ Two young men with **beards** are talking in a corner of a room.
有兩個留鬍子的年輕人，在房間的一個角落聊天。

059. (X) Neither his parents nor his sister *has memory* as good as his.

他的父母和他的姊姊，記憶力都沒有他的好。

(✓) Neither his parents nor his sister has **a memory** (which is) **as good as his**.

(✓) Neither his parents nor his sister **has as good a memory as he** (does).

關鍵解說

(1) **memory** 統指**學過而記在腦海的事情**時，是**不可數名詞**；描述**記憶力如何時**，**memory 是可數名詞**，前面要有**冠詞 a**，如：

→ I have never had **a very good memory** for names.
我從來不善於記人姓名。

→ I can recite the poem **from memory**.
我能夠憑記憶朗誦這首詩。

(2) 如果換成人和人比較，則用修正句 2 的表達方式。

060. (X) As a modern man, I cannot imagine *a life* without the Internet.

身為現代人，我無法想像沒有網路的生活。

(✓) As a modern man, I cannot imagine **life** without the Internet.

關鍵解說

life（生活）可當**可數或不可數**。前面有形容詞 **happy, hard, busy** 等時，**要有冠詞 a**，但本題修飾語在 **life 後面**，故 life 前面**不加冠詞**，如：

→ We have grown so dependent on the cell phone that we can't imagine **life** without it.
我們依賴手機已經這麼深，無法想像沒有手機的生活會是怎樣。

061. (X) Damaging *human liver*, the medicine has been banned.

這種藥因為會傷害人的肝臟，已經禁用了。

(✓) Damaging **the human liver**, the medicine has been banned.

關鍵解說

(1) 動物體內器官**都是唯一**，且當**可數**用，故**前面要有定冠詞 the**，如：

→ When **the liver** does not produce enough globulin, a person lacks resistance to infectious disease.

肝臟製造的球蛋白不足時，人就缺乏抵抗傳染病的能力。

(2) 當 liver 端上餐桌作為佳餚時，才當**不可數**用，如：

→ You shouldn't eat **liver**, heart, brain, or pork, and you shouldn't drink alcohol. (Breakthrough)

你不該吃肝臟、心臟、腦，或豬肉，你也不該喝酒。

062. (X) These factories produce massive *amount* of waste, causing huge pollution problems.

這些工廠製造大量的廢棄物，造成重大的汙染問題。

(✓) These factories produce **a massive amount/massive amounts** of waste, contributing to/resulting in/causing/creating huge pollution problems.

關鍵解說

(1) **number**（數）跟**可數名詞**連用；**amount**（量）跟**不可數名詞**連用，如：

→ It is not the **amount** of **money** one has in the bank that counts/matters.

重要的不是一個人銀行裡有多少存款。

→ Tina counted the **number** of **students** (who were) standing outside the classroom.

蒂娜算一算站在教室外面的學生人數。

(2) 但 amount 和 number 本身是**可數名詞**，在句中要表現**數**，所以前面沒有不定冠詞 **a/an** 時，要用**複數形**，如：

→ Unemployment results when **a large number/large numbers** of people are unable to find work.

當很多人找不到工作時，失業問題就產生了。

063. (✗) In order to avoid *traffic jam*, they set off half an hour earlier for the destination.

為了避開塞車，他們提早半小時出發，前往目的地。

(✓) In order to avoid **traffic jams/traffic congestion/getting stuck in traffic**, they set off/out half an hour **early/earlier** for the destination.

關鍵解說

(1) jam 是可數，前面要有冠詞 a/the，或用複數形 jams。congestion（壅塞）是不可數。如：

→ I got stuck in **traffic/a traffic jam** for an hour on the way home from work.
我下班回家途中，塞車一個小時。

(2) 如果只表達**提早～分鐘／小時**等，用 early 即可，因為 early 已有**提早**的意思，但少數人會用 earlier。表比較時就要用比較級 earlier，如：

→ You'll have to arrive at the movie theater at least **half an hour early/earlier** to get a good seat.
你要提早至少半個小時到達電影院，才能找到好座位。

→ This morning I got up half an hour **earlier than usual**.
今天早上我比平常早起半個小時。

第 3 章

介詞的誤用、遺漏，
或不該用而用

064. (X) Their computers are different only *by the* color.

　　他們的電腦只有（在）顏色（方面）不同。

　　(✓) Their computers are different only **in** color.

關鍵解説

在 color/size/shape/appearance（顏色／尺寸／形狀／外貌）等前面，介詞要用 in（在～方面），前面不加冠詞 the。介詞換成 by（按照）時也一樣。如：

→ Sort **by size** the objects (that/which are) different **in color**.
將這些不同顏色的物品，**按照大小**分類。

→ The two cats are similar **in size/color/appearance**.
這二隻貓大小／顏色／長相很相似。

065. (X) The car was traveling at 70 miles *in* an hour.

　　這輛車子當時的時速是七十哩。

　　(✓) The car was going/traveling (at a speed of) 70 miles **an/per** hour.

關鍵解説

(1) 凡是説**每～多少～**，a/an 前**不能加介詞 in**，因為這時 a/an 不是指數目的**一**，而是指介詞 **per（每）**，如：

→ I exercised forty minutes **a day**, five days **a week,** and at the end of three months I lost five kilograms.
我**每**天運動四十分鐘，**每**週五天，三個月後減重五公斤。

→ The superhighway speed limit in Taiwan is 110 kilometers **an/per hour**.
台灣高速公路的速限是**每小時** 110 公里。

(2) 表達**用多少時間完成多少事**時，才要有**介詞 in** (= at the end of)，這是強調**效率與完成**，跟**速率**的概念不同，如：

→ If a car is **traveling** (at a speed of) **60 miles an/per hour**, it will **travel 120 miles <u>in</u> two hours**.
如果車速每小時 60 哩，那（用）兩小時（的時間）可跑完 120 哩。

Cf：He can run six miles **in** fifty minutes.
　　他（用）50 分鐘（的時間）能**跑完**六哩。

(3) 哩數前有 for 表**純指哩程**，故**不能再**與 in 連用，以免語意衝突，例如不該説 *We walked for three miles in fifty minutes.*，要去掉 for 或 in fifty minutes。

066. (X) Are you sure you want to join us *to our camp* next month?

你確定下個月要和我們一起去露營嗎？

(✓) Are you sure you want to join us **on our camping trip** next month?

關鍵解說

(1) 介詞 to 表示**往～方向**，因此常與**動向** (locomotive) **動詞** go, run, throw 等連用，請參考 079 題關鍵解說。本題 join 作**加入～作夥伴解**，不是動向動詞，所以**不能搭配 to**，要依情況使用別的介詞，如：

→ Will you join me **in** a walk/**in** a drink/**in** buying a present for her?

要不要跟我去散步／喝酒／一起買禮物給她？

(2) join 當**連接**解時，是**動向動詞**，可跟**介詞 to** 連用，如：

→ Join this piece **to** that one.

把這一塊跟那一塊連接起來。

067. (X) He can't afford to *pay for* the telephone bill.

他付不起電話費。

(✓) He can't afford to **pay** the telephone bill.

關鍵解說

pay 定義為**付錢、付錢給**。以下說明 pay/pay for 的用法：

(1) **pay + 人或公司**：因為人或公司都能**直接收下款項**，如：

→ We **pay the power company** every month.

我們每個月付款給電力公司。

(2) **pay + 錢或錢的相等語**：因為**直接付出款項**，如 bill（帳款），bribe（賄款），cash（現金），debt（債務），expenses（費用、開銷），fee（費用），fine（罰款），money（錢），rent（租金），tax（稅款）等。如：

→ I didn't **pay my phone bill** for three months and the telephone company disconnected my telephone.

我三個月沒繳電話費，結果電話公司把我斷線。

(3) **pay for + 物品**：物品**不會收錢**，接 **for** 表示付錢以交換物品，如：

→ "That cell phone I bought is broken already." "Well, you get **what** you **pay for**."

「我買的那支手機已經壞了。」「哎，一分錢一分貨。」

→ How much did you **pay for** your car?

你車子多少錢買的？

(4) **pay for + 人**：表示**替人付錢**（給別人），**錢第三者拿走**，如：
→ Don't worry about money; I'll **pay for you**.
錢不要擔心，我會幫你付的。

068. (X) She has been waiting *for all week* to see you.
她整個禮拜都等著要見你。
(✓) She has been waiting **all week** to see you.

關鍵解說

all + 時間名詞 day/night 等，形成**副詞片語**，前面**不加介詞 for**，如：
→ People wait **all week** for Friday, **all year** for summer, **all life** for happiness.
(Raimanda. B)
世人為禮拜五等待整週，為夏天等待整年，為幸福等待一生。

069 (X) She doesn't have many visitors *except Sunday*.
除禮拜天外，她訪客不多。
(✓) She doesn't have many visitors **except on/for Sundays**.

關鍵解說

(1) **except** 定義是**從整體的同類的人／事／物中，除掉一部分**，故 except 前後**有相對應的同類的字**時，後面就**不須加**（但也可以加）**介詞**，如：
→ He gets up early **every day** except (for)/other than **Sundays**.
他除了禮拜天外，天天早起。

(2) except 前後**沒有相對應的同類的字**（如本題），自然無法除掉，故 except 一定要加**介詞**，語意才合邏輯。以下的例子都要有 for：
→ The **room** was very cold and, **except for Morris**, entirely empty.
這個房間很冷，而且除了有 Morris 外，空無一人。
→ The **location** is good, **except for** its immediate **proximity** to the industrial zone.
這個地點很好，可惜緊鄰工業區。

(3) 本句是一般敘述，所以最好用複數形 Sundays 表泛時。

進階補充

介詞 except 和 besides 的定義與用法都不必死記，由構詞就可加以區別：

(1) **except = ex- (= out) + cept- = take**，所以 except 本義為**拿掉**，定義為**除～之外**，表示**真正除掉**，如：

中文：這間圖書館，除了禮拜一以外，每天都開放。
→ The library is open daily/every day **except** (for)/*besides* Mondays.

(2) **besides 是由 beside = by the side of**（在～之旁）變化而來，因此 besides 仍含有 **beside 的本義**。A besides B 本義為「**A 在 B 之旁**」，表示 AB **兩者並列**，B **沒有被除掉**，所以 besides 定義為**除了～之外，還有～**，與 in addition to/apart from/along with 同義：

中文：除了英文外，他還要學兩種別的語言。
→ **Besides/In addition to/Apart from/Along with/**Except* English, he has to learn two other languages.

---

070. (X) She told me to add a little more salt *in* the soup.
她叫我再加一點鹽進去湯裡。

(✓) She told me to add a little more salt *to* the soup.

(✓) She told me to *put* a little more salt *in/into* the soup.

關鍵解説

(1) 中文可説**加～進去**，但英文只能説 **add A to B**（把 A 加到 B）。**in addition to**（除～外，而且）這個片語介詞即**源自 add to**。如：
→ Add two **to** four, and you get six. = If you add two **to** four, you get six.
二加四等於六。

→ We are here to **add** what we can **to** life, not to **get** what we can **from** life. (William Osler)
我們來到這個世界上，是要盡可能豐富生命，而非盡可能榨取生命。

(2) 如果把 add 換成 **put**，就要搭配介詞 **in/into**，如：
→ She **put** a sweet red pepper **into** the salad.
她把紅色甜椒放進去沙拉裡面。

---

071. (X) There is nothing new *in* the sun.
太陽底下／天下沒有新鮮事。

(✓) There is nothing new **under** the sun.

關鍵解説

(1) in the sun 意指**在陽光中**，sun = sunlight（陽光），如：
→ She often lies **in the sun/sunlight**, hoping to make her skin brown.
她常躺在陽光中，希望把皮膚曬黑。

(2) **世界上**要説 **under the sun/in the world**，如：

→ I don't think there's anyone **under the sun/in the world** who actually likes paying taxes!
我不認為世界上有人真的喜歡納税！

072. (X) All you have to do is (to) drill a hole *on* the wall.
你只要在牆上鑽個洞就行了。

(✓) All you have to do is (to) drill a hole **in** the wall.

關鍵解説

這是中式英文。on 是指平面，但在牆壁上鑽洞，則洞必然在牆壁**裡面**，所以要説 a hole **in** the wall，如：

→ I didn't notice **the hole in the trousers** until I saw the photo later.
我後來看了照片，才注意到**褲子上這個破洞**。

073. (X) *After* the gun battle between the police and the bad guys, many people were wounded or dead.
在警察和壞人之間的槍戰後，很多人受傷或死亡。

(✓) Many people were wounded/injured or dead **in** the gun battle between the police and the bad guys.
在警匪槍戰中，有很多人傷亡。

關鍵解説

槍戰後是中文**不準確**的説法。因為傷亡和槍戰是**同時**，所以要把 after 改為 **in**，表示**在槍戰中**傷亡，如：

→ An estimated 20 people were killed **in** the gun battle between the two gangs.
在這兩個幫派的槍戰中，估計有二十個人死亡。

= An estimated number of 20 people were killed **in** the gun battle between the two gangs.

= The number of people (who were) killed **in** the gun battle between the two gangs was estimated at 20.

＊【註】語意上看，**an estimated**（冠詞＋形容詞）可視為**副詞用法，修飾數詞 20**，意思接近**副詞 approximately/roughly/around/about**（大約）。因為人數是**被估計出**來的，故用表被動的**過去分詞形 estimated**。語法上看 **an estimated 20 people** 可視為**名詞片語**（限詞 **an** ＋形容詞 **estimated** ＋中心詞 **20 people**），**estimated** 後面省略了 **number of**。以下是類似用法：

→ It was a full three years (= three full years) before he returned home.
過了整整三年，他才回家。

→ **It's a mere (= only) two miles to the museum.**
到博物館只有兩哩。

→ **We walked for a solid two hours (= two solid hours).**
我們不停地走了兩個小時。

074. (X) They worked together to *prepare for food and drinks* for the party.
他們同心協力，準備聚會要用的食品和飲料。

(✓) They worked together to **prepare food and drinks** for the party.

關鍵解説

prepare 和 prepare for 都可當**準備**解，但兩者用法不同：

(1) **prepare + 名詞**：表示**名詞直接接受 prepare 這個動作，兩者是同時**。常見的名詞有 food/drinks/meals/a report/a salad/**a test**（出考題）等，如：
→ Wash your hands before eating or **preparing food**.
吃東西或準備吃的東西前，要先洗手。

(2) **prepare for + 名詞：for 表目的，目的即未來，名詞沒有直接接受 prepare 這個動作，名詞發生的時間晚於 prepare**。常見的名詞有 a party/the worst/war/an interview/**a test**（準備應試）等，如：
→ When I'm **preparing/studying** for my exam, I don't like to be interrupted.
我在準備考試時，不喜歡／希望受打擾。

→ Those who desire peace should **prepare for war**.
想要和平者就要備戰。

075. (X) My friend, Stanley, can stand *with* one foot for three hours.
我的朋友史丹利能用單腳站三個小時。

(✓) My friend, Stanley, can stand **on** one foot/leg for three hours.

關鍵解説

表達中文的**用**，英文要依不同的語意情境，使用不同的介詞：

(1) **on**：表**支撐、接觸**，常接 foot, leg, hand(s), head, tiptoe, clothes, the telephone, piano, towel, apron, violin, CD player, the bus, the train 等，如：
→ How long can you stand **on your hands with your eyes closed**?
你眼睛閉著，用雙手能倒立多久？
＊人倒立時是在手的上面，這是從 on（在～之上）引用過來的。

(2) **by**：表**藉某種方式**，常接 telephone, the method, check, **credit card**, radio, letter, email/e-mail, telegram, bus, train 等，這些名詞通常表示**一種概念／**

功能，而不是具體的東西，故前面大部分是**零冠詞**，如：
→ Will you be paying **by** check or credit card?
你用支票還是用信用卡付？

(3) **with**：表**用有形的工具**，常接 soap, water, hand(s), money, **a credit card**, **a pen**, a hammer 等，可數名詞前有**冠詞或所有格**，如：
→ She signed her name **with** a pen.
她用鋼筆簽名。

(4) **in**：表**方法、狀態**，常接 way, word(s), water, letter（字母），**pen/pencil/ink**（前面零冠詞），whisper(s), English, voice, oil, cash, style（風格，文體）等，如：
→ He's drawing a car **in pen/pencil/ink/chalk**.
他在用鋼筆／鉛筆／墨水／粉筆畫汽車。
★ 這是指畫好的筆跡，非指具體的用具，故用零冠詞。請比較 (3)。

(5) **over**：表**手段**，由原義**藉、透過**引用而來，如：
→ It's very convenient to send messages **over** the Internet.
用網路傳送訊息很方便。

(6) **between**：由原義**在～之間**引用而來，如：
→ "Hey there," he shouted **between** his cupped hands.
他用拱成杯狀的雙手，圍著嘴巴，大聲喊叫「喂！」
★ 把手拱成杯狀圍著嘴巴，這時嘴巴在兩手之間，所以用 between。英文介詞用法之神妙，可見一斑。

---

076. (X) They cannot hope to boost their earnings except *for* working longer hours.
除了延長工時外，他們無法指望增加收入。

(✓) They cannot hope to boost/increase their earnings except (= other than) **by** working longer hours.
除了（靠）延長工時外，他們無法指望增加收入。

關鍵解說

這是中式英文。except 和 except for 請參考 069 題。except (for) 和 except by 含意、用法都不同。以下分項舉例說明：

(1) **except** (for) +（動）**名詞**：定義為**除了～以外**。該（動）名詞對應的是前面的名詞（以粗體字表示），如：
→ There is no **secret** to success except **hard work**. (Cuntee Cullen)
除了努力以外，成功沒有祕訣。

(2) **except by ＋**（動）**名詞**：定義為**除了靠～以外**。**by ＋**（動）**名詞 ＝ 副詞片語**，修飾**句中主要動詞**（以粗體字表示），如：

→ You can't **achieve** anything except (= other than) **by hard work**. (Kemp)
除了（靠）努力以外，什麼都無法達成。

＊ 中文多把靠（**by**）省略，造成許多人不知道要用 except **by**。

(3) 動名詞片語 working longer hours 前面沒有相對應的名詞，故要把 for 改為 by，形成**副詞片語 by working longer hours**，修飾動詞 **boost**。

077. (X) It is difficult to remove the oil stains *on* the white shirt.
這件白色襯衫上的油漬很難除去。

(✓) It is difficult to remove the oil stains **from** the white shirt.
(✓) It is difficult to **get** the oil stains **out of** the white shirt.

關鍵解說

(1) 這是中式英文。油漬除去後就脫離襯衫了，故要搭配表示**脫離**的動態介詞 **from**。請參考 090 題，如：

→ Trees help to **remove** carbon dioxide **from** the atmosphere.
樹木有助於消除大氣中的二氧化碳。

(2) 本題還可以用 get A out of B 的形式來表達，如修正句 2。

進階補充

英文用**動態介詞**表現動作的結果，中文常把動作的結果，緊接在動詞後，例如：掃**掉**、擦**掉**、刪**掉**，因此中文仍然搭配靜態介詞**上**。

(1) 例如 **Look at** the lipstick stain **on** the cup.，因為 look at（看）無法驅使 the lipstick stain 脫離杯子，故中英文都用靜態介詞**上 /on**；但 **Wipe** the lipstick stain **off/from** the cup.，因為 wipe（擦）能驅使 the lipstick stain 脫離杯子，所以英文要改用**表脫離的動態介詞** off/from。

(2) remove 能驅使 oil stains 脫離 the white shirt，故搭配**動態介詞 from**。

(3) 以下是更多類似的例子：pick up the book **off/from** the floor；delete this name **from** the list；sweep the dirt **off/from** the driveway；take the book **off/from** the shelf。

078. (X) Our teacher had us clean the classroom *by* the end of the semester.

我們老師叫我們打掃教室到學期末。

(✓) Our teacher had us clean the classroom **till/until** the end of the semester.

關鍵解說

中文**到某時**有二解：**(1)** 表示**到某時**（之前），**某個動作要完成**，因此常用 **by**，表**不晚於**，動詞常用**非持續性**動詞 die, finish, complete, etc.；**(2)** 表示**某個動作持續到某時**，常搭配 **till/until**，表示**直到**，動詞則用**持續性**動詞 clean, live, stay, etc.。如：

→ The project should be **completed by**/*till/until* the end of May.

這項計畫到五月底（前）應該完成。

→ They plan to **stay** in Taipei **until**/*by* the end of May.

他們打算在台北待到五月底。

079. (X) Ivy's birthday is just around the corner. Let's give a party *to* her.

艾薇的生日快到了，我們來幫她舉辦個聚會。

(✓) Ivy's birthday is just around the corner. Let's give a party **for** her.

關鍵解說

雙賓動詞先接直接受詞（物）時，後面的介詞要用 to 還是 for，這由**介詞的性質**和**動詞的定義**決定，無須死記。以下舉例説明：

(1) to 是**動態介詞**，意指**往～**，表空間往目標移動，所以要有能力**驅使直接受詞，直接往接受者的方向移動的動詞，才能搭配介詞 to**。舉 hand（遞）為例：遞東西給人的**遞給**是直接而單一的動作，不是遞了再給兩個動作。常見的這類**動向動詞**有：take, sell, lend, offer（主動給予）, tell, send, mail, pass, **give（給予）**, **throw（投）**, hand, award（頒發）, pay, do (do good to sb) , deny（拒絕給）, **owe（欠＝須還給）**, promise（允諾給）等, 如：

→ He **owes** $100 **to** my father.

他欠我爸爸一百美元。

= He has to pay $100 back **to** my father.

他必須**還給**我爸爸一百美元。

→ She **mailed** the application form **to** me.

她把申請表寄給我。

Cf：She **mailed** the application form **for** me.

她幫我寄申請表。（寄給第三者）

(2) for 是**靜態介詞**，故**沒有能力驅使直接受詞，直接往受益者的方向移動的**動詞，自然容易搭配 **for**。舉 buy 為例：買東西給人的**買給**是**先買**後**再給**雙重動作，而且二個動作有時間差。常見的這類**非動向動詞**有：book（預定（房間／桌位／機票等）），buy, get（買、找到），make（泡、製作），cook, choose, save（留），order（訂購），cash（兌換），hold（舉辦），**have**（舉辦），**throw（舉辦）**，**give（舉辦）**，find（找到），leave（留），paint（畫），do（do a favor for sb），spare（保留）等，如：

→ They are **giving/holding/throwing** a bridal shower party **for** her.
她們要為她**舉辦**婚前送禮會。

Cf：He **gave/threw** a ball **to** her.
他**送**／**投**了一個球給她。

→ Don't eat them all; **save/leave** some **for** me.
不要全部吃光，留一些給我。

＊用法隨字義不同而改變。give 當給解時，是動向動詞，故搭配動態介詞 to，當舉辦解時，是非動向動詞，故搭配靜態介詞 for。

進階補充

(1) 雙賓動詞搭配 to 時，表示接收者真的拿到東西，搭配 for 時則受益者未必真的拿到東西。表目的的 for，只表示打算給。上面關鍵解說 (2) 也說過，用 for 表雙重動作，所以在兩個動作之間，就有可能產生變數。以下朗文當代英文詞典的範例，印證了這個現象：

→ I really bought these shoes **for** Mary, but I think I'll give them **to** Jane.
這雙鞋子本來我是想買給瑪麗的，但現在我想送給珍。

(2) 動向與非動向動詞完全看動詞的定義。像 work, stay, sit, **lie（躺著）**, stand 等，只在自己的範圍裡活動，自然不可能接移動性的介詞 to。具有移動能力的動詞，如 go, come, run, walk, drive, fly 等，自然會接移動性的介詞 to。

(3) 像 teach, read, shout, lie**（說謊）**, say, tell, talk, speak 等，看似只在自己的範圍裡活動，但其實聲音已突破了自己的框框，變成動向動詞了，故會接動態介詞 to。至於 write（寫信）等於用筆代口在跟對方說話，功能同 talk 和 speak。

(4) reach（伸手去拿）/get（去拿）/fetch（去拿）已含**雙重動作**，故接介詞 for，如：

→ Can you **reach/get/fetch** that book **for** my sister?
你能不能伸手拿／去拿／去拿那本書給我妹妹？

(5) sing 和 bring 可搭配 to 或 for，如：

→ She sang a song **to/for** him.
她唱一首歌給他聽。

＊用 to 表示他在場，用 for 表示他可能不在場。

→ You stay where you are and I'll bring you another drink. = I'll bring another drink **to** you. (Merriam-Webster)
你待在原地，我再拿一杯飲料給你。

✶ 用 **to** 表示對方直接拿到東西。

→ I brought flowers **for** her and she took them from me/but she refused to accept them.
我帶了花給她，她把花接了過去 / 但她不願接受。

✶ 這裡用 **for** 可表示對方直接拿到東西，也可表示沒有拿到。

080. (X) Her loyalty to her friend is *out of question*.
她對朋友很忠誠，這無庸置疑。

(✓) Her loyalty to her friend is **beyond question**.

關鍵解說

副詞片語 out of question 現在幾乎沒有人用。要表達**無庸置疑的**，可用 **beyond question** 當形容詞片語，做為 loyalty 的補語，這個片語也可當副詞用，如修飾以下例子的動詞 establishes，如：

→ **Her integrity** is **beyond all question.**
她很正直／清廉，這完全無庸置疑。

→ The new evidence **establishes** his innocence **beyond question**.
（question 當**疑問**解，不當問題解，所以是不可數名詞）
毫無疑問地，這新的證據證實他是清白的。

081. (X) The woman put the stone in the soup. *Out of surprise*, the soup became more delicious.
這個婦人把石子放進湯裡，出於／由於驚訝，湯變得更好喝了。

(✓) The woman put the stone in the soup. **To her surprise**, the soup became more delicious.
這個婦人把石子放進湯裡，令她驚訝的是，湯變得更好喝了。

關鍵解說

out of（出於／由於）後面要接**原因**，但依句意，本題是表**結果**，故要把 out of surprise 改為 **to her surprise**（令她驚訝的是），以符合句意。

進階補充

(1) out of 常接與心理、情緒有關的名詞：concern（關心）/curiosity（好奇）/ envy/interest/kindness/necessity（需要）/pity（同情）/respect 等，如：

→ I came **out of real interest**, not just to have fun.
我是因為真正有興趣而來的，不是只為了玩樂而已。

→ **Out of curiosity**, he opened the letter (that was) addressed to his roommate.
他由於好奇，拆開了寫給他室友的信。

(2) **令人覺得（很）～**用 **to one's (great) +** 情緒／心理名詞，或 **(much) to one's +** 情緒／心理名詞，常見的有 joy/surprise/satisfaction（滿意）/sorrow（悲傷）/disappointment（失望）/relief（放心）等，如：

→ **To my surprise**, she didn't ask me to pay for the damage **to** her car.
讓我覺得意外的是，她沒有要求我賠償車損。

→ **To his great joy** (= Much to his joy), he succeeded in solving the thorny problem.
令他非常高興的是，他順利解決了這棘手的問題。

---

082. (X) I have to *talk something* important with him.
我必須和他談一件重要的事情。

(✓) I have to **talk to/with** him **about something** important.

(✓) I have **something important to talk to/with** him **about**.
我有一件重要的事情要跟他談。

關鍵解說

(1) talk 是不及物動詞。**跟某人談～**要用 **talk to/with** sb；**談論某事／人**要用 **talk about sth/sb**。**跟某人談論某事／人**要用 **talk to/with** sb about sth/sb。

(2) 把修正句 1 的 something important 調到 have 後面，即成為修正句 2，如：

→ There is **something else** I would like to **talk to you** <u>about</u>.
我還有一件事情想跟你談。（about 以 something 為受詞，不能省略）

---

083. (X) I hope you have learned a lesson *after* that accident.
我希望你在那次意外事件後，已經學到了教訓。

(✓) I hope you have learned a lesson **from** that accident.
我希望你已經從那次意外事件學到了教訓。

關鍵解說

本句的語意核心是：獲得教訓的**來源**就是**意外事件**。表示來源的介詞是 **from**。試比較以下例子之不同：

→ I hope you've **learned** (= drawn) **a lesson from** this, young man!
少年的！我希望你已經從這件事學到教訓了。

→ She was very nervous about driving again **after** the accident.
她發生事故後，再開車時很緊張。

084. (X) The cup of hot tea made me feel warm *in* the cold night.
在這寒冷的夜晚，這杯熱茶讓我感覺很溫暖。

(✓) The cup of hot tea/The hot cup of tea made me feel warm **on** the cold night.

關鍵解說

如果只說**在早上／下午／傍晚／晚上**，那麼用 **in** the morning/afternoon/evening/night 即可。如果要說**在～早上／下午／傍晚／晚上**，時間名詞前／後有特定日子或狀況等修飾語時，則介詞就要用 **on**，如：
→ I'm used to napping for 20 to 30 minutes **in the afternoons**.
我習慣在下午小睡二、三十分鐘。

→ This album is perfect to listen to **on a rainy/on a Sunday** afternoon.
這個專輯最適合在下雨的／星期天的下午聽。

→ The accident happened **on** the morning/afternoon/evening/night **of March 20ᵗʰ**.
意外事件發生在三月二十號的早上／下午／傍晚／晚上。

085. (X) There are many *different* outdoor activities for you to *choose*.
有很多不同的戶外活動，供你挑選。

(✓) There are many outdoor activities for you to **choose from**.
有很多戶外活動，讓你（從中）挑選。

關鍵解說

所謂**很多活動供你挑選**，就是**從（from）**眾多活動中，挑出一個或多個。誤句 to choose 以 activities 為受詞，表示全部活動都挑選了，違反語意邏輯，故 choose 後面要有 from。different 是贅字。如：
→ There are lots of extracurricular **activities** for students to **choose from**; each can **choose** one or more activities.
有很多課外活動供學生（從中）挑選，每個學生都可以挑選一個或多個活動。

086. (X) He took his driving test many times, and *at the end* he succeeded.

他駕駛測驗考了很多次，最後考過了。

(✓) He took his driving test many times, and **in the end** he succeeded.

關鍵解説

(1) at the end 意指**在末尾／盡頭**，常用在 at the end of 的結構中，如：
→ No matter what you're going through, there's (a) light **at the end of** the tunnel. (Demi Lovato)
無論你現在經歷什麼苦難，隧道的盡頭見曙光。

(2) 原句要表達的是**最後、終於**，故改用 **in the end**，意同 finally，如：
→ He had promised to fund my trip to Japan, but **in the end** he didn't.
他早答應資助我日本之旅，但最後他沒有這麼做。

087. (X) That's the 500cc motorcycle *I told you* yesterday.

那就是我昨天跟你說的五百 cc 的機車。

(✓) That's the 500cc motorcycle **I told you about** yesterday.

關鍵解説

(1) tell 是**敘述性動詞**，可接**敘述性名詞、名詞子句、或 wh- 片語**，如 one's fortune（命運）, **news, story, tale, joke, lie, secret, the truth, fact, it, this（這件事情）, that（那件事情）, thing（事情）, no-/any-/some-/every- thing, the time (= what time it is), one's occupation (= what one does)** 等為受詞，其表達法為 **tell + sb + 敘述性名詞、名詞子句、或 wh- 片語**。如以下例子：
→ She looked at the palm of his hand and **told him his fortune**.
她看著他的手掌，幫他算命。

→ Can you **tell me the time,** please?
請問現在幾點？

= Can you **tell me what time it is**, please?

→ He didn't tell me **how to bandage the cut** to prevent infection.
他沒有跟我說要怎麼包紮這傷口，以預防感染。

→ My wife told me **(that) you played sports together** when you were kids.
我太太跟我說妳們小時候都在一起運動。

→ He didn't **tell me anything** about his retirement plan.
他沒有告訴我任何退休計畫的事情。

＊ **it, this, that, thing, nothing, anything, something, everything** 等語意不固定，故可視為敘述性或非敘述性名詞，直接置於 **tell/say** 後面。

(2) tell 不能緊接**非敘述性名詞 book, car, house, money, motorcycle 等**，故要用 **tell sb about** + **非敘述性名詞**。請參考 146 題。如：

→ I like **the story you told me** yesterday, but I don't like **the car you told me about** last week.

我喜歡你昨天跟我講的故事，但我不喜歡你上週跟我講的那輛車子。

088. (X) Some crucial evidence concerning the murder *has been dealt with special care*.

跟謀殺案有關的一些關鍵證據，已經特別謹慎處理了。

(✓) Some crucial evidence concerning the murder **has been dealt with with special care**.

關鍵解說

(1) **deal with** 是**處理、論述**；**with care** = carefully，**都要有介詞 with**。所以特別謹慎地處理某事，要説 deal **with** sth **with** special care，改為被動態時，自然成為 **sth be dealt with with special care**，可見誤句少了 with。以下是範例：

→ Children's health is an extremely important subject that needs to **be dealt with with great care**. (Healthy Living)

兒童健康是非常重要的課題，須要很慎重的處理。

(2) 在被動句中，**連續出現二個介詞**是很正常的現象，如：

→ Play can be thought **of as** a child's work since it is through play that children learn. (Merriam-Webster)

遊戲可視為小孩子的工作，因為小孩子就是透過遊戲來學習的。

089. (劣) He took ten dollars *out from* his pocket.

他從口袋裡拿出十塊錢。

(優) He took ten dollars **from/out of** his pocket.

關鍵解說

(1) 這是中式英文。from 表**脱離**，接容器時，就表示**從容器中出來**了，可見 out 是贅字。out of 也可表示**從容器中出來**，如：

→ He took his gloves **from** (= out of) his coat pocket.

他從外套口袋裡拿出手套。

(2) 使用 out from（從～出來）時，from 後面會接**介詞片語**，如：

→ The cat came out **from under the bed**.

這隻貓從床鋪底下跑了出來。

090. (X) His inability to write down the correct answers wiped the smile *of* his face.

他無法寫出正確答案，使他臉上失去了笑容。

(✓) His inability to write down the correct answers wiped the smile **off** his face.

關鍵解說

東西擦掉（wipe）後就**脫離**原來的位置，故 wipe 要搭配表脫離的介詞 **off/from**。請參考 077 題進階補充，如：

→ The teacher told me to wipe all the words **off/from** the chalkboard.
老師叫我把黑板上的字全部擦掉。

→ He stooped and picked up the letter **off/from** the floor.
他彎下腰把地板上的信撿起來。

進階補充

雖然介詞 of 也有表**脫離**的意思，但要跟特定的具有**脫離、剝奪**含意的**動詞或形容詞**連用，以下列舉部分例子：

(1) **動詞：deprive** them **of** their freedom（剝奪他們的自由）；**defraud/cheat** her **of** her savings（騙走她的積蓄）；**rid** herself **of** all her worries（她拋掉一切煩憂）；**strip** a tree **of** its bark（剝掉樹木的皮）；**bereave** him **of** his son（使他痛失兒子）；**rob** her **of** her purse（搶／竊走她的錢包）；**rid/clear** the body **of** toxins（排掉體內毒素）；**clear** the road **of** snow（清除路上的積雪）；**sap** her **of** her confidence（使他失去信心）；**wash** one's hands **of** the matter（不再過問此事）如：

→ Worry never **robs** tomorrow **of** its sorrow; it only **saps** today **of** its joy. (Leo Buscaglia)
煩惱絕不會奪走明天的憂傷，只會扼殺今天的歡樂。

(2) **形容詞：**be **independent of** his parents（不靠父母）；**free of** charge（免費地）；be **innocent of** the crime（沒有犯罪）；be **ignorant of** the facts（不知道這些事實）。

091. (X) Her hands trembled when she *heard Jim's death* on the telephone.

當她在電話中聽到吉姆的死訊時雙手發抖。

(✓) Her hands trembled when she **heard of/about Jim's death** on/over the telephone.

關鍵解說

hear 可接 news, music, noise, thunder 等這類**可以直接聽到**的名詞，但不能緊接**無法直接聽到的事件名詞 death, accident, marriage, divorce, robbery, job vacancy（職缺）, success, failure, promotion 等為受詞**，故 hear 後面要加上介詞 **of/about**（關於）。本題要改為 **heard of/about** Jim's death。請參考 074 題。如：

→ We didn't **hear of his death** until many years later.
　我們多年後才聽到他的死訊。

092. (X) *Out of* the boss' expectations, Andrea *dropped into* the office early this morning to *deliver* her resignation letter.

出乎老闆的意料之外，安德莉亞今天一大早進入辦公室遞辭呈。

(✓) **Contrary to/Against** the boss'/boss's expectations, Andrea **went into** the office early this morning to **hand in/submit/tender** her resignation (letter).

關鍵解說

(1) out of one's expectations 是由於某人的意料，語意不通。要改為 **contrary to/against the boss'/boss's expectations**，表示與老闆的意料相反。如：

→ **Contrary to** her expectations, Caroline found the show very entertaining.
　卡珞琳覺得表演很有趣，這出乎她的意料。

(2) dropped into 是順道進入，但遞辭呈是**特意的**動作，故要改用 went into。

(3) deliver 用在送信、貨品等，送辭呈要用 **hand in/submit/tender**，如：
→ I'm thinking about **handing in** my resignation.
　我在考慮遞交辭呈。

093. (X) With a continuous 3 km stretch of golden sand, the beach *attracts artists around the world* each summer to create amazing sculptures with its fine soft sand.

這座沙灘有一段金沙綿延三公里，每年夏天都吸引世界各地的藝術家來此，以其細軟的沙粒，創造出令人驚豔的沙雕。

(✓) With a continuous 3 km stretch of golden sand, the beach **attracts artists from around the world** each summer to create amazing sculptures with its fine soft sand.

關鍵解説

attract（吸引）能夠驅使受詞 artists **離開**原住地，故搭配表**脫離**的 **from**。如果不必離開原住地，自然不必接 from。全世界可説 **around/across/all over/throughout** the world。請比較以下範例：

→ The art museum **attracts** visitors **from all over the world**. (Merriam-Webster)
  這座博物館吸引世界各地的遊客。

→ The same problems are faced by children **across/around/throughout/all over** the world.
  全世界的兒童都會面臨這些相同的問題。

094. (X) She knows she should try hard to find a well-paid job so that she can be financially independent *from* her parents.
  她知道應該努力找個待遇良好的工作，以便在經濟上不必依賴父母。

(✓) She knows she should try hard to find/get a well-paid job so (that) she can be/become financially independent **of** her parents.

關鍵解説

(1) **be/become independent from**：專指脫離另一個國家而獨立，不再受其統治，如：
  → India became independent **from** Britain in 1947.
    印度 1947 年脫離英國獨立。

(2) **be/become independent of**：指感情／物質上，不依賴別人，如：
  → Good teaching should make students independent **of** their teachers.
    良好的教學應該讓學生不依賴老師。

095. (X) The unpleasant memories *in* his childhood came flooding into his mind.

他對童年不愉快的記憶湧上心頭。

(✓) The unpleasant memories **of** his childhood came flooding into his mind.

關鍵解說

the memories of one's childhood = **remembering one's childhood**，意即記住童年的種種，表達**動詞與受詞**的關係。就像 the learning **of** English = learning English，意即學習英文。所以用名詞表達動詞與受詞的關係時，後面介詞只得用 **of**，不能用 in。其他如 the memories **of** the trip/my school days 等，情況亦同，如：

→ My worst **memory** is **of** my first dance lesson as a 14-year-old in Prague. (Martina Navratilova)

我最糟糕的記憶是，十四歲時在布拉格上的第一堂舞蹈課。

→ We change **the memory of our past** into a hope for our future. (Lewis B. Smedes)

我們把緬懷過去，轉變成展望未來。

096. (X) Rodney explained *the reason of being late* for the meeting in a humorous way.

羅德尼以幽默的口吻，解釋他會議遲到的原因。

(✓) Rodney **humorously explained** his reason **for being late** for/to the meeting.

關鍵解說

(1) reason（原因）要搭配表達**原因**的介詞 **for**。如：

→ She walked away, not wanting to explain **the/her reason for** resigning from/ leaving her job.

她走開了，（因為）不想解釋離職的原因。

→ A man always has **two reasons for** doing anything: a good reason and the real reason. (J. P. Morgan)

人做任何事情都有兩個理由：好的理由和真正的理由。

(2) 修正句 1 用 humorously explained 取代 explained...in a humorous way，讓表達更簡潔有力。

097. (X) Visiting *a country* is a good chance to *learn different cultures*.

去一個國家旅遊是學習不同文化的好機會。

(✓) Traveling to/Visiting **foreign countries** is a good chance to **learn about different cultures**.

去外國旅遊是學習／了解不同文化的良機。

關鍵解說

(1) 用 visiting a country 意指去某個國家，語意不甚清楚，因此改為 visiting **foreign countries**，較符合本題的語意條件。

(2) 談到獲得某個技能的知識或經驗，尤其有人教導時，learn 後面可緊接受詞 skill, technique, craft, language, musical instrument 等。想要了解某個**廣泛的領域或主題**，如 nature, climate change, culture, the church history 等時，要用 **learn about**。如：

→ **Learning about different cultures** helps us understand and embrace cultural differences.

認識不同的文化，會幫助我們了解進而接受文化差異。

→ You can just sit in front of your television and **learn about**/*learn **the culture** of other countries. (Macmillan Dictionary)

你只要坐在電視機前，就能夠了解他國的文化。

098. (X) If you haven't handed in your paper *till/until* 3 p.m., you'll be punished.

如果你到下午三點還沒有交報告，就會受處罰。

(✓) If you haven't handed in your paper **by** 3 p.m./pm, you'll be punished.

關鍵解說

用 **not... till/until 3 p.m.** 表示動作**到下午三點才發生**，但 **by 3 p.m.** 表示**不晚於下午三點／下午三點以前**，故有**可能在二點半就發生**。本題依句意，當然有可能在二點半就交出報告，故要把 till/until 改為 by，如：

→ She said she would stay in the office **until 5:10**, so if she hasn't come back **by six**, give me a call.

她說要在辦公室待**到五點十分**，所以如果她**到六點**（以前）還沒有回來，就打電話給我。

099. (X) I wonder *who to appeal* for help.

我不知道該向誰懇求援助。

(✓) I wonder **who/whom to appeal to** for help.

關鍵解說

appeal 是**不及物**動詞。**懇求某人協助**是 **to appeal to sb for help**，變形後就成為 **sb to appeal to for help**，可見誤句 appeal 後面少了介詞 to。如：

→ The police are appealing **to** the public **for** information about the crime.

警方呼籲／懇求大眾提供這個刑案的情報。

100. (X) The fact that more than *30 percent children* are overweight highlights the problem of unhealthy diet.

超過 30% 的兒童過重，這凸顯飲食不健康的問題。

(✓) More than **30 percent of children** are overweight, (a fact) **which** highlights the problem of unhealthy diet.

關鍵解說

(1) 表達**整體中的多少 %** 時，要用 **... % + of** (+ the) + **整體**，跟 most **of** the books 的用法相同，可見誤句 30 percent 後面少了介詞 of，如：

→ **69% of American adults** are either overweight or obese.

百分之六十九的美國成年人，不是過重就是過胖。

(2) the fact that... 語意空洞，宜盡可能避免。請比較以下例子：

中文：她這麼簡單的歷史測驗考不及格，她爸爸很生氣。

→（劣）Her father was very upset about *the fact that she failed* the easy history test.

→（優）Her father was very upset about **her failure** in the easy history test.

(3) 修正句中逗號後面的關係代名詞 **which**，指涉前面整個子句。

進階補充

數字 + percent 能否接 of，由語意決定。表達**佔整體當中的多少 %** 時要接 **of**，這時數字 + percent 是當**代名詞**用。如果把**一個整體**（通常是較具抽象概念的名詞）解構成幾個元素，表達**各個元素佔多少 %**，這時**數字 + percent** 當**程度副詞**用，**後面自然不能接 of**，請比較以下例子：

→ **Ninety percent of** selling is conviction, and 10 percent is persuasion. (Shiv Khera)

銷售 90% 是堅定的信念，10% 是說服。

Cf：Selling is **ninety percent** conviction and **ten percent** persuasion.

銷售是 90% 堅定的信念，10% 說服。

→ **One percent of** genius is inspiration, and **99 percent** (of it) is perspiration.

天才 1 分是靈感，99 分是血汗。

Cf：Genius is **one percent** inspiration and **ninety-nine percent** perspiration. (Thomas A.Edison)

天才是 1 分靈感，99 分血汗。

101. (X) May demonstrated her mathematical ability by working out the answer *of* the question *very quickly*.

梅迅速解題，充分顯露其數學能力。

(✓) May demonstrated her mathematical ability by **quickly working out** the answer **to** the question.

關鍵解説

(1) 介詞 of 可表達**屬於**的關係，如 the lid **of** the box，表示 the box has a lid，而且看得到蓋子和箱子一體呈現，但答案和問題二者是相**對應**的關係，因此要用介詞 **to**。

(2) 以下是表**對應**的用語：the solution **to** the problem（該問題的解決辦法）；the key/answer **to** a riddle（謎底）；the key **to** the lock/door（鎖／門的鑰匙）。如：

→ I can't figure out the key **to** his success/longevity.

我不了解他成功／長壽的秘訣。

(3) very quickly 修飾 working out，但相距稍遠。將 quickly 調到 working out 前，讓文句鏗鏘有力。

102. (X) Which direction did she go *to*?

她往哪個方向走？

(✓) Which direction did she go **in**/**In** which direction did she go?

關鍵解説

go to 接目的地，但方向不是目的地。**只要聯想已知的 in** the east/west，就知道**表示方向的介詞**要用 **in**。如：

→ The taxi headed **in** the direction of the mountains.

這輛計程車往山區的方向開去。

→ All he needs to know is the direction **in** which he should be going.

他所須要知道的，就是該往哪個方向走。

103. (X) My father has been to Korea *for several times*.

我爸爸去過韓國好幾次了。

(✓) My father has been **to**/*in* Korea **several times**.

關鍵解說

可用 for 接**一段時間／距離**，但不能接**次數**，請比較以下例子：

→ There was no one to be seen **for miles** around.
方圓幾哩看不到一個人。

→ I've been there **dozens of times**.
我去過那裡好幾十次了。

→ Returnable bottles are often used **forty to fifty times** while unreturnable bottles are used **only once**. This is waste. (W.S. Fowler)
可回收的瓶子往往使用四、五十次，不可回收的（瓶子）只使用一次。這就是浪費。

104. (X) He usually reads newspapers in the morning to get the latest news *in the world*.

他通常早上看報，以獲悉世界上最新的消息。

(✓) He usually reads newspapers in the morning to get the latest news **from around/across/all over the world**.

關鍵解說

in 是**靜態介詞**，但消息是**動態傳播**的，是**從**世界各地傳送過來的，所以要搭配**動態介詞 from**，說成 the latest news **from around/across/all over** the world。請比較以下例子：

→ With 101 floors, Taipei 101 is one of the tallest **buildings in the world**.
台北 101 有一百零一樓，是世界上最高的一座大樓。（大樓不會隨時移動）

→ You turn on the computer, and ask for the foreign news. The screen is immediately filled with **news from around the world**. (Breakthrough)
你打開電腦，找國外新聞，螢幕上馬上充滿世界各地（傳來）的消息。

105. (X) *What he hopes* is to win First Place in the competition.

他希望的是能夠在比賽中拿第一名。

(✓) **What he hopes for** is to win/get/take first place in the competition.

(✓) **He hopes to win/get/take** first place in the competition.

關鍵解說

(1) hope 是不及物動詞，要先接介詞 for，才能再接受詞，如：

→ We all **hope for** a better tomorrow.
我們都期待明天會更好。

→ Economic recovery is **what** we **hope for**.
經濟復甦是我們所期待的。

→ Everybody needs **something** to **hope for**.
每個人都需要有所期待。

(2) hope 接**不定詞片語**或 **that- 子句**時，自動轉為**及物動詞**，請參考 007 關鍵解說 (1)。

(3) What he hopes for is to win first place in the competition. 是 He hopes to win first place in the competition. 的分裂句／加強句，如以下例子：

→ **We hope for a quick end** to the new coronavirus epidemic.
我們希望新冠病毒疫情很快平息。

= **What we hope for is a quick end** to the new coronavirus epidemic.
我們所希望的是新冠病毒疫情很快結束。

(4) 由以上說明可知誤句 What he hopes，是以 what 為 hopes 的受詞，可見 hopes 後面少了 for。

第 **4** 章

動詞的誤用

106. (X) This bottle of wine has been *put* in the cellar for 20 years.

這瓶酒放在地窖裡已經二十年了。

(✓) This bottle of wine has been **kept/sitting/lying** in the cellar for 20 years.

中文的放有以下三種不同的意涵：**(1)** 表示瞬間動作的**放置**時，用及物動詞 **put**，不能跟一段期間並用，這是本題錯誤之處；**(2)** 表示持續狀態的**存放**時，用及物動詞 **keep**；**(3)** 表示持續狀態的**位於**時，用不及物動詞 **sit/lie**。如：

→ He can't remember where he **put** his car keys.
他記不起把車子鑰匙放哪裡了。

→ These ashes/cremains have been **kept**/*put* in an urn for years.
這些骨灰存放在骨灰罈裡多年了。

→ The tangerines, which have been **sitting/lying** on the table **for a week**, are starting/beginning to spoil.
這些橘子放在桌上已經一個禮拜了，開始要變壞了。

107. (X) We go to school to *learn knowledge*.

我們上學以學習知識。

(✓) We go to school to **gain/acquire knowledge**.

我們上學以汲取／獲得知識。

(✓) We go to school to **learn things**.

我們上學以學習事物。

(1) 知識是透過學習的過程而獲得的**結果**。結果是用**獲得**的，故誤句動詞 learn 要改為 gain（獲得）/acquire（習得）。

(2) 修正句 2 用 learn things，指學習的過程，語意合理。如：

→ We all have to actually **learn things** to **gain/acquire knowledge**.
我們都必須實際學習事物，才能獲得知識。

108. (X) The sporting goods store *opens until* 10:30 p.m.

這家運動器材店開到晚上十點半。

(✓) The sporting goods store **is/stays open** until 10:30 p.m.

關鍵解説

誤句 open（開張、打開）是**非持續性動詞**，在肯定句中，不可搭配持續性介詞 **till/until**。若要表達**持續開放到～，則 open 要當形容詞用**，意指**開著的**，前面搭配持續性動詞 **be/stay**。請比較以下例子：

→ The store **opens at** 9 a.m. on Saturdays.
這家店每週六早上九點開門營業。

→ The store **is open from 9 a.m. to 10 p.m.** on Saturdays.
這家店每週六，從早上九點開門營業到下午十點。

109. (X) If he *takes* his children here, can you show them around?

如果他把小孩帶來這裡，你能帶他們到處去看看嗎？

(✓) If he **brings** his children here, can you show them around?

關鍵解説

take 意指**帶走／帶去**，表示**遠離説話者的方向**；bring 則指**帶過來**，表示**朝著説話者的方向**。如：

→ I **took** him to the beach early this morning and then we went to a movie.
我今天一大早**帶他去**海灘，然後我們去看電影。

→ **Bring** the newspaper to me, not (to) your brother.
把報紙**帶過來**給我，不是給你弟弟。

110. (X) Bonnie, you had better *sleep* now.

邦妮，你最好現在睡覺。

(✓) Bonnie, you had better go to **sleep/bed** now.

邦妮，你最好現在**去睡覺**。

關鍵解説

(1) sleep（睡覺）是**持續性動詞**，故常與介詞 for/till/until 連用。go to **bed/sleep**（去睡覺，就寢）是指時間上的**起點**，這是本題要表達的意思，因此 sleep 要改為 go to bed/sleep，請比較以下例子：

→ She **went to bed** early and **slept** like a log.
她很早就寢，睡得很香。

→ Tell the kids it's time to **go to sleep** (=go to bed). (Merriam-Webster)
跟小孩子説該去睡覺了。

(2) 另外 **go to sleep** 還可定義為**入睡、睡著**，指時間的**點**，所以不能換成 sleep，也不能換成 go to bed。如：

→ (Being) tired and hungry, he **went to sleep/fell asleep** as soon as he lay down.

他又累又餓，一躺下去，就馬上睡著了。

111. (X) Join the club and you can *know* a lot of new friends.

加入這個社團，那麼你就能夠認識很多新朋友。

(✓) Join the club and you can **make** a lot of new friends.

你加入這個社團，就能夠**結交**很多新朋友。

(✓) Join the club and you can **meet** a lot of **people**.

你加入這個社團，就能夠**認識**很多**人**。

關鍵解說

朋友本來就**熟悉了**，故要把 **know** 改為 **make**（結交）。另外，**初次的認識**要用 meet，這是**非持續性動詞**，不可接一段期間。如：

→ No matter how many **new friends** you **make**, your first best friend will always be special. (Claire Warner)

無論你結交多少新朋友，第一個最要好的朋友，永遠很特別。

→ We've been good friends ever since we **met**/*knew in college.

我們從大學認識到現在，一直是很要好的朋友。

→ I **have known**/*have met him **since he was a child**.

我從他小時候就認識他了。

112. (X) My package was in the post office, so I had to go there to *take* it.

我的包裹在郵局裡，所以我必須去那裡拿。

(✓) My package was in the post office, so I had to go there **to get it**.

關鍵解說

到某地去拿／取某物的**拿／取**要用 **get**。請比較以下例子：

→ It was midnight when I got back to the hotel. I went into the lobby to **get** my key. (Breakthrough)

我回到旅館已經半夜了，我進去大廳拿鑰匙。

→ I forgot to bring that CD, but I can go back home and **get** it. (Peter Watcyn-Jones)

我忘了帶那張 CD 來，但我可以回家拿。

Cf：You can **take** as many as you want.

你想拿幾個就拿幾個。

113. (X) He got up late this morning, but he still *could* catch the bus.

他今天早上起得晚，但還是趕上公車了。

(✓) He got up late this morning, but he **was still able/still managed** to catch the bus.

關鍵解說

(1) **過去一般時間的一般能力**，可用 **could** 或 **was/were able to**，如：
→ As a child, he **could/was able to** play the violin and piano.
他小時候會彈小提琴和鋼琴。

(2) 過去**特定場合成功達成的特定動作**，只能用 **was/were able to** 或 **managed to** (=succeeded in)，不可用**僅表示可能的 could**。本題真的搭上公車，故 could 要改為 was able to 或 managed to 才行，如：
→ I **was able to/managed to** get a bank loan; otherwise, I **would have had to** sell my house.
我獲得了銀貸，否則早就不得不賣掉房子了。

(3) **在否定句中**，表過去的能力，可使用 **couldn't** 或 **wasn't/weren't able to**，因為不存在的狀況，就沒有區分的必要，如：
→ Tom was so exhausted that he **couldn't/wasn't able to** walk any further.
湯姆筋疲力盡，無法再走下去了。

114. (X) Studying in an American school *makes me have* the chance to make foreign friends.

讀美國學校，讓我有機會結交外國朋友。

(✓) Studying in an American school **has given** me the chance/opportunity to make foreign friends.

關鍵解說

(1) make + O + V 的 **make** 意指**強迫、促使**。因此 **make me have the chance 是中式英文，語意不當**，要改為 **give me the chance**。

(2) 另外，説話時事情對我的影響已造成，故要用現在完成式 **has given me the chance to** （給了我～的機會），如：
→ Being able to speak English fluently **has given me the chance to get** (a) **promotion/get promoted**.
我英文説得流利，讓我能夠獲得升遷。

115. (X) When Otto *went to* the station, the train had left already.

歐特去車站時，火車已經開走了。

(✓) When Otto **got to/arrived at/reached** the station, the train **had already left**.

歐特抵達車站時，火車已經開走了。（**had left already 較少用**）

英文 go to the station 包含**出發、行走、抵達**的過程。要抵達車站後，才能發現火車開走了，故要改為 **arrived at/got to/reached** the station。如：

→ When the ambulance **reached** the accident scene, the old woman **had already died**.

救護車抵達事故現場時，這個老婦人已經死了。

116. 中文：傑夫已經去義大利五天了。

英文：(X) Jeff *has gone to* Italy for five days.

(✓) Jeff **has been away/out in** Italy for five days.

(1) go 和 come 是非持續性動詞，has gone to Italy for five days 是**已經去義大利了，要在那兒待五天，不是去義大利五天了**。

(2) 表達**不在**要用表狀態的 **be away/out**。狀態已持續五天，故要用現在完成式 **has been away/out**，然後在 Italy 前加上介詞 in。如：

→ Her father **has been away in Japan for so long** that she fears she is forgetting his face.

她爸爸已經去日本很久了，所以她擔心會漸漸淡忘他的臉。

117. (X) We *have run out of tea* for three days.

我們茶葉已經用完三天了。

(✓) We have been **out of** (=without) **tea** for three days.

(✓) We **ran out of tea three days ago.**

我們茶葉是三天前用完的。

(1) run out of（用完）是**瞬間動詞**，不能接 for three days。東西用完就變成**沒有**的狀態，故改為**狀態持續**的 **be out of**（沒有）或 **be without**（沒有），如：

→ He has been **out of** (=without) a job since the shoe factory closed (down).

自從這間鞋廠關門，他就一直（處在）沒有工作（的狀態）。

(2) 如果要維持 run out of，那後面必須接表示時間點的 three days ago，同時動詞要改為過去簡單式 ran，如修正句 2。

進階補充

中文**任何動詞**用在完成式，都可接**一段期間**，但英文只有**持續性動詞**才可以，以下列舉數例，說明中英文表達之異同，以及英文之正誤：

中文：這輛車子我已經買了五年了。
> → I *have bought* this car for five years/since 2017.（誤）
> → I **have had** this car for five years/since 2017.（正）

＊ **buy** 是瞬間動詞。一部車子不可能持續買五年，故不能接 **for five years/since 2017**。東西買了後就變成持續擁有 **have**，這時才能接一段期間。

中文：我已經五年沒有買新車了。
> → I **haven't bought** a new car in five years/for five years/since 2017.（正）

＊ 不存在的動作視同狀態，當然可以持續。否定句時介詞可用 **in/for**，肯定句只能用 **for**。

中文：我從 2017 年以來已經買了三輛車子了。
> → I **have bought** three cars since 2017.（正）

＊ 雖然 **buy** 是瞬間動詞，但本句表示數目的累計，與動作的反覆，不是持續，每次買的車子不是同一輛，這時才可跟一段期間連用。

中文：她自從搬到這個社區來，已經結交很多朋友了。
> → She **has made** a lot of friends **since moving to the community**.（正）

＊ 雖然 **make**（結交）是瞬間動詞，但本句也表示數目的累計。

---

118. (X) This article aims at *letting* women more interested in politics.
　　　這篇文章的目的在讓婦女對政治更有興趣／關心。

(✓) This article aims **to make/at making** women more interested in politics.

關鍵解說

(1) 中文**讓**可表示**允許**（let）或**使**（make），英文的 **let**（讓）只能表示**允許**。原句要表達的是**使**，所以要用 **make**（使）。

(2) 另外，二者句型也不同：make + O + 原形動詞／形容詞，而 let + O + 原形**動詞**。原句 interested 是形容詞，故只能用 make，如：
> → What **made** him **angry** was not what she said but the way she said it.
> 　使他生氣的不是她所說的話，而是她說話的態度。
> → He wouldn't **let** his daughter **go out**, which **made** her **angry**.
> 　他不要讓他的女兒外出，這使／讓她很生氣。

119. (X) "Do I have to take off my shoes?" "No. *Put* them on."

「我要脫鞋嗎？」「不必，穿上。」

 (✓) "Do I have to take off my shoes?" "No. Just **leave/keep** them on."

 「我要脫鞋嗎？」「不必，（繼續）穿著。」

關鍵解說

(1) put on 作穿上解，表示原本沒有穿，後來穿上，如：

 → Helen **put on** her coat and went out.
  海倫穿上外套就出去了。

(2) 本題是**原本就穿著鞋子，不用脫下來**，這時該用 leave/keep sth on （繼續穿著），此時 leave/keep 意指**讓～處在某種狀態**，如：

 → It's rude for a man to **leave/keep his hat on** indoors.
  男士在室內不脫帽子很不禮貌。

120. (X) Most drinks *are with* lots of sugar.

  大部分飲料糖含量很高。

 (✓) Most drinks **have/contain** lots of sugar.

 (✓) Most drinks **are high in** sugar.

關鍵解說

(1) 用在述部的 **be with** 意指**跟～在一起、贊成、對待**，如：

 → **Being with you** is what I call happiness.
  跟你在一起就是我所謂的幸福。

 → You're either **with** (=for) **me** or against me. There's no in between.
  你不是支持／贊成我，就是反對我，沒有中間模糊地帶。

 → How you **are with money** is how **you are with life.**
  怎麼對待錢就等於怎麼對待人生。

(2) 述部的**有**要用一般動詞 **have/contain** （有／含有），如：

 → Whisky **contains** a large percentage of alcohol.
  威士忌酒精含量很高。

(3) ～含量很高／低還可用 **be high/low in**，名詞前不接量詞，如：

 → Ice cream/The avocado **is high in** calories.
  冰淇淋／酪梨熱量很高。

進階補充

表達**否定**的**沒有**，卻可以用動詞 **be without** (=has/have no)，如：

→ The malicious gossip **is without** foundation.
這個惡毒的流言蜚語沒有根據。

→ I **am without** money, and **but for** the charity of kind friends, I would
be starving .
我沒有錢，若非好心朋友接濟，我就餓肚子了。

121. (X) I *join* a guitar club *after class*. I spend two hours a day practicing it.
我下課後加入吉他社，我每天花二小時練習。

(✓) I **go to** a guitar club **after school on Mondays**, and I spend two hours
a day practicing **it/the guitar.**
我每週一放學後參加吉他社的活動，每天還花二小時練習彈吉他。

關鍵解説

(1) 這是中式英文。**非持續性動詞 join**（加入）**用現在簡單式**，表示**反覆加入**，
但加入社團是**一次的動作**，如：
→ He **joined** the club 10 years ago and **has been** a stanch member **since then**.
他十年前加入這社團，從那時起一直是忠誠的團員。

(2) after class 通常表**特定的一節課後**，**不宜用在常態敘述**，故改為 **after
school on Mondays**，以符合本題常態敘述的要求。

(3) 本題表示加入社團後，參加**社團經常的活動**，故要用 **go to a club**，就像註
冊（enroll）完成後的**上學**，要用 **go to school** 一樣。如：
→ He **goes to clubs** with a view to pick**ing** up girls.
他參加各種社團活動，目的在勾搭女孩子。

(4) 從前半句 a guitar club，可推敲出來代名詞 it 的先行詞是 guitar。也可把 it
換成 the guitar。用 and 把二句合成一句，讓句構更連貫。

進階補充

一般文法書上説 spend + O + V-ing，不可把 V-ing 改為 to-V，此説不正確。語
意上**表目的**時，就要用**不定詞 to-V**，如以下範例：

→ So many people spend their health **gaining** wealth, and then have to spend
their wealth **to regain**/*regaining their health. (A. J. Materi)
毀了健康**換得了**財富，然後**為了重獲**健康，又得耗盡家財，這種人屢見不鮮。

→ Don't forget that you don't have to spend a lot of money **to be** happy/
fashionable.
別忘了，你不必花很多錢**就能夠**很快樂／時髦。

122. (X) The science museum is worth *going* again.

這座科博館值得再去一次。

(✓) The science museum is worth **going to again/visiting again**.

S（真主詞）+ be worth + V-ing，形式上**主動**，語意上**被動**，故 V-ing 必須是**及物動詞**。誤句不及物動詞 going 要加上**介詞 to**，才能變成**及物動詞**。此外，還可把 going to 換成及物動詞 visiting。如：

→ Anything **worth achieving** will always have obstacles in the way. (Chuck Norris)
值得達成的事情都會有障礙擋住去路。

→ Setting high standards for life, love, creativity, and wisdom makes every day and every decade **worth looking forward to**. (Greg Anderson)
為生活、愛情、創造力、和智慧設定高標準，會讓每天和每個十年都值得期待。

123. (X) As *an* old saying *puts it*, "One is never too old to learn."

俗話説：「學不厭老。」

(✓) As **the** old saying **goes**, "One is never too old to learn."

put 當**説、表達**解時，只能用**人**當主詞。引用諺語表示認同該諺語，因此 saying 前要用**定冠詞 the**，後面搭配動詞 **goes**。

→ As **she put** it, "You can't please everyone."
正如她説的，你不可能取悦每一個人。

→ "Practice makes perfect," as **the** old saying **goes**.
俗話説：「熟能生巧。」

124. (X) I hope I didn't *let you wait* long.

希望沒有讓你久等。

(✓) I hope I didn't **keep you waiting** long.

這是中式英文。**讓你久等了**是指**強迫你久等**了，不是允許你久等了，故誤句 let 要改為 **keep**（強迫）。let 是**允許**，中文也可解釋為**讓**，因此常遭誤用。以下例子的 keep, let 不能互換：

→ I'm sorry to **keep you waiting**, but I'll be with you in a minute.
對不起，**要讓**你們等了，不過我會馬上回來。

Cf：I **let** my kids watch TV only when they've finished their homework.
我小孩做完作業後，才讓／允許他們看電視。

125. (X) The golf player *won other* players without effort.
這位高球選手輕易地贏了／打敗其他的選手。

(✓) The golf player **beat/defeated the other** players without effort.

關鍵解説

這是中式英文。win 不能以**人**為受詞，要改用 **beat/defeat**（打敗）。指稱**其他特定**的選手要用 **the other players**。**other** + **名詞**表**泛指**。如：

→ They are launching a brand-new product next week, hoping to **beat/defeat** their competitors.
他們下週要推出全新的產品，希望打敗競爭者。

→ She was more intelligent than **the other girls** in her class.
她比班上其他的女生聰明。

126. (X) David cannot run as fast as he *used to be*.
大衛無法像以前跑那麼快。

(✓) David cannot run as fast as he **used to.**

(✓) David **is** not as fast a runner as he **used to be.**

關鍵解説

(1) 主要句子的動詞是**一般動詞**，則接 **used to**，以免重複前面出現過的動詞；主要句子的動詞是 be 動詞，則自然接 **used to be**，如：

→ She still **watches** TV series, but not as much as she **used to**.
她還有在看電視連續劇，但不像以前那麼常看了。

→ My daughter **is** not so shy around strangers as she **used to be**.
周圍有陌生人時，我女兒不像以前那麼害羞了。

(2) 修正句 2 把原來的 run fast，名詞化為 **a fast runner**。因為副詞 as 後面要接形容詞，故把形容詞 fast 移到 a 之前。

127. (X) The mysterious usually *arises* my curiosity.

神秘的事物常會引起我的好奇。

(✓) The mysterious usually **arouses** my curiosity.

(1) arise （發生，出現）是**不及物動詞**，如：

→ Learning difficulties are likely to **arise** when children are not taught properly.
孩童受教不當，就很可能發生學習困難。

(2) arouse （**引起**）是**及物動詞**，跟 **attract/pique/awaken** 等同義，如：

→ A good sermon should be like a woman's skirt: short enough to **arouse interest** but long enough to cover the essentials. (Ronald Knox)
精采的佈道該像女人的裙子，要短到能夠引人遐想，但要長到足以含蓋重點。

128. (X) With the unemployment rate so high, *looking for* a highly paid job is like striking gold in your backyard.
由於失業率這麼高，找一份高薪的工作，就像在你家後院發現金礦一樣難。

(✓) With the unemployment rate so high, **getting/finding** a highly paid job is like striking gold in your backyard.

中文**找**有時表過程**尋找**，有時表結果**找到**。本題找是指**找到**，表示**結果**，故要用 **get, find 或 land**。look for （尋找）表示過程，語意等於 try to get/find/land（想辦法找到）。如：

→ Only those who are now **looking for** work/a job/employment can realize how hard it is to **find** a decent job.
只有目前在**找**工作的人，才能體會像樣的工作多難**找**。

→ She's **looking for** a job in Taipei. = She is **trying to get/find/land** a job in Taipei.
她目前在台北找工作。

129. (X) Elsa spends hours a day surfing the Internet, so her mother *concerns* that she will neglect her studies.

葉莎一天花好幾個小時上網，所以她媽媽擔心她會怠忽課業。

(✓) Elsa spends hours a day surfing the Internet, so her mother **is concerned** that she will neglect her studies.

關鍵解說

誤句把 concern 定義為**擔心**，才接了 that- 子句當**受詞**，但 concern 要定義為**使人擔心**，故**主動態**時，自然要接**人**當受詞。如果**受詞置於主詞位置**時，要用**被動形式**，但沒有被動意含。如以下例子：

→ It really **concerns me** that he doesn't eat healthily or exercise regularly.
　　他吃得不健康，也不按時運動，（這件事）真叫我擔心。

Cf：I **am** really **concerned** that he doesn't eat healthily or exercise regularly.
　　　我真擔心他吃得不健康，也不按時運動。

→**Being concerned about/for** her health, they all suggested that she **take** a week off work.
　　因為她們擔心她的健康，所以都建議她休假一週，不要上班。

→ The police **are concerned that** violent crime is on the rise/increase.
　　警方擔心暴力犯罪在增加中。

進階補充

英文有一類跟精神、心理、情緒有關的及物動詞，可依其**定義**來運作，避免死記。以下列出部分常見的這類動詞，並說明其用法要點：amaze（使驚異），annoy（使惱怒），bewilder（使困惑），bore（使厭煩），concern（使擔心，使關心），delight（使高興），depress（使沮喪），disappoint（使失望），disgust（使厭惡），embarrass（使尷尬），excite（使興奮），frighten（使害怕），interest（使感興趣），satisfy（使滿意），scare（使害怕），surprise（使驚訝），terrify（使驚嚇），tire（使疲／厭倦）。

(1) 上列動詞的中文定義都有個關鍵字**使**。如 frighten 要定義為**使害怕**，如果定義為**害怕**，那就會把**她怕蛇**誤說成 She frightens snakes.，結果意思變成**她使蛇害怕／蛇怕她**。

(2) 這類動詞描述**主詞平常的心理狀態**時，自然要用**沒有被動意味的被動形式**，這時過去分詞當形容詞用，故通常**不接介詞 by**，動詞可用**現在簡單式**。但如果是描述**主詞受外界事物的衝擊，當下產生的一時的心理反應**，則使用**一般被動態**，動詞只能用**過去式**，因為說話時，事件**已經發生了**。請比較以下例子：

→ She often **frightens people** around her by making monstrous faces.
　　她常扮鬼臉嚇她身邊的人。（常態／動作）

→ She **is frightened/terrified/scared of** snakes.

她怕蛇。（常態／狀態）

Cf：She **was frightened/terrified/scared by** a snake as she entered the barn.

她進去穀倉時，被蛇嚇了一跳。（被動語態，一時的狀況）

→ *I am *afraid/frightened/terrified/scared of the heat/cold.*

我怕熱／冷。

→ I **cannot stand the heat/cold/the hot/cold weather.**

我受不了熱／寒冷／炎熱的／寒冷的天氣。

★ 中文說我怕熱／冷，並沒有在我心裡產生恐懼感，所以不能用 afraid/frightened/ terrified/scared，要用 cannot stand（受不了）。

(3) 這類動詞的現在分詞中文定義為**使／令人～的**，過去分詞定義為**感到～ 的**，語意邏輯系統分明。如：

→ I am looking for a job that will **satisfy** me.

我在找一份會**使我滿**意的工作。

→ I am **satisfied** with my job; it is one of the most **satisfying** jobs I have ever had.

我對我的工作（是）**感到滿意**（的），這是我做過的最**令我滿意的**一份工作。

(4) 這類動詞的**現在分詞**可以修飾**人和事物**的不少，例如 very **disgusting/ interesting/boring/frightening/disappointing/terrifying** people。過去分詞除 了修飾人（如 interested people（有興趣的人）外，還可擴大修飾 **expression/look**（表情），因為**修飾表情如同修飾人**，可修飾表情的形容 詞不少，如：He has a(n) **satisfied/interested/worried/tired** look/expression on his face.。

130. (X) A heat wave hit Europe, *claiming* as many as 47 deaths.

一場大熱浪侵襲歐洲，死亡人數多達四十七人。

(✓) A heat wave hit Europe, **resulting in/causing** as many as 47 deaths.

大熱浪侵襲歐洲，造成多達四十七人死亡。

(✓) A heat wave hit Europe, **claiming/taking** as many as 47 lives.

大熱浪侵襲歐洲，奪走多達四十七條人命。

關鍵解說

利用中文可避免死記。中文說**造成**（result in/cause）**死亡案例**（death）， 和**奪走**（claim/take）**人命**（life），自然學會動詞該搭配哪個受詞，如：

→ The terrorist attack **resulted in 120 deaths/claimed 120 lives**.

這次恐怖攻擊造成一百二十個人死亡／奪走一百二十條人命。

131. (X) Colin's restaurant business is flourishing. He *is about to* open a second restaurant next month.

柯林的餐廳生意興隆，他下個月馬上就要開第二家餐廳。

(✓) **With his restaurant business flourishing**, Colin **is going to** open a second restaurant next month.

柯林的餐館因為生意興隆，他計畫下個月要再開一家。

關鍵解説

(1) be about to + V （就要～）表示**立即的未來**，通常在**五分鐘以內**，故不再接**未來時間的副詞（片語）**。本題依句意要改成**已計畫好未來要做的** **be going to + V**。如：

→ Ed's bags are packed and he is putting on his shoes. He **is about to** leave for the airport.

艾德行李打包好了，正在穿鞋子，他就要到機場去了。

→ We **are going to spend** our holidays in the countryside this year.

我們今年打算去鄉下度假。

(2) 修正句用 **with + O + OC** 將首句縮簡為副詞片語，把兩句併為一句，也把因果關係表現出來。如：

→ **With the New Year approaching**, she needed to repay the money she had borrowed.

由於年關將近，她須要把借來的錢還清。

132. （劣）Upon *knowing the news of* her pet's death, Jennifer burst into tears.

珍妮佛得知她的寵物死亡的消息時，就放聲哭了起來。

（優）(Up)on **hearing/learning** of her pet's death, Jennifer burst into tears.

關鍵解説

(1) knowing the news of... 是中式英文。**得知～的消息**可説 **hear/learn of...**。(up)on + V-ing: (up)on 意指**一～就～**，故 V-ing 常用**非持續性動態動詞 hear, learn**（得知），**return, arrive, graduate**, 等。know 是持續性靜態動詞。如：

→ One day, **on returning home from work**, I noticed that the front door was wide open.

有一天，我一下班回家，就發現前門大開。

→ **(Up)on hearing the alarm**, you must evacuate the building as quickly as possible.

你一聽到警報，必須儘快離開大樓。

(2) **in + V-ing:** in 定義為 **while**（在～時），故 V-ing 常用**持續性動態動詞 do, try, speak, write, read, plan** 等。如：

→ **In** (=While) **trying to put out the fire**, he suffered third-degree burns to both hands.

他在努力滅火時，雙手遭受三級灼傷。

---

133. (X) What Dick learned from his failure was *make* full preparations in advance.

狄克從這次失敗當中學到的是，要事先做好充分的準備。

(✓) What Dick learned from his failure was **to make** full preparations in advance.

be 動詞前面的**子句或片語**裡面，沒有動詞 (to) **do/does/did** 時，補語要用**不定詞 to-V**，如果有，才能用**動詞原形 V 或 to-V**。請參考 155 題。如：

→ He thinks **what matters most** in life is **to earn**/*earn as much money as possible.

他認為人生最重要的事情，就是盡量多賺錢。

→ One thing you must never **do** is (to) **give** your phone number or address to a complete/total stranger.

有一件事你絕對不可以做：把電話號碼或住址給完全陌生的人。

---

134. (X) *Having graduated from high school for decades*, he still keeps in touch with many of his classmates.

雖然中學畢業幾十年了，他跟很多同學還有連絡。

(✓) **Though having been out of high school for decades**, he still keeps/ stays in touch with many of his classmates.

(✓) **Though he graduated from high school decades ago**, he still keeps/ stays in touch with many of his classmates.

(1) graduate（畢業）是**瞬間動詞**，不能接一段期間 **for decades**，因此 graduated from 要改為表**狀態持續**的 **be out of** 才行，如：

→ You are considered as an adult student if you **have been out of high school for at least one year** and are entering college for the first time. (Lake Campus)

如果你中學已經畢業至少一年，而且首次要進大學，那麼你就視同成人學生。

(2) 修正句 2 用過去式動詞 graduated，搭配過去時間點 decades ago。

(3) 本題分詞子句宜保留 (al)though，讓語意更清楚、又容易快速掌握。

135. (X) Although the virus is extremely small, we can still *have a look at it* through a microscope.

病毒雖然極小，但用顯微鏡，我們還是能夠看一看。

(✓) Although the virus is extremely small, we can still **see it** through/under/with a microscope.

病毒雖然極小，但用顯微鏡，我們還是看得到。

關鍵解說

see（**看到**）是知覺能力，表示**結果**。have a look/look（**看**）是**主動的、刻意的**去看，表示**過程**。原句要表達的是**看得到**病毒，屬於**知覺能力**，故只能用 **see**。以下範例中 see 和 look 不能互換：

→ I **looked** out (of) the window, but **saw** nothing.

　我往窗外**看**，但什麼也沒**看到**。

→ We can **look** through a telescope to **see** things (that are) far away.

　我們用望遠鏡**看**，就**看得到**遠處的東西。

136. (X) Sometimes foreign competition can push a company to *stay* more competitive.

有時候外來的競爭會促使公司在市場上保持更有競爭力。

(✓) Sometimes foreign competition can push a company to **get/become** more competitive.

有時侯外來的競爭，會促使公司在市場上提高競爭力。

關鍵解說

動詞 stay 是**停留在～狀態**，而動詞 push（推動，促使）會讓受詞產生**質變**，故後面動詞用 **become/get**（變得）才正確。請比較以下例子：

→ Your sleep surroundings have a huge influence on/over your ability to get to sleep and your ability to **stay**/*become **asleep**.

你睡覺的環境，對你能否睡得著和（睡著後）能否睡得久，影響很大。

→ They have managed to use whatever resources they possess to **get/become** more competitive in the marketplace.

他們利用了他們擁有的一切資源，來提高市場競爭力。

137. (X) Eating light food and exercising regularly will *make you keep fit*.
吃得清淡和規律運動，會讓你保持健康。

(✓) Eating light food and exercising regularly will **make/keep you fit/ help you stay fit.**
吃得清淡和規律運動，會讓你變得健康／讓你保持健康 / 幫助你保持健康。

關鍵解説

make you keep fit（讓你保持健康）是中式英文。正確的説法是：**make you fit; keep you fit; help you stay fit**（幫助你保持健康），如：

→ Exercising thirty minutes a day is enough to **make you fit/help you stay fit**.
每天運動三十分鐘，就足以讓你變得健康／幫助你保持健康。

→ Do push-ups and bent-knee sit-ups every day to **keep you fit/make you fit**.
每天做伏地挺身和彎膝的仰臥起坐，以保持健康／讓你變得健康。

138. (X) Customer: I'm not satisfied with this laptop. I want to get my money back.
顧客：這台筆電我不滿意，我要退錢。

Clerk: Do you *take* your invoice?
店員：你有帶發票嗎？

(✓) Clerk: Do you **have** your invoice?

關鍵解説

(1) 説話時**拿的動作**已過去，不能用現在式，何況本題在表達現在**發票有在你身上嗎**，故要把 take 改為**靜態動詞 have**。

(2) 中文**你現在身上有沒有帶錢？**，英文也常誤説成 *Do you bring any money with you?*。因為問話時 bring 的動作**已過去**，故該用過去式 **Did you bring...**，更好的説法是用時間沒有明顯的起迄點的**靜態動詞 have**，而且可用**現在簡單式**，説成 **Do you have** any money with/on you?。

139. (X) No matter how boring the lecture is, you have to *finish it*.

無論演講有多無聊，你都必須聽完。

(✓) No matter how boring the lecture is, you have to **sit through it**.

(✓) No matter how boring the lecture is, you have to **stay at it till/until the last.**

關鍵解說

(1) finish a lecture 是**把演講講完**。（**坐著**）**把演講聽完**是 **sit through a lecture**，介詞 through 意指**從頭到尾**，如：

→ Are you sure the kids can **sit through** a two-hour show?
你確定小孩子能看完二小時的表演節目嗎？

(2) 還可用 **stay at it till/until the last**，來表達**待／看到最後**，如：

→ I'm afraid she's too young to **stay at the basketball game till/until the last**.
她年紀太小了，恐怕無法看完整場籃球比賽。

140. (X) His lectures are a mixture of playfulness and profundity that *arouses food for thought*.

他的演説是趣味與深度的組合，引起許多值得思考的內容。

(✓) His lectures, a mixture of playfulness and profundity, **have given** us **plenty of food for thought.**

他的演説輕鬆有趣又有深度，提供了我們許多值得思考的材料。

關鍵解說

(1) arouse（喚起，激起）要接與**情緒、態度**有關的名詞，如 **anger, curiosity, interest, hostility**（敵意）等，本題 food（材料）非屬此類，故要把 **arouse** 改為 **give**（提供），請比較以下範例：

→ Obama's father was a Muslim and people have used this to **arouse hostility** against him.
歐巴馬的父親是穆斯林，大家就利用這一點來激起對他的敵意。

→ Thanks for your critical comments—they **have given us plenty of food for thought**.
謝謝你批評指教，那提供了我們許多值得思考的材料。

(2) 原句 that 引導形容詞子句修飾名詞 mixture，語意不當，宜將句構改為：
主詞 His lectures ＋同位語＋動詞 have given，讓語意正確，如修正句。

141. (X) All of the senior students were in the hall, waiting to *take pictures* for their yearbook.

所有高年級的學生都在禮堂，等著拍畢業紀念冊的照片。

(✓) All (of) the senior students were in the hall, waiting to **have their pictures taken** for their yearbook.

關鍵解說

(1) take pictures/a picture (of sb/sth) 表示「拍（某人／物）的照片」，如：
→ We **took some pictures** of the pyramid.
我們拍了幾張金字塔的照片。

(2) 本題是指**學校請專業攝影師幫學生拍團體照**，故要用被動態 **have their pictures taken**，照片上的人是學生。如：
→ We **had our picture**(s) **taken** in front of the pyramid.
我們在金字塔前拍照。

(3) 如果用 **selfie**（自拍照），那自然用**主動態**。如：
→ We **took some selfies** in front of the pyramid.
我們在金字塔前自拍了幾張照片。

142. (X) *Though being in possession of* a great fortune, the billionaire is not happy at all.

這位億萬富翁，雖然擁有大筆財富，卻一點兒也不快樂。

(✓) **Though in possession of** a great fortune, the billionaire is not happy at all.

(✓) **Though having/possessing** a great fortune, the billionaire is not happy at all.

關鍵解說

(1) 從屬連接詞 **when, while, (al)though, if** 等引導的副詞子句，縮簡為**副詞片語**時，後面原則上**不接分詞 being**，因為 being **沒有實義**，何況 **in possession of**（擁有）是**靜態性質，沒有進行式**。如：
→ These shoes, **though** (they were) **old and worn**, looked clean and of good quality.
這些鞋子雖然破舊，但看起來乾淨，品質又好。

→ **While** (she was) **in Japan**, she met and married Mike.
她在日本時，認識了麥克，也嫁給了他。

→ **If** (you are) **in doubt** about the water depth, enter slowly, feet first.
如果不確定水有多深，先用腳慢慢下水。

(2) 但若副詞子句述部有**動態形容詞**，且表達**短暫的狀況**，或子句表達**被動進行**，則可使用表示進行的**分詞 being**，如：
- → He was arrested for allegedly driving **while** (he was) (being) **intoxicated**.
  他因為涉嫌酒駕遭逮捕了。
- Cf：They were running hurriedly, **as if** (they were) **being chased** by someone.
  他們跑得很匆忙，好像**在被人追趕**。

(3) 修正句 2 靜態動詞 have/possess 用簡單式分詞，表示跟主句動詞 is 同時。

143. (X) James *didn't hurt* at all when he fell off the roof. It's really a miracle!
詹姆士從屋頂掉下來時，完全沒有使受傷，那真是奇蹟。

(✓) James **wasn't hurt** at all when he fell off the roof. It's really a miracle!
詹姆士從屋頂掉下來時，完全沒有受傷／被傷害，那真是奇蹟。

關鍵解說

hurt 的定義是**傷害／使受傷**，要接受詞，但本題沒有接，故 didn't hurt（沒有使受傷）要改為被動態 **wasn't hurt**（沒有受傷／被傷害）才合理。如：
- → I might have stepped on a few ants, but I **have never hurt** anybody.
  我可能踩了幾隻螞蟻，但我從未傷害任何人。
- → Fortunately, no one **was hurt** in the collapse of the gymnasium.
  幸運的是，體育館倒塌時，沒有人受傷。

144. (X) Students in Taiwan have a lof of homework to do during this time. I *have* no exception.
這個時候台灣的學生有很多功課要做，我沒有例外。

(✓) Students in Taiwan have a lof of homework to do during this time **and I am** no exception.
這個時候台灣的學生有很多功課要做，**我也不例外**。

關鍵解說

(1) 這是中式英文。人不能擁有例外，要把 **have** 改為 be 動詞 **am**。exception 的定義是**例外的人或事物**，如：
- → Nobody is allowed to park here and you **are no exception**.
  誰都不准把車子停放在這裡，你也不例外。
- → Nobody is allowed to park here, the sole exception **being** disabled drivers.
  誰都不准把車子停放在這裡，唯一的例外是身障司機。

＊ 主句在前，逗號後面沒有連接詞，則後半部分是片語，故用非限定動詞 being。

= **Nobody is allowed to park here; the sole exception is disabled drivers.**

＊分號可分開對等子句，故後半部的子句用限定動詞 **is**。

(2) 用連接詞 and，將兩句合併成一句，讓結構更緊密。

---

145. (X) Many people *took part in* the examination, but only a few passed it.

很多人參加這次考試，但通過的很少。

(✓) Many people **took** the examination, but only a few passed it.

參加考試者眾，但通過者寡。

關鍵解說

(1) take part in 的 take 指**佔有**，part 指**角色**，所以要能夠**積極扮演或發揮自己的角色**的事情，才搭配 take part in，如 discussion, debate, festival, competition, celebration 等與**活動、事件、競賽**有關的名詞。

(2) 中文可說**參加考試**，但 examination 不是**活動**。受試者只是**坐**（sit）在試場裡**接受**（take）測驗，因此 examination 就搭配動詞 take。英式英文用 **sit** (for) the examination 表達更傳神。

進階補充

談到 take part in，可聯想這兩個相關字：participate =part＋i＋cip-（=take）＋-ate（動詞字尾），和 partake=part＋take，兩者都是不及物動詞，與 take part in 同義。拼字、定義、用法，完全無須死記，如：

→ Let us all **take part in/participate in/partake in** the festival.

讓我們都**參加**這節慶。

---

146. (X) Eva had better leave the secret *unsaid*, or many people will feel hurt.

伊娃最好不要把這個秘密說出去，不然很多人會不高興。

(✓) Eva had better leave the secret **untold**, or many people will feel hurt.

(✓) Eva had better not **give away/reveal** the secret, or many people will feel hurt.

關鍵解說

(1) say 不能緊接 **one's fortune**（命運）**, news, story, tale, joke, lie, secret, the truth, fact** 等**敘述性**名詞；say 能緊接的**非敘述性**名詞也有限，如 it, this, that, something, nothing, anything, everything, goodby, hello, thank you, yes, no, a word, a prayer 等，否定被動式為 **unsaid**（未被說出來的）。其用法為 **say＋O (＋to sb)** 或 **say＋名詞子句**，如：

→ He left without **saying goodbye/anything** (to his parents).

他沒有（跟父母）道別／說什麼就走了。

→ He didn't **say anything** about his retirement plan.
他沒有提到他的退休計畫。

→ She said **(that) she had never seen that young man**.
她說從來沒見過那個年輕人。

→ Some things are better left **unsaid**.
有些事情最好不要說出來。

＊上句用 unsaid，罕用 untold。敘述／非敘述性名詞，請參考 087 題。

(2) tell 接**敘述性**名詞，否定被動式為 **untold**（未被透漏的），secret 是**敘述性名詞**，故本題要用 leave the secret **untold**（讓這個秘密處在沒有被透漏的狀態）。如：

→ I think it is important to leave the secret **untold**/*_unsaid_. (William N. Hoskins)
我認為保守這個祕密很重要。

(3)「洩露祕密」也可說 **give away/reveal** a secret。

---

147. (X) You should try to _acquaint_ the facts before you express your opinion.
你應該先想辦法了解事實，再表達意見。
(✓) You should try to **acquaint yourself with** the facts before you express your opinion.
(✓) You should try to **get acquainted with** the facts before you express your opinion.

關鍵解說

(1) acquaint 是**使／讓人熟悉**，不是**熟悉**，所以主動態時，要以**人**為受詞，其句構為 **acquaint sb with sth/sb**。請參考 129 題。如：

→ Your job is to **acquaint the new employees with** their responsibilities.
你的工作就是讓新進的員工熟悉他們的職責。

(2) 表達**某人知道／熟悉某事／人**時，自然要用假被動態 **sb be acquainted with sth/sb else**，這時過去分詞 acquainted 視為形容詞。如：

→ Since I **am not acquainted with** him, I can't ask for his help.
因為我不認識他，無法請他幫忙。

(3) 跟 be acquainted with 用法相同的有：**be absorbed/engrossed in**（專注**於**）/ **accustomed to**（習慣**於**）/**dedicated to**（致力**於**）/**devoted to**（致力**於**）。中文介詞**於**對應英文介詞 to，不必死記。如：

→ He **was** so **absorbed/engrossed in** playing the computer game that he didn't hear me knock on the door.
他打電玩太入神了，所以沒有聽到我敲門。

→ This company **is dedicated to providing** its customers with high quality products at reasonable prices.

這家公司致力於以合理的價格，提供客戶高品質的產品。

148. (X) Although the movie *has been released for decades, people today* still enjoy watching it.

雖然這部電影已經發行幾十年了，今天民眾仍然喜歡看。

(✓) Although the movie **has been out/around** for decades, **even today people** still enjoy watching it.

雖然這部電影發行了幾十年了／幾十年前就發行了，但即使現在民眾仍然喜歡看。

關鍵解說

(1) release（發行，推出）是**非持續性**動詞，不可接一段期間 for decades，故 release 要改為狀態持續的 **be around** 或 **be out**。如：

→ I'm surprised you haven't read that book yet. It's **been around** (=been out) for ages.

真想不到你還沒看過那本書，那已經出版很久了。

(2) 本句語意核心是：該影片發行至今歷久不衰，是**影片本身**狀況**今昔**之對照。故主要子句應以**時間 even today people** 開頭，誤句以 people today（現在的民眾）開頭，那是在表達跟以前／未來的民眾的對照，不符合原句意，如：

→**Young people** (of) **today** are more likely to suffer (from) depression than (they were) at any time in the past.

現在的年輕人比以前任何時候的年輕人更有可能患憂鬱症。

→ As the saying goes, "**Our young people of today** will be our leaders of tomorrow." (Randolph County)

俗話說：「我們今天的年輕人將成為我們明天的領導人。」

進階補充

(1) though 和 although 在子句的句首位置時，可以互換，如：

→ **Though/Although** he is nervous, he feels confident.

他雖緊張，但覺得有信心。

→ He feels confident **though/although** he is nervous.

(2) 但 although 只有子句的句首位置，though 則無此限制，所以**在倒裝句裡，只能用 though**，如：

→ Nervous **as/though/***_although_ he is, he feels confident.
他雖緊張，但覺得有信心。

＊倒裝句的目的在讓句子更 emphatic，所以簡短有力的單音節 though，自然勝過雙音節 although。

149. (X) The mother didn't _approve her daughter to have_ a baby without getting married.
這位媽媽不贊同她的女兒不婚生子。

(✓) The mother didn't **approve of her daughter having** a baby without getting married.

關鍵解說

(1) approve 當**贊同**解時，是**不及物動詞**，要先接介詞 of。**贊同某人做某事**要用 **approve of sb doing sth**，如：
→ I don't **approve of him treating** his wife the way he does. = I don't **approve of** the way he treats his wife. (Merriam-Webster)
我不贊同他對待太太的態度。

(2) approve of **沒有驅動力**，所以不能用 V + O + to-V，其相反詞 object to 和 oppose 也沒有，所以「反對某人做某事」，也要用 **object to/oppose sb doing sth**，請參考 007 題進階補充 (3)。如：
→ I **objected to/opposed** my son **going** abroad for further studies, but he insisted.
我反對我兒子出國進修，但他堅持要。

150. (X) Shirley is striving to _make her child receive_ a good education.
雪莉很努力，為了要讓她的小孩接受良好的教育。

(✓) Shirley is striving to **give her child** a good education.
(✓) Shirley is striving very hard **so that her child can have/get/receive** a good education.

關鍵解說

make + O + 原形動詞表示**強迫～做某事**。make her child receive a good education（強迫她的小孩接受良好的教育）語意不當，故改為 **give her child a good education**（提供她的小孩良好的教育）。如要保留 receive，可用 so that 引導表目的的副詞子句，如修正句 2。

151. (X) Some people believe that nuclear power *should be banned to use*.

有些人認為核能應該禁止使用。

(✓) Some people believe that nuclear power **should be banned**.

(✓) Some people believe that **the use of** nuclear power **should be banned**.

關鍵解説

sth be banned to use **用法錯誤**，因為 **to use** 意指**去使用**。**某物禁止使用**可說 sth be banned **from being used**，from 表**脫離**，意指動作不會發生，也可說 the use of sth be banned 或 ban the use of sth。如：

→ They banned him **from entering** the building.
他們禁止他進入這棟大樓。

→ It is necessary to **ban the use of** electronic cigarettes in public places.
在公共場所必須禁止吸電子菸。

進階補充

(1) 表**防止、妨礙、禁止、勸阻**的動詞，常見的有：ban, bar, constrain, deter, dissuade, hamper, hinder, inhibit, keep, preclude, prevent, prohibit, restrain, restrict, stop 等，都用 **V + O + from + V-ing**，如：

→ Nothing can **stop him from doing** what he likes to do.
沒有什麼阻擋得了他做喜歡做的事情。

→ The town has a law **prohibiting people from smoking** in public buildings.
這城鎮有法規禁止民眾在公共建物裡面抽菸。

(2) **只有 forbid** 可用 **forbid sb from + V-ing** 或 **forbid sb + to-V**，如：

→ Her parents forbid her **to stay out/from staying out** later than 11 p.m.
她的父母禁止她逗留在外超過晚上十一點。

Cf：Her parents **don't allow her to stay out** later than 11 p.m.（一般用法）
她的父母不允許她逗留在外超過晚上十一點。

152. (X) Early to bed and early to rise *do* us good.

早睡早起對我們有益。

(✓) Early to bed and early to rise **does** us good.

關鍵解説

任何語言都是形義相依，但英文複數主詞，未必接複數動詞。如果該主詞的**核心語意**，是**不可分割的一件事情**，即使有 and 連接，仍用**單數**動詞。中文也有連接詞，但沒有字形變化，無法窺其堂奧。如：

→ **Drinking and driving is** one of the most common causes of traffic accidents.
　酒駕是交通事故最常見的一個原因。

＊ drinking and driving 意即 driving under the influence（酒駕），是指一件事情，故接單數動詞 is。如果 drinking 和 driving 是指二件事情，那表示喝酒和開車都會造成車禍，此説不能成立。

　Cf：Being able to speak and being able to converse **are** two different things.
　　　會説話和會交談是兩回事。

→ **To love and to be loved is** the greatest happiness of existence. (Sydney Smith)
　能愛人與被人愛是人生最大的幸福。

→ **Feeling gratitude and not expressing it is** like wrapping a present and not giving it. (William Arthur Ward)

　感恩而不表達，就像包裹禮物而不送人。

153. (X) Many things are not allowed to *carry* inside the building, *water and beverage bottles included*.
　很多物品不准攜帶進入大樓內，包括裝水和飲料的瓶子。

(✓) Many things, **water and beverage bottles included/including water and beverage bottles,** are not allowed to **be carried** inside the building.
　很多物品，包括裝水和飲料的瓶子，不准帶進去大樓內。

關鍵解説

(1) 這是中式英文。東西是**被帶進去的**，故要用**被動態 be carried**，如：

中文：跟這個主題無關的問題不准問。
　→ Questions irrelevant to the topic are not allowed **to be asked/***to ask*.

(2) water and beverage bottles 跟 many things 相關，二者要靠近，如：
　→ Everyone, **myself/me included** (=Everyone, **including me**), liked the book better than the movie. (Merriam-Webster)
　　每一個人包括我在內，都喜歡看這本書甚於看這部電影。

(3) **包括某人／某物在內**有兩種表達方式：受詞在前時用被動式 sb/sth + 過去分詞 included；受詞在後時用介詞 including + sb/sth。

154. (X) When I go to the beach, I *put on* a cap to protect my bald head from the sun.

我去海灘時，會戴一頂帽子，以保護我的禿頭免受日曬。

(✓) When I go to the beach, I **wear** a cap to protect my bald head from the sun.

關鍵解說

(1) 中文戴／穿上和戴／穿著，區別常不明顯。英文戴／穿上是 put on，戴／穿著是 wear。前者指一時的戴／穿動作，後者指戴／穿的狀態，或常態的戴／穿。本題是指常態的戴，故要用 wear。

(2) 以下用實例比較二者用法區別：
   → He is **putting on** his new shoes.
   　　他正在穿新鞋子。（動作進行中）
   → He is **wearing** a pair of new/a new pair of shoes.
   　　他穿著一雙新鞋子。

★ 穿著一雙新鞋子表示狀態，也表示可到處走動，穿上的動作已過去；正在穿新鞋子，表示還不能到處走動。
   → Scooter riders should **wear** a full-face helmet to ensure their safety.
   　　機車騎士應戴全罩式安全帽，以確保安全。（這是常態的戴）

155. (X) They said what they wanted to do was *leading people a new way to look at the* world.

他們說想要做的事情，就是引導民眾，用新的觀點來看這個世界。

(✓) They said what they wanted **to do** was (to) **lead people to look at** the world **in a new way/light/perspective**.

關鍵解說

(1) 若 be 動詞前面（what）子句或片語裡面有動詞 (to) **do/does/did** 時，則主詞補語用 (to) **V**，請參考 133 題。如：
   → The only thing I want **to do** in the dead of winter is **stay** indoors **and drink** hot chocolate.
   　　在嚴冬我唯一想做的事情，就是待在室內喝熱巧克力。
   → What he **did** to his suit was (to) **ruin it**. (Quirk)
   　　他對他的西裝所做的事就是毀了它。

(2) be 動詞前 what 子句裡面是進行式時，補語才能用 **V-ing**，如果是完成式，補語可用 (to) **V** 或過去分詞。以下是 Quirk 的範例：
   → What I **am doing** is **teaching** him a lesson.
   　　我正在做的事情就是在教訓他。

→ What he **has done** is (to) **spoil/spoilt** the whole thing.
他所作所為就是把整件事情弄糟了。

(3) lead 不是雙賓動詞，不能接雙受詞 people/a new way，故要改為 **lead people to look at the world in a new way/light/perspective**。

156. (X) Swimming in the deep lake may *make* him in danger.
在這個水深的湖裡游泳，可能會置他於險境。

(✓) Swimming in the deep lake may **put** him/his life in danger/at risk.

關鍵解説

make + O + OC 的 OC 是名詞時，必須和 O 同類，如 make **him** (into) a **cynic**（使他成為犬儒）。本題 danger 和 him 不同類，故 make 要改為 put。put 原來表**置〜於空間某位置**，再轉化為**置〜於某種狀態**，如 put **him** in/into **debt**, put the **room** in **order**（把房間整理好）。如：

→ When you swim alone, with no one else around, you are **putting yourself/ your life in danger/jeopardy/at risk**.
你自己一個人游泳，旁邊又沒有人時，就是在把自己／性命置於險境。

157. (X) People can't understand why she *makes Jack as her boyfriend*.
大家都不了解，為什麼她把傑克當男朋友。

(✓) People can't understand why she **makes Jack her boyfriend**.
(✓) People can't understand why she **has Jack as her boyfriend**.

關鍵解説

(1) **表結果的動詞** (resulting verbs)，**如 make, get, paint** （油漆）, **set, color, render**，在 O 和 OC 之間的關係是**零距離，故不能有介詞 as**，如：

→ Challenges are what **make life interesting**; overcoming them is what **makes life meaningful**. (Joshua J. Marine)
讓人生有趣的就是挑戰，讓人生有意義的就是克服挑戰。

→ They're going to **paint the wall green**.
他們要把牆壁漆成綠色。

(2) 本題純描述雙方的關係，要用 **have + O + as + OC** 的結構，如：

→ I wouldn't want to **have him as an enemy**. = I wouldn't want him to be my enemy. (Merriam-Webster)
我不想把他當成敵人。

(3) 受詞和補語之間，要有介詞 as 的**非結果**動詞有：accept, class, classify, characterize, define, describe, interpret, list, look (up)on, **paint**（形容）, refer to, regard, see, think of, treat, use, view 等，如：

→ This article **paints/describes** the two customs officials **as** (being) corrupt and irresponsible.
這篇文章把這二位海關官員，形容成貪污又不負責任。

→ Some people **look upon/see/view** prayer **as** (being) primarily a psychological experience.
有的人把禱告看成主要是一種心理體驗。

---

158. (X) *I don't hear very well about* what you *say*. Could you please repeat *what you just said again*?
我沒有聽清楚你所說的話，請你再說一次好嗎？

(✓) **I didn't quite catch/get/hear what you said**. Could you please repeat **that/yourself**?

關鍵解説

(1) don't **hear** very well 指**聽覺不佳**，本題指**沒聽懂**，故要用 **catch/get/hear**（聽懂／聽到）。聽話時間已過去，故要用**過去式 didn't catch/get/hear**。

(2) 上句已經用了 what you say，所以下句要用 repeat that/yourself，以免累贅。repeat 已經是**重複／再說一次**，故不再接 again，如：

→ I've already told you many times, and I'm not going to **repeat myself**.
我已經跟你講過很多次了，我不要再講了。

---

159. (X) In the past, people *would like to* sit in front of the temple and *enjoyed* the puppet show.
以前民眾喜歡坐在廟前，欣賞布袋戲。

(✓) People **used to like/love** to sit in front of the temple **and enjoy/, enjoying** the puppet show.

關鍵解説

(1) would like to (=want) 形式上是**過去式**，但意指**現在想要**。請參考 304 題。本題在表達**過去常喜歡做～**，like 是**靜態動詞**，故要改為 **used to like/love to**。used to 已表示 in the past（以前），故修正句不再重複。如：

→ I **used to love** to sit **and listen to** the old people talk about yesterday. (Curtis Mayfield)
我以前喜愛坐著聽那些老人家聊往事。

(2) 表過去反覆的**動作**,可用 **used to** 或 **would**,表過去持續的**狀態／情況**,
只能用 **used to**,這時與**靜態動詞 be, believe, love, live** 等連用,如:
→ During the long winter evenings, we **used to/would** sit around the fire,
enjoying each other's company.
在漫長的冬夜,我們會圍坐在爐火旁,享受彼此的陪伴。
→ Now she has grown up and is not as shy as she **used to be**/*would be.
現在她長大了,不像以前那麼害羞了。
→ We **used to**/*would **live** in the country when I was a child.
我小時候,我們住在鄉下。
★ 因為 be 和 live 不是反覆的動昨,而是持續的狀態和情況。

(3) 語意上 enjoy 和 sit 對稱,故 enjoy 也要用動詞原形。and enjoy 可縮減成
「**, enjoying**」,用分詞片語補述坐著時的同時動作。

160. (X) Tell me what he *told* on the telephone.
告訴我他在電話上跟你説什麼。
(✓) Tell me what he **told you/said** (to you) on the telephone.

關鍵解説

(1) tell 定義為**告訴、告知**,故 told 後面要有一個對象 you,如:
→ What I told **him** was **to mind**/*mind his own business.
我跟他説的是:別管閒事。

(2) 也可把 tell 換成 say,説成 say sth **to** sb(對某人説某事)。正確的説法是:
What did he tell you?,或 What did he **say to** you?。

161. (X) He used to *get dressed in* a black suit to work.
他以前常穿著黑色西裝上班。
(✓) He used to **wear** a black suit to work.

關鍵解説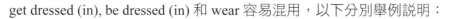

get dressed (in), be dressed (in) 和 wear 容易混用,以下分別舉例説明:

(1) get dressed(穿上衣服)= put on one's clothes,指由**未穿好衣服,變成
穿好衣服**,故**不會接表方向的介詞 to**,get = 變成。如:
→ She **got dressed**, grabbed her purse, hopped in her car and drove off/away.
她穿好衣服,抓起錢包,跳進車子裡就開走了。

(2) be dressed (in) 指**處於穿著衣服的狀態,也不會接介詞 to**,如:
→ Just a minute, I'**m** not fully **dressed** yet.
等一下,我衣服還沒穿好。

→ He **is dressed in** a business suit. = He **is wearing** a business suit.
他穿著西裝。

(3) wear（穿，穿著）是有進行式的靜態動詞，指**持續的穿著，穿著衣服才能到處走動，所以只有它可以跟介詞 to 連用**，如：

→ Many parents think students should **wear** uniforms **to** school/go to school in uniform.
很多家長認為學生應該穿制服去上學。

162. (X) It was hard not to notice *the couples* holding hands or hugging each other as they *passed me by*.
情侶一對對手牽手或擁抱，從我身旁經過，要不去注意也難。

(✓) It was hard not to notice **couples** holding hands or hugging each other as they **passed by me**.

關鍵解說

(1) **情侶一對對**並沒有指明哪幾對，所以要用表**泛指**的 couples。

(2) pass sb by (Vt + O + Adv) 是**迴避／不理會／遺漏某人**，如：
→ I should have stopped and talked to him, but I **passed him by**.
我本來應該停下來跟他交談，但我沒有理他。

(3) pass by sb/sth (Vi + Prep + O) 是**從某人／物旁邊經過**，by 是**在～旁**，如：
→ Dress to stand out, so that everyone who **passes by you** will notice you.
穿著要突出，好讓每個從你身旁經過的人，都會注意到你。

163. (X) All of the handbags *should be carefully put* when you take an airplane.
你搭機時，這些旅行袋都應該小心輕放。

(✓) You **should handle all** (of) **the handbags carefully** when you take an airplane.

關鍵解說

這是中式英文。將主要子句改為主動態，讓語態一致。put（放）要接**地點／位置**，不能單獨使用，例如不能説 *Put the glass carefully.*，要在 glass 後面加上地點 there，或把 Put 改為 **Handle**。如：

→ **The fruit** will bruise <u>unless (it is)</u>/<u>if (it is) not</u> carefully **handled**/*put*.
這水果不小心輕放就會擦傷。

164. (X) The grammar book *is used for* beginners.

這本文法書是要給初學者使用的。

(✓) The grammar book **is meant/intended for** beginners.

(✓) The grammar book **is aimed at** beginners.

關鍵解說

(1) be used for...（用來做某事）後面不會接**人**，故誤句要改為 **be meant/intended for...**（為～打算的）。如：

→ Many of the chemicals **used for** cleaning may pollute the environment.
這些清潔用的化學製品，很多可能會汙染環境。

→ These books are **meant** (=intended) **for** kindergarten kids.
這些書是要給幼稚園的孩子看的。

(2) 修正句 2 用 **be aimed at**（以～為對象），動詞用 aim（瞄準），at 指瞄準的對象，如：

→ The TV program **is aimed at** the 5-12 age group.
這個電視節目是給 5 到 12 歲族群看的。

165. (X) A car stopped and a man *got off*.

有一輛車子停了下來，一個人下了車。

(✓) A car stopped and a man **got out**.

關鍵解說

(1) 上下小型車 **car, taxi** 等，不能在裡面走動，用 **get in**(to) **/out** (of) ＝鑽進去／出來；上下大型車 **bus, train, plane, boat, ship, the subway** 等，能在裡面走動，用 **get on/off**，如：

→ I saw her **get into her car** and drive off.
我看到她上了車，把車子開走。

→ We didn't leave until she **got on the train**.
我們到她上了火車才離開。

(2) 上下腳踏車／機車／動物等用 **get on/off**，因為**坐墊或背部是平面**，如：

→ The girl is too timid to **get on** the bicycle.
這女孩太膽小，不敢上腳踏車。

166. (X) Academically, instead of being pushed by *parents and teachers*, you should *look for* useful knowledge *on your own*.

在學業上，你應該主動求知，而不要父母、老師催促。

(✓) Academically, you should **pursue knowledge on your own initiative** instead of being pushed by **your parents and teachers**.

關鍵解説

(1) parents 和 teachers 是普通可數名詞，所以前面要加上所有格 your。

(2) 談到求知，**pursue**（追求）比 look for（尋找）恰當，也較常用。on one's own 意指**靠自己**，語意無法跟 push（催促，逼迫）對應，故要改為 **on one's own initiative**（主動地，不必別人催促）。

167. (X) I had a flat tire on my way to the shopping mall. I could *do nothing but to have my car* fixed at the garage.

我往購物商場途中，輪胎消了氣，只好到修車廠修理。

(✓) I had a flat tire on my way to the shopping mall and **could do nothing but have it** (=the tire) fixed at the garage.

關鍵解説

(1) do nothing/anything/everything but/except（只是～）常接**原形動詞**，參考以下例子的還原句，以免死記。也有人把 but/except 當介詞，而接 **V-ing**，但不普通。注意句中 **but/except 前要有** do/did/does。如：

→ He **did nothing but/except grumble.**= He did nothing except **that he did** grumble.

他只是發牢騷。＝他除了真的發牢騷外，什麼事也沒做。

→ He **didn't do anything but/except drown** his sorrows in drink/wine. = He didn't do anything except **that he did** drown his sorrows in drink/wine.

他只是借酒澆愁。＝他除了真的借酒澆愁外，什麼事也沒做。

→ He **does** everything in the house **but/except put/putting** the children to bed. (Quirk)

除了打發孩子去睡覺外，他在家裡什麼都做。

(2) **如果不是上述條件者，but/except 後面接 to-V**，如：

→ He had no choice but **to undergo surgery**.

他除了開刀外，別無選擇。

→ She **desired** (nothing but) **to be permitted** to live single. (Charlotte Smith)

她（只）希望獲准單身過日子。

(3) 要修理的目標物是 **a flat tire**，再提到時用代名詞 it，避免重複。

168. (X) It is *said* that 16,000 people died and over 3,000 people *missed* due to the tsunami.

據説由於海嘯，16,000 人死亡，超過 3,000 人失蹤。

(✓) It is **reported** that 16,000 people died and over 3,000 people **are still listed as missing** due to the tsunami.

根據報導，由於海嘯 16,000 人死亡，超過 3,000 人仍列為失蹤。

關鍵解説

(1) 關於天災／意外方面，用 it is reported 比用 it is said 更確實。

(2) 動詞 miss 沒有失蹤的意思，要改為形容詞 **missing**（失蹤的）。表**失蹤的狀態**用 be missing；表**失蹤的一瞬間**用 go missing，如：

→ The boy **has been missing** for two days.
這男孩已經失蹤兩天了。

→ About three hours after the little girl **went missing** (=disappeared), she was found by a police tracking dog about a mile from where she was last seen.
這個小女孩失蹤約三小時後，在距離她最後身影地點約一哩處，被警方搜索犬找到。

(3) 失蹤人口還有可能找到，所以用 are still listed as (being) missing，以貼近事實。

169. (X) *How much did you buy* that computer?

那部電腦你多少錢買的？

(✓) **How much did you buy** that computer **for**?
(✓) **How much/What price** did you **pay for** that computer?

關鍵解説

買賣東西是**物、錢交換**，表**交換**用 **for**，所以 **buy/sell sth for** ＋ **錢**是固定的説法。也可用 **pay**（＋錢＋）**for** ＋**物品**，如：

→ **How much/What price** did you **pay for** your new cell phone?
你的新手機多少錢買的？

170. (X) The bridge *has been built for two years*. It will take eight more months to finish building it.

這座橋已建造二年了，還要再八個月才能完成。

(✓) The bridge **has been under construction for two years** and will take eight more months to finish.

(✓) The bridge **has been being built for two years** and will take eight more months to finish.

關鍵解説

(1) has been built 是**已經蓋好了**，跟後半句**還要再八個月才能完成**衝突。蓋的動作已進行，但未完成，就要用 **be under construction**（在建造中），如：
→ The red-brick house is currently **under construction** in place of the wooden house (that was) damaged/demolished by the hurricane.
這棟紅磚房子目前在建造，以取代受颶風毀壞的那棟木屋。

(2) 也可把原句改為進行式，表示還在蓋，就可跟 for two years 連用，如修正句 2。

(3) 用 and 將二句合併為一句，沿用 the bridge 當 will take 的主詞、finish 的受詞，避免使用虛主詞 it，讓句意、結構一氣呵成。

171. (X) Health experts encourage *to eat* more fresh fruits and vegetables.
健康專家鼓勵多吃新鮮蔬果。

(✓) Health experts encourage **eating** more fresh fruits and vegetables.

關鍵解説

字有字性。encourae（鼓勵）一定要先接受詞，才能再接不定詞 to-V，表達鼓勵某人**去做**某事；不接受詞時，後面只能接 V-ing，表達鼓勵**做**某事，所以本題 to eat 要改為 eating。即使中文也要說**鼓勵某人去做某事**或**鼓勵做某事**。如：
→ Many offices, stores, and factories encourage **socializing among employees**.
很多公司、商店、工廠都鼓勵員工之間的交誼活動。

進階補充

英文動詞最重要的關鍵是**定義及時間**，例如動詞 Vt 後面接另一個動詞時，該動詞是要用 to-V，還是要用 V-ing？這完全由**動詞的定義**決定。以下先舉二個**定義範疇不同**的動詞（intend/admit），如何影響後面的動詞用 to-V，還是 V-ing：

1. He **intended to steal**/*stealing* her car, but (he) couldn't figure out how to start it.
他意圖偷她的車子，但不知如何下手。

＊ intend 定義為意圖，具有外擴驅動力，能驅動主詞去做偷車的動作，如果偷車的動作真的發生，時間也是在 intended 之後的未來，所以用表示未來的不定詞 to steal。to 表時間往未來目標動作移動。to-V 動作的主體是主詞本身，to-V 也是 Vt 的受詞。偷車子的動作未必會發生，所以句末再加上 but (he) couldn't figure out how to start it，句意仍然成立。請參考 007 題進階補充。

2. He **admitted stealing**/*to steal her car.
他承認偷了她的車子。

He **admitted stealing her car, but (he) couldn't figure out how to start it.*
他承認偷了她的車子，但不知如何下手。

＊ admit 定義為承認，只有內蘊力量，不具外擴驅動力，所以不能接 to steal。從承認偷車可推斷偷車的時間，是在 admitted 之前，所以要接動名詞 stealing。V-ing 也是 Vt 的受詞。若句末再接上 but (he) couldn't figure out how to start it，則句意前後矛盾。

本題聚焦於 **Vt + V-ing**。**定義範疇**相同的 **Vt** 往往用法相同。**V-ing** 不會發生於 **Vt** 之後，至於 **V-ing** 呈現何種狀況，以下細說分明，完全免除死記：

(1) **Vt + V-ing: V-ing 的動作呈現泛時狀態**：表好、惡的動詞 Vt 都屬於這一類，如 abhor, adore, detest, dislike, enjoy, favor, hate, like, love, loathe, prefer, relish，另外 advise, advocate, allow, confuse, encourage, mean, permit, propose（提議）, recommend, suggest 等也是。以下列舉幾個範例，並加以說明：

→ He **enjoys drinking** coffee.
他喜歡喝咖啡（＊*他喜歡去喝咖啡*）。

Cf：He **wants to drink** coffee.
他想**去／要**喝咖啡。

＊ enjoy 定義為喜歡，只有內蘊力量，喝咖啡的動作沒有預期在說話之後某個時間發生，因此只能用表泛時的動名詞 drinking coffee。但 want 定義為想要，具有外擴驅動力，能夠驅使主詞 he 去做未來待做的動作，因此用表示未來的不定詞 to drink coffee。說完話後，主詞 he 可能不久就會去喝咖啡。

→ Dentists **advise/suggest/recommend cleaning** your teeth with floss at least once a day.
牙醫師建議每天至少要用牙線潔牙一次。

＊ 潔牙只是建議的事項，潔牙的動作沒有特定的主體，也沒有預期在某個時間發生，因此呈現泛時狀態，這是用動名詞 cleaning 的原因。由於定義的限制，**allow, permit, encourage, advise, recommend** 後面緊接的動詞，其動作主體不是主詞（除非接反身受詞），故不能接 to-V，只能接 V-ing。這五個動詞要接受詞後，才具有外擴驅動力，驅使受詞去做該做的事，這時才能用 **Vt + O + to-V**，請參考 007 題進階補充 (3)。如以下例子：

→ My dentist **advised/recommended me to clean** my teeth with floss at least once a day.
我的牙醫師建議我每天至少要用牙線潔牙一次。

Cf：The owner doesn't **allow/permit smoking** in the car.
車主不允許在車內抽菸。

like + V-ing 和 like + to-V 沒有絕對差別，但在某些上下文中，可以看出含意不同，如：

→ She **likes cooking** her own meals, but when she's too busy to cook, she **likes to eat out**.
她平常喜歡自己煮飯，但當她忙得無法煮飯時，她寧可／就想要外食。

* 前者的 likes 意謂喜歡，指一般狀況，意同 enjoys；後者 likes 意謂想要／寧可，指特殊狀況，故接 to-V。所以在以下的語意情境中，like 只能接 V-ing，因為 like to 有想要的意思，會造成語意不通：

→ So how do you **like skate boarding**/*like to skate board* now that you've tried it?
既然你玩滑板已試過了，那你覺得怎麼樣，喜不喜歡／好不好玩？

* like + O + to-V 時，like 驅動力較強，其定義為 wish/desire，如：

→ I don't **like anybody to touch** my new car.
我不要／希望任何人（去）摸我的新車。

(2) **Vt + V-ing: 二個動作同時發生，同時結束，這叫共時現象**：這類 Vt 有 enjoy, practice, risk, keep (on), go on, continue 等，如：

→ He is **enjoying** (drinking) this cup of coffee.
這杯咖啡他正喝得津津有味。

* 這裡 enjoy 指從做某事當中獲得樂趣，是一般動態動詞，跟沒有進行式的靜態動詞 like 不同。enjoy 和 drinking 的動作同進退，所以不可能接表未來的不定詞 to drink。本句進行式 is enjoying，不能換成簡單式 enjoys，因為本句是特定敘述，不是一般敘述，這是不少人搞不清楚的地方。

→ I **practiced playing** the piano for two hours.
我練習彈琴兩個小時。

* 練習跟彈琴動作同進退，故使用 practiced playing，道理跟上面 enjoying drinking 相同。

→ I don't want you to **risk being killed/risk losing your life** to save him.
我不要你為了救他，而冒著被殺害／喪命的風險。

* risk 是冒～風險。being killed/losing your life 和 risk 共時，不可能發生在 risk 之前／後。to save him 是表目的，修飾前面的動詞 risk。

→ The student **went/kept on talking** although his teacher told him to stop.
雖然老師叫這個學生不要再講話，他還是講個不停。

→ After I finished reading the first chapter, I immediately **went on to read**/*went on reading* the next one.
我讀完第一章後，馬上接著讀下一章。

✽ go/keep on + V-ing 表示繼續原來已在進行的動作，而 go on + to-V 表示原來動作完成，接著做下一個階段的動作，to 表示時間跳往另一個階段，所以 go on with college 是繼續把大學唸下去，而 go on to college 是中學畢業後升上大學。

(3) **Vt + V-ing:** V-ing 的動作發生（遠）在 Vt 前：這類 Vt 很多，常見的有：admit, anticipate, appreciate（感激），confess to, deny, mention, remember, forget (about), recall, recollect, regret, report, resent, resume 等。如：
   → I'll never **forget visiting** the National Palace Museum.
   我永遠不會忘記參觀過國立故宮博物院。

   → I **forgot about paying** the bill.
   我忘記付過帳了。（肯定句時 about 不宜省略）

   → He **mentioned having** met you at a dinner party.
   他提到在一個宴會上遇見你。

   → Don't **forget to share** what you have with those in need.
   不要忘了跟需要的人分享你所擁有的。

   → Please **remember to wake** me up at two-thirty/two thirty.
   請記得兩點半把我叫醒。

   → I **regret not to be** able to give you any help.
   我（未來）無法幫忙，實在很遺憾。

✽ 動詞 forget, regret, remember 也可以用 **Vt + to-V**，但語意不同，不定詞 to-V 的動作發生的時間，在 **Vt** 之後。

   → I **anticipate picking up** all the information while traveling.
   我預期旅行時找到所有資料。

   Cf：I **expect to pick up** all the information while traveling.
   我期望旅行時能夠找到所有資料。

   → I **expect**/*anticipate* **you to pick up** all the information while traveling.
   我期望你旅行時能夠找到所有資料。

✽ 為何 anticipate（預期）+ V-ing，而 expect（期望）+ to-V ？這從構詞就可看出端倪。anticipate =anti- =ante- (=before) + cip- =take/seize（抓住／掌握）+ -ate（動詞字尾），所以 anticipate 表示事情發生前就先掌握情況了，隱含事情發生在 anticipate 以前，故接 V-ing，同理 foresee（預先看出）也不可能接 to-V，只能用 foresee sb doing sth。expect =ex- (=out) + spect- =look (at)，意即往外望，有期盼之意，表示事情發生在 expect 之後，故接表未來的不定詞 to-V。

(4) **Vt + V-ing:** V-ing 的終點就是 Vt；Vt 終止了 V-ing 的動作：quit, complete, stop, cease, give up, finish 等是這一類動詞。以下列舉幾個範例：
   → I had just **finished mending** the net when the doorbell rang.
   我網子剛修補好，門鈴就響了。

✽ 修補的動作進行到最後一針一線，自然就被迫 finish 了。

→ When the teacher came in, I **stopped reading** my comic book.
老師進來時，我就停止看漫畫書。

→ I **quit/stopped/gave up smoking** two years ago.
我二年前戒菸的。

* give up（放棄，戒掉）：give 是給，up 是副詞，表示完成，修飾動詞 give，給的動作完成表示放棄所有權了，因此 give up 就有放棄、戒掉的意思，不須死記其定義。有的人說 give up/put off 接 V-ing，是因為 up/off 是介詞，但這完全錯誤，也是不諳語意邏輯所導致。

→ He **stopped** (what he was/had been doing) **to chat** with me.
他停下來跟我聊天。

→ He **has ceased caring/to care** what other people say about him.
他已經不再在乎別人怎麼說他了。

* stop + to-V 表示停止手上的事情，去做 to-V 這個動作，不定詞 to-V 表目的，修飾動詞 stop。cease（停止）是很正式的用字，可接動名詞或不定詞，意思沒有差別。

→ I have **finished reading** the newspaper.
報紙我已經看完了。

* finish + V-ing 表示 V-ing 這個動作結束了，請比較以下例子：

→ Be careful, you could **end up by getting hurt**. (Rosemary Courtney)
要小心，你有可能落得受傷的下場。

→ If you continue to drive while intoxicated, you will **end up/finish up** (by) **getting involved** in fatal car accidents.
如果你們繼續酒駕，終究會發生致命的車禍。

* end up/finish up 接 V-ing，定義是 finish by doing something（以做某事為結局），表示最後（會）發生某事，後面介詞 by 可省略，語意跟 finish + V-ing 完全不同。

(5) **Vt + V-ing: V-ing 的動作沒有發生**：這類 Vt 很多，常見的是 avoid（避免）, can't help（忍不住）的 **help**（避免）, consider, contemplate, defer, delay, postpone, discuss, escape, evade, forbear, forbid, imagine, mind（反對）= object to, miss（逃過）, object to, oppose, postpone, prohibit, put off, resist, shun 等。以下舉幾個範例：

→ He swerved and narrowly **escaped/missed being hit** by a car.
他急轉彎，結果以些微之差，沒有給車子撞到。

→ He tends to **defer/delay/put off/postpone going to the doctor** until an emergency situation arises.
他往往拖延到緊急情況發生，才去看醫生。

* 從該看醫生的那一刻，到緊急情況發生的那一刻之間，看醫生的動作沒有發生。

→ They **discussed setting up** a new school in the community.
他們討論了在社區裡設立一所新的學校。

* 討論完後，決定要設校了，設立的動作才有可能發生。

→ Can you **imagine living** on Mars one day?
你能想像有一天住在火星上嗎？

★ 住在火星上只是想像而已。

→ He's **considering buying** a new car.
他在考慮買新車。

★ 中文可說考慮去買，但英文考慮買和去買是二回事。考慮周全後，才決定（decide）是否去買，所以 decide 才能驅動主詞，去做買車 to buy 的動作。consider 沒有驅動力，故不可能接 to buy。

(6) **Vt + V-ing: V-ing 包在 Vt 裡面，成為 Vt 的一部分**：以 include, involve, mean（意味）為代表，如：

→ Taking this job **involves going** home late and **waking up** early the next morning.
接受這份工作，表示必須晚歸，隔天早上又要早起。

→ Missing the bus **means waiting** for an hour.
錯過這班公車意味等一個小時。

Cf：I've been **meaning to visit** her, but I just haven't gotten around to it.
我一直想要去拜訪她，但就是一直沒有付諸行動。

★ mean 當想要、打算解時，具有驅動力，所以要接不定詞 to visit。

(7) **Vt + V-ing**: 表示**忍受**的動詞 tolerate, bear, endure, stand，都可接 V-ing，其中 bear, endure, stand 也有接 to-V 的用法。有時接 to-V 或 V-ing 意思沒有差別，特別在一般敘述中，如：

→ Some people can't **tolerate watching/bear watching/bear to watch/ stand watching/stand to watch/endure watching/endure to watch** a cockfight.
有的人無法忍受觀看鬥雞。

在以下特定敘述的語意情境中，接不定詞 to-V 或 V-ing，語意有別：

→ I couldn't tolerate/bear/endure/stand **seeing** animals **being abused**.
我看到動物在被虐待時無法忍受。（實際看了無法忍受）

→ I couldn't bear/endure/stand **to watch** the cockfight, so I looked away.
我無法忍受（去）觀看這場鬥雞，所以我把頭轉過去。（我不想看）

如果接受詞補語時，通常用 V-ing，如：

→ Father can't tolerate/bear/endure/stand **us children making** a noise when he is talking on/over the phone.
父親在講電話時，無法忍受我們小孩子吵鬧。

(8) **Vt + V-ing**: 表開始的動詞，可用 Vt + V-ing 或 Vt + to-V：以 begin, start, commence 為代表。begin, start 是一般用字，commence 是正式用字，如：

→ I **began/started feeling/to feel** sick soon after I ate the oysters.
我吃了那些牡蠣後不久，就開始覺得要嘔吐。

* **begin/start** 用在進行式時，只能接 **to-V**，避免連續二個 **V-ing**，如：
  → She **was beginning/starting to pay** attention to the young man next door.
    她開始注意隔壁的年輕男子。
* 在某些語意情境下，接動名詞（隱含達成）或不定詞（隱含可能性），會有明顯的差別，中文也有這樣的區別。以下是 **Quirk** 提供的範例：
  → He **started speaking** and kept on for more than an hour.
    他**開始講話了**，而且持續講了一個多小時。
  → He **started to speak** but stopped because she objected.
    他**開始要講話**，但因為她反對而停止了。
* 【註】**need, require, want, deserve** 接 **V-ing** 時表被動，如：
  → Your computer needs/requires/wants **repairing**. = Your computer needs/requires/wants **to be repaired**.
    你的電腦需要修理了。

172. (X) *Staying up* is not a good excuse for being late for school.
　　　熬夜不是上學遲到的好藉口。

(✓) **Staying up** (too) **late** is not a good excuse for being late for school.
　　　熬夜（太晚）不是上學遲到的好藉口。

關鍵解說

國內英漢字典都把 stay up 定義為**熬夜**，故容易造成這個錯誤。**stay up** 是**處於清醒的狀態，up =awake**（清醒的），**常與 late, too late, all night 等連用**，或補充說明不睡覺時在做什麼，語意才算完整。以下範例中 stay up 可用 **sit up** 取代（sit up 不是坐起來，sit 表**處於～的狀態**，up =awake），如：

  → You have school tomorrow. I don't want you **staying up late**. (Oxford Dictionary)
    你明天要上課，我不希望你熬夜。（其實已在熬夜中）
  → They often **stayed up half the night**, exchanging gossip/watching movies on TV.
    他們常熬到半夜，聊些八卦／看電視影片。
  → I tend to **stay up late**, not because I'm partying but because it's the only time of the day when I'm alone and don't have to be performing. (Jim Carrey)
    我常熬夜，不是因為我聚眾玩樂，而是因為那是一天當中，我唯一獨處且不必表演的時間。

進階補充

但前後句意有**表示對照時，stay up 可單獨使用**，如：

→ Though I'm **getting a little sleepy**, I would rather **stay up/not go to sleep**.
雖然我有點想睡了，但我寧願不去睡覺。

→ The people who napped remembered more of the tasks they had performed than did those who **stayed up**.
那些有小睡的人，對於所做過的工作，記得的比沒有小睡的人多。

---

173. (X) None of us can *recognize* Roy's sloppy handwriting. I guess he'll have to rewrite it.
我們沒有人認得出羅伊潦草的字跡，我想他必須重寫。

(✓) None of us can **read** Roy's sloppy/untidy/messy/terrible handwriting. I guess he'll have to rewrite it.
我們沒有人看得懂羅伊潦草的字跡，我想他必須重寫。

關鍵解說

用 recognize 是根據先前的經驗認出來，不符合句意，原句意是：**字跡太潦草，讓人看不懂**。因此要把 recognize 改為 **read**，如：

→ You may not be able to **read a doctor's handwriting and prescription**, but you'll notice his bills are neatly typewritten. (Earl Wilson)
你可能看不懂醫生的字跡和處方，但你會注意到他的帳單字打得很工整。

---

174. (X) I *get* used to drinking a glass of warm milk half an hour before going to bed.
我就寢前半小時，變成習慣喝一杯溫牛奶。

(✓) I **am used to** drinking a glass of warm milk half an hour before going to bed/sleep.
我就寢前半小時，習慣喝一杯溫牛奶。

關鍵解說

國內英漢字典多把 be used to/get used to 定義為**習慣於～**，這是助長犯錯的原因。

(1) **be 是靜態動詞**，be used to 是**處在習慣於～的狀態中**；**get（變成）是動態動詞**，get used to 是**變成習慣於～**，二者定義完全不同。本題是特定敘述，**get 用現在簡單式**表示**反覆變成習慣於～**，邏輯不通，因此要改為表示狀態持續的 **be used to**。以下的例子巧妙地說明二者用法之不同：

→ When she came to Taiwan, she **wasn't used to attending** weddings under huge tents, but soon she **got used to** it. Now she **is/***gets **used to attending** weddings under huge tents.

她來台灣時，**不習慣**參加搭大帳篷的婚禮，但不久她就**變習慣了**，現在她**習慣**參加搭大帳篷的婚禮了。

(2) 在**常態**敘述中，才可能用現在簡單式 get(s) used to, 如：

→ Children **get used to** new environments more easily than adults.

小孩子比大人更容易習慣新環境。

→ Some people **get used to** new things more quickly than others—it's only natural.

有的人很快習慣新的事物，有的人較慢，那是很自然的。

第 **5** 章

名詞或代名詞的誤用

175. (X) *The cost of the taxi* was more than the money we saved on the purchase.

搭乘計程車的費用，超過我們買東西節省下來的錢。

(✓) **The taxi fare** was more than the money we saved on the purchase.

(✓) **The taxi ride** cost us more money than we saved on the purchase.

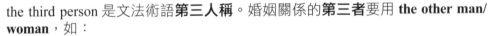

關鍵解説

(1) the cost (=price) of the taxi 是這部計程車的價格，因此要改為 **the taxi fare**（計程車的車資）。cost 用來指**生活、建造、經營、購物、生產**等的費用；fare 用來指**搭乘交通工具**的車資，如：

→ The **bus fare** is a lot less than the **taxi fare**.
公車的車資比計程車少很多。

→ The company made larger profits from its products by keeping **costs** down.
這家公司藉降低成本，從產品中賺取更大的利潤。

(2) 修正句 2 cost 當動詞用，所以主詞改為 the taxi ride（搭這趟計程車）。

176. (X) Their marriage broke up last month. Who do you think *the third person* might be?

他們的婚姻上個月破裂了，你認為第三者可能是誰（呢）？

(✓) Their marriage broke up last month. Who do you think **the other man/woman** might be?

關鍵解説

the third person 是文法術語**第三人稱**。婚姻關係的**第三者**要用 **the other man/woman**，如：

→ She was **the other woman** who broke up their marriage. (Merriam-Webster)
她就是破壞他們婚姻的第三者。

進階補充

woman 由古英文 wifmann 演變而來。wif 是現代英文的 wife，mann 是現代英文的 man（人類）；若有人把 woman 拆成 woo（追求）＋ man（男人），解釋為「追求男人者，女人也」，則欠缺字源依據，只能付之一笑。

177. (X) *Most of teenagers* today eat too much meat and almost no vegetables.

現在的青少年大部分肉吃太多,而幾乎不吃蔬菜。

(✓) **Most teenagers** today eat too much meat and almost no vegetables.

(✓) **The majority of teenagers** today eat too much meat and almost no vegetables.

關鍵解說

(1) 本題是**泛指**的敘述。表**泛指**時,用 **most ＋名詞**。其他的數量形容詞 several, any, few, many, much, some, the majority of, lots of 等也都可直接接名詞,如:

→ **Most good relationships** are built on mutual trust and respect. (Mona Sutphen)

大多數良好的關係,都建立在互相信任和尊重的基礎上。

→ **Some people** believe that theory and others don't.

有的人相信那個理論,有的人不相信。

(2) 表**特指**時,用**不定代名詞 several, any, few, many, much, some, most, the majority, a few, many, all, half, both, (n)either, none, two thirds + of + 特定範圍的代名詞 us, them, you, it...** 或**限詞 the, my, his, these, those...+ 名詞**,這樣前面的不定代名詞才有依據,否則語意不能成立。**但表單位的 (tens of) dozens/hundreds/thousands/millions/billions of,因為當數量形容詞用,故可直接接名詞。**如:

→ **Some/The majority/All/Half/One third** <u>of the students</u> in this class are from single-parent families.

這個班上的學生有些/大部分/全部/有一半/有三分之一都來自單親家庭。

Cf: **Some/Most/All students** in this class are from single-parent families.

這個班上的學生有些/大部分/全部都來自單親家庭。

→ I believe vaccines save (tens of) **millions of lives**, and people ought to be getting vaccinated.

我相信疫苗能拯救無數性命,民眾應該去接種疫苗。

178. (X) The post office isn't far from here. Just go straight on, turn left at the second traffic lights, and you'll see *one* on your right.

郵局離此不遠。往前直走，到第二個紅綠燈左轉，你會看到郵局在你的右邊。

(✓) **The post office** isn't far from here. Just go straight on, turn left at the second traffic lights, and you'll see **it** on your right.

關鍵解說

(1) 前面出現過的 the post office，是特定單數名詞，之後再出現，就用 it 來代替。所謂特定，即名詞前有限詞 the, this, those, my 等，如：

→ He saw **the car** and immediately wanted to buy **it**.
他看見這部車子，就馬上想要買。

→ **The company** is losing money and **it** has to lay off 20 employees.
這家公司虧錢，所以必須解僱二十名員工。

(2) 本句 the post office 是特定的名詞，所以該把 one 改為 it。

進階補充

但前面提過的名詞前，有不定冠詞 a/an 時，也未必如文法書上説的，要用代名詞 one 來代替，而要依語意情境來決定：

(1) 依語意情境，該名詞是**有所指**，**就用 it 來代替**，如：

→ He saw **a house** and bought **it**. (Wykoff/Shaw)
他看了一間房子，就買了下來。

(2) 依語意情境，該名詞是**無所指**，**則用 one 代替**。請比較以下例子：

→ "I'll have **an iced tea**, please." "I'll have **one**/*it, too."
「請給我一杯冰茶。」「我也要一杯。」（冰茶無所指定）

Cf: I've had **an iced tea** and I really enjoyed **it**/*one.
我喝了一杯冰茶，而且真的很好喝。（冰茶是指我喝過的那一杯）

179. (X) No one told me *how to do*.
沒有人告訴我要怎麼做。

(✓) No one told me **how to do it/how I should do it**.

關鍵解說

do 是及物動詞，要接受詞，但 **how 是疑問副詞，不能當 do 的受詞，故 do 的後面要接受詞 it**。如：

→ "Do you know **how** to **do it/how** you should **do it**?" "No, but I'd like to learn."
「你知道怎麼做嗎？」「不知道。但我想學。」

Cf：He doesn't know **what/***how** to do** with the money (that) he has won in the lottery.

他不知道怎麼處理中樂透的錢。（what 是疑問代名詞，當及物動詞 do 的受詞）

180. (X) When a typhoon strikes, *there are always damages to people's lives and houses.*

颱風來襲時，都會對人命及房子造成損害。

(✓) When a typhoon hits/strikes, **it almost always causes great property damage and loss of life.**

颱風來襲時，幾乎都對財物造成重大損害，以及人命的損失。

關鍵解說

(1) damage（損害）是不可數名詞，不涉及人命。**造成人命的損失**要用 **cause loss of life**，如：
→ Earthquakes **occurring** (=that occur) near large cities **cause much damage** and **loss of life**.
發生在大都市附近的地震，都造成重大損害，以及生命的損失。

(2) 受損的應不只房子，故宜用 property（財物）含蓋各種損害，如：
→ Few people were hurt during the storm, but **property damage was great**.
暴風雨中受傷者少，但財損嚴重。

181. (X) *The traffic* in Taipei City is very convenient. You can go almost anywhere by bus or MRT.

台北市交通很方便，搭公車或捷運，就幾乎可以到任何地方。

(✓) **Transportation** in Taipei City is very convenient. You can go almost anywhere by bus or MRT.

關鍵解說

(1) traffic 指**路上往來的車輛**，故 traffic 無關**方不方便**，如：
→ **Traffic** is heaviest during morning and evening peak periods.
早晚尖峰時段，車輛最多。

(2) 誤句 traffic 要換成 transportation，來指人員、物品的往來運送，以及輸送用的工具。從構詞 trans- =across（從一地到另一地）, port- =carry（運送），也可看出 transportation 才有往來運送的意思，如：
→ Electric cars are vitally important for urban **transportation.**
電動車對城市交通非常重要。

182. (X) *Look at both sides* before you cross the street.

穿越馬路前，要二邊都看看。

(✓) **Look both ways** before **crossing/you cross** the street.

關鍵解説

誤句 both sides 指馬路的二邊，過馬路時二邊都看看的二邊，是指左右**二個方向（both ways）**，當副詞用，故 look 不接介詞 at，如：

→ There are stores **on both sides** of the street.

街道兩邊都有商店。

→ Children should be taught to **look both ways** before crossing the street.

小孩子應該接受教導，過馬路前要兩邊看一看。

183. (X) Jay Chou is my favorite singer. I like *the songs of his.*

周杰倫是我最喜歡的歌手，我喜歡他的歌。

(✓) Jay Chou is my favorite singer. I like **his songs/all these songs of his**.

周杰倫是我最喜歡的歌手，我喜歡他的歌／他的這些歌。

關鍵解説

英文雙重所有格的表達法是 a(n)/this/that/these/those/any/some/every/no etc + 名詞 + of + 所有格代名詞 mine, his, yours 等，**其中 a(n) 不可換成 the**，這是本題錯誤之處。如：

→ **All those CDs of yours** take up an awful lot of space.

你那些 CD 占了很大的空間。

→ I can't take my eyes off **that beautiful ring of yours**.

我無法將視線抽離妳那個漂亮的戒指。

184. (X) Many people are finding it difficult to make ends meet because of the rising *standard* of living.

因為生活水準不斷提高，很多人覺得很難收支相抵。

(✓) Many people are finding it difficult to make ends meet because of the rising **cost** of living.

因為生活費用不斷提高，很多人覺得收支很難相抵。

關鍵解説

這是語意邏輯問題。the standard of living（生活水準）愈高，表物質生活愈豐富。**the cost of living（生活費用）愈高，則收支越難以平衡**，如：

→ As the **cost of living** goes up, my **standard of living** goes/comes down.

隨著生活費用上升，我的生活水準就下降。

185. (X) *Everyone* of us was disappointed to learn that the picnic had been canceled.

我們每個人得知野餐取消時，都很失望。

(✓) **Every one** of us was disappointed to learn that the picnic had been canceled.

關鍵解說

(1) everyone（每個人）只能指**人**，語法上算單數，接單數動詞，但語意上具有表達**群體**的功能，故不可再接**屬於群體的 of 片語**。若要表達群體當中的每一個人，要寫成二個字 **every one** of...，如：

→ In a small village **everyone** knows everyone else.
   在小村子裡，大家彼此相識。

→ I wish **every one of** you success in your exams.
   祝你們個個金榜題名。

(2) **every one** 可以指**人**或**物**，但指人時要接**屬於群體的 of 片語**。every one of us 意同 all of us, us all 或 we all，如：

→ Her decision to marry surprised **every one of us/all of us/us all.**
   她決定要結婚，讓我們大家都很意外。

(3) **every one** 指**物**時，接不接**屬於群體的 of 片語**都可以，如：

→ **Every one of** the apples you bought last week is rotten.
   你上週買的蘋果，每一個都爛掉了。

→ I asked him ten questions and he answered **every one** (of them) correctly.
   我問了他十個問題，他每題都答對了。

186. (X) *Anyone of you can't* answer these questions correctly without studying.

你們沒有一個人能夠不讀書，而答對這些問題。

(✓) **None of you can** answer these questions correctly without studying.

關鍵解說

(1) anyone（任何人）僅指**人**，語法上算單數，接單數動詞，但語意上具有表達**群體**的功能，故不可再接**屬於群體的 of 片語**。若要表達**群體當中的任何人／物**，要把 anyone 改為 **any of...** 或 **any one of...**，如：

→ If you want to avoid disappointment, do not expect anything from **anyone**.
   如果你想避免失望，那就不要對任何人有所期待。

→ They're all free; take **any/any one** (of them) you like.
   這些都是免費的，任取妳喜歡的／的一個。

(2) any-word 在**主詞位置時**，不能用**否定形式**，這是本題錯誤之處，要改用 **no one 或 none** (of)，後面接**肯定形式**。中文無此限制。如：

→ I did **not** see **anyone** there. = I saw no one there.
我沒有看到任何人在那裏。

→ **None** of us is perfect—we all get angry and jealous sometimes.
我們沒有一個人是完美的，我們有時都會生氣和忌妒。

(3) 但 anyone 後面有**形容詞片語／子句**時，表達**任何什麼樣的人**，語意有了**限定**，後面就可用**否定形式**，如：

→ Anyone **lying** (=who lies) **about his age** will **not** be allowed to enter the competition.
任何謊報年齡的人，都不准報名參加比賽。

187. (X) Life is not always as good as you wish. You *can't* have *anything* you want.
人生未必如你希望的那麼美好，你想要的都得不到。

(✓) Life is not always as good as you wish (it to be). You **can't** have **everything** you want.
人生未必如你希望的那麼美好，你不可能想要的都能得到。

關鍵解說

not...anything（什麼都得不到）是**全部否定**。本題句意是**部分否定**，故 not...anything 要改為 **not...everything**（不是什麼都可得到），如：

→ Scientists do **not** understand **everything**/*anything about the universe.
科學家對宇宙**不是樣樣都了解**。

188. (X) The concert hall can accommodate 1,200 *audiences*.
這音樂廳可以容納一千二百位聽眾。

(✓) The concert hall can hold/accommodate **1,200 people/an audience of 1,200 (people)**.

關鍵解說

(1) audience 是**整體**，一個特定場合只有一個 audience，如：

→ The show attracted **an audience of** 6,000 people.
這場表演吸引了六千位觀眾。

(2) **不同的或泛指的場合，就可以有複數形 audiences**，如：

→ He prefers playing to **live audiences**.
他較喜歡對現場聽眾演奏。

→ He has given talks to over **600 audiences** in ten countries.
他已經在十個國家向 600 多個場次的聽眾發表了演說。

189. (X) My opinion is totally *against that of George's*.
我的意見和喬治的（意見）完全相反。

(✓) My opinion is **exactly the opposite to/of George's** (opinion).

(✓) My opinion is **totally different from George's** (opinion).

關鍵解說

(1) that of George's =the opinion of George's opinion，重複了 opinion，結構錯誤，要去掉 that of。雙重所有格的結構請參考 183 題。

(2) 前面用 my opinion，後面就該用與之對稱的 George's (opinion)，如：
→ I'll take **your car**, and you take Andrew's (car).
我坐你的車子，你坐安德魯的（車子）。

(3) **避免重複的 that of**，不能接**名詞的所有格**，要接**名詞（片語）**，如：
→ Her behavior on that occasion was not **that** (=the behavior) **of** a lady.
她在那種場合的舉止，不是淑女該有的表現。

(4) 意見不能**反對（against）**意見。表達**與～完全相反**，要用 be exactly the opposite to/of 或 be totally/completely/entirely different from，如：
→ The effect **was exactly the opposite to** what he intended.
結果跟他所想的正好相反。

190. (X) This course mainly teaches students *to learn to appreciate* music, especially *classical one*.
這門課程主要在教導學生（如何）欣賞音樂，尤其是古典樂。

(✓) This course mainly teaches students **how to appreciate** music, especially **classical music**.

關鍵解說

(1) 教導某人學習做某事，當中的**學習**是多餘的，如：
→ She is teaching me **how to control my emotions**.
她在教我怎麼控制情緒。

(2) one 可用來代替前面出現過的**可數名詞**（如 friend），但 music/tea 是**不可數名詞**，故要重複一次。請比較以下範例：
→ **Green tea** contains less caffeine than **black tea/**black one*.
綠茶含咖啡因比紅茶少。

→ **A friend** who is far away is sometimes much nearer than **one** (=a friend) who is at hand. (Kahlil Gibran)
遠親有時勝過近鄰。

191. (X) It's easy to give advice, but it is hard to take *one*.
給人意見易，接納意見難。
(✓) It's easy to give advice, but hard to take/accept **it**.

關鍵解説

(1) advice 是**不可數名詞**，使用代名詞指稱時要**用 it**，如：
→ **Cheese** is quite cheap here. You can buy **it** for sixty pence a pound.
乳酪這裡相當便宜，六十便士就可買到一磅。

(2) 為求簡潔，最好省略對等連接詞 but 後面重複的 it is，如：
→ It's very easy to tell others what to do, **but difficult** to implement it on yourself. (Preity Zinta)
叫人做事易，親身實踐難。

192. (X) The population of Japan is over five times the *number* of the population of Taiwan.
日本的人口是台灣的五倍多。
(✓) The population of Japan is over five times **the size of** (=as large as) the population of Taiwan.
(✓) The population of Japan is over five times **that** (=the population) **of** Taiwan.

關鍵解説

(1) population 是**集合名詞**。the number of 要接**複數名詞**，故 the number of the population 錯誤，要把 number 改為 **size**（大小／規模），如：
→ **The size of the population** keeps increasing.
人口的規模不斷增加。

(2) 修正句 2 用 that，取代前面的 the population，以避免重複。

193. (X) Don't interfere in *people's affairs, especially between wife and husband.*

不要介入別人的事情，尤其是夫妻之間的事情。

(✓) Don't interfere in **other people's affairs, especially those between husband and wife**.

關鍵解說

(1) 別人（other people）要有 other（別的），否則沒有排除自己。前面提過的複數名詞 affairs，要用 **those** 代替，因為只說 especially between husband and wife，語意不夠清楚。以下是範例：

→ I love romance and love **stories**, especially **those** between husband and wife. (farR)

我喜愛浪漫愛情故事，尤其是夫妻間的。

(2) 有些成對的名詞有固定順序，如 **husband/man and wife**, man and woman, teacher and student, doctor and patient, body and soul 等。

194. (X) Before deciding to buy a house, you should contemplate its worth and your *economy for a few weeks.*

你決定購屋前，應該仔細考慮它的價值和你的經濟幾個星期。

(✓) Before deciding to buy a house, you should **allow yourself enough time to seriously contemplate** its worth and your **finances**.

你決定購屋前，應該給自己充分的時間，慎重考慮它的價值和你的財力／財務狀況。

關鍵解說

(1) economy 用在**企業、地區、國家**等方面。如：

→ The development of railroads has a tremendous effect on **the country's economy**.

鐵路的發展對該國的經濟的影響很大。

(2) 本題是指**個人的**經濟／財務狀況，故只能用 **finances**，如：

→ Her health problems have put a serious strain on **her finances**.

她的健康問題已經造成她財務上一大負擔。

(3) 用 contemplate...a few weeks 不當，改為 allow yourself enough time to seriously contemplate...（給自己足夠時間慎重考慮～）較實際。

195. (X) *More and more audience* in the auditorium got uneasy.

禮堂裡面，愈來愈多的聽眾，變得坐立不安。

(✓) **More and more people in the audience/More and more audience members** in the auditorium **got/were getting** uneasy.

關鍵解説

(1) audience 是**整體**。**愈來愈多的聽／觀眾**要説 **more and more people in the audience** 或 **more and more audience members**，如：

→ She offended **many in the audience** with her insensitive remarks.
她無禮的評論得罪了許多聽眾。

(2) more and more 搭配進行式 were getting，表示情況持續變化。

＊【註】雖然 un- 是否定的字首，但 easy 當**容易的**解時，其相反詞是 **not easy**（不容易的）；easy 當**自在的**解時，其相反詞才是 **uneasy**（不安／自在的），如 **feel easy/uneasy about refusing a request**（對拒絕要求，覺得很自在／不自在）。

196. (X) The skilled teacher has managed to arouse his students' *interests* in learning English.

這位教學有方的老師，已喚起了學生學習英文的興趣。

(✓) The skilled teacher has managed to arouse his students' **interest** in learning English.

關鍵解説

(1) **interest** 當**興趣**解時，要用**單數形** (an) **interest**，如：

→ He has lost **interest**/*interests* in playing video games
他對打電玩失去興趣了。

(2) interest 當**有興趣的事物**或**利益**解時，可用**複數形** interests，如：

→ Her main **interests** are music, tennis, and gardening.
她主要的興趣是音樂、網球、和園藝。

→ She cares **about** nothing but protect**ing** her own **interests**.
她只在乎保護自己的利益。

197. (X) Schools in *remote countries* need volunteers to teach children English.

偏遠鄉下的學校，需要志工來教孩童英文。

(✓) Schools in remote **country/rural areas** need volunteers to **teach children English/teach English to children**.

關鍵解說

(1) country 當**鄉下**解時，只有單數形用法。誤句 remote countries 指**遙遠的國家**。**偏遠鄉下**可說 remote **country/rural areas**，如：

→ Having lived in the city for 20 years, he's considering moving to **the country**.

他住都市已經有二十年了，正考慮搬到鄉下去。

→ Life is far from convenient for people living/who live **in remote rural areas**.

住在偏鄉地區的人，生活一點都不方便。

(2) 兒童英文是 English for children；成人英文是 English for adults，如：

→ English for children doesn't really differ from English for adults.

兒童英文和成人英文沒有真正的不同。

198. (X) It never occurred to me that he had *anything* to do with the explosion.

我從來沒有想到，他跟這個爆炸案有關係。

(✓) It never occurred to me that he had **something** to do with the explosion.

關鍵解說

(1) 本題 never 否定 occurred to，非否定 anything，因為它在**另一個子句裡**，而且 that- 子句語意**肯定**，故要把 anything 改為 **something**，如：

→ It had never occurred to me that he should have **some** deep objection. (Cowie & Mackin)

我沒有想到他竟然強烈反對。

(2) 當 never 與 anything **在同一個子句裡**時，才能否定 anything，如：

→ He **never** does **anything** but sit around watching TV all day.

他什麼也不做，整天只有閒坐看電視。

(3) 有時 something 也可置於否定詞 not 後，something 後面有限定形容詞子句，如：

→ An operation is **not something** (=a thing) **that can simply be returned to the store** if you have second thoughts.

手術不是你不要了就可退還給商店的東西。

199. (X) How have you been? I haven't received *your e-mail* for ages.

你近況如何？我已經好久沒有收到你的電子郵件了。

(✓) How have you been? I haven't received **an e-mail from you** in/for ages.

關鍵解說

這是中式英文。用 your e-mail 表示**你已經傳送電郵了，但我還沒收到**，這顯然非句子原意，故要改用 **an e-mail from you**，如：

→ I haven't had **a letter from her** in/for months.

我好幾個月沒有收到她的信了。

200. (X) *Asked questions about* her personal *finance*, Melissa felt offended, so she said nothing and remained silent.

梅莉莎被問到有關個人財務狀況時，心裡很不高興，所以她不發一語，保持沉默。

(✓) **When** (she was) **asked about** her personal **finances**, Melissa felt offended but said nothing/remained silent.

關鍵解說

(1) 個人**財務狀況**要用複數形 **finances**。句首加上 when，讓時間更明確。**問某人關於某事**用 **ask sb about sth**。略去 questions，以求精簡，如：

→ The interviewer **asked me about** my study plans.

面試官詢問我的研究計畫。

(2) said nothing 和 remained silent 同義，擇一使用。

201. (X) Helen listens to music in her spare time so that she *will relax herself*.

海倫有空時聽聽音樂，好讓心情放鬆。

(✓) Helen listens to music in her spare time so that she **can relax**.

關鍵解說

(1) relax（（使）放鬆）當及物動詞時，可接身體各部位的肌肉當受詞，但不接反身代名詞 himself, yourself, themselves 等，如：

→ When you feel tense and stressed, try loosening those tired muscles to help you **relax**.

當你覺得緊張和壓力大時，試著鬆鬆那些疲勞的肌肉，來幫助你放鬆。

→ You need to **relax** from time to time to avoid burnout.

你須要偶爾放鬆一下，以避免過勞。

(2) 原題非表達**意願**，故不能用 will，改用 can，表示**能夠**。

202. (X) Don't let the great chance slip away, or you may *regret* for the rest of your life.

勿讓這良機溜走，否則你可能會後悔到老。

(✓) Don't let the great chance slip (away), or you may **regret it** for the rest of your life.

關鍵解説

中文**後悔**可不接受詞，但英文 regret 是**及物動詞**，要接受詞，如：

→ Don't get mixed up with the gang. You'll **regret it** if you do.
不要跟那幫人鬼混，如果你那樣做，你會後悔的。

→ Many people who have plastic sugery **regret it** later because they are not satisfied with how they look afterwards.
很多做整形手術的人後來都後悔了，因為他們對術後的外表不滿意。

203. (X) I am twice *the age of yours*.

我的年紀是你的二倍大。

(✓) I am twice **as old as you**.

(✓) I am twice **your age**.

關鍵解説

(1) the age of **yours** = the age of **your age**，語意不通，要説 your age。

(2) 表達倍數，只要在同等比較 **as old/much/big... + as** 的結構前，加上倍數的字 twice, three times, four times... 即可，如：

→ He must be **twice as old as** she/her. = He must be **twice her age**.
他的年紀一定是她的兩倍大。

進階補充

倍數的表達用 half, three times, four times...+ as + adj/adv + as 的結構，或 half, three times, four times...+ the + NP + of + 所有格代名詞 /NP，如：

→ You are half as tall as I/me. = You are **half my height**.
你的身高是我的一半。

→ My house is three times as large as his. = My house is **three times the size of** his.
我的房子是他的三倍大。

→ The jet can fly twice as fast as sound. = The jet can fly **at twice the speed of** sound.
這架噴射機飛行速度可達到兩倍音速。

204. (X) Police officers may stand at *corners of the streets*, giving tickets to *whomever* violates traffic laws.

警察可能會站在街角，對違反交通規則的人開罰單。

(✓) Police officers may stand on/at **street corners**, giving tickets to **whoever** (=anyone who) **violates** traffic laws.

關鍵解說

(1) 本題**街角**是**泛指**，但誤句用 at corners of the streets，一個沒有定冠詞，一個卻有，語意混亂，故要改為表泛指的複數形 on （較常用）/at **street corners**。

(2) 動詞 violate 前面的名詞要用主格，**不受前面介詞 to 影響**，故受格 whomever (=anyone whom) 要改為主格 **whoever** (=anyone who)。請參考 034 題關鍵解說 (1)，如：

→ A prize will be given to **whoever can guess** how many coins (there) are in this piggy bank.

任何猜得出這豬形撲滿裡面有多少枚硬幣的人，都會獲贈一份獎品。

→ **Whoever can guess** how many coins (there) are in this piggy bank **will get/win** a prize.

任何猜得出這豬形撲滿裡面有多少枚硬幣的人，都會獲得一份獎品。

205. (X) The department store's *open time* is 10 a.m. to 10 p.m.

這家百貨公司的開店時間是早上十點到晚上十點。

(✓) The department store's **opening/business** hours are 10 a.m. to 10 p.m.

這家百貨公司的營業時間是早上十點到晚上十點。

(✓) The department store **is open from** 10 a.m. to 10 p.m.

關鍵解說

(1) 開店的時間是 opening time，打烊的時間是 closing time，兩者都是**瞬間的**。原句是要表達**營業時間**，要用 **opening** (BrE)/**business hours**。opening hours 也可指圖書館等的開放時間，如：

→ The store's **opening/business hours** are 11 a.m. to 11 p.m.

這家商店的營業時間是，早上十一點到下午十一點。

(2) 修正句 2 把 open 當形容詞用，表示狀態的持續。

206. (✗) Same-sex marriage has always been a highly controversial *problem*.

同性婚姻一直都是個高度爭議的問題。

(✓) Same-sex marriage has always been a highly controversial **issue/ topic**.

同性婚姻一直都是個高度爭議的議題／話題。

關鍵解說

problem 是指**造成麻煩、困難**的問題；issue 是指**具有社會或政治上的重要性，且有正反二面看法**的議題，請比較以下範例：

→ The government is trying to solve the **problem** of rising unemployment.

政府正想辦法解決失業率增加的問題。

→ Parents and teachers are sharply divided on/over the **issue** of corporal punishment.

家長和老師對體罰的議題，意見嚴重分歧。

207. (✗) The temptation is so strong that it is difficult for a little boy *like he is* to resist.

這個誘惑很強，像他這樣的小男孩很難抗拒。

(✓) The temptation is so strong that it is difficult for a little boy **like him** to resist.

(✓) The temptation is **too** strong **for** a little boy **like him** to resist (it).

Cf : The temptation is too strong to **resist**/*resist it*.

這個誘惑很強，難以抗拒。

關鍵解說

(1) 本題 like 是介詞**像**，要接受詞，所以 he is 要改為 **him**，如：

→ You can never fool an intelligent woman **like her**. = You can never fool a woman **of her intelligence**.

你騙不了像她那樣聰明的婦人。

(2) 但 like 當連接詞**好像（as if）**解時，就可接子句，如：

→ It seems **like** (=as if) they've lost their way.

他們好像迷路了。

208. (X) The great earthquake destroyed several buildings yesterday. So far no one knows the actual number of *the injury or the death*.

昨天大地震毀了數棟建築物。目前為止沒有人知道確切傷亡人數。

(✓) The great earthquake destroyed several buildings yesterday. So far no one knows the actual/exact number of **injuries or deaths/people** (who were) **injured or killed**.

關鍵解說

(1) the number of 要接**零冠詞的複數名詞**，所以要把 the injury or the death 改為 **injuries or deaths**，如：

→ The aim of the law is to reduce **the number of injuies or deaths** in traffic accidents.

這條法規的目的是要減少交通事故的傷亡人數。

(2) **傷亡人數**也可説 **the number of people** (who were) **injured or killed**。

209. (X) She was very sad when she heard of her dog's *missing*.

她聽到她的狗失蹤時，心裡很難過。

(✓) She was very sad when she heard of her dog's **disappearance**.

(✓) She was very sad when she heard (that) **her dog was missing**.

關鍵解說

(1) **失蹤**的名詞是 **disappearance**，不是 **missing**，如：

→ The police are investigating the **disappearance** of a five-year-old boy.

警方在調查一個五歲大的男孩的失蹤案件。

(2) missing 當形容詞用時，意即**失蹤的、不見了的**，如：

→ The woman has been **missing** for more than a year.

這位婦人已失蹤一年多了。

210. (X) After delivering a very powerful speech, the award winner was surrounded by a group of fans asking for her *signature*.

得獎人在發表了一篇非常有力的演說後,被一群粉絲包圍著,要求她的簽名。

(✓) After delivering a very powerful speech, the award winner was surrounded by a group of fans asking for her **autograph**.

關鍵解說

(1) 在**表格、信件、文件**上的簽名,一般用 signature,如:
→ I presented the document to the principal for his **signature**.
我把文件上呈校長簽字。

(2) 粉絲對其崇拜的人,要求**當場親筆簽名**時,用 **autograph**,如:
→ The delay was caused by local fans **asking** (=who asked) her for **autographs**.
這個延誤是由當地粉絲要求她親筆簽名造成的。

→ I always help in any way I can, even if it's just **by** signing an **autograph**. (Lionel Messi)
就算只是幫親筆簽個名,我都會盡力幫忙。

211. (X) Is it possible to memorize *1,000 English vocabularies* in 30 days?

三十天記一千個英文字彙有可能嗎?

(✓) Is it possible to memorize **1,000 English** (vocabulary) **words** in 30 days?

(✓) Is it possible to memorize/acquire **a vocabulary of 1,000 English words** in 30 days?

關鍵解說

vocabulary 是總稱,沒有複數形。一千個英文單字是 1,000 English (vocabulary) words,或 a vocabulary of 1,000 English words。**他英文單字記很多**要說 He has **a large English vocabulary.**。

第 **6** 章

形容詞或副詞的誤用

212. (X) *It's very often to* hear him sing this English song.

聽到他唱這首英文歌是常有的事。

(✓) **It's very often that** he is heard to sing this English song.

(✓) **It's not infrequent to** hear him sing this English song.

關鍵解說
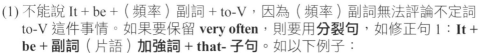

(1) 不能說 It + be + （頻率）副詞 + to-V，因為（頻率）副詞無法評論不定詞 to-V 這件事情。如果要保留 **very often**，則要用**分裂句**，如修正句 1：**It + be + 副詞（片語）加強詞 + that- 子句**。如以下例子：

→ She **frequently** loses her umbrella.
她經常遺失雨傘。

→ It's **very frequently** that she loses her umbrella. (Quirk)

* **often/frequently 要成為分裂句的焦點，前面要有修飾語 very 或 not。**

(2) 只能說 It + be + NP/Adj + to-V，故要把頻率副詞 very often，改為形容詞 **not infrequent**，才能評論不定詞 to-V 這件事情，如修正句 2。

213. (X) I'll be back *a few minutes later.*

我幾分鐘後就回來。

(✓) I'll be back **in a few minutes.**

關鍵解說

中文可隨意使用**若干時間後**，英文**以現在為參考點**的若干時間後，要用 **in + 若干時間**，故本題要用 **in a few minutes**，如：

→ It's 3 o'clock; I'll come back **in half an hour**. (=at three-thirty)
現在是三點，我半個小時後會回來（＝在三點半）。

進階補充

以下列舉（若干時間）+ **later**，以及 **in/within** +若干時間的差別：

(1) **以現在為參考點**的**含糊的以後**，用 **later**，如：

→ He is going to the barber but will be back here **later**.
他要去理髮了，但稍後會回來這裡。

(2) 表示**泛時**的**含糊的以後**，用 **later**，如：

→ DVD allows us to record programs and watch them **later**.
DVD 讓我們能夠把節目錄起來以後看。

(3) **以過去為基準點**的若干時間後，用**若干時間 + later/after + 若干時間**，如：

→ He robbed a bank on Park Road and was arrested **two days later/after two days**.
他搶劫了公園路一家銀行，兩天後就被逮捕了。

(4) **in ＋ 若干時間**通常指**在若干時間後**，若要表達**在若干時間內**，則要用 **within ＋ 若干時間**，以避免誤解，如：
→ Scientists predict that a cure for this disease will be found **within** (the next) five years.
科學家預測，五年內就會找到治癒這種疾病的藥。

214. (X) Children *always don't* know how much their parents have done for them.
子女永遠不知道父母為他們付出了多少。

(✓) Children **never** know how much their parents have done for them.

關鍵解說

這是中式英文。always don't 要改為 **never**。not 要置於 always 前，表示**未必**，如：
→ Things do **not always** go the way you planned.
事情未必照你的計畫進行。

215. (X) I even bought a small house for him, because he sometimes likes to *be left only by himself.*
我甚至買小屋給牠，因為牠有時喜歡獨處。

(✓) I even bought a small house for him, because he sometimes likes to be left (all) **by himself**/(all) **alone**.

關鍵解說

by oneself=alone，即**只有**自己。by himself 前接 **only**（只有），語意重複。修飾 by himself 要用副詞 **all**（完全地），表示**完全自己一個人**，如：
→ Since he moved to Taipei, he's been living **(all) by himself**.
他自從搬到台北來，一直（完全）自己一個人住。

216. (X) The dentist told me to open my mouth as *widely* as possible.
牙醫師叫我盡量把嘴巴張大一點。

(✓) The dentist told me to open my mouth as **wide** as possible.

關鍵解說

(1) **wide**（寬的／寬地）：**當形容詞和副詞用，能準確測量出來**。如：
→ He lay asleep on the floor with his legs **wide** apart.
他躺在地板上睡著了，雙腿張得開開的。

(2) **widely**（廣泛地）：**是副詞**，**表程度**，所以**難以準確測量出來**。如：
→ Even with all the difficulties involved in learning English, it has become the most **widely** used language in the world. (T. M. Grafius, Sr.)
英語雖然學起來困難重重，卻已成為世界上使用最廣泛的語言。

217. (X) We go to the zoo *once two years*.
我們二年去動物園一次。
(✓) We go to the zoo (once) **every two years**（較常用）/**once in two years**.

關鍵解說

(1) once a year 的 a，不是指**一**，而是指 **per/every**（每），所以 once a year = once per/every year。二年一次要說 (once) every two years。如：
→ The competition is held **every two years**. (=every other year)
這個比賽兩年舉辦一次。
→ "How often do you go to the beach?" "Probably **once every two weeks**."
「你多久去海灘一次？」「大概兩個禮拜去一次。」

(2) 如果時間名詞前是**數詞**，則**次數後面**要有介詞 **in**，如：
→ But **once a month**, or once **in six months**, they like to make a trip.
(Breakthrough)
他們喜歡每個月、或每半年旅行一次。

218. (X) Yesterday I couldn't find my bag *everywhere*.
昨天我到處都找不到我的手提包。
(✓) Yesterday I couldn't find my bag **anywhere**.

關鍵解說

not...everywhere（非每個地方）是部分否定，not...anywhere（到處都不）是全部否定。本題是**到處都找不到**，故要使用後者。如：
→ Sitting at home playing video games all day will **not** bring you **anywhere** in life.
你整天坐在家裡打電玩，一輩子不會有出息的。

219. (X) The reason is *easy—for saving* time.

原因很簡單,就是為了節省時間。

(✓) The reason is **simple: to save** time.

原因很單純,就是為了節省時間。

(✓) The reason is **simple—to save** time.

關鍵解說

原因沒有所謂**難易**,故要把 easy 改為 **simple**(單純的),如:

→ I can't let you watch TV for **the simple reason** that you haven't finished your homework yet.

我不能讓你看電視,原因很單純,就是你作業還沒做完。

220. (X) Lily is a workaholic. She *almost spends all day* working in her office.

莉莉是個工作狂,她幾乎花整天的時間,在辦公室工作。

(✓) Lily is a workaholic;she **spends almost all day** working in her office.

(✓) Lily is a workaholic, **spending almost all day** working in her office.

關鍵解說

(1) **幾乎**接動作,表示**沒有做該動作**。所以 almost spends 語意不通。用分號把二句併為一句,把 almost spends 改為 spends almost,讓 almost 修飾 all day,表示**幾乎整天**,語意才合理,如:

→ **Almost all the students** in this class wear glasses.

這個班幾乎所有學生都戴眼鏡。

(2) 修正句 2 用 , spending 引導補述用的分詞片語,縮簡了句子結構。

221. (X) My grandmother lives an active life though she *has suffered* from cancer *for long*.

我奶奶雖然罹癌很久了,但她仍然過著積極的生活。

(✓) My grandmother **still** lives an active life though she **has been suffering** from cancer **for so long/for a long time**.

關鍵解說

(1) 在 lives 前加上 still,語意更強調。用完成進行式 has been suffering,表持續沒有中斷。**時間副詞 long,只用於否定/疑問句。long(er) 前有修飾語 so/too, a bit/much 等時,才可用於肯定句**,請參考 239 題,如:

→ Their marriage **didn't** last (for) **long**.

他們的婚姻沒有維持很久。

→ He's been out of work **(for) so long**. (=for such a long time)
他已經失業這麼久了。

(2) (for) **a long time** 可用於肯定句及否定句，如：
→ I have been here (for) a long time.
我來這裡很久了。

→ I haven't been here (for) a long time.
我很久沒有來這裡了。

Cf：I haven't been here (for) long.
我來這裡沒有很久。

222. (X) The workers asked for *less* working hours, but the factory refused their request immediately.
工人要求縮短工時，但廠方立刻回絕。

(✓) The factory immediately turned down/refused the workers' request for **fewer/shorter working hours**.

關鍵解說

(1) **要求縮短工時**和**拒絕他們的要求**，用了二個要求 asked for/request。修正句只用了一個名詞 request，把合句變為單句。

(2) less 接不可數名詞 time, money, water 等，修飾可數名詞 working hours 要用 **few**(er), long(er), short(er)，不能用 less，如：
→ Productivity improves with **fewer working hours**.
工時縮短生產力隨著提升。

→ Working **fewer/shorter hours** enhances employees' ability to focus, enabling them to get as much work done in **less time**.
工時較少／短讓員工注意力更集中，這讓他們能用較少的時間，做好等量的工作。

223. (X) I am *easy* to gain weight, so I *consider* buying a skirt with an elastic waistband.
我容易發胖，所以我考慮買一件有鬆緊腰帶的裙子。

(✓) I **gain weight easily/am prone to gain**(ing) **weight**, so I **am considering** buying a skirt with an elastic waistband.

關鍵解說

(1) **容易發胖**要說 **gain weight easily/be prone to gain**(ing) **weight**。easy 接不定詞片語時，形式主動，語意被動，所以主詞必須當不定詞的受詞，但本題主詞 I 不是 to gain weight 的受詞。請參考 017 題。如：

→ This copy(ing) machine is **easy to operate**.
這台影印機很容易操作。

= It is easy to operate this copy(ing) machine.

(2) consider 當**認為**解時，是**靜態**動詞，沒有進行式，本題 consider 當**考慮**解，是**動態**動詞，而且是指**現在的動作**，故要用現在進行式 **is considering**，請比較以下範例：

→ I **consider** my mom (to be) the most courageous woman I know.
我**認為**我母親是我認識的最勇敢的女人。

→ He **is considering** investing in real estate.
他在**考慮**投資房地產。

224. (X) The average age of freshmen in senior high schools is *fifteen years old*.
高一新生的平均年齡是十五歲。

(✓) The average age of freshmen in senior high schools is **fifteen**.

關鍵解說

這是中式英文。age 不能用 old 來修飾，因為年齡**不會變老**；age 指**數字**，故補語要以**數字**來對應，如：

→ The average age of the company's employees is **36**. (Merriam-Webster)
這家公司的員工，平均年齡為 36 歲。

225. (X) This watch is made for people with *too poor vision*.
這種手錶是為視力太差的老年人製造的。

(✓) This watch is made for people **with poor vision/who have poor eyesight**.

關鍵解說

(1) 這是中文的陷阱。副詞 too（太）/as（一樣地）**不能接性狀形容詞，再緊接名詞**。請參考 231 題。請注意以下文句之正誤：

→ These investment opportunities are **too good** to pass up/miss/lose.
這些投資機會太好了，不可放棄／錯過／失去。

→ *These are *too good investment opportunities* to pass up/miss/lose.

→ This investment opportunity is **too good** to pass up/miss/lose.（常用）
這個投資機會太好了，不可放棄／錯過／失去。

→ This is **too good an investment opportunity** to pass up/miss/lose.
（較不常用）

→ *This is *a too good investment opportunity* to pass up/miss/lose.

＊ 單數時正常詞序是 **a good investment opportunity**，但因為副詞 **too/as** 不能緊接冠詞 a/an，所以要改變詞序，把 **good** 調到冠詞 **an** 前。

→ These investment opportunities are **as good** as those ones.
這些投資機會跟那些一樣好。

→ *These are *as good investment opportunities* as those ones.

→ This investment opportunity is **as good** as that one.（常用）
這個投資機會跟那個一樣好。

→ This is **as good an investment opportunity** as that one.（較不常用）

→ *This is *an as good investment opportunity* as that one.

(2) too/as 後面可接**數量形容詞 many, few, much, little** +（名詞），如：

→ He earns **as much (money)** as you (do).
他賺的錢跟你一樣多。

→ You spent **too little time** on outdoor activities.
你戶外活動時間花太少。

(3) 本題要把形容詞片語 *with too poor vision*，改為 **with poor vision/eyesight**，或形容詞子句 **who have poor vision/eyesight**。

---

226. (X) She regards it as a blessing to take care of her *elder* parents.
她認為照顧她年邁的父母，是幸福的事情。

(✓) She regards it as a blessing to take care of her **elderly/aged/old**(er) parents.

關鍵解說

兄弟姐妹的長幼順序才用 elder，如 elder brother/sister（哥哥／姊姊）。原句指**年老的**父母，故要把 elder 改為 **elderly/aged/old**(er)，如：

→ Not all **elderly people** can live with their relatives.
並非所有的老年人都能跟親人同住。

---

227. (X) She did not give him *some* suggestions; instead, she gave him a book.
她沒有給他建議，反而給他一本書。

(✓) She did **not offer** him **any** suggestions; instead, she gave him a book.

關鍵解說

(1) **not 不能直接否定 some**，故不可出現在同一個子句裡，除非 some 有後位修飾語（畫底線部分）加以限定，如：

→ The student **didn't** answer **some <u>of the test questions</u>**.

這個學生有些試題沒有答。

(2) 本題 **some 沒有後位修飾語**，故 **some** 要改為 **any**，表**全部否定**，如：

→ Happiness does **not** depend on **any/*some** external conditions. It is governed by our mental attitude. (Dale Carnegie)

快樂不是靠任何外在條件，而是取決於我們的心態。

(3) 前半句把 give 換成 offer，讓用字多樣化。

---

228. (X) The worker was sawing the tree whose trunk was five feet *thick*.

這個工人正在砍伐這棵五呎厚的樹。

(✓) The worker was sawing the tree (whose trunk was) five feet **around/round** (=in circumference).

這個工人正在鋸這棵五呎粗的樹。

關鍵解說

量塊狀的東西，才能用 **thick**（厚的）。樹幹是圓的，量**圓周**（circumference）要用 **around** (AmE)/**round** (BrE)（粗，周長），如：

→ The board is two inches **thick/in thickness**.

這塊板子兩吋厚。

→ "**How big** (a)**round** is the tree?" "It's 3 feet (a)**round/in circumference**."

「這棵樹有多粗？」「三呎粗。」

---

229. (X) The rescue team tried to save all of the victims of the earthquake *in whatever field of endeavor*.

救難隊想方設法，來搶救所有的地震災民。

(✓) The rescue team **used every possible means to** save all (of) the victims of the earthquake.

關鍵解說

in whatever field of endeavor 是**無論從事什麼領域**，造成句意不通。想方設法可用 **use every possible means**，如：

→ She has the ability to succeed **in any field of endeavor**.

她從事任何領域都會成功。

→ You can **use every possible means to** achieve your objective.

你可以用一切辦法來達成你的目標。

230. (X) Our air conditioner is *out of work*.

我們的冷氣機壞了。

(✓) Our air conditioner is **out of order/not working**.

(1) out of work 等於 out of a job，意指**失業的**，如：

→ She found herself **out of work** when the shop she was working in closed down.

她上班的這家商店關門時，她就失業了。

(2) 本題是要表達**壞了的**，故要用 **out of order**，order 是**正常狀況**，另外，也可說 **isn't working**，如：

→ The sign on the vending machine says **"out of order."**

自動販賣機上的牌子寫著「故障」。

→ The computer **isn't working** properly.

這部電腦運作不正常。

231. (X) With so many things to do in *such* little time, we'd better pick up the pace.

有這麼多事情要在這麼短的時間做完，我們最好加快腳步。

(✓) With/Having so many things to do in **so little time/so short a time/ such a short time**, we'd better pick up the/our pace.

這麼英文有 **so/such** 兩個字，**多麼**也有 **how/what** 兩個字，故二者必須分工。**so/how** 是副詞加強詞，管形容詞、或副詞；**such/what** 是限詞，管名詞，而且這二組字的用法互補：可說 so/how good（這麼／多麼好），不能說 *so/how* good **people**（這麼／多麼好的人），要改為 **such/what** good **people**。**單數的這麼／多麼好的一個人**要說 such/what **a good** person 或 so/how **good a** person，a good 要倒裝成 good a，因為副詞 so/how 不能緊接冠詞 a，而要緊接形容詞或副詞，a 作為 good 和 person 之間的緩衝。請參考 225 題。以下舉例正誤用法：

中文：這些是這麼困難的問題，所以沒有人會解決。

→ These were **such/**so* tough problems** that no one could solve them.

→ These problems were **so/**such* tough** that no one could solve them.

中文：這是**一個**這麼困難的問題，所以沒有人會解決。

→ It was **so tough a/**a so tough* problem** that no one could solve it.= It was **such a tough problem** that no one could solve it.（較常用）

中文：這些問題多麼困難啊！

→ **How tough** these problems are! = **What/*How** tough problems they are!

中文：那是**一個**多麼困難的問題啊！

→ **How tough a problem** it is! = **What a tough problem** it is!（較常用）

進階補充

(1) 數量形容詞 **many, few, much, little** 前，只能用 **so/how**，不能用 *such/what*，如：

→ He was able to do **so many things** with **so little money**.
　　他用這麼少錢，做了這麼多事情。

→ Mop the floor! **How many times** do I have to tell you?
　　拖地板！我要跟你講幾次？

(2) 但 what little time 當**所有少量的時間**解時，是正確的，因為這裡的 what 不是感嘆詞**多麼**，而是關係形容詞**所有的**，如：

→ I spent **what little time** I had with my family.
　　我所有少量的時間都跟家人相處。

(3) 可說 **such little events**，因為這裡 little 不是數量形容詞，而是指 not very important（不太重要的）。字的定義決定字的用法。

---

232. (X) The value of honesty *can't be over estimated enough*.

誠實的價值是無法充分估量的。

(✓) The value of honesty **can't be overestimated**.

關鍵解說

英文表示**再～也不為過、盡量～**，有以下三種表達方式：

(1) **can't...over-**：如：

→ The importance of a good education **cannot be overestimated**. (Merriam-Webster)
　　接受良好的教育極其重要。

(2) **can't...too**：如：

→ You **can't be too careful** in your choice of friends.
　　你擇友要盡量小心。

(3) **can't...enough**：如：

→ I **cannot thank you enough** for what you've done for me.
　　我對妳為我所做的一切感激不盡。

(4) 本題混合使用 (1) 和 (3)，所以要去掉多餘的 enough。

233. (X) Thanks to the *economical* revival, the market for consumer electronics is growing.

由於經濟復甦，消費性電子產品的市場在成長中。

(✓) Thanks to the **economic** revival, the market for consumer electronics is growing.

關鍵解說

economical 是**經濟的、節省的**；economic 是**經濟上的、跟經濟有關的**，本題**經濟**復甦就要用這個字，請比較以下範例：

→ More and more people are buying hybrids, which are more **economical** on fuel.

買油電混合車的人越來越多，這種車子比較省油。

→ One of the ways to boost our **economic growth** is by letting more highly skilled immigrants into our country.

促進我們經濟成長的一個辦法就是，讓更多技術高端的移民進入我國。

234. (劣) It can be really dangerous to take a solitary walk in the park *at midnight*.

半夜在公園散步有時很危險。

(優) It can be really dangerous to take a solitary walk in the park **in the middle of the night**.

關鍵解說

也有人這樣用 at midnight。但 at midnight 是**半夜十二點整**，而散步是一段時間，故改用 **in the middle of the night**（三更半夜）較合適，它的時間比較含糊，如：

→ If you never do anything against your conscience, you will never be frightened by a tap/knock at/on your door **in the middle of the night**.

平生不做虧心事，半夜敲門心不驚。

= A clear and innocent conscience fears nothing.（西方格言）

→ I would wake up **in the middle of the night** feeling like I was going to vomit.

我以前常在三更半夜醒來，覺得好像要嘔吐。

Cf：I write for two hours a day, usually **starting at midnight**; at times, I start **at 11.** (Abdul Kalam)

我每天寫作兩小時，通常**半夜十二點開始**，有時十一點開始。

235. (X) Now that *there is easy access* to the Internet, students can obtain information *easier than before*.

由於學生很容易接觸網路，所以取得資訊比以前容易。

(✓) Now that students **have easy access to/can easily access** the Internet, **they** can obtain information **more easily than before**.

關鍵解說

讓前後二句都用 students 當主詞，句意較通順、連貫。形容詞 easier 不能修飾動詞 obtain，要改用副詞比較級 **more easily** 才行，如：

→ Drinking a glass of celery juice **an hour or two/one or two hours** before bed can help you **fall asleep more easily**.

睡前一、二個小時喝一杯芹菜汁，能幫助你更容易入睡。

236. (X) It is not really *worth while* to fix this old car.

修理這輛老爺車，不太划算／值得。

(✓) It is not really **worth your while/worthwhile** to fix this old car.

修理這輛老爺車，你不太划算／值得。

關鍵解說

形容詞 worthwhile（值得花時間／金錢的）不能寫成 worth while。while 指一段時間。如果要分開寫，中間要有**所有格**，寫成 worth **one's** while（值得某人花時間、金錢的）。如：

→ Is it **worth your while/worthwhile** to line up for hours just to save a dollar? = Is it worth your while/worthwhile **lining up** for hours just to save a dollar?

就為了省一塊錢，而排隊幾個小時，你／值得嗎？

237. (X) No one can help him and there is no shortcut *as well*.

沒有人能幫他的忙，而且也沒有什麼捷徑。

(✓) No one can help him and there is no shortcut **either**.

關鍵解說

as well（也）用於肯定句。本題是否定句，要用 either，如：

→ This car is not only reliable but comfortable to drive **as well**.

這輛車子不但性能可靠，開起來也很舒適。

→ The cars are reliable and are **not** expensive **either**. (Merriam-Webster)

這些車子性能可靠，而且也不貴。

238. (X) Have you ever thought of *how old you want to or can live*?
你有沒有想過你想要活到幾歲，或能夠活多老？

(✓) Have you ever thought of **how long/how much longer** you can live?
你有沒有想過你能夠活多久／再活多久？

(✓) Have you ever thought of **how old** you **can live to be**?
你有沒有想過你能活到幾歲？

關鍵解說

(1) old 是形容詞，不能修飾動詞 live，要改用副詞 long；用 how much longer 表示從現在算起剩下的時間。如：

→ You're exhausted all the time. I just don't know **how much longer** you can **live** like this!
你老是精疲力竭，我真不知道，你這樣繼續下去，能夠再活多久！

(2) 若保留 how old，則要跟 to be 連用，讓 how old 當主詞補語。如：

→ It's difficult to know exactly **how old** sea turtles can **live to be**.
很難知道海龜到底能活到幾歲。

→ If you **live to be a hundred**, I want to **live to be** a hundred minus one day so I never have to live without you. (A. A. Milne)
如果你活到一百歲，我要活到一百歲減一天，這樣我就不必一天活著沒有你。

239. (X) Terry hurried (back) home, but I stayed there *long*.
泰瑞趕緊回家去，但我在那裡待了很久。

(✓) Terry hurried (back) home, but I stayed (for) **a bit/a little/a little bit/much** longer.
泰瑞趕緊回家去，但我還多待了一會兒／多待了很久。

關鍵解說

(1) 在**肯定句**中，要用 (for) a long time, (for) **so/too** long, 或 (for) **a bit/a little/a little bit/much** longer，**不能只用** (for) **long**，long 前面**要有修飾語**才行。請參考 221 題。

(2) 本題必須把 long 改為 (for) **a bit/a little/a little bit/much** longer（多待了一會兒／多待了很久）。要把從 Terry 回家的時間點算起，所多待的時間表達出來，語意才夠精準，如：

→ The doctor said that he might not live **much longer**.
醫生說他可能來日無多了。

→ Everybody left but I stayed **a bit long<u>er</u>**, hoping that the leopard would reappear. (Leon Molenaar)

大家都走了，但我多待了一會兒，希望那隻豹會再出現。

240. (X) The old man heaved a deep sigh, kept silent for a while, and *at last* told me that he could no longer bear living on his own.

這個老人深深嘆了一口氣，沉默了一會兒，最後跟我說，他無法再忍受獨居的生活。

(✓) The old man let out/heaved a deep sigh, kept silent for a while, and **finally** told me that he could no longer bear living on his own.

關鍵解說

(1) at last 只能用來表示事情**經過漫長的等待或期盼才成真**，如：
→ He was **at last** (=finally) united with his parents.
他終於跟父母團圓了。

(2) finally 可用來表示事情**經過漫長的等待或期盼才成真**，如：
→ You have been planting these seeds, and **finally**, you have a full garden in bloom. (Colman Domingo)
你一直在種這些種子，終於你的花園花朵盛開了。

(3) finally 也可用來表示**一連串的動作或事件的最後一項**，如：
→ He slowly stood up from his chair, cleared his throat, and **finally** began to speak.
他推開椅子慢慢站起來，清了清嗓子，終於開始說話了。

241. (X) After *the school* was over, I stepped out of the school gate and *delightfully* strolled along the street.

我放學後踏出校門，（內心）高高興興地漫步在街上。

(✓) After **school** was over, I stepped out of the school gate and **delightedly** strolled along the street.

關鍵解說

誤句 the school 指**這所學校**，句意不通。放**學**後要用 **school**（上學（階段）），是不可數。delightfully 是**令人高興地**，delightedly 是**內心感到高興地**，本句要用後者。請參考 129 題進階補充 (3)。如：
→ Autumn is a **delightfully** mild and beautiful season.
秋天是個令人舒暢、溫和又美麗的季節。
→ He ran down the stairs, whistling **delightedly**.
他跑下樓梯，高興地吹著口哨。

242.（劣）Motorists should always drive *with care* and *safely* and obey all traffic rules.
汽車駕駛人永遠要小心安全地駕駛，也要遵守所有交通規則。

（優）Motorists should always drive **carefully** and **safely** and obey all traffic rules.

關鍵解説

小心地用片語 with care，**安全地**用單字 safely，沒有平行。把 with care 改為 carefully，讓 carefully 和 safely 平行。如以下例子：

→ This box is too heavy to be carried **easily**/*with ease* **and safely**.
這個箱子太重，不容易安全搬運。

第 7 章

連接詞的誤用

243. (X) *Every time when* we get together, we have a good time.

我們每次相聚，都玩得很愉快。

(✓) **Every time** we get together, we have a good time.

關鍵解説

every time 當**連接詞**使用，故不可再接連接詞 **when**，如：

→ The greatest glory in living lies not in never falling, but in rising **every time we fall**. (Nelson Mandela)

生活中最大的榮耀，不在於從不跌倒，而在於跌倒後能站起來。

→ **Every time you touch a surface**, you leave fingerprints behind, which could give you away.

你每次碰東西的表面，都會留下指紋，那可能會洩你的底。

244. (X) It has been a long time *since we went to Yangmingshan National Park last time*.

自從我們上次去陽明山國家公園以來，已經很久了。

(✓) It is/has been a long time **since we last/since the last time we** went to Yangmingshan National Park.

關鍵解説

(1) 連接詞 **since**（自從）**引導的時間副詞子句中，不能再出現 time 這個字**，因為 **since** 已含有 **time** 的元素。若要表達**自從上一次**，則**上一次**只能用 last，這時 last 當副詞用，如：

→ It's been over 10 years **since I last visited Europe**. (Merriam-Webster)

自從我上次遊覽歐洲以來，已經超過十年了。

(2) 但可用 **since the last time + 子句**表達**自從上一次～**，因為 since 是**介詞**，以 time 為受詞，這個句構跟上面 (1) 不同，如：

→ She's put on at least five kilograms since **the last time I saw her/I saw her last/I last saw her**.

從我上次看到她，她體重至少增加五公斤了。

245. (X) Maybe I'll have a boyfriend *when you see me next time*.

下一次你看到我時，也許我會有男朋友了。

(✓) Maybe I'll have a boyfriend **when you next see me/when you see me next/when next you see me**.

關鍵解説

在連接詞 **when** 引導的副詞子句中，**上一次和下一次**只能使用副詞 **last 和 next**，因為 **when** 已含有 **time** 的元素，如：

→ She was only five **when I saw her last/when I last saw her/(the) last time I saw her**.

我上一次看到她時，她才五歲。

→ What do you think I should say **when we next meet/when we meet next/when next we meet**? (Merriam-Webster)

我們下次見面時，你認為我該説什麼（呢）？

246. (X) *Next time when* you study for *the* test, don't *stay up*.

下次你準備這次考試時，不要熬夜。

(✓) **Next time** you study for **a** test, don't **stay up** (too) **late/stay up all night**.

下次你準備考試時，不要熬夜／整夜不睡。

關鍵解説

(1) (the) next/last time 已當**連接詞**使用，不可再接連接詞 when，請見上題。

(2) 依句意，考試是**不特定**的名詞，故改為 **a test**。

(3) stay up（保持在不睡覺的狀態）通常不單獨使用（請參考 172 題），故須改為 stay up (too) late/stay up all night 等。如以下例子：

→ Many nights I **stayed/sat up until dawn**, trying to get my term papers finished on time.

我為了準時完成學期論文，很多晚上都通宵達旦。

247. (X) *When* it rains tomorrow, we won't go on a picnic.

明天下雨時，我們就不去野餐。

(✓) **If** it rains tomorrow, we won't go on a/*the* picnic.

如果明天下雨，我們就不（要）去野餐。

關鍵解説

if 表示事情可能會發生，而 when 表示事情會發生。明天會不會下雨，無法確定，故 when 要改為 if。以下範例的 if 和 when **不能**互換：

→ You only live once, but **if** you live it right, once is enough. (Mae West)
人只能活一次，但如果活得精彩，一次就夠了。

→ I'm going to buy that laptop **when** I get paid.
我領薪水時，就要買那台筆電。

248. (X) I heard there are many monkeys *in* this mountain. But I didn't see *any of them last time when* I was here.
我聽說這座山上猴子很多，但我上次來這裡時，一隻也沒看到。

(✓) I **heard/hear** there are many monkeys **on** this mountain. But I didn't see **any** (the) **last time** I was here.

關鍵解說

(1) **單一的山**（a/the/this mountain）視為平面，故搭配介詞 **on**。**群山／山區**（the mountains）則視為三度空間，故搭配介詞 **in**，如：
→ Born **on a mountain**, raised in a cave. Arresting fugitives is all I crave. (Duane Chapman)
生於山上，長於山洞；逮捕逃犯，乃我所望。

→ My grandfather used to tell me stories about ghosts that lived **in the mountains**.
我祖父以前常給我講住在山裡的鬼魂的故事。

(2) 談到三度空間的**洞或山洞**時，自然要搭配介詞 **in**，如：
→ He lived **in a cave in this mountain** and learned how to use herbs to cure animals and humans.
他住在這座山的一個山洞裡，學習用草藥來治療動物和人。

(3) **any (monkeys)** 是**泛指**，連帶表示 monkeys **未必存在**；**any of the monkeys** 是**特指**，連帶表示 monkeys **已存在**，請比較以下二句：
→ They **think** there is petroleum under the ice, but they have not discovered **any** yet. (Michael Vince)
他們認為冰下有石油，但還沒有發現任何石油。

→ "Which paintbrush do you want?" "**Any of them** will do."
「你要哪一支畫筆？」「任何一支都可以。」

(4) 本題要把 any of the monkeys，改為表示未必存在的 **any** (monkeys)，因為 that- 子句前面加上 I hear/heard（我聽說）後，that- 子句所述變成**事實未必存在**，所以我們可以說 So I have heard, but I'm not convinced.（我聽說了，但我不相信）。

(5) (the) next/last time 當**連接詞**用，不再接連接詞 when，請參考 246 題。

249. (X) The lost hikers stayed at the shelter *before* the rescue team arrived.

在救難隊到達前，迷路的登山客待在避難所裡。

(✓) The lost hikers **stayed** at/in the shelter **till/until** the rescue team arrived.

迷路的登山客待在避難所裡，直到救難隊趕來。

(✓) The lost hikers had **stayed** at/in the shelter **for two hours before** the rescue team arrived.

迷路的登山客在避難所裡待了二個小時，救難隊才趕來。

關鍵解說

(1) stay 表**待／停留**，是典型的**持續性動詞**，所以在**肯定句**中，只能說**持續待到某時**，因此只能跟持續性連接詞 **till/until** 連用，如：

→ They called 119 and **performed** CPR **till/until** the ambulance arrived.

他們打 119，然後做心肺復甦術，直到救護車來。（perform 是持續性動詞）

→ **Stay** in your seat **till/until** the bus comes to a complete stop.

坐在座位上，直到公車完全停下來。（stay 是持續性動詞）

(2) 當然如果 **stayed + 一段時間**，那就要搭配 **before**，表示**待了多久後才～**，如修正句 2。

進階補充

(1) 如果是**非持續性動詞**，則搭配連接詞／介詞 **before**，如：

→ He jumped in the river and **saved** the woman from drowning **before**/*till the rescue team arrived.

在救難隊趕到以前，他就跳進河裡，救起溺水的婦人。（save 是非持續性動詞）

(2) 在否定句中，**not...until/before** 都表示**直到～才～**，表示動作的起點，同時也表示比預定的時間晚，如：

→ He **didn't** stop playing the game **until/before** his phone's battery was dead.

直到手機沒電，他才停止打電玩。

＊用 until 表示沒有停止的狀態，一直持續到手機沒電；用 before 表示手機沒電以前，都沒有停止。二句意思相同，所以要在否定句裡，until/before 才能互換。

250. (X) He couldn't jump across the stream, *however he tried hard*.

他無論多麼努力，都跳不過這條小溪。

(✓) He couldn't jump across the stream, **however hard he tried**.

(✓) He couldn't jump across the stream, **no matter how hard he tried**.

關鍵解說

(1) however（無論多麼）是**複合關係副詞**，在它引導的子句中，形容詞或副詞必須**緊置於 however 後**，這樣詞序才算正確，如：

→ **However rare** true love may be, it is less **so** (=rare) than true friendship. (Francois)

無論真愛會有多麼難得，也不像真友誼那麼難得。

(2) however 也可以換成 **no matter how**（無論多麼），如：

→ She couldn't get him to change his mind, **however hard** (=no matter how hard) she tried.

她無論多麼努力，都無法讓他改變心意。

251. (X) She is five feet *and* six inches tall.

她五呎六吋高。

(✓) She is **five feet six inches tall**.

關鍵解說

表示**長／寬／高的呎／公尺**和**吋／公分**之間，有無逗號皆可，但沒有連接詞 and，如：

→ I'm **five feet, two inches tall**. (Merriam-Webster)

我五呎二吋高。

→ She is **one meter 68 cm** with auburn hair, blue eyes and a fair complexion. (Breakthrough)

她身高 168 公分，頭髮紅褐色、眼睛藍色、皮膚白皙。

252. (X) It's a miracle that no one was hurt *after* the bus crashed into a crowded store.

公車衝入人滿為患的商家，奇蹟的是沒有人受傷。

(✓) It's a miracle that no one was hurt **when** the bus crashed into a crowded store.

關鍵解說

用 after 可表示前後二個動作時間相隔很久，但 when 表**同時**，或**～時，隨即**。車禍和人員受傷是**同時**，故要把 **after** 改為 **when**，如：

→ Two people were seriously injured **when** the car crashed into a tree.
這輛汽車撞上樹木時，兩個人受重傷。

253. (X) I asked her out six times *until* she said yes.
我邀她約會六次，直到她點頭。

(✓) I (had) asked her out six times **before** she said yes.
我邀她約會六次，她**才**點頭。

(✓) **I kept asking** her out **until** she said yes.
我不斷（反覆）邀她約會，直到她點頭。

關鍵解說

(1) **邀約六次**不表示**動作的持續**，故不能和持續性連接詞 till/until 連用，要改為 before，表示我**反覆**邀她約會六次，她才點頭。

(2) 修正句 2 **用表持續的 kept 搭配 till/until**，只是沒有說邀約了多少次。以下例子中 before 和 till/until **不能互換**：
→ I asked her to marry me **three times before** she said yes. (Cameron Joseph)
我向她求婚三次，她才點頭。
→ I just **kept** asking her to marry me **until** she said yes. (Katherine Garbera)
我就一直向她求婚，直到她點頭。

254. (X) *If* you finish shopping, call me to pick you up.
如果你東西買好了，就打電話給我來接你。

(✓) **When** you finish/have finished shopping, call me to pick you up.
你東西買好了後，就打電話給我來接你。

關鍵解說

這是台式英文。用 if 表示事情**未必會發生**，用 when 表示**事情會發生**，東西**當然會買好**，所以 **if** 要改為 **when**。以下範例的 if 和 when 不能互換：
→ **When** you ride a motorcycle, you should wear a helmet. Then **if** you have an accident, you will not hurt your head/*your head will not be hurt*. (Patricia Ackert)
你騎機車時，應該戴安全帽，那麼如果發生意外，就不會傷到頭部 / 頭部就不會受傷。
→ **If** there is **a fire**, don't use/take/ride the elevator. (Joseph & Linda Boyle)
如果發生火災，不要搭升降梯。

255. (X) Could you keep an eye on my laptop *when* I go to the bathroom?

我去上個廁所，你幫我看一下我的筆電好嗎？

(✓) Could you keep an eye on my laptop (computer) **while** I go to the bathroom?

關鍵解說

(1) while 的時間較**近**，表示說完話，就要去做某動作，如：

→ Will you keep an eye on my suitcase (for me) **while** I get something to eat? (Merriam-Webster)

我去買點東西吃，你幫我看一下手提箱，好嗎？

(2) when 的時間較**遠**，如：

→ "I'll ring her up **when** I get（較常用）/knock off work." "Why not do it now?"

「我下班後打電話給她。」「為何不現在打？」

(3) 原句表示說完話，**就要去**上廁所，所以必須用 while。

進階補充

因為 while 表示時間較**近**，所以又具有**急迫、催促、把握良機、趕快（趁著～）**的含意，請比較以下中、英文句子：

→ Not only strike **while the iron is hot**, but make it hot by striking. (Oliver Cromwell)

不僅要趁鐵熱時打鐵，而且要打鐵使之發熱。

＊ 本句 while 若改為 when，語意即變成等鐵熱了再來打。以下範例的 when 和 while 絕對不能互換：

→ Don't send me flowers **when** I'm dead. If you like me, send them **while** I'm alive. (Brian Clough)

不要等到我死了才送我花，如果你們喜歡我，那麼趁我還活著時就送吧。

256. (X) *(When) Having hesitated* for five minutes or so, Sharon decided to return it to the person who had lost it.

雪倫猶豫了五分鐘左右後，決定把東西歸還失主。

(✓) (After) **having hesitated/After hesitating** for five minutes or so, Sharon decided to return it to the person who had lost it.

關鍵解說

(1) 句首的完成式分詞片語，表示動作比主要子句先發生，前面可以加上介詞 after，也可以不加，如：

→ (After) **having memorized/After memorizing** all the new words, he went for a swim/*for swimming* in the pool.

他背完這些生字後，就去游泳池游泳了。

(2) when 雖然可引導完成式的子句，但**完成式分詞片語**已表時間先後了，因此前面就不能再接連接詞 when，如：

→ Call me **when you have finished**. (Oxford)

事情做完後打電話給我。

→ **Having run out of** money, he decided to put his mansion up for sale.

他因為錢用完了，決定把豪宅賣掉。

257. (X) *While he heard* the news, he rushed to the scene of the accident.

他聽到這個消息時，就急忙趕到事故現場。

(✓) **When he heard/(Up)on hearing** the news, he rushed to the scene of the accident.

關鍵解說

(1) 國內英漢詞典都把從屬連接詞 when 和 while 定義為**當～時**，結果容易造成混用。when 定義為 **at or during** the time that，while 定義為 **during** the time that。at 指時間的**點**，during 指時間的**面**，可見 **when** 可以和**持續性或非持續性動詞**連用，而 **while** 只能和**持續性動詞**連用，如：

→ I had many opportunities to practice speaking English **when/while** (I was) **living** with an American roommate.

我跟美國室友同住時，有很多機會練習說英語。

→ It was raining very hard **when/***while* **I arrived**.

我到達時，雨下得很大。

(2) 非持續性動詞 hear（聽到）不能與 while 連用。另外 **on/upon + V-ing**（非持續性動詞）也有**當～時，一～就～**的意思。請參考 132 題關鍵解說 (1)。如：

→ What was her first reaction **on hearing** (=when she heard) of the death of her dog?

她聽到她的狗死掉的消息時，第一個反應是什麼？

258. (X) *Even if* he had no formal schooling, he taught himself to become a polyglot.

即使他未受過正式的學校教育，他靠自學而通曉數種語言。

(✓) **Even though** he had no formal schooling, he taught himself to become a polyglot.

雖然他未受過正式的學校教育，他靠自學而通曉數種語言。

關鍵解説

(1) even if（即使）是 if 的加強詞。if（如果）引導的子句**尚未成真**，或表泛時，所以 even if 引導的子句**一樣尚未成真**，或**表泛時**。如：

→ **Even if children are infected after vaccination**, the symptoms of the disease will be relatively mild.

即使兒童接種疫苗後受感染，病症也相對較輕。（表泛時）

→ I'm going out **even if it rains**.

即使會下雨，我也要出去。（尚未成為真）

Cf：I'm going out **(even) though it is raining**.

雖然**在下雨**，我也要出去。

(2) 英漢字典把 even though 定義為**即使**，很容易跟 even if 混用。其實 even though 是 although（雖然）的加強詞，定義為**雖然**，引導**事實子句**，（(al)though 本來就引導事實子句），也有讓主要子句所述讓人驚訝之意，如：

→ I've never tried to block out the memories of the past, **even though** some are painful. (Sophia Loren)

我從來不想揮別對過去的記憶，雖然有些記憶是痛苦的。

→ **Even though** our goals are quite different, our determination is united. (Tijana Popov)

雖然我們的目標不同，但我們的決心一致。

(3) even though 跟 may（可能）連用，引導**非事實子句**，功用同 even if，如：

→ I will do it **even if it kills me/even though it may kill me**.

即使要我的命／雖然可能要我的命，我也要做。

(4) 本題説話者已知他未受過正式的學校教育，所以必須用 even though。

第 8 章

助動詞的誤用

259. (X) I wish I *can* save more money.
但願我能存更多的錢。

(✓) I wish I **could** save more money.

(✓) I hope I **can** save more money.
我希望我能存更多的錢。

(1) hope 和 wish 不是同義詞。hope（希望）表示**有實現的可能**；wish（願望）只表示**有意願**而已。請比較以下例子：

→ He **hopes** to become a college professor.
他希望當大學教授。

→ He **wishes** to become a college professor.
他想要當大學教授。

＊ 所以 **wish** 自然就適合用於假設法，來表示不能實現的事情。依此原則，本題有兩種修正方式：

(2) 如果要保留 wish，則表示**不可能實現的事情**，子句裡面的動詞與事實相反，故要把 can 改為**與現在事實相反的過去簡單式 could**，如：

→ I **wish** (that) **I could** turn back time and relive every memory with you. (Ramiz Bond)
但願我能把時間倒流，與你重溫每一個記憶。（時間不能倒流）

(3) 如保留情態助動詞 **can**，則要把 wish 改為表**事情可能實現的 hope**，如：

→ I **hope** (that) **I can** tide him over for a while.
我希望能幫他暫時度過難關。

260. (X) Reg: You were not at my party last night. What happened?

Ida: I wanted to, but my father *didn't* let me.
雷格：你昨晚沒有來參加我的聚會。怎麼了？
艾達：我想去，但我爸爸不讓我去。

(✓) Reg: You were not at my party last night. What happened?

Ida: I wanted to, but my father **wouldn't** let me.

中文的否定詞**不**的含意可以包括**不、不會、不要、不願**，所以學英文的華人，只有仔細推敲其實際含意，才能正確表達英文的否定。

(1) 中文**不**指**純否定**時，不帶情態成分，故用**一般助動詞 doesn't/don't/didn't + V** 來表達，如：

中文：「你讓小孩吃漢堡嗎？」「不，而且也不讓他們喝高含糖飲料。」
→ "Do you let your children eat hamburgers?" "No, and I **don't** let them drink high-sugar beverages either." (Wallace W. Smith)
★ 這表示平常的飲食習慣，不帶情態成分，故用純否定的 **don't**。

中文：起初我不喜歡英文，但現在喜歡了。
→ At first I **didn't** like English, but now I do.
★ 這只表示以前喜歡英文這件事情不存在，故用純否定的 **didn't**。

(2) 中文的不有**不會、不要、不願**等含意時，帶有**情態（modality）成分**（即表示能力、可能、意向、意願、須要、允許、義務、預測、邏輯結論等），這時要用**情態助動詞 won't/wouldn't + V** 來表達，如：

中文：這是你我之間的秘密，我保證**不／不會**告訴任何人。
→ It's a secret between you and me, and I promise I **won't** tell anybody.
★ 這裡的不意指不會，帶有情態成分，故要用情態助動詞 **won't**。

中文：我想去看電影，但我媽**不／不要**讓我去。
→ I wanted to go to the movies, but my mother **wouldn't** let me (go).
★ 這裡的不讓我去，其實際含意是不要讓我去，帶有情態成分，故用情態否定 **wouldn't**。

(3) 本題是特定狀況，而且這裡的不是表帶有情態成分的**不要**，故要把純否定 didn't，改為情態否定 **wouldn't**。

(4) 英文 didn't 接原形**動態動詞**時，中文常譯為**沒有**，可見原句用 didn't me 意指**沒有讓我去**，語意不當。請比較以下例子的差別：
→ He said he **didn't** invite John.
他說他**沒有**邀請約翰。
→ He said he **wouldn't** invite John.
他說他**不要**邀請約翰。

---

261. (X) Jack has enough money to buy the digital camera, but he *doesn't* buy it.
傑克有足夠的錢買這台數位相機，但他不買。

(✓) Jack has enough money to buy the digital camera, but he **won't/ doesn't want to** buy it.
傑克有足夠的錢買這台數位相機，但他不要／想買。

關鍵解說

(1) 動態動詞 buy 用在現在簡單式 doesn't buy，表示**平常不買**，如：
→ She is a vegetarian; she **doesn't buy** meat.
她吃素，平常不買肉。

(2) 但原句是**現在不要／想**買，帶有情態成分，故要把純否定 doesn't buy it，改為情態否定 **won't buy it** 或 **doesn't want to buy it**。請比較以下例子的純否定和情態否定：

→ He **didn't** pay me back that $200 he owes me, so I **won't** lend him any more money again.

他欠我兩百塊**沒有**還，所以我**不要**再借錢給他了。

262. (X) "Sandy, will you carry all these books upstairs?" "I'm afraid I don't have so much time. *I just carry* my own (books)."

「山迪，把這些書都搬到樓上，好嗎？」「恐怕沒有那麼多時間，我只搬我自己的。」

(✓) "Sandy, will you carry all these books upstairs?" "**I'd love to, but I'm a bit pushed/pressed for time. I think I'll just carry** my own (books)."

「山迪，把這些書都搬到樓上，好嗎？」「我真想搬，但我時間有點趕，我還是只搬自己的。」

關鍵解說

(1) 面對別人要求幫忙，若有困難，較客氣的說法是：先說要，再說明無法幫忙的原因。如：

→ "Could you please babysit for us this evening?" "**I'd love to, but I'll be busy then**."

「你今晚幫我們顧一下小孩，好嗎？」「我很想顧，但我那時會很忙。」

(2) 本題句意是我還沒有搬，但我**現在就要去搬**，這是**當場的決定**，這時要用表意願的**情態助動詞 will**，故誤句要改為 **will carry**，如：

→ "The phone's ringing." "**I'll get** it."

「電話響了。」「我來接。」

→ If you don't have enough money, **I'll** lend you some.

如果你錢不夠，我借一些給你。

263. (X) Wade sings very well. I *don't think of* anyone with a better voice.

維德歌唱得很好，我（平常）想不出有誰嗓子比他好的。

(✓) Wade sings very well. I **can't think of** anyone with a better voice.

維德歌唱得很好，我（現在）想不出有誰嗓子比他好的。

關鍵解説

(1) 現在簡單式 don't think of 指**平常不想**，是**常態敘述**，如：

→ I **don't think of** home often. =I **don't often think of** home.

我平常不常想家。

(2) 本題是指**特定情況**的**想不出**，所以要把一般助動詞 don't，改為**表能力的情態助動詞 can't**，如：

→ I **can't think of** a better idea at the moment.

我一時想不出更好的主意。

264. (X) Call your parents when you arrive so that they *can't* worry about you.

你到達時，要打電話給父母，這樣他們才不會擔心你。

(✓) Call your parents when you arrive so (that) they **won't** worry about you.

關鍵解説

中文的**不會**有二個定義：

(1) 表**能力上的不會**，意指**沒有能力**：這時用情態否定 **can't**，如：

→ However (=No matter how) strong you are, you **can't** lift such a heavy box.

不管你力氣多大，也抬不起這麼重的箱子。

(2) 表**預斷的不會**，意指**不可能**：這時用情態否定 **won't**，如：

→ I suggest that she adopt a dog so (that) she **won't** feel lonely.

我建議她領養一隻狗，這樣才不會覺得孤單。

→ Put the soybean milk in the refrigerator so (that) it **won't** spoil.

把豆漿放在冰箱裡，這樣才不會壞掉。

(3) 本題中文「不會」是指定義 (2)，故要把 can't 改為 **won't**。

265. (X) "Why did you borrow so much money?" "I *will* buy a new car."

「你為什麼借這麼多錢？」「我明天要買一輛新車。」

(✓) "Why did you borrow so much money?" **"I'm going to** buy a new car."

關鍵解說

(1) 表示預測未來時，可用 **will** 或 **be going to**，如：
→ According to the weather report, it **will/is going to** be rainy tomorrow.
根據氣象報告，明天會下雨。

(2) 説話時才**當場決定**要去做某事，就要用 **will**，如：
→ "I don't know how to use this word." "It's quite easy. **I'll** give you an example."
「這個字我不知道怎麼用。」「那很簡單，我來給你舉個例子。」

(3) 説話前就**早已擬定好的計畫**，就只能用 **be going to**，如：
→ He bought some paint because he **is going to** repaint his living room.
他買了一些油漆，因為他要重新油漆客廳。

(4) 依本題句意，錢已經借了，那就表示**早已計畫要買車子**，故必須用 **be going to**。

266. (X) The woman is eight months pregnant. She *will* give birth *two months later*.

這個婦人懷孕八個月了，二個月後就要生產了。

(✓) The woman is eight months **gone**/pregnant; she **is going to** give birth **in two months**.

關鍵解說

生小孩不是**即刻的**決定，而是**事先計畫好的**，故要用 **is going to give birth**。本題是以現在為時間參考點的多少時間後，故要用 **in + 若干時間**，two months later 要改為 **in two months**。請參考 213 題關鍵解說。如：
→ I'll be there **in** a few minutes.
我幾分鐘後就到達那裏。
→ The contract will be ready to sign **in** two weeks. (Oxford Dictionary)
這合約兩週後就可準備好簽訂。

第 **9** 章

時態的誤用

267. (X) Slow down! You *drive* too fast.

減速！你開太快了。

(✓) Slow down! You**'re driving** too fast.

關鍵解說

(1) 現在簡單式 You **drive** too fast. 表示你**平時**開車太快，但說話時開車的動作在**進行**中，故要改為現在進行式 You **are driving** too fast.，如：

→ Slow down! You**'re talking** so fast I can hardly understand you. (Merriam-Webster)

講慢一點！你講這麼快，我幾乎都聽不懂。

(2) 本題中文**語意情境**表示動作在進行中，但沒有表進行的（**正**）**在**這個標記，這時特別容易**誤用現在簡單式**，如：

→ Who is the woman **who is watching**/*who watches* TV in the living room?

那個**在客廳裡看電視**的婦人是誰？

＊ 有的文法書說這裡關係代名詞不能用 who，因為句首已經有疑問詞 who，但那不是事實。請參考 297 題關鍵解說例子 1。

進階補充

以下說明現在簡單式與現在進行式的性質及用法：

(1) **現在簡單式：表示事情從過去、現在、未來皆如此**，這可由時間序列**過去→現在→未來**看出來，**現在**居中，自然串聯左右兩段時間，故現在簡單式用於**一般敘述，常態敘述**。如果將**常態／一般敘述**具體化，約可涵蓋**真理、一般的事實、能力、習慣、認知、情感、職業、關係、擁有、時間表、行程表**等。如：

→ Our flight **leaves** at 2:30 p.m.（行程表）

我們班機下午兩點半起飛。

→ She **washes** her hair every two days.（習慣）

她每兩天洗一次頭髮。

→ The best and most important things in the world **cannot be seen** or even touched—they **must be felt** with the heart. (Helen Keller)（一般的事實）

世上最美好、最重要的東西看不見，甚至摸不著，必須用心去感受。

(2) **現在進行式**：用來表示**說話時正在進行的動作**，因為進行中的動作，很容易結束，所以進行式就具有**短暫、易變、有時限**等特性，而這種敘述就稱為**特定敘述**。如：

→ He **is sleeping** on the sofa while she **is drying her hair**.

他在沙發上睡覺，而她在吹乾頭髮。

→ I **usually drive** to work, but **this week I'm taking** the bus because I have to get my car repainted.

我通常開車上班，但這個禮拜我搭公車，因為車子要重新上漆。

＊前半句 usually 表示習慣、無時限，故用現在簡單式 drive；後半句 this week 表示短暫、有時限，故用現在進行式 am taking。

(3) 另外，有一類**言行動詞**（performatives），表示話說出來，動作就做完了，**這類動詞可用現在簡單式，來表達現在的動作／特定敘述**，常見的有：accept, admit, advise, agree, apologize, bet, command, confess, congratulate, deny, forbid, guarantee, insist, object to, oppose, order, permit, promise, quit, request, refuse, recommend, resign, suggest, thank, wish（祝福）, warn 等，如：

→ I **apologize** for the mistake I've made and **promise** that it won't happen again.

我為我犯的錯誤道歉，也保證不會再發生。

→ I **guarantee** that you will not regret buying this.

我保證你買了這個不會後悔。

→ I **suggest** that he report the burglary to the police.

我建議他向警方報案失竊。

→ I **wish** you success in your exam.

祝你金榜題名。

268. (X) Guess what I *hold* in my hand.

猜猜看我手裡拿著什麼東西。

(✓) Guess what I **am holding/have** in my hand.

關鍵解說

(1) 動態動詞 **hold**（拿著）的動作說話時在進行，故該用現在進行式 **am holding**。在正式用法中，**hold** 可當靜態動詞**擁有**（have）解，如：

→ Let me see what you **are holding**/*hold in your hand. (Merriam-Webster)

讓我看看你手裡拿的東西。

→ She **has/holds**/*is holding a PhD in biology and a master's degree in linguistics.

她擁有生物學博士學位，以及語言學碩士學位。

(2) 把動態動詞 hold 改為**靜態**動詞 have（有），就要用現在簡單式，如：

→ Why do you **have** an eraser in your hand?

你手裡為什麼拿著板擦？

進階補充

要徹底明白現在簡單式與現在進行式的區別，必須弄清楚中英文句子是「常態敘述」，還是「特定敘述」，還要辨別中英文句子動詞是**動態動詞**，還是**靜態動詞**。以下舉例說明：

(1) 動態動詞：又叫**動作動詞**，如 **eat, run, boil** 等。在**常態敘述**中用**現在簡單式**；在**特定敘述**中要**依情況**用**其他的時式**，如：

中文：水在攝氏一百度時沸騰。（常態敘述）
　→ Water **boils**/*is boiling* at 100 degrees Celsius.

中文：水開了，把它關掉好嗎？（特定敘述）
　→ **The** water **is boiling**/*boils*. Can you turn it off?

(2) 靜態動詞：又叫做**非動作動詞**，如 **resemble**（像），**be, know, have**（有）等。主要在表達**狀態的持續，不用於進行式**。在**常態敘述**和**特定敘述**中，都可用**現在簡單式**，如：

中文：她上班常遲到。（常態敘述）
　→ She **is often** late for work.

中文：你認識坐在麥克左／右邊的那個人嗎？（特定敘述）
　→ **Do** you **know** the person sitting on the left/right of Mike?

中文：做生意的秘訣就是知道一些別人不知道的。（常態敘述）
　→ The secret of business is knowing something that nobody else **knows**. (Aristotle Onassis)（knowing 是動名詞，不是現在分詞）

中文：不要進來！我沒有穿衣服！（特定敘述）
　→ Don't come in! I've nothing **on**!
　Cf：Don't come in! I'm **wearing**/*wear* nothing!

＊ 不知區別動態動詞和靜態動詞、常態敘述和特定敘述，就很容易犯嚴重的錯誤而不自知，以下是文法書上的錯誤：The boy *wears* a new pair of shoes. = The boy has a new pair of shoes on.（這男孩穿著一雙新鞋）。這組句子不能畫上等號，雖然 wears（穿著）是靜態動詞，用現在簡單式，表示常態敘述，即表示平常的穿著；has 是靜態動詞，是特定敘述，句意怎麼會相等？簡單式 *wears* 要修正為進行式 is wearing 才行，表示眼前所看到的、短暫的穿著狀態。請參考 294 題關鍵解說 (2)。

269. 中文：艾瑪喉嚨痛，她可能感冒了。

英文：(X) Emma has a sore throat; she *may catch* a cold.

艾瑪喉嚨痛，她可能會感冒。

(✓) **Emma has a sore throat; she may have caught a cold**.

艾瑪喉嚨痛，她**可能（已經）感冒了**。

(✓) Emma has a sore throat; she **may have a cold.**

艾瑪喉嚨痛，她可能感冒了。

關鍵解說

(1) **may**（可能）＋ **簡單式**：只能推測**現在、未來、或泛時**，不能推測過去，如：

→ You **may be** right.

你**可能**對。（指涉現在）

→ He **may catch a cold** if he goes out without a jacket in such cold weather.

天氣這麼冷，他如果不穿夾克就出去，**可能會感冒**。（指涉未來）

→ From a small seed a mighty trunk **may** grow. (Aeschylus)

一粒小種子可能長出強壯的樹幹。（泛時，一般敘述）

(2) **may**（可能）＋**完成式**：用來推測**過去的事情**，因為**完成式**的動作／狀況，時間起點**都在過去**。中文意即**可能已經～了**，但因為中文常省略**已經**，故容易造成誤用 **may + 簡單式**，如：

→ She **may have been**/*may be* killed by her husband.

她可能被她丈夫殺害了。

→ He **may have gone**/*may go* home.

他可能（已經）回家了。

＊ 被她丈夫殺害和回家的時間都在說話之前。如用簡單式 She may be killed by her husband. 或 He may go home.，則句意變成她可能會被她丈夫殺害或他可能會回家，或他可以回家，都表示事情還沒發生。

(3) 從中文**她喉嚨痛，可能感冒了**，可看出如果真的感冒了，那麼**瞬間動詞** catch（罹患／感染）的時間必定在說話前，因此要用**完成式** ...she **may have caught** a cold.。誤句用**簡單式** ...she **may catch** a cold.，意指**她可能會感冒**，這表示她還沒有感冒。造成句意不通。

(4) **她可能感冒了**還可以說 She **may have** a cold.，因為 have 是**持續性動詞**。**她感冒了**要說成 She **has** a cold. 或 She **has caught** a cold.，不能說 *She catches a cold.*，除非用於**一般敘述**中，如：She **catches** a cold **every winter.**（她每年冬天都會感冒）。

進階補充

雖然中文常省略**已經**，造成該使用**情態助動詞＋完成式**時，卻誤用**情態助動詞＋簡單式**，連知名的文法書作者，也難逃其魔咒，但如果我們懂得利用中文語尾助詞**了**，即可輕易洞悉其玄奧。中文語尾助詞了往往意謂完成，所以凡是中文說**她作業可能／不可能／應該／一定做完了**，因為 finish 是動態動詞，自然就知道要用完成式 She **may/can't/should/must <u>have finished</u>** her homework.，而不會誤用簡單式 She **may/can't/should/must <u>finish</u>** her homework.（句意變成**她作業可能會／不可能會／應該要／必須做完**），都表示 finish 的動作尚未發生。

270. (X) I'm so hungry that I *can* eat a horse.

我餓得連一匹馬也吃得下。

(✓) I'm so hungry that I **could** eat a horse.

關鍵解說

I can eat a horse. 是我真的吃得下一匹馬，但人再餓也吃不下一匹馬，故該使用**與現在事實相反的過去式情態助動詞 could**，如：

→ I didn't eat today and now I'm so hungry that I **could** eat a horse.
(Merriam-Webster)
我今天沒有吃東西，我餓得連一匹馬也吃得下。

271. (X) Stella has slept for 9 hours. She *must be* very tired.

史黛拉已經睡了九個小時了，她（現在）一定很累。

(✓) Having slept for 9 hours, Stella **must have been** very tired (then).

史黛拉已經睡了九個小時了，她（當時）一定很累了。

(✓) Having slept for 9 hours, Stella **must be full of energy now**.

史黛拉已經睡了九個小時了，她（現在）一定充滿活力。

關鍵解說

誤句語意不通，後句必須改為 She **must have been** very tired (then).，或 She **must be full of energy now**.。前後兩句關係密切，因此將前句縮簡為分詞片語，將兩句併為一句。

進階補充

(1) must ＋簡單式：推測**現在／未來**的事情，表示**現在／未來一定～**，如：

→ You've been working all day. You **must be** tired.
你已工作一整天了，（現在）一定很累了。（推測現在）

→ The bus **must be** coming soon.
公車一定快來了。（推測未來）

(2) **must ＋完成式**：推測**過去**的事情，因**完成式**的時間基準點**在過去**，如：

→ He kept nodding off while sitting through the math class. He **must have stayed/kept up** too late **last night**.

他上數學課頻頻打盹兒，昨晚一定熬夜**了**。

272. (X) The wind *blows* hard today.

今天風很大。

(✓) The wind **is blowing** hard **today**.

關鍵解説

本題是**特定敘述**，**today, this week/semester** 等是短暫的時間，動詞要用**現在進行式**，故 blows 要改為 **is blowing**。句中有頻率副詞 **usually, seldom** 等，或時間副詞片語 **every day, at this time of** (the) **year** 等，屬**常態敘述**，動詞用**現在簡單式**。請比較以下例子：

→ He **seldom studies** hard, but he**'s studying** really hard **this semester**.

他**很少努力讀書**，但**這個學期**他真的很用功。

＊前半句是常態敘述，後半句是特定敘述。

→ The wind **blows** hard **at this time of** (the) **year**.

每年這個時候風很大。（常態敘述）

273. (X) I believe she *comes up with* a better solution than this.

我相信她想出比這個更好的解決方法。

(✓) I believe she **has come up with/will come up with** a better solution than this.

我相信她已經想出／會想出比這個更好的解決方法。

關鍵解説

本題是**特定敘述**，而且 come up with（想出來）是動態動詞，所以只有以下兩種可能：

(1) 如果**已經想出來了**，就要用**現在完成式 has come up with**，如：

→ You look familiar. I believe we**'ve already met**.

你看起來很面熟，我相信我們見過面了。

(2) 如果**還沒想出來**，就用**未來簡單式 will come up with**，如：

→ If you believe it **will work out**, you **will see** opportunities. If you believe it **won't**, you **will see** obstacles. (Wayne Dyer)

如果你相信那會成功，就會看到機會。如果你相信那不會成功，就會看到障礙。

274. (X) I *have* a good time/*enjoy myself very much* at the party.

　　　我（現在）在聚會中玩得很愉快。

　　(✓) I **had a good time/enjoyed myself very much** at the party.

　　(✓) I **am having a good time/am enjoying myself very much** at the party.

關鍵解說

中文説**我在聚會中玩得很愉快**，從語意上看，只有二種可能：

(1) **聚會開過了**：要用過去簡單式 **enjoyed/had**，如：

　→ I **enjoyed myself** very much/**had a good time** at the party.
　　我在聚會上玩得很開心。

(2) **聚會在進行中**：要用現在進行式 **am enjoying/having**。本句是**特定敘述**，而 have (= experience) 和 enjoy 都是**動態動詞**，故要用**現在進行式**。在常態敘述中，才用**現在簡單式 enjoy/have**。請比較以下例子前後兩個 enjoy 時態之不同，如：

　→ **Usually** I **enjoy parties**, but I **am** not **enjoying this one** very much.
　　我平常喜歡**聚會**，但現在**這個聚會**我玩得不開心。

★ 前半句是常態敘述，故用 enjoy；後半句是特定敘述，故用 am enjoying。

進階補充

time 和 weather 都是不可數，那為何可以説 a good time，來表示**一段美好的時光**，卻不能説 *a good weather*，來表示**一段美好的天氣**？

(1) 在人生不同的時段，結合各種活動，產生各種**時光**。**時間結合活動形成具體的、可數的時光**。這時 time 已非指抽象的時間概念了，以下範例顯示時間和時光的區別：

　→ We all get old as **time** goes by/on.
　　隨著**時間**流逝，我們都會變老。

　→ Try to remember **the good times** you had together rather than **the bad times.**
　　(Merriam-Webster)
　　盡量回想你們共同度過的美好**時光**，而非不愉快的**時光**。

(2) weather 是指 the state of the atmosphere（大氣的狀態），不能像時間轉化為可數的時光，故無法變成可數名詞，因此若要表達**一段～的天氣**，必須借用表時段的單位名詞 **spell/period** 才行，説成 a spell/period of good, rainy, cold, etc weather，如：

　→ We have taken advantage of **a spell of good weather** to get the roof repaired.
　　(Macmillan Dictionary)
　　我們利用了**一段好天氣**來修理屋頂。

275. (X) He still wants to go out though it *rains* heavily outside.

雖然外面下大雨，他還是要出去。

(✓) He still wants to go out though it **is raining** heavily outside.

雖然外面**在**下大雨，他還是要出去。

關鍵解說

though 引導**事實的**副詞**子句**，而且由 **wants** to go 得知時間是**現在**，rain 是動態動詞，所以自然要用現在進行式 **is raining**。

→ Though she **is shivering**/*shivers* with cold, she still feels she could sit there and watch it forever.

雖然她冷得發抖，她仍然覺得能坐在那裡永遠看下去。

進階補充

(1) though 和 although 在子句的句首位置時，可以互換，如：

→ **Though/Although**/*As he is ugly, he is popular.

他雖醜，但人緣好。

→ He is popular **though/although**/*as he is ugly.

(2) 但 although 只有子句的句首位置，though 則無此限制，所以**在倒裝句裡，只能用 though**，如：

→ Ugly **as/though**/*although he is, he is popular. (Quirk)

他雖醜，但人緣好。

＊ 倒裝句目的在讓句子更 emphatic，所以簡短有力的單音節 though，自然勝過雙音節 although。as 要在倒裝句裡才能當雖然解。

276. (X) I *finish* doing my homework, so I can watch TV now.

我作業已經做完了，所以我現在可以看電視了。

(✓) I **have finished/am finished** doing my homework, so I can watch TV now.

關鍵解說

(1) 本題是特定敘述，而且作業先做完，才能看電視，所以要用現在完成式 **have finished**，如：

→ Since you**'ve finished**/*finish* all your chores, you may go out and play. (Merriam-Webster)

既然你雜事都做完了，可以出去玩了。

(2) 也可以用 **be finished** (with) + **V-ing**，這是**強調完成的狀態**，如：
→ I'll be right with you when I **finish/am finished/have finished** cleaning the kitchen.
我廚房打掃完後，馬上跟你在一起。

＊ 本句可用簡單式 finish，因為完成的時間是未來。上句 (1) 完成的時間參考點是現在，所以只能用現在完成式 have finished。

277. (X) The flashlight still isn't working even though I *change the new batteries*.
雖然我換新的電池，這支手電筒還是不會亮。

(✓) The flashlight still isn't working even though I have **changed/ replaced the batteries**.

關鍵解説

(1) 這是中式中文。change/replace *the new batteries* 是**換掉新的電池**，語意不通。只能説 change/replace **the batteries**，表示**換掉原有的電池**。

(2) 説話時電池已經換了，故要用現在完成式 have changed/replaced。如：
→ I **have changed/replaced the batteries** in the remote control, but it didn't help.
遙控器的電池我已經換了，但沒有用。

278. (X) The meeting *has begun for 20 minutes*.
會議已經開始二十分鐘了。

(✓) The meeting **began/started 20 minutes ago**.
會議二十分鐘前開始的。

(✓) The meeting **has been going on for 20 minutes**.
會議已經進行二十分鐘了。

(✓) It **is/has been** 20 minutes **since the meeting began/started**.
從會議開始到現在，已經二十分鐘了。

關鍵解説

(1) begin/start（開始）是**瞬間動詞，不可接一段期間 for 20 minutes**。

(2) 修正句 1 把 for 20 minutes 改為 20 minutes ago；修正句 2 把 has begun 改為**持續性動作** has been **going on**；修正句 3 用 It is/has been + 時間 + since-子句。以下以正誤對照，列舉一些易受中文影響而犯錯的例子（marry/get married/get up/get out of bed 都是**非持續性動詞**）：

中文：他們已經結婚二十年了。
→ They *have (gotten) married* for twenty years. （誤）
→ They **have been married** for twenty years. （正）
→ They (got) **married twenty years ago** and **are still married now**. （正）
→ It **is/has been twenty years since** they (got) married. （正）

中文：他已經起床半個小時了。
→ He has gotten up/out of bed for half an hour. （誤）
→ He has been **up/out of bed** for half an hour. （正）
→ He got **up/out of bed** half an hour ago. （正）
→ It **is/has been** half an hour **since** he got up/out of bed. （正）

---

279. (X) The old woman is talking to the little boy, but he *doesn't listen* to her.
這個老婦人在跟這個小男孩講話，但他不聽她講話。

(✓) The old woman is talking to the little boy, but he **isn't listening** (to her).
這個老婦人在跟這個小男孩講話，但他沒有在聽（她講話）。

關鍵解說

(1) 現在簡單式 doesn't listen 表示**平常不聽**，用於**常態敘述**，如：
→ He **doesn't listen** to the radio **every day**.
他沒有天天聽收音機。

(2) 由 is talking 得知本題是**特定敘述**，listen 是動態動詞，那麼現在的動作，該用現在進行式 **isn't listening**，如：
→ If you **are not listening**/*do not listen* to the radio, please turn it off.
如果你收音機沒有在聽，請把它關掉。

---

280. (X) I *should clean* my room yesterday morning, but I didn't.
我昨天早上應該清掃我的房間，但是沒有做。

(✓) I **should have cleaned** my room **yesterday morning**, but I didn't.
我昨天早上本來應該清掃我的房間，但是沒有做。

關鍵解說

(1) **should + 簡單式**：表達**現在、未來、或泛時**的應該做某事，如：
→ There **should be** a turning here! (but there **isn't**)
這裡應該有一個岔道。（但現在並沒有）（指涉現在）

→ I think you **should study** at home tonight.
我想你今晚應該在家讀書。（指涉未來）

→ A story **should have** a beginning, a middle and an end, but not necessarily in that order.　(Jean-Luc Godard)

小説應該要有開頭、中間、結尾，但未必照那個順序。（泛時）

(2) **should + 完成式**：表達事情**過去該做而沒有做**，因為**完成式**的時間基準點**都在過去**。請比較以下範例：

→ You **should stay home tonight**.

你今晚應該待在家。（還沒待在家）

→ You **should have stayed home last night**.

你昨晚**本來應該**待在家的。（沒有待在家）

(3) 原句中文的説法沒有錯，但從英文的觀點來看，更嚴謹的中文應該是**我昨天早上本來應該清掃，而沒有清掃**，故要用 **should have cleaned**。

---

281. (X) You *get fat*—you'll have to go on a diet.

你變胖，你必須節食了。

(✓) You **are getting fat/gaining weight**—you'll have to go on a diet.

你漸漸變胖了，你必須節食了。

關鍵解説

用 You get fat. 是在命令對方**你要發胖**，這非本題原意。本題是**特定敘述**，説話時變化在進行中，所以要用**現在進行式 are getting fat/gaining weight**，如：

→ **I'm getting** fat. I'd better go on a diet. (Breakthrough)

我漸漸發胖了，我還是節食較好。

進階補充

(1) 如果是**常態敘述**，對某人的體質作**一般的敘述**，説話時變化的動作並沒有在進行，就可用現在簡單式 **get(s) fat**，如：

→ She can eat whatever she likes and she **never gets fat**.

她喜歡吃什麼就可以吃什麼，而且從不發胖。

(2) 有些人認為情態助動詞 had better（最好），只能用來建議別人，因此句子的主詞只能用第二、三人稱，其實違背實際語用，如：

→ **I'd better** not waste any more of your time. (Macmillan Dictionary)

我還是不要再浪費你的時間好了。

282. (X) "Why *do they all wear in* green today?" "Don't you know it's St. Patrick's Day?"

「為何他們今天都穿綠色的衣服？」「你不知道是聖巴特里克節嗎？」

(✓) "Why **are they all wearing** green today?" "Don't you know it's St. Patrick's Day?"

關鍵解説

(1) 本題用 today 表示特定敘述，雖然 wear 是靜態動詞，但表示眼前所見的、短暫的穿著狀態，要用現在進行式 **are they all wearing**。**常態敘述**才能用現在簡單式 wear(s)，如：

→ I **wear** sunglasses **almost all the time** outside—not because I think I'm really cool, but because of the rays. (Ronda Rousey)（常態敘述）

我外出時大部分時間都戴墨鏡，不是因為我認為自己很酷，而是因為陽光的關係。

→ That's a nice shirt you**'re wearing**/*wear!（特定敘述）

你穿的襯衫真漂亮！

(2) wear 是及物動詞，要緊接**衣服、戒指、項鍊**等東西，如：

→ He was **wearing** a smart French **T-shirt and jeans**.（特定敘述）

他穿著一件漂亮的法國 T 恤和牛仔褲。

283. (X) "Why *do* you collect these tree leaves?" "I want to study them. I'm a tree doctor."

「你為什麼收集這些樹葉？」「我要做研究，我是樹醫。」

(✓) "Why **did** you collect these tree leaves?" "I want to study them. I'm a tree doctor."

關鍵解説

用 **these** tree leaves 就表示**特定敘述**。説話時收集動作已過去，故要用過去簡單式 **did you collect**。表達**常態敘述**的收集動作，才能用現在簡單式，如：

→ I **travel** a lot, and I **collect coins** from all over the world.（常態敘述）

我常常旅遊，而且我收集世界各地的硬幣。

＊ 用 coins 表示泛指，前面不可有數字，也不可有冠詞，否則句意不通。

284. (X) I almost *catch* the ball.

我差一點接到這個球。

(✓) I almost **caught** the ball.

關鍵解説

所謂差一點接到，表示沒有接到，而且説話時**接球**的動作已經**過去**了，所以要把 catch 改為**過去簡單式** caught，如

→ I **almost/nearly missed**/*miss* the plane/flight because of the traffic jam.
因為塞車我差一點就沒搭上飛機。

285. (X) Her English teacher comes from the US. He *comes* to Taipei and *learns* Chinese now.

她的英文老師是美國人，他來台北，目前在學中文。

(✓) Her English teacher, who comes from the US, **is learning Chinese in Taipei now**.

她的英文老師是美國人，目前在台北學中文。

關鍵解説

(1) 説話時來台北的動作已經過去了，所以不能用現在簡單式 comes。其實這句話可省略，因為 in Taipei 就包含來台北這個意思了。

(2) learn 是動態動詞，那麼現在的動作，就要用現在進行式 **is learning**。用關係代名詞 who，引導補述子句，將兩句併成一句，讓句意更緊密。

286. (X) I can't pay the bill for you because I *don't bring* any money with me.

我沒有辦法幫你付帳，因為身上沒有帶錢。

(✓) I can't pay the bill for you because I **didn't bring** any money with me.

(✓) I can't pay the bill for you because I **don't have** any money with/on me.

關鍵解説

(1) 本題是**特定敘述**，bring 是**動態動詞**，説話時**帶的動作**已過去，故要用過去簡單式 **didn't bring**，請參考 138 題關鍵解説 (2)，如：

→ I'd really like a cup of coffee, but I **didn't bring** any money with me. (Breakthrough)
我（現在）真的想要喝一杯咖啡，但身上沒有帶錢。

(2) 身上帶錢即表示**身上有錢**，所以可用**靜態動詞 have**，如：

→ I'd like another cup of coffee, but I **don't have** that much money on/with me.
我（現在）想再喝一杯咖啡，但身上沒有那麼多錢。

---

287. (X) Don't feel disappointed. Although **you** *do not* get the job, *a better one* might turn up anytime.
不要失望，雖然你沒有得到這份工作，更好的工作可能隨時會出現。

(✓) Don't feel disappointed. Although you **did not** get the job, **you may still find a better one anytime/**(at) **any time.**
不要失望，雖然你沒有得到這份工作，你仍然隨時可能會找到更好的工作。

(✓) Don't feel disappointed **at not getting** the job, because **you may still find a better one anytime/**(at) **any time.**
不要為了沒有得到這份工作而失望，因為你仍然隨時可能會找到更好的工作。

關鍵解說

(1) 不管有無得到工作，說話時 get 動作已成過去，故用過去簡單式 **did not get**，如：

→ I'm not surprised that I **did not get** the job. That's the story of my life. (Merriam-Webster)
我沒有得到那份工作，不感意外，我總是這麼倒楣。

(2) might 宜改為可能性較高的 may。把 a better one might turn up anytime 改為 **you may still find a better one anytime/**(at) **any time**，以維持主詞 **you** 一致，增強文句力量，如以下 Wykoff/Shaw 的例子：

→ After **you** walk through the main gate of the park, **you see the swimming pool just ahead/***the swimming pool is just ahead*.
你穿過公園大門後，游泳池就在前面。

如情況需要，前後主詞當然可以不一致，如：

→ **They** still decided to go mountain climbing although/(even) though **I** begged them not to.
雖然我苦求他們不要去登山，他們還是決定要去。

(3) 修正句 2 改變表達方式，把兩句併為一句，讓語意更連貫緊密。

進階補充

any time, anytime 和 at any time 的用法異同，以下分別說明：

(1) any time（任何時間）當**名詞**用，在句中當**主詞**或**受詞**，如：
→ He is so busy that he **doesn't have any time/has no time** for exercise.
他忙到沒有時間運動。

→ **Any time** is the right time for reading.
任何時間都是讀書的適當時間。

(2) anytime/(at) any time（在任何時間）當**副詞**用，修飾動詞，at 可省略，如：
→ You can exercise in this gym (*at) **anytime**/(at) **any time**.
你任何時間都可在這座體育館裡面運動。

(3) anytime 和 any time 可當**從屬連接詞**用，引導從屬子句，如：
→ **Anytime/Any time** she leaves the house, she takes a parasol with her.
她任何時候出門，都隨身帶一把陽傘。

(4) 與過去比較時，要用 **at any time**，中文可省略**在** (at)，如：
→ This semester he **is studying**/*studies* harder than **at any time** in the past.
他這個學期比以前（在）任何時候用功。

---

288. (X) I think fortune smiled on Joan, or she *couldn't find* a job so quickly.
我認為幸運之神眷顧瓊，否則她不會這麼快就找到工作。

(✓) I think fortune **smiled** on Joan, or she **couldn't have found** a job so quickly.

(✓) I think if fortune **hadn't smiled** on Joan, she **couldn't have found** a job so quickly.
我認為如果幸運之神（當時）沒有眷顧瓊，她（當時）就不可能這麼快找到工作。

關鍵解說

假設法的表達是邏輯的，自己可以把句型推出來。請先認識時間軸上的序列**過去的過去**（即過去完成）→**過去**→**現在**→**未來**，再參看以下的說明：

(1) **與現在事實相反**：現在的事實用現在式，那**已知**跟現在的事實相反，**if- 子句的時態**自然要**由現在往左推移**（backshift）**到更早的過去**。為何不往右推？因為往右推是**未知**的未來。主要子句必須用**過去式**情態助詞 **should/ would/could/might** + 原形動詞，表事情**不會成真**。如果**不用情態助動詞**，那麼就**變成事實**了，如果用 **shall/will/can/may** + 原形動詞，那表示**可能會成真**。由以上說明推出來的句型如下：

★ If + S + were/ 過去式動詞 ..., S + should/would/could/might + 原形動詞 ...。如：

中文：如果我（現在）知道怎麼使用網路，（現在）**就**能幫你查這個資料了。
→ If I **knew** how to use the Internet, I **would be able to** look up the information for you.

中文：他說如果他（現在）年輕十歲，（現在）**就**要環遊世界。
→ He said that if he **were/was** ten years younger, he **would travel** around the world.

★ 本句 be 動詞正式用法用 **were**，非正式用法用 **was**。英文的情態助動詞 **would** 對應中文的情態助動詞「就（要）」。

(2) **與過去事實相反**：過去事實用過去式，那麼跟過去的事實相反，if- 子句的時態自然要**由過去往左推移**（backshift）**到更早的過去完成**，主要子句要用**過去式**情態助動詞 should/would/could/might + have + P.P.，**表事情不可能早已成真**。若不用情態助動詞，那就變成事實了。由以上說明可推出以下句型：

★ If + S + had + P.P....., S + should/would/could/might + have + P.P....。如：

中文：如果我（當時）知道怎麼使用網路，（當時）**早就**能幫你查這個資料了。
→ If I **had known** how to use the Internet, I **would have been able to** look up the information for you.

中文：如果你當時更小心一點，駕照**早就**考過了。
→ If you **had been** more careful, you **would have passed** your driving test.

★ 英文的情態助動詞 **would have**，對應中文的情態助動詞「早就」。依據以上的說明，來檢驗本題到底哪裡出了錯。

(3) 幸運之神眷顧瓊是過去的事實，所以用過去簡單式 **smiled**，完全正確。

(4) **找到工作**也是過去的事實，那麼與**過去事實相反**，就要用**過去完成式** **couldn't have found**。本題用過去簡單式 couldn't find，表示**過去找不到**，這背離題意，也是錯誤之處。以下是類似本題的範例：
→ Barry **lent** me the money. Otherwise, **I couldn't have paid**/*couldn't pay* my tuition.
巴歷（當時）借了我這筆錢，不然我（那時）**就不可能**繳我的學費**了**。（已繳了）

進階補充

假設法還有混合形式：

(1) if- 子句用過去完成式，主要子句用過去簡單式：表示過去的**事件**，造成現在的結果，如：
→ If she **had worn** her seat belt, she **would still be** <u>alive</u>. (Michael Vince)
如果她當時繫了安全帶，她現在就還會活著。

= If she **had worn** her seat belt, she **would not have been**/*would not be **killed**.

如果她當時繫了安全帶，她當時就不會喪命了。

(2) if- 子句用過去簡單式，主要子句用過去完成式：表示現在的**狀態**，影響了過去的事件，如：

→ If you **weren't** so lazy, you**'d have finished** your work by now. (Michael Vince)

如果你沒有那麼懶惰，你現在工作早就做完了。

= I **am** very lazy, so I **haven't finished**/*don't finish my work by now.

我很懶惰，所以到現在工作還沒做完。

---

289. (X) Marsh *began standing* on his own feet *since* college.

瑪希從唸大學起，就開始自食其力了。

(✓) Marsh **has been standing** on his own (two) feet **since** college.

瑪希從唸大學起，就一直自食其力了。

(✓) Marsh **began/started standing** on his own (two) feet **at/in** college.

瑪希在唸大學時，就開始自食其力了。

關鍵解說

(1) since（自從～）必須跟**持續性動詞**連用，但 begin 和 start 是**瞬間動詞**。請比較以下範例的動詞（grow 是持續性動詞）：

→ The company **started** as a small local business **10 years ago** and **has grown** a lot **since then**.

這家公司十年前草創時是小型的本地企業，從那時起成長很多了。

(2) 修正句 1 保留 since college，故用表持續的現在完成進行式 **has been standing**；修正句 2 保留過去式的瞬間動詞 began，所以要把 since college 改為表示過去時間點的 **at** (BrE)/**in** (AmE) **college**。

進階補充

(1) 用了 since（自從）引導片語或子句時，主要子句的動詞**有時未必能用**完成式，一切以語意為依歸，如：

→ Tonight, he **is making** his first public appearance since winning the award. (Merriam-Webster)

今晚他將在獲獎以來首次公開露面。

(2) since- 子句裡的動詞通常用過去式，但也可以用**完成式**，如：

→ His wife has never visited him since he **was/has been** in a coma.

自從他昏迷以來，他太太從未探望他。

* 用 **was** 表示他現在可能（不）在昏迷中；用 **has been** 表示他現在還在昏迷中。

→ She has gained a lot of weight since she **moved/has moved** here.

自從她搬到這裡以來，體重已經增加很多了。（moved 較常用）

290. (X) This time Linda *leaves* for good; she will never return.

這一次琳達要永久離開，不會再回來了。

(✓) This time Linda **is leaving** for good, **never to return**.

關鍵解說

(1) 來往、移動的動詞如 leave, arrive, return 等，常被誤認為可用現在簡單式表示未來的時間，其實要在談到**時間表、節目表、行程表、日曆、行事曆**時，才能這樣用，這是因為這些事情固定不變，與**常態敘述**無異。請參考以下範例：

→ We **leave** here at 8 a.m. and **arrive** in Detroit at 3:00 p.m.（行程表）

我們早上八點從這裡出發，下午三點抵達底特律。

→ Teacher's day **falls** on **a** Wednesday this year.

今年教師節逢禮拜三。（日曆）

(2) 本題顯然琳達早就告知說話者，她**已經安排好未來要做的事情，不是行程表**，故要用**現在進行式 is leaving** 表示**未來的時間**。以下是 Raymond Murphy 的範例：

→ What time **are you leaving** tomorrow?

你明天幾點要走？（個人安排好的事）

→ What time **does the train leave** tomorrow?

火車明天幾點開？（時刻表）

(3) 用 never to return 把二句合併成一句。

291. (X) *Do* you have trouble finding your way here?

你到這兒來路好不好找？

(✓) **Did** you have (any) trouble finding your way here?

關鍵解說

中文的句子表面看不到時間標記，但從句意看，問話時對方已在面前，若找路遇到困難，也已成過去，故要用過去簡單式 **did**，如：

→ They **didn't have** any problems getting there because they had a road map.

他們到那裡沒有任何困難，因為他們有一張道路圖。

292. (X) It *is long believed* that humans have intellectual superiority over other species.

長久以來，人們相信人類的智能比其他動物優越。

(✓) It **is believed/has long been believed** that humans have intellectual superiority over other species.

人們相信／長久以來相信人類的智能比（別的）動物優越。

關鍵解說

用 long 表示一個動作或狀況，到現在已持續很久，故要用現在完成式 **has long been believed**；若要保留簡單式 is believed，則去掉 long。如：

→ The cybercafé **has long been** a popular hangout for teenagers.
這家網路咖啡館長久以來是青少年喜愛留連的地方。

→ It **has long been said** that the only things in life that are certain are death and taxes. (Elaine Chao)
長久以來，大家都説人生能夠確定的事情，只有死亡和繳税。

Cf：It **is believed** that parents are children's first and most important teachers.
大家都相信父母是孩子第一個也是最重要的老師。

293. (X) *Studying for over twenty years*, Marvin *now is* a specialist in marine biology.

馬文研究超過二十年了，現在是海洋生物學的專家。

(✓) **Having studied marine biology for over twenty years**, Marvin **is now** a specialist **in this area/field**.

馬文研究海洋生物學超過二十年了，現在是該領域的專家。

關鍵解說

(1) 研究的動作持續到現在二十多年，故要用完成式分詞 **Having studied**，如：

→ **Having worked** in a garage **for four summers**, John thinks he is an experienced mechanic.
約翰已經在一家修車廠工作四個夏天了，他認為自己是個老練的維修人員。

(2) 副詞 now 該置於 be 動詞 is 後，如：

→ Both her children **are now** married and have children of their own.
她兩個孩子現在都已婚，也有自己的小孩。

(3) study 該接 marine biology，再用 in this area/field 填補 in marine biology 的位置。

294. (X) On the ground *sits* a little puppy with big brown eyes.

地面上坐著一隻棕色大眼睛的小狗。

(✓) **On the ground is sitting/Sitting on the ground is** a little puppy with big brown eyes.

關鍵解說

(1) 現在簡單式表示**常態、固定不變**，但小狗不會永遠坐在地上，故要把 sits 改為表示**短暫**的進行式 **is sitting**。如：

→ Under the tree **is lying** a middle-aged woman.
樹下躺著一個中年婦人。

(2) 談到**紀念碑坐落**（sit）**於**或**樹木聳立**（stand）**於**，就要用**現在簡單式**，因為位置固定，不會隨時變動，如：

→ On top of the hill **sits**/*is sitting* the Washington Monument.
山頂上坐落著華盛頓紀念碑。

→ In front of our Administration Building **stands**/*is standing* a towering oak. (Wykoff/Shaw)
在我們行政大樓前面，聳立著一棵高聳的橡樹。

295. (X) Ann Lee thanked his wife for her support. They *will be married* for 30 years this summer.

李安感謝他太太的支持，他們今年夏天就結婚三十年了。

(✓) Ann Lee thanked his wife for her support. They **will have been married** for 30 years this summer.

關鍵解說

(1) 這是中式英文。本題以**未來 this summer** 作為時間**參考點**，又表**持續一段期間**，自然就要用**未來完成式**，如：

→ **Next year** they **will have been married** for 25 years.
明年他們就已經結婚二十五年了。

→ **By the time you arrive**, I **will have gotten** everything ready for the trip.
到了你到達時，旅行的事我會早已一切準備就緒。

(2) 用未來簡單式 **they will be married**（他們會結婚），表示還沒結婚，完全背離句意。

296. (X) The birthrate *is declining* in the last ten years *in Taiwan*.

台灣過去十年來生育率逐漸下降。

(✓) The birth rate/birthrate **in Taiwan** has been **declining/on the decline** in the last/past ten years.

關鍵解說

(1) 説台灣的出生率，要把 in Taiwan 置於 the birth rate 後，或説 Taiwan's birthrate。把 in Taiwan 置於句末，變成修飾 decline，語意不通。

(2) **in the last/past ten years**（過去十年來）是指**由現在推回去算，跟現在有關的一段期間**，跟 last year/month（去年／上個月）不同，因此要用現在完成（進行）式 **has been declining**。請比較以下例子：

→ He **has made** a lot of friends **in the last/past few weeks**.
幾個禮拜來，他已結交了許多朋友。

→ There **have been** five traffic accidents here in the last/past month.
這裡**過去一個月以來**發生了五次車禍**了**。

Cf：There **were** five traffic accidents here last month.
這裡**上個月**發生了五次車禍。

297. (X) Do you know that man who *wears* a red shirt?

你認識那位穿著紅色襯衫的男士嗎？

(✓) Do you know that man (who is) **wearing** a red shirt?

關鍵解說

問者想讓對方藉由**眼前看到的**穿著狀況，辨認出他所意指的人，故不能用表示習慣／一般敘述的現在簡單式 wears，而要用眼前所見的**進行式** (who is) **wearing**，請比較以下例子：

→ Who is that woman **(who is) standing** next to the window?（特定敘述）
(Understanding Grammar)
站在窗戶旁邊的那位婦人是誰？

→ Do you know that man **who wears** a red shirt **every time he comes to church**?
你認識那位每次來教堂做禮拜，都穿著紅色襯衫的男士嗎？（一般敘述）

298. (X) The hottest issue that *concerns* every region of the world in recent years is global warming.

近幾年來，世界各地關注的最熱門的議題，就是地球暖化。

(✓) The hottest issue that **has concerned** every region of the world in recent years is global warming.

★🐟

關鍵解說

in recent months/years/decades（近幾月／年／十年來）是指**跟現在有關的一段期間**，故要用現在完成式 **has concerned**，如：

→ The number of people with mental health problems **has been going up in recent years**.

近幾年來，有心理健康問題的人數一直在上升。

→ **In recent years**, house/housing prices **have rocketed/plummeted** here.

近幾年來，這裡房價暴漲／暴跌。

299. (X) Many veterans, *though living* in Taiwan for more than fifty years, still long to return to Mainland China.

很多老兵雖然在台灣居住超過五十年了，現在還是渴望回去中國大陸。

(✓) Many veterans, **though having lived** in Taiwan for more than fifty years, still long to return to Mainland China.

關鍵解說

在台灣居住超過五十年，又跟現在有關，就要用完成式分詞 **though having lived = though they have lived**，簡單式分詞 though living 無法表達持續了一段期間，如：

→ **Though having failed** three times, he remains optimistic.= **Though he has failed** three times, he remains optimistic.

他雖然已失敗三次，但依然樂觀。

300. (X) Dr. Miller is a great doctor; without him, I *can't get well* in such a short time.

米勒醫生是個很好的醫生，沒有他，我不可能這麼快就痊癒。

(✓) Dr. Miller is a great doctor; **without him/if not for him/if it hadn't been for him**, I **couldn't have gotten well** in such a short time.

關鍵解說

can't get well（無法痊癒）表示**還沒痊癒**，但本題句意表示已痊癒了。故要把 **can't get well**，改為**與過去事實相反的 couldn't have gotten well**，請參考 288 題關鍵解說 (4)。如：

→ I **couldn't have done it** without you/your help.（事情實際上做完了）

沒有你／你幫忙，事情我不可能做完了。

Cf：I **can't do it** without you/your help.（事情還沒有做（完））

沒有你／你幫忙，事情我就無法做。

進階補充

(1) 用 without... 或 if not for... 來表達**如果沒有～**時，因為沒有限定動詞，主要子句時態比較自由，故可表達**與現在或過去事實相反**，如：

→ **Without/If not for** water, there **would be** no life.（與現在事實相反）

如果（現在）沒有水，（現在）就沒有生命／生物。

→ **Without/If not for** his help, you **couldn't have done** it.（與過去事實相反）

如果（當時）沒有他幫忙，你不可能已經做到了。

(2) 用 if it **were** not for...（如果（現在）沒有～），**表達與現在事實相反**，如：

→ If it **were** not for your illness, I **would** take you to the circus.

如果你（現在）沒有生病，我（現在）就要帶你去看馬戲團。

(3) 用 if it **had not been** for...（如果（當時）沒有～），**表達與過去事實相反**，如：

→ If it **had not been** for your illness, I **would have taken** you to the circus.

如果你（當時）沒有生病，我（當時）早就帶你去看馬戲團了。

301. (X) In his acceptance speech, Justin gave credit to his co-workers. Without their assistance, he *couldn't make* a breakthrough in his experiment.

賈斯汀在獲獎感言中讚揚了他的同事。沒有他們的幫助，他無法在實驗中取得突破。

(✓) In his acceptance speech, Justin gave credit to his co-workers. Without their assistance, he **couldn't have made/wouldn't have been able to make** a breakthrough in his experiment.

賈斯汀在獲獎感言中讚揚他的同事。沒有他們的幫助，他無法在實驗中取得**了**突破。

關鍵解說

(1) 如果沒有上句，則下句完全正確。受上句語意的制約，下句語意變得不合理。這也是以中文為背景的人要特別小心的。

(2) **couldn't** + **原形動詞**和 **couldn't have** + **過去分詞**，語意完全不同。請比較以下例子之不同：

→ Without your help, I **couldn't fix** the computer.= If you didn't help me, I **wouldn't be able to fix** the computer.

沒有你幫忙，我就無法修理這台電腦。（表示還沒修理（好））

→ Without your help, I **couldn't have fixed** the computer.= If you hadn't helped me, I **wouldn't have been able to fix** the computer.

沒有你幫忙，我就無法修理好這台電腦**了**。（表示實際上電腦已經修理好了。）

(3) 原句從 gave credit to his co-workers，推知 make a breakthrough 已經完成，故該用完成式 **have made a breakthrough**。

302. (X) They left three hours ago, so they *should arrive* by now.

他們三個小時前出發的，現在應該到達了。

(✓) They left three hours ago, so they **should have arrived** by now.

他們三個小時前出發的，現在**應該（已經）到達**了。

(✓) They left three hours ago, so they **should be here** by now.

關鍵解說

(1) 中文可說**現在應該到達了**，但如果說**現在應該已經到達了**，會更易解讀為**推測過去**的事情，自然**用完成式 should have arrived**（應該已經到達），而非**簡單式 should arrive**（應該到達），那表示**不知多久以後**才會到達，這背離句子原意。如：

→ I mailed the package three days ago, so he **should have received**/*should receive* it by now.

　我這個包裹三天前寄的，所以他現在應該（已經）收到了。

→ She bought the book a month ago, so she **should have finished**/*should finish* reading it by now.

　這本書她一個月前買的，所以現在應該（已經）看完了。

(2) 另外，表達同樣的語意，動態動詞**用完成式**，靜態動詞**用簡單式**。故本句可用靜態動詞 **be** 取代動態動詞 arrive，請參考 307 題關鍵解說 (1)-(2)。如：

→ They **should be** here by now. (Merriam-Webster) = They **should have arrived** by now.

　他們現在應該（已經）到達了。

---

303. (X) After Albert wandered abroad for many years, he finally *returns* to his hometown.

　阿爾伯特在海外漂泊多年後，終於回到家鄉。

(✓) After years of wandering abroad, Albert finally **returned** to his hometown.

　阿爾伯特在海外漂泊多年後，終於**回到了家鄉**。

(✓) After years of wandering abroad, Albert **has finally returned** to his hometown.

　阿爾伯特在海外漂泊多年後，終於**回到家鄉了**。

關鍵解說

(1) 瞬間動態動詞 returns 用**現在簡單式**，表示**一般敘述**，如：

→ Black-faced spoonbills **return** to this area **each winter**.（一般敘述）

　黑面琵鷺每年冬天都會回到這個地方。

(2) 本題是**特定敘述**，故要用過去式 **returned**，或現在完成式 **has returned**。副詞子句可縮簡為片語 **After years of wandering abroad**。

304. (X) He *would like to go* to your birthday party last night, but he didn't because he had a bad cold.

他昨晚想參加你的生日聚會，但他沒有去，因為他重感冒。

(✓) He **would have liked to go** to your birthday party last night, but he didn't because he had a bad cold.

他昨晚**本來想**參加你的生日聚會，但他沒有去，因為重感冒。

關鍵解說

(1) 雖然 would 是過去式，但 would like to 是指**現在想要**，如：

→ **I'd like to buy** one if the kittens **don't cost** too much.

如果小貓不太貴的話，我（現在）想要買一隻。

(2) 本題句意是**昨晚本來想去，但沒有去，這是與過去事實相反的假設**，所以要用 **would + 完成式 have liked to**，如：

→ My mother **would have liked to** be an engineer, but at that time engineering schools did not accept women. (Myrna Knepler)

我媽媽**本來**想要當工程師，但那時工程學校沒有收女性學生。

305. (X) Harry Potter is such an interesting movie that I *watch* it again and again.

哈利波特這部電影很好看，所以我一看再看／看了很多次了。

(✓) Harry Potter is such an interesting movie that **I've watched** it again and again.

關鍵解說

本題是**特定敘述**，動態動詞 watch 不能用現在簡單式，何況 again and again 表示**動作已經反覆一段時間了**，故要用現在完成式 **have watched**，如：

→ **I've told** you **again and again** (=many times) not to tease your little sister.

我一再跟你說，不要逗弄你的小妹妹。

306. (X) I know you had good intentions, but you *should not do it* without telling me first.

我知道你用意良善，但你不該沒有先跟我說就去做。

(✓) I know you had good intentions, but you **should not have done it** without telling me first.

關鍵解說

shouldn't do it（不應該去做） 表示還沒做，但本題意指**過去不該做而做了**，這種情況要用 **shouldn't ＋完成式**，表示與**過去事實相反**，如：

→ I'm sorry, I **shouldn't have talked** to you like that.（其實已經講了）
對不起，我本來不該用那種態度對你講話的。

→ You **shouldn't have given** him a loan. **Didn't** you know he doesn't have a steady income?（其實已經借了）
你不該借錢給他的，你不知道他沒有穩定的收入嗎？

307. (X) Linda and her friend *seem to fall in love* with the same guy.

琳達和她的朋友好像愛上同一個人。

(✓) Linda and her friend **seem to have fallen** in love with the same guy.
(✓) Linda and her friend **seem to be in love** with the same guy.

關鍵解說

(1) 在**特定敘述**中，**seem to ＋動態動詞 fall, leave, lose** 等時，因為動態動詞的時間**有明顯的起點**，動作發生的時間**必定比說話時的 seem** 早，所以動詞**要用完成式**，如修正句 1。請參考 302 題關鍵解說 (2)。如：

→ I seem **to have lost**/*to lose* my car keys.
我好像把車子鑰匙弄丟了。

→ She seems **to have left**/*to leave* her purse at home.
她好像把錢包遺忘在家裡。

→ He seems **to have fallen**/*to fall* asleep.
他好像睡著了。

(2) **seem to ＋靜態動詞 be, like, know** 等時，因為靜態動詞**沒有明顯的時間起點**，用簡單式表示**時間跟 seem 同時**，如修正句 2。用完成式，表示**時間比 seem 早**，如：

→ She **seems to know** more about him than anyone else (does).
她似乎比任何人都更了解他。

→ He seems **to be asleep/sleeping**.
他好像睡著了。請比較上面 (1) 之例句 3。

→ He seems **to know** her.
　他好像認識她。

Cf：He seems **to have known**/*to know* her for ages.
　他好像認識她很久了。

(3) 在**常態敘述**中，可用 **seem to** + **簡單式動態動詞**。如以下範例：
　→ It **seems to rain all the time** here. (Macmillan)
　　這裡好像老是下雨。

Cf：It seems **to be raining**/*to rain* now.（特定敘述）
　　現在好像在下雨。

(4) **在特定敘述中，can't seem to** 可接**動態動詞的簡單式**，因為不定詞的動作**還沒有發生**，如：
　→ He **can't seem to answer** this question.
　　他好像不會回答這個問題。

= He seems **to be** unable to answer this question.

(5) 本題是特定敘述，用 seem to fall in love with the same guy 意指**好像反覆地愛上同一個人**，這個說法不合常理。

---

308. (X) More and more people *take* public transportation because *the gas prices* have been soaring in recent weeks.
　近幾週來，油價暴漲，所以搭公共交通工具的人，愈來愈多了。

(✓) More and more people **are taking** public transportation because **gas prices** have been soaring in recent weeks.

關鍵解說

從油價在飆升中，可知愈來愈多人搭車，也在進行中，故**搭車**要用進行式 **are taking** 來對應。gas prices 是泛指，前面不該有 the，如：
　→ The Earth's temperature **is rising** because people **are using** too much energy. (Michael Vince)
　　地球的氣溫在上升，因為民眾消耗太多能源。

309. (X) If you *don't read one of the stories*, it is time for you to pick up the book and start to *have fun in it*.

如果你不讀其中一個故事，現在你該拿起這本書，享受閱讀的樂趣。

(✓) If you still **haven't read any of the stories**, perhaps you would like to pick up the book and start **having fun reading it**.

如果這些故事你一個都還沒看過，或許你想拿起這本書，開始享受閱讀的樂趣。

關鍵解説

(1) 現在簡單式 **don't read** 表示**平常不讀**，用於**常態敘述**，如：

→ Many of the people I know **do not read** books on politics or by politicians.
我認識的人很多都不看政治方面的書，也不看政客寫的書。

(2) 本題是**特定敘述**，表示**到目前還沒讀過**，故要用現在完成式 **still haven't read**。

(3) 把第二個子句 it is time for you to pick up the book，改為修正句，讓語氣比較委婉，也維持主詞 you 一致。把 start to have fun in it 改為 **start having fun reading** it，語意較明確、精準。

310. (X) My son has got into trouble again. This time he *makes* a big mistake.

我兒子又惹上麻煩了，這一次他犯了大錯。

(✓) My son has got/gotten into trouble again. This time he **has made** a big mistake.

關鍵解説

(1) 本題是**特定敘述**，不能用現在簡單式動態動詞 makes。雖然這一次犯大錯已成過去，但跟說話時還有牽連，故要用現在完成式 **has made a big mistake**，如：

→ "This time **you've gone** too far!" he said. (Merriam-Webster)
他說：這次你太過分了！

(2) 英式英語 get 的過去分詞是 **got**，美式英語是 **gotten**。

311. (X) I *have* difficulty starting the car. Would you please give me a hand?
我車子發不動,你能幫我一個忙嗎?

(✓) **I am having** difficulty/trouble/a problem/problems **starting the car/ getting the car started**. Would you please give/lend me a hand?

關鍵解說

本題 have 是**動態動詞**,當**經歷**解,而且是特定敘述。由現在請你幫個忙,可知**目前正遭遇困難**,故要用現在進行式 **am having**,如:

→ **I've been having** problems with this computer (ever) **since I bought it**.
這部電腦從我買來問題一直不斷。

→ She **is having** difficulty meeting the basic needs of her children.
她難以滿足孩子的基本需求。

312. (X) To Mary's annoyance, her boyfriend didn't wait for her *and go* first.
令瑪麗惱怒的是,她的男友沒有等她就先走了。

(✓) To Mary's annoyance, her boyfriend **left/went without her**.

關鍵解說

(1) 誤句 go 跟 wait 都被 didn't 否定,故句意變成 didn't [wait for her and go first](沒有〔等她又先去〕),語意不通。請比較以下範例:

→ He didn't **damage her car and refuse to pay for it**. (Quirk)
他並沒有 [損壞她的車子又拒絕賠償]。

(2) 中文的**沒有等某人就先走**,英文就是 **leave/go without sb**,如:

→ Should you be late, we will **leave without you**. (English Structure)
萬一你們遲到,我們就先走不等你們了。

(3) 請比較以下英文句子之優劣:

中文:我要等到她來才走。

→(劣)I will wait and won't go until she comes.

→(優)I will not leave until she comes.

313. (X) Thank you for inviting me here. I *have* a lot of fun tonight.

感謝你邀請我過來，我今晚過得很開心。

(✓) Thank you for inviting me here/over. I **had** a lot of fun tonight.

關鍵解說

雖然說話時今晚還沒有過去，但這通常是**活動結束後所說的話**，故要用**過去簡單式 had**，如：

→ "Well, we must go now. It's nearly midnight." "I'm glad you **enjoyed** it. I hope you **liked** the dinner." (Breakthrough)

「嗯，我們該走了，快半夜了。」「你們很開心我很高興，希望你們喜歡這頓飯。」

314. (X) *After a quick thought*, I decided to give her my five hundred dollars even though *I've been dying* to buy those toys.

我想了一會兒後，決定把五百塊給她，雖然我一直很渴望買那些玩具。

(✓) **After a moment's thought**, I decided to give her my five hundred dollars even though **I'd been dying** to buy those toys.

關鍵解說

(1) **想了一會兒後**用 after a moment's thought，如：

→ **After a moment's thought**, I accepted his offer. (Oxford)

我考慮了一會兒後，接受了他的提議。

(2) **一直很渴望～**比**決定給錢早**，故用**過去完成進行式 I'd been dying...**，如：

→ We stopped and had a drink because we **had been**/*have been **working** for two hours.

我們停下來喝一杯飲料，因為已經工作兩個小時了。

→ He felt bad about selling the house because he **had been**/*has been **living** in it for thirty years.

賣掉這棟房子他感到難過，因為他已經住了三十年。

315. (X) It is best that the company *comes up with* an alternative plan in case the original one should not work out.

假如原本的計畫行不通，公司最好能想出一個替代的計畫。

(✓) It is best that the company (should) **come up with** an alternative plan in case the original one **should/does** not work out.

關鍵解說

在 It is + advisable/appropriate/best/compulsory/crucial/desirable/essential/ imperative/important/necessary/obligatory/preferable/proper/vital/urgent... + that- 子句的結構中，that- 子句美式英語用 **mandative subjunctive clause**（強制性假設子句），動詞用**動詞原形**，英式英語用 **mandative should clause**（強制性 should- 子句），動詞用 **should + 動詞原形**。這些形容詞都是**語意強烈的 modal adjectives**（情態形容詞），表達**最好、必須、應該、至關重要、強制、急迫**等，說話時 that- 子句所述尚未發生，但說話者強烈希望其發生。這是很正式的用法，在一般用法中，that- 子句可用不定詞子句取代。**語意溫和**的情態形容詞 certain, (un)likely, (im)possible 等無此用法。請參考 036 題關鍵解說 (2)-(3)，如：

→ It is best that he (should) **stay** here for another two days.（正式用法）
他最好在這裡再待兩天。

Cf：It is best **for him to stay** here for another two days.（一般用法）

→ It is necessary that **she** (should) **be** hospitalized.（正式用法）
她必須住院治療。

Cf：It is necessary **for her to be** hospitalized.（一般用法）

→ It is **impossible/likely** that the problem **will occur** again.（語意溫和）
這個問題不可能／很可能會再發生。

→ It is impossible/likely **for the problem to occur** again.

進階補充

當 that- 子句表達**情感、態度、評估**等意思時，該子句叫做 putative should clause（推定的 should- 子句），**should** 中文常譯為**居然**。主要子句裡面常用的形容詞或名詞有：good, incredible, sad, surprising, remarkable, disappointing, a pity, a shame 等，如：

→ It is **disappointing**, therefore, that the submitted design **should fall** short of its clearly stated goal. (Bas Aarts)
因此，令人失望的是，提交上來的設計**居然**沒有達到明定的目標。

✱ 這種 putative should clause 可非情態化 (unmodalized)，省去情態助動詞 should，如：

→ It is **disappointing**, therefore, that the submitted design **falls** short of its clearly stated goal. (Bas Aarts)
因此，令人失望的是，提交上來的設計沒有達到明定的目標。

316. (X) "Why are you breathing so hard?" "Because *I was running.*"

「你為什麼氣喘吁吁的？」「因為我剛跑步。」

(✓) "Why are you breathing so hard?" "Because I **have been running.**"

關鍵解說

本題答句用過去進行式 I was running，表該動作與現在無關，但問句是用跟現在有關的現在進行式，這表示跑步的影響，到現在還存在。故要改為現在完成進行式 **I have been running**，表示**一個動作從過去一直到說話時還在進行，或者剛剛結束**，如：

→ The children **have been playing** tennis. That's why they're so hot.

這些小孩子剛打過網球，所以才這麼熱。

→ Be careful! John **has been painting** the door.

小心！這個門約翰剛油漆過（現在還沒乾）。

317. (X) There were still ten kiwis in the fridge three days ago, but now only three are left. I wonder who *has eaten* the kiwis.

三天前冰箱裡還有十粒奇異果，但現在只剩三粒，我不知道誰吃了這些奇異果。

(✓) There were still ten kiwis in the fridge three days ago, but now there are only three left. I wonder who **has been eating** the kiwis.

三天前冰箱裡還有十粒奇異果，但現在只剩三粒，我不知道誰一直在吃這些奇異果。

(✓) There were still ten kiwis in the fridge three days ago, but now **not a single one is left**. I wonder who **has eaten** the kiwis.

三天前冰箱裡還有十粒奇異果，但現在一粒也沒剩，我不知道誰把這些奇異果都吃掉了。

關鍵解說

(1) 前句說還剩三粒，後句卻用 has eaten（已經吃完了），造成句意衝突。要改為現在完成式進行式 **has been eating（一直在吃，但還沒吃完）**。請比較以下兩句的差別：

→ How many letters **have you written**?

你寫完幾封信了？

→ How long **have you been writing** letters?

你一直在寫信，寫多久了？

(2) 修正句 2 用現在完成式，因為一粒也沒剩，表示全部都吃完了。

318. (X) A variety of marine life *is threatened* by the oil spill, *including coral reefs and sea turtles*.

各種海洋生物，面臨這次漏油事件的威脅，包括珊瑚礁和海龜。

(✓) A variety of marine life, **including corals and sea turtles, is being threatened** by the oil spill.

各種海洋生物，包括珊瑚和海龜，正面臨這次漏油事件的威脅。

關鍵解說

(1) 補充列舉的海洋生物 corals and sea turtles，應緊靠相關的 marine life 後。

(2) 本題漏油事件威脅海洋生物，是**進行中的、短暫的**事，故把簡單式被動態 is threatened，改為**進行被動態 is being threatened**。

(3) coral 是生物，reef（珊瑚礁）是一種物理結構，不是生物，故 reefs 要去掉。

319. (劣) The work on the new building in our school is nearly completed. We *will soon use* the classrooms there.

我們學校新建大樓接近完工，不久就會使用那裡的教室。

(優) The work **on our new school building** is nearly completed. We **will soon be using** the classrooms there.

關鍵解說

(1) will 用在簡單式，表示**推測、主觀的意願、即刻的決定**；用在進行式，只表示**未來會、客觀的陳述、理所當然會發生的事**，如：

→ The performance opens next Wednesday. Between now and then we **will be rehearsing** every day.

表演下週三開幕，這段期間我們每天都會排練。

(2) 情態助動詞用在**進行式**時，由 **root sense**（根義）轉為 **epistemic sense**（認知義）：will（要→會），must（必須→必定），may（可以→可能），can（能→可能）：

→ He **must be looking for** his lost keys.

他一定是在找遺失的鑰匙。

(3) 依前後句意看，大樓完工後，**理所當然就會**使用那裡的教室，無關「意願、推測、決定」，故宜將 will use 改為 **will be using**。

320. (X) That dictionary should be on my desk unless my brother *takes* it away.

字典應該在我的書桌上，除非我弟弟拿走它。

(✓) That dictionary should be on my desk unless my brother **has taken** it away.

字典（現在）應該在我的書桌上，除非我弟弟**拿走了**。

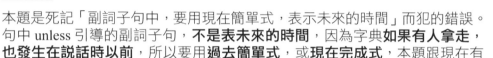

關鍵解説

本題是死記「副詞子句中，要用現在簡單式，表示未來的時間」而犯的錯誤。句中 unless 引導的副詞子句，**不是表未來的時間**，因為字典**如果有人拿走，也發生在說話時以前**，所以要用**過去簡單式**，或**現在完成式**，本題跟現在有關，故要用現在完成式 **has taken**。請比較以下例子：

→ He will fail the course unless he **gets**/*will get* a 90 on the exam. (WALD)
　除非他考試得 90 分，否則這門課就會不及格。（**得 90 分的時間，在說話時之後**）

→ I should think it likely she is still there, unless he **has taken**/*takes* her to France, or **forced**/*forces* her to marry him. (Brendan O'Conor)
　我想她很可能還在那兒，除非他帶她去法國了，或者強迫她嫁給他了。（**帶和強迫的動作時間，在說話時之前**）

第 **10** 章

修飾語位置不當

321. (X) David is an *old wise* man.

大衛是個有智慧的老人。

(✓) David is a **wise old** man.

關鍵解說

(1) 二個（以上）形容詞，共同修飾後面的中心詞（the head）時，基本原則是：和中心詞的關係**愈密切、固定、不易變化**的形容詞，要愈靠近。這跟人性相同，不必硬記規則，故**表達意見**的形容詞 kind, useful, beautiful 等離中心詞較遠，因為意見**較主觀、容易分歧**；表達越**客觀、固定不變的事實**的形容詞 black, Chinese, leather, dining 等要越靠近中心詞。

(2) old 和中心詞 man 的關係，比 wise 和 man 的關係更密切，因為一年必定增加一歲，但智慧未必隨之增加，所以要說 a **wise old** man，如：

→ A **kind old** woman took the seriously injured dog to the animal hospital.

有一位善良的老婦人，把受重傷的狗帶到動物醫院去。

進階補充

根據以上提出的原則，名詞片語的詞序大致如下：限詞 a(n), the, this, those, many, your 等→序數詞 first, second 等→基數詞 two, three 等→意見詞 shy, useful 等→大小 large, little 等→長短 long, short 等→形狀 round, oval 等→年齡 new, young 等→顏色 red, green 等→國籍 Chinese, American 等→材質 leather, glass 等→用途 dining, writing 等 + 中心詞（the head）。以下範例粗體字順序都不能變動：

→ He bought **a very nice-looking round wooden dining** table yesterday.

他昨天買了一張很漂亮的圓形木製餐桌。

→ My mother made me **a pretty pink silk** dress.

我媽做了一件漂亮粉紅的絲綢洋裝給我。

→ We still need **a big glass cookie jar.**

我們還需要一個大的裝餅乾的玻璃罐子。

→ She is wearing **a beautiful new diamond ring**.

她戴著一枚漂亮的新鑽戒。

322. （劣）Copy all the sentences I've just written on the blackboard *in your notebooks*.

把我剛剛寫在黑板上的句子，都抄寫在你們的筆記本裡面。

（優）Copy **in your notebooks** all the sentences I've just written on the blackboard.

關鍵解說

本題 copy 的受詞 sentences 後面接了形容詞子句，讓整個受詞變得太長，而緊接在後的副詞片語 in your notebooks 太短，造成份量大的訊息在前、份量小的反而在後，即所謂「頭重腳輕」，因此必須**將副詞片語提前**，置於動詞與受詞之間，讓受詞能夠無限延長。另外，in your notebooks 是修飾 copy，二者要靠近。如以下例子：

→ Replaying <u>in your mind</u> **the negative events of your past** leads to mental and physical disease.

在腦海裡面反覆回想過去負面的事情，會導致身心疾病。

→ He took <u>from his pocket</u> **a wallet, which contained nothing but two fifty-dollar bills**.

他從口袋裡面掏出一個錢包，裡面只有二張五十元的鈔票。

323. (X) I *enjoyed the stories* which you told me about the ancient city *a lot*.

我非常喜歡你講給我聽的關於這個古城的故事。

（✓）I **enjoyed a lot/very much** the stories which you told me about the ancient city.

（✓）I **very much enjoyed the stories** which you told me about the ancient city.

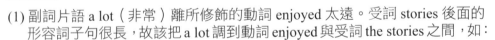

關鍵解說

(1) 副詞片語 a lot（非常）離所修飾的動詞 enjoyed 太遠。受詞 stories 後面的形容詞子句很長，故該把 a lot 調到動詞 enjoyed 與受詞 the stories 之間，如：

→ We enjoyed **very much** that party we went to at your house. (Longman)

我們非常喜歡在你家參加的那次聚會。

(2) 如果受詞很短，或者後面沒有修飾語，則副詞（片語）不可置於動詞與受詞之間，請比較以下例子之正誤：

→ *We enjoyed *very much* that party.

→ We enjoyed that party **very much**.

我們非常喜歡那次聚會。

→ He enjoys meeting people **very much**.

→ He **very much** enjoys meeting people.
　他很喜歡認識人。

＊ **very much** 可置於限定動詞 **enjoyed** 前，中英文的詞序剛好相同。

324. （劣）I will give what/whatever you want *from me to you*.
　　　　你向我要的，我都會給你。

（優）I will **give you what/whatever you want from me**.

關鍵解說

雖然雙賓動詞 give 有二種表達方式：give sth to sb 或 give sb sth。但本句 you 宜置於 give 後，以避免 from me to you 這種奇怪的組合。另外，you 是舊訊息，故用 give you sth，把新訊息 sth 置於句尾較恰當。

325. (X) Tim is easy to get along with, *whose colleagues like him*.
　　　　提姆很容易相處，他的同事都喜歡他。

（✓）Tim is easy to get along with**; therefore, all his colleagues like him**.

（✓）(Being) **easy to get along with, Tim is liked by all his colleagues**.

（✓）Tim, **who is easy to get along with**, is liked by all his colleagues.

關鍵解說

(1) 補述 Tim 的子句 whose colleagues like him，離 Tim 太遠，很不恰當，該去掉。用副詞連接詞 therefore，引導表結果的子句 all his colleagues like him，把因果關係清楚表現出來。

(2) 修正句 2 用分詞片語（Being）easy to get along with 置於句首，因為它是指涉主詞 Tim，所以主要子句**要用以 Tim 為首的被動語態**，如：
→ While (he is) respected, **the mayor is not liked**. (Merriam-Webster)
　市長雖受人尊敬，但不討人喜歡。

(3) 修正句 3 用非限定形容詞子句 **who is easy to get along with**，補述主詞 Tim。

326. (X) Germany is *almost a country* with the lowest birth rate in the world.

德國幾乎是全世界出生率最低的國家。

(✓) Germany **has almost the lowest** birth rate/birthrate in the world.

(✓) You can hardly find on the planet **a country with** (= that has) **a lower birthrate/birth rate than Germany**.

世界上幾乎找不到出生率比德國還低的國家。

關鍵解説

(1) Germany is almost a country（德國幾乎是個國家）表示德國不是國家，語意不通。修飾語 almost 要置於 the lowest 前，表示**幾乎最低**，語意才合理。

(2) 修正句 1 直接用 Germany has almost the lowest birthrate，結構更簡潔。

327. （劣）There are many toys *which interest children in the shop*.

在這家商店裡面，有許多吸引小孩興趣的玩具。

（優）There are many toys **in the shop that/which interest children**.

（優）**In the shop are many toys that/which interest children**.

關鍵解説

(1) 原句英文可能產生歧義，因為 children in the shop 指店裡的小孩，但這非句子本意。玩具跟店裡的關係比較固定、緊密，故 in the shop 須置於 toys 後面，再用關係代名詞 which，引導形容詞子句，跳過副詞片語 in the shop 修飾 toys，讓句意簡單、明白，如：
→ During exercise, the body releases **chemicals** in the brain **that make you feel better**.
在運動時，身體在腦部釋放讓人感覺更舒服的化學物質。

(2) 修正句 2 用倒裝句，把位置副詞片語 in the shop 提前，讓形容詞子句，緊跟在所修飾的名詞 toys 之後。

328. (X) He delivers newspapers in the neighborhood *every morning* to earn some money before he goes to school.

他每天早上都會在附近送報,以便上學前賺一些錢。

(✓) **Every morning before he goes to school**, he delivers newspapers in the neighborhood to earn some money.

他每天早上上學前,都會在附近送報,以便賺一些錢。

關鍵解說

原句 every morning 修飾 delivers,before he goes to school 修飾 earns,語意顯得鬆散又紊亂。修正句把 Every morning before he goes to school 置於句首,修飾後面整個主要子句,讓句意清楚明白。

329. (X) The little boy was climbing the steep cliff *that always seemed adventurous*.

這個好像老是愛冒險的小男孩,在攀登陡峭的懸崖。

(✓) **The little boy, who always seemed adventurous, was climbing the steep cliff.**

這個小男孩好像老是愛冒險,他在攀登陡峭的懸崖。

(✓) **The adventurous little boy was climbing the steep cliff.**

這個愛冒險的小男孩在攀登陡峭的懸崖。

關鍵解說

(1) 形容詞子句 that always seemed adventurous 是修飾 boy,不是修飾 cliff,因此改為非限定形容詞子句,置於 the little boy 後面,如修正句 1。

(2) 把形容詞子句 that always seemed adventurous 簡化為 adventurous,置於 little boy 前,文句更簡潔,如修正句 2。

330. （劣）Yani Tseng didn't do well from 2009 to 2010 because she cared about how she did in every game *too much*.

曾雅妮從 2009 到 2010 年表現不好，因為她太在乎每場比賽的表現。

（優）Yani Tseng didn't do well from 2009 to 2010 because she cared **too much** about how she did in every game.

關鍵解說

程度副詞片語 too much 是修飾 cared about，不是修飾 how she did，因此必須置於**動詞片語** cared about **的中間**，以緊鄰 cared about。如以下例子：

→ I **cared a lot about** what other people thought and I **cared too much about** messing up. (Janet Devlin)
我很在乎別人的想法，也太在乎把事情弄糟。

→ I think we consider **too much** the gook luck of the early bird and **not enough** the bad luck of the early worm. (Franklin D. Roosevelt)
我認為我們盡想到早起的鳥多幸運，卻很少想到早起的蟲多倒楣。

第 11 章

To + V 或介詞 + V-ing 的誤用

331. (X) We are all looking forward to *see* you again soon.

我們都盼著很快會再見到你。

(✓) We **are all looking/all look** forward to **seeing** you again soon.

關鍵解說

(1) look forward to 的 to 是**介詞**，表**往～方向/標的**，故後面要接動名詞 **seeing**。forward 是副詞，表向前，整個片語 look forward to 意謂**往～方向／標的，向前看**，即引領而望，與**盼望**同義。

(2) 只要回憶小時候，倚門外望，期待父母下班返家的情景，整個片語的定義及用法，即可瞬間學成，烙印腦海。如：

→ (Being) Old and lonely, he has **nothing** to look forward **to**.（to 以 nothing 為受詞）

他孤老寡人一個，沒什麼好期盼的。

→ He came (down) to **begging** on the streets and **struggling** to **find** ways to **get** his next meal.

他淪落到在街上行乞，這餐吃飽下餐要努力張羅的地步。

＊ **to 是介詞，意即到～的地步，come (down) to + V-ing 是淪落到～的地步。**

進階補充

to 是介詞或不定詞，常困擾學習者，避免死記之道，在判斷並解析語意：

(1) to 當介詞時，常表示**通往、往～方向**，如：

→ I'm well on the **way to completing** the report.

我這篇報告快要寫完了。

Cf： What do you think is the quickest **way to complete** the report?

你認為完成這篇報告，最快的方法是什麼？

＊ **on the way to 是在前往～的路上，to 是介詞，表通往，純名詞 way 是道路。Cf 句的 way 是方法，具有副詞性質，to complete 是不定詞片語，修飾 way。**

→ She has to work two jobs **with a view to giving** (= in order to give) her daughter a good life.

她為了讓女兒過好日子，不得不做兩份工作。

＊ **with a view to 指目的在於～，目的指眼睛所看的標的。名詞 view 是看，to 是介詞，表往～方向／標的。片語的定義與用法一次學成，無須死記。**

(2) 介詞 to 可跟中文的介詞**於**連結，以免除死記，如 be used to（習慣**於**），get used to（變成習慣**於**），be accustomed to（習慣**於**），get accustomed to（變成習慣**於**），be dedicated/devoted to（致力**於**），be addicted to（沉溺**於**），to 可定義為**對於**，used [just] 和 accustomed 是形容詞，意即**習慣的**；dedicated/devoted 和 addicted 也是形容詞，意即**奉獻的、上癮的**，如：

→ We love life, not because we **are used to living** but because we **are used to loving**. (Friedrich Nietzsche)
我們熱愛生活，不是因為我們習慣於生活，而是因為我們習慣於愛。

Cf：Power is no blessing in itself, except when it **is used to protect** the innocent. (Jonathan Swift)
權力本身不是福，除非用來保護無辜者。

＊ be used to＋V（被用來～）的 used [juzd] 是動詞 use 的過去分詞，副詞不定詞 to protect 表目的，修飾動詞 is used。

(3) 不定詞 to-V 可當名詞、形容詞、副詞。語法上，to 主要是避免雙動詞，如：
→ What do you want **to do** when you grow up?
你長大後想做什麼？

＊ to do 是名詞，當 want 的受詞。請參考 007 題進階補充 (1)-(2)。
→ Who was **the first astronaut to walk** (= who walked) on the moon?
第一位登陸月球的太空人是誰？

Cf：This 3D image shows **the first astronaut** (who was) **walking** on the moon.
這張 3D 影像顯示了第一位太空人在月球上漫步（的情景）。

＊ 中文說某人是第幾位去做到某事的人，語意聚焦於去做到，這時用不定詞片語 to walk 當形容詞，修飾前面名詞 astronaut；當語意聚焦於在做某事，這時用分詞片詞 walking on the moon 當形容詞，修飾前面名詞 astronaut，如 Cf 句。
→ She has to **work her fingers to the bone** (=work very hard) **to make** enough money **to raise** her kids.
她必須努力工作，賺取足夠的錢，以扶養兒女。

→ He came **to sell** matches.
他是來賣火柴的。

＊ to make 是副詞用法，修飾動詞 work；to raise 是副詞用法，修飾動詞 make。to sell 是副詞用法，修飾動詞 came，表達來的目的是賣火柴。

Cf：He came (down) **to selling** matches.
他**淪落到**賣火柴**的地步**。（ to 是介詞）

332. (X) With so many people taking part in the competition, he has little chance *to win* first place.

由於參加競賽的人很多，他幾乎沒有得第一名的機會。

(✓) With so many people taking part in the competition, he has little chance **of winning first place**.

由於參賽者眾，他幾乎不可能得第一名。

關鍵解說

(1) chance 當**機會**解時，後面接不定詞 to-V 或 of + V-ing 都可以，如：

→ I never miss a chance **of practicing/to practice** speaking English with a native speaker.

有跟以英語為母語的人練習說英語的機會，我從不錯過。

(2) chance 當**可能性**解時，後面只能接 of + V-ing，如：

→ His chance/chances **of losing** is/are far higher than his chance/chances **of winning**.

他輸面遠高於贏面。

→ The doctors said that he had little chance **of surviving the night**. (Oxford)

醫生都說他幾乎不可能熬過當晚。

(3) 中文常把**機會**和**可能**混用。本題 chance 指**可能性**，故要接 **of winning**。

進階補充

本題是名詞的**同位語後位修飾 appositive post modification** 的誤用。同位語後位修飾有二種形式：不定詞 to-V 與介詞 of + V-ing。**語意強勢的名詞**，因驅動力強，故多接**不定詞 to-V**；**語意弱勢的名詞**，則多接 of + V-ing。以下 **(1)-(3)** 的不定詞片語或動名詞片語，都是前面名詞的「同位語」：

(1) **語意強勢的名詞**後面**只能接不定詞 to-V 者**，常見的有：ability, ambition, anxiety（渴望）, attempt, courage, demand, decision, desire, eagerness, effort, impulse, keenness, need, order, plan, promise, proposal, refusal, resolution（決心）, right, will, tendency, willingness, urge, wish 等，如：

→ She was **all eagerness** (= very eager) **to open the box** to see what was inside.

她很想打開這個盒子，看看裡面有什麼東西。

Cf：She opened the box through **her eagerness to see** what was inside. = She opened the box because **she was eager to see** what was inside.

她把這個盒子打開，因為她很想看看裡面有什麼東西。

→ His parents supported **his decision to drop out of college and go into business**.

他父母支持他決定大學輟學而從商。

(2) **語意弱勢的名詞只能接 of＋V-ing 者**，常見的有：chance（可能性），risk, feeling, (im)possibility, thought, hope, role 等，如：

→ We should never entertain **the slightest thought of yielding to temptation**.
我們絕不該懷有一絲絲屈服於誘惑的念頭。

→ We enjoyed **the feeling of dancing barefoot in the sand**.
我們很享受在沙地上打赤腳跳舞的感覺。

(3) 少數接 to-V 或 of＋V-ing 皆可的名詞：capability（能力，可能性），chance（機會）, duty, idea, necessity, opportunity, responsibility 等，如：

→ I'd like to stress the **necessity to eat/of eating** plenty of fresh fruits and green vegetables.
我想強調有必要食用充足的新鮮水果和綠色蔬菜。

---

333. (X) Body language plays an important role *to communicate* your feelings and emotions.
肢體語言對於傳達情感和情緒，具有舉足輕重的作用。

(✓) Body language plays an important role **in communicating/conveying** your feelings and emotions.

關鍵解說

(1) role 是語意**弱勢**名詞，後面接**介詞＋（動）名詞**，不接不定詞 to-V，如：

→ I take a lot of pride **in** my role **of protecting**/*to protect* our water resources and the health of Minnesotans. (Kara Dennis)
我對於擔任保護我們的水資源，以及明尼蘇達州人的健康這個任務，感到很自豪。

Cf：I'm immensely proud **of** my role **in protecting**/*to protect* our water resources and the health of Minnesotans.

＊ 用 **in my role**，後面接 **of protecting**；用 **of my role**，後面接 **in protecting**，避免介詞聲音相撞。

(2) **在～扮演重要的角色**要用 play an important role in＋V-ing，如：

→ Sunscreens play an important role **in protecting** the skin from/against UV rays.
防曬霜在保護皮膚免受紫外線傷害方面，具有重大作用。

334. (X) An English dictionary is a good tool *to learn* English.

英文字典是學習英文的好工具。

(✓) An English dictionary is a good tool **for learning** English.

(✓) An English dictionary is a good tool to **assist students in learning/ help students to learn** English.

英文字典是幫助學生學習英文的好工具。

(✓) An English dictionary (is a good tool that) **can assist students in learning/help students to learn** English.

英文字典是能夠幫助學生學習英文的好工具。

(✓) An English dictionary is a good tool **for students to learn** English.

英文字典是讓學生學習英文的好工具。

關鍵解說

名詞後面的不定詞，往往具有形容詞性質，倒退修飾該名詞，但須意注意，語意制約語法，語法反映語意，這是不變的原則。

(1) 以本題來説，tool 後面不能接不定詞 to learn，**因為 tool 不會做 to learn 的動作，而是供學習用的工具，故要接表用途的介詞 for，説成 a good tool for learning English**，如修正句 1。以下是類似範例：

→ The dictionary is an important tool **for increasing** your vocabulary.（大美百科）

字典是用來增進字彙的重要工具。

(2) 字典不會學習，**但能夠幫助人學習，所以 tool 可接不定詞 to assist/help，或接子句 that can assist/help，當作形容詞修飾語**，如修正句 2-3。以下是更多的類似範例：

→ **Money** is a very important **tool to make** a big difference in people's life.= **Money** (is a very important tool that) **can make** a big difference in people's life.

金錢是很重要的工具，能夠對民眾的生活造成重大影響。

→ **The media** is a powerful tool **to influence and even change** society's perspectives on certain issues. (Anti-Body Shaming) = **The media** (is a powerful tool that) **can influence and even change** society's perspectives on certain issues.

媒體是強而有力的工具，能夠影響甚至改變社會大眾對某些議題的看法。

(3) 修正句 4 在 tool 後加上 for students，形成 a good tool **for students to learn** English，to learn English 的主事者是 students，不是 tool，語意和語法都合理，如：

→ The Internet is the greatest tool **for any artist to have interaction** with any audience. (Nick Rhodes)

網路是讓藝術家跟讀眾互動的最佳工具。

→ Tragedy is a tool **for the living to gain wisdom**, not a guide to live by. (Robert Kennedy)

悲劇是讓生者增進智慧的好方法，而不是生活的指南。

進階補充

名詞 + 不定詞表現的語意現象很多樣，但都要建立在語意邏輯的基礎上。以下 (1)-(3) 的不定詞片語，都當形容詞用，倒退修飾前面的名詞：

(1) **名詞是不定詞的主事者：這等於說名詞會做不定詞的動作**，如：

→ Hillary and Tenzing were the first **people to reach the top of Mount Everest**.

= Hillary and Tenzing were the first **people who reached the top of Mount Everest**.

西拉利和丹曾是最先登上聖母峰頂的人。

(2) **名詞是不定詞的受事者**，如：

→ Let's find a comfortable **bench to sit on/*to sit**.

我們找一張舒適的長椅來坐吧。

Cf：Let's find a comfortable bench. We can sit **on** the bench.

(3) **名詞既不是不定詞的主事者，也非受事者**：以與疑問副詞 when, where, why, how **相關具有副詞性質的名詞，如 time/day/year/minute/moment/ instant; room（空間）/place/space; reason; way/manner** 等為代表。不定詞其實分別省略了介詞 at/on/in/during; at/in; for; in，如：

→ The quiet room is a good **place to study** (in).

這個安靜的房間是讀書的好地方。

Cf：The quiet room is a good place. People can study **in** the place.

→ Let's find a quieter **room to study in/*to study**.

我們找一個較安靜的房間來讀書吧。

Cf：Let's find a quieter room. We can study **in** the room.

＊ room 指房間時，永遠是純名詞，這跟 place 不一樣，故不能省略介詞 in。

→ There is still enough **room/space to park the car**.

還有足夠空間停這部車。

＊ **room 指空間時，和 space 跟 place 一樣，具有副詞性質，故可省略介詞 in。**

(4) 還有一類名詞，本身語意強勢具有驅動力，去做不定詞的動作，而不定詞是該名詞的同位語。請參考 332 題進階補充 (1), (3)。

335. (X) A woman weeping in despair said that she *had no hope to find* her lost child.

有一位哭得傷心欲絕的婦人説她沒有希望找到失蹤的孩子。

(✓) A woman (who was) weeping in despair said that she **had no hope of finding** her lost child.

關鍵解説

hope（希望）是語意弱勢的名詞，只能接 **of + V-ing** 當其同位語，所以本題要把 had no hope to find... 改為 had no hope **of finding...**，如：

→ Being unable to get a loan from the bank, he **has no hope of getting out of** his financial predicament.

他因為拿不到銀行貸款，沒有希望擺脱經濟困境了。

進階補充

(1) **wish** 帶有**意願**，是**語意強勢的名詞**，後面接**不定詞 to-V 當其同位語**，如：

→ I have **no wish to argue**/*of arguing* with you over/about such a trifle.

我不想為了這件芝麻小事跟你爭辯。

(2) 用於 **It...that- 子句**的句型時，**語意弱勢的 hope + that- 子句用直説法動詞，語意強勢的 wish** + that- 子句裡面的動詞美式英語用**動詞原形**，即所謂的 **mandative subjunctive clause**（強制性假設子句）；英式英語用 **should + 動詞原形**，即所謂的 **mandative should clause**（強制性 should- 子句）。請參考 036, 315 題，如：

→ It is my **hope** that my estate **goes/will go** to my granddaughter.

我希望我的財產歸我孫女所有。

Cf：It is my **wish** that my estate **go** to my granddaughter. (Merriam-Webster) = I want my estate **to go** to my granddaughter.

但願我的財產歸我孫女所有。

336. (X) In the past, high school students were *prohibited to dye* their hair.

以前，中學生禁止染髮。

(✓) In the past, high school students were **prohibited from dyeing** their hair.

關鍵解説

(1) **阻止某人～**，要用 prohibit/deter/hinder/stop/keep/prevent sb **from doing** sth。from + V-ing 表示**不去做**，from 意指**脱離**，而 to + V 表示**去做**，有違句意，如：

222

→ Most countries have rules **prohibiting minors from drinking**.
大多數國家都訂有法令，禁止未成年人喝酒。

(2) 但 **forbid 是個例外，可以接 to-V 或 from + V-ing**，如：

→ Her parents forbade her **from marrying/to marry** him.
她父母禁止她嫁給他。

337. (X) Please remind him *of turning off* his cell phone before entering the exam room.
請提醒他，進入試場前要關掉手機。

(✓) Please remind him **to turn off** his cell phone before entering the exam room.

關鍵解說

從構詞來看，remind（使想起，提醒）= re-(= again) + mind（心），亦即make sb think about sth again（使某人再想到某事）。

(1) **remind sb of sb/sth** 的定義是**使某人想起某人或某事**，如：

→ That song always **reminds me of what we did** during our holidays in Canada.
聽到那首歌都會讓我想起，我們在加拿大度假時的點點滴滴。

(2) 本題句意是**提醒某人去做某事**。去做某事的動作時間，**必定發生在提醒之後**，故要用表未來的不定詞 **to do sth**，如：

→ Remind him **to take out the trash** this afternoon.
提醒他下午要倒垃圾。

→ Put a picture of yourself as a child in view somewhere, to remind yourself **to be playful**. (Alexandra Stoddard)
在某個看得到的地方，擺一張自己小時候的照片，以提醒自己要保持童心。

338. (X) The executives *in* many big companies are criticized *to have too high bonuses*.
許多大公司的執行長受批評領太高的紅利。

(✓) The executives **of** many big companies are criticized **for having excessively/overly high bonuses**.

關鍵解說

(1) 公司**的**執行長是**屬於**的關係，故要用介詞 of。

(2) 談到 **criticize**（批評），**blame**（責怪），**punish**, **scold**（罵），**reprimand**（斥責）某人，**必然事出有因**，所以**只能接表原因的 for + NP/V-ing**，**for** 當因為解，如：

→ The government is being harshly criticized **for violating human rights**.
政府因為侵犯人權，正受嚴厲批評。（若用 to violate，則表示目的，語意不通）

(3) 副詞 too, how, so, as 不能接性狀形容詞（數量形容詞除外）後，再緊接名詞，所以要把 too 改為 excessively/overly（過度地）。請參考 231 題。

339. (X) Vic's hobby is *to collect* teapots. He *collects* 500 antique teapots from all over the world.
維克的嗜好是收集茶壺，他收集世界各地五百個古董茶壺。

(✓) Vic's hobby is **collecting** teapots. He **has collected** 500 antique teapots from all over the world.
維克的嗜好是收集茶壺，他已收集世界各地五百個古董茶壺了。

(✓) Vic's hobby is **collecting** teapots. He **collects** antique teapots from all over the world.
維克的嗜好是收集茶壺，他收集世界各地的古董茶壺。

關鍵解說

(1) 動名詞的性質是**弱勢的**，故弱勢語意的名詞 **habit, hobby, interest, pleasure 等當主詞時，常用動名詞當主詞補語**，如：
→ His **hobbies** are **gardening** and **wood carving**.
他的嗜好是園藝和木雕。
→ Her other **pleasures** are **reading, bird-watching, and making** new friends.
她別的樂趣是閱讀、賞鳥、結交新朋友。

(2) 不定詞的性質是**強勢的**，故強勢語意的名詞如 **aim, ambition**（抱負），**purpose, duty, resolution, intention, wish, goal 等當主詞時，常接不定詞當主詞補語**，如：
→ The **aim/purpose** of this trip was **to visit** a food processing plant.
這次旅行的目的是參觀食品加工廠。

(3) 本題收集五百個茶壺，一定要一段期間，**收集的動作從過去某時持續到現在**，就要用**現在完成式 has collected**，如：
→ Since **transferring** (= she transferred) to this school, Mary **has made** lots of friends.
瑪莉自從轉到這所學校以來，已經結交很多朋友了。

(4) 修正句 2 是**常態敘述**，故用現在簡單式 **collects**。表泛指的 antique teapots 前面不可以有數字，否則句意不通。

340. (X) *For catching* the last bus, I'll have to leave my office before 10 p.m.

我為了搭上最後一班公車，必須晚上十點以前離開辦公室。

(✓) **In order to catch** the last bus, I'll have to leave my office before 10 p.m.

(✓) **So that I can catch** the last bus, I'll have to leave my office before 10 p.m.

關鍵解說

(1) for + V-ing 是表達**原因**，不是表達**目的**，而且通常**不置於句首**，如：

→ He was punished **for illegally carrying a gun**.

他**因為**違法攜帶槍枝而受處罰。

＊ 表目的可用 **for** + 名詞，如以下例子：

→ Having finished his meal, he went **for a walk**/*for walking* in the park adjacent to his house.

吃過飯後，他就去住家附近的公園散步。

(2)（本題是）表達**目的**，要用**不定詞片語** (in order) **to + V**，如：

→ She often works overtime (in order) **to earn**/*for earning* extra money.

她**為了**多賺錢常常加班。

→ He put his hand into his pocket **to be**/*for being* **sure** that the money was there.

他把手伸進口袋裡，以確定錢在裡面。

(3) 表**目的**的 **so that- 子句**，也可置於句首，但較少見，如：

→ **So that he could buy a car**, he saved a lot of money. (Quirk)

他為了買車子存了很多錢。

進階補充

有時為了句子結構或音感的關係，會把表**原因**的 for + V-ing，調到句首，避免像 **for** physics **for** proving that theory 緊接在一起，如：

→ **For proving that theory**, he won the Nobel Prize **for physics**.（大美百科）

= He won the Nobel Prize **for physics for proving that theory**.

他因為證實了那個理論，而獲得諾貝爾物理學獎。

341. (X) Knowing this fact, parents should *try their best in preventing* their children from eating *too much sugary treats*.

父母瞭解了這個事實，就應該盡量防止小孩吃太多甜食。

(✓) Knowing this fact, parents should **try their best to prevent** their children from eating **too many sugary treats**.

關鍵解說

(1) try one's best/hardest 的 try（努力去～）是具有驅動力的動詞，因此要接不定詞 to + V，請參考第 007 題進階補充 (1)，如：
→ She **tried her best/hardest to solve** the problem.
她盡力解決這個問題。
→ Enjoy what you're doing and **try your best to make** yourself better every day.
享受你正在做的事情，也盡力讓自己一天比一天進步。

(2) treat（好吃的東西）是可數名詞，故宜用 **many** sugary treats。

342. (X) Physical fitness is the most important factor *to become* a great runner.

體適能是成為賽跑健將最重要的因素。

(✓) Physical fitness is the most important factor **in developing as/in becoming** a great runner.

(✓) Physical fitness is the most important factor **to determine/(in) determining/that determines** whether one can **develop as/become** a great runner.

體適能是決定一個人是否能成為賽跑健將的最重要因素。

關鍵解說

(1) 因體適能無法做**變成賽跑健將**這個動作，故 the factor to become a great runner（變成賽跑健將的因素）語意不通。可改用 **in becoming a great runner**，因為 factor 後面用 in + V-ing 語意沒有限制。請參考 334 題關鍵解說，如：
→ One of the most important factors **in adjusting** to a new culture is age. (Beyond Language)
適應新文化的一個最重要的因素是年齡。

(2) 可接在 factor 後面的動詞常見的有：affect, influence, cause, lead to, limit, contribute to, decide, determine 等。所使用的結構有以下四種：factor + to-V；factor + in + V-ing；factor + that-/which- 子句；factor + V-ing（現在分詞）。其中以接 to-V 最不常見，如：

→ There are so many factors **to lead to** a child becoming obese. (Lisa Ling)
導致小孩子變過度肥胖的因素有很多。

→ The most important factor **(in) determining/that determines** the effectiveness of a school system is the quality of its teachers.
學校辦得好不好，關鍵在老師的素質。

343. (X) The homicide detectives are questioning the murderer *with the intention to find out* his motive for committing the crime.
重案組的探員正在偵訊殺人兇手，試圖查出他犯案的動機。

(✓) The homicide detectives are questioning the murderer **with the intention of finding out** his motive for committing the crime.

關鍵解說

(1) intention（意圖）是強勢語意的名詞，後面可接 to-V/of + V-ing，如：
→ He has announced his intention **to retire/of retiring** in January next year.
他已宣布打算明年一月退休。

(2) 但 with **the** intention **of** + V-ing 是**固定的結構**，類似的還有 with the view/ aim of + V-ing; with the idea of + V-ing; with the goal of + V-ing; for the purpose of + V-ing 等，**可見在這類介詞片語中，the 搭用 of 是常態**，如：
→ He went to Paris **with the intention of learning French**. (Oxford Dictionary)
他去巴黎用意是學法文。

→ The organization bought the land **with a view to/with the view of** building houses for poor families.
這家機構買這塊地，目的是要為貧戶蓋房子。

→ They organized the race **with the aim of/for the propose of** raising money for charity.
他們籌辦這場賽跑活動，目的是要為慈善機構募款。

第 12 章

比較法的誤用

344. (X) The road system of the US is different *from Japan*.
　　　美國的道路系統和日本的不同。

　　(✓) The road system of the US is different **from that** (= the road system) **of** Japan.

關鍵解說

道路系統要跟道路系統比較，故 Japan 前要有 **that of**，that 代替前面 the road system。若前面提過的名詞是**複數**，則 that 要換成**複數形 those**，如：

→ **The lifespan** of a turtle is much longer than **that** (= the lifespan) **of** a man.
　　烏龜的壽命比人的壽命長得多。

→ **Libraries** today are better stocked than **those** (= libraries) in the 1800s.
　　今日的圖書館藏書，比十九世紀的圖書館豐富。

345. (X) Sunday is the day on which I am *the* busiest.
　　　禮拜天是我最忙碌的一天。

　　(✓) Sunday is when I am **busiest**.
　　(✓) I am **busiest** on Sundays.

關鍵解說

(1) the day on which 太冗長，可用時間從屬連接詞 when 取代。

(2) 最高級形容詞前要加定冠詞 the，那是因為從三者（以上）當中，**經過比較之後**，所挑出來的**特定的一個**，如：
　　→ This is **the best novel** I have ever read.
　　　這是我讀過的最好的小說。

(3) 所以 I am **the busiest** on Sundays. 意思是**禮拜天最忙的人是我**。

(4) 如果**自己一個人／物**，在不同的時間、狀況**自我比較**時（誤句是自我比較），最高級形容詞前，沒有理由加定冠詞 the，請比較以下範例：
　　→ I'm **happiest** when I'm with you.
　　　我跟你在一起時最快樂。（自我比較）
　Cf：When I'm with you, I feel I'm **the happiest person** in the world.
　　　我跟你在一起時，我覺得是世界上最快樂的人。（非自我比較）
　　→ UV rays are **strongest** between 10 am and 4 pm. (UV = ultraviolet)
　　　紫外線在早上十點和下午四點之間最強。（自我比較）

346. (X) There are fewer people riding bikes in the morning *than that in the evening*.

早上騎腳踏車的人比傍晚少。

(✓) There are fewer people riding bikes in the morning **than** (there are) **in the evening**.

(✓) Fewer people **ride** bikes in the morning **than** (they do) **in the evening**.

關鍵解說

(1) 可用 that 來避免重複前面提過的名詞（請參考 344 題），但要在非表示比較的文句中，才能用 that 指涉前面的子句，如：

→ He once played for England, but **that** was a long time ago.
他曾代表英國參賽，不過那是很久以前的事。

(2) 修正句 1 用 there are 引導子句，故 than 後面要用 there are；修正句 2 用**主詞＋動詞**引導子句，故 than 後面要用**主詞＋代動詞 do**，如：

→ I **got** a better grade on the last test **than** (I did) **on the first one**.
我上次考試成績比第一次好。

347. (X) At the very least, you can try to use *as less plastic as possible*.

最起碼你可以盡量少用塑膠製品。

(✓) At the very least, you can try to use **as few plastics as possible**.

關鍵解說

(1) 在表示同等比較 **as＋形／副＋as (possible)** 的結構中，裡面的副詞或形容詞，只能用原級，如：

→ A workaholic is **as addicted** to work **as** an alcoholic is to liquor.
工作狂沉溺於工作，就像酒鬼沉溺於酒一樣。

(2) **塑膠原料**才用單數不可數 plastic；本題指**塑膠製品**，要用**複數形 plastics**，如：

→ The toy dog **was made of plastic**.（塑膠原料）
這隻玩具狗是塑膠做的。

→ We're going to visit a company that manufactures **plastics**.（塑膠製品）
我們要去參觀塑膠品製造公司。

(3) less 是修飾不可數名詞，所以要改為修飾可數名詞的 few。

348. (X) Drink *water as much* as possible.

盡量多喝水。

(✓) Drink **as much water** as possible/as you (possibly) can.

關鍵解説

在表示同等比較的 **as...as** 結構中，名詞要置於數量形容詞 much/many 後，不可跳出結構外，如 as **many books** as，不能說 *books as many as*，故本題必須用 **as much water as**，如：

→ Our aim is to earn **as much money**/*money as much* as possible.
　我們的目標是盡量多賺點錢。

Cf：Eat **as much as** you can.
　　盡量多吃一點。

→ Take **as many as** you want.
　要幾個就拿幾個。

第 **13** 章

句意的表達不完整或沒有效力

349. （劣）Our house was next to a stream, so every time it rained heavily, *the stream would flood our house.*

因為房子後面有一條大溪，每逢豪雨一定會淹水。

（優）Our house was next to a stream, so **it was definitely flooded** every time it rained heavily/in the event of heavy downpours.

（優）**Being next to a stream, our house was definitely flooded** whenever it rained heavily/in the event of heavy downpours.

關鍵解說

(1) 本句 our house 和 stream 各用二次，讓文句顯得很笨重。而且三個子句的主詞都不一樣，這是中文的表達方式。

(2) 修正句 1 第二次提到 our house 時，用 it 取代，以避免重複。被動態 was flooded 後面省略了 by the stream，而且是必省。這時唯有使用被動態，才能避免重複 the stream。修正句 2 用分詞片語開頭，結構更精簡。

(3) 過去的常態敘述用過去簡單式，本句所述是過去的常態，所以不必再使用讓文句不確定的 **would/會**。請比較以下例子：

→ He said he **would** help me to find a job.

　他說會／要幫我找工作。（還沒也未必幫助）

→ **Every time** a truck drove by, **the window rattled**.

　每次有卡車駛過，窗戶都（會）嘎嘎作響。（過去的常態敘述）

350. （劣）*Not to* make his wife worry, *he kept the fact that he had lost his job secret from her.*

他為了不讓太太擔心，對她隱瞞失業的事情。

（優）**In order not to** make his wife worry, **he kept it** (a) **secret that he had lost his job.**

關鍵解說

(1) 表肯定目的時，to + V 和 in order to + V 都可用，但後者較正式。表否定目的時，較少使用 not to + V，而常用 **in order not to** + V，如：

→ **In order not to** wake the baby, she tiptoed out of the room.

　為了不吵醒嬰兒，她躡手躡腳走出房間。

(2) 因為 O (the fact) 後面接同位語子句 that he had lost his job，導致 O 和 OC (secret) 離得太遠，故將不具實質意義的 the fact 改為代名詞 it，置於動詞 keep 後，當虛受詞，指涉後面真受詞 that he had lost his job，讓句構精簡。secret 可當名詞或形容詞。如：

→ They made **it** clear **that they were not going to give us any help**.

　他們表明不要幫助我們。

→ You can't take **it** for granted **that your parents will provide you with everything you need**.

你不能以為父母會理所當然供應你一切所需。

---

351. （劣）Bess always makes a list before going to the supermarket in case she should *forget to buy what she needs*.

貝絲每次去超市前，都會列一張單子，以免忘記買她所需要的東西。

（優）Before going to the supermarket, Bess always makes/prepares a shopping list, to make sure that **she doesn't miss any item she wants/intends to buy**.

貝絲每次去超市前，都會列一張購物單，以確保她想要買的東西，都不會漏買。

關鍵解說

(1) 原句 forget to buy what she needs 的說法不合常理，因為要買的不可能全部都忘光，故要改為 **she doesn't miss any item she wants/intends to buy**（她想買的東西，都不會漏買），才符合實際情況。

(2) 把 before going to the supermarket 調到句首，讓副詞不定詞 to make sure，靠近它所修飾的動詞 makes/prepares，比較恰當。

---

352. （劣）The company welcomes new graduates with open arms. *It is not necessary for them to have* any previous experience in this field.

這家公司竭誠歡迎應屆畢業生，他們不需要對這個領域有任何經驗。

（優）The company **heartily** welcomes new **graduates, of whom no prior/previous experience in this field is required**.

這家公司竭誠歡迎應屆畢業生，不要求他們對這個領域要先有經驗。

關鍵解說

(1) 以 heartily 取代 with open arms，將其置於 welcomes 前，讓前半句以名詞 graduates 結尾，再用非限定形容詞子句 **of whom...**，補述前面 graduates，將兩句併為一句，讓前後句意緊密相扣。以下是類似例子之優劣：

→ This university welcomes international students. It is necessary for them to provide the proof of their English proficiency.（劣）

這所大學歡迎國際學生，他們必須提供英文程度證明。

→ This university welcomes international **students, who are required** to provide the proof of their English proficiency.（優）

(2) require 是必用的關鍵字，因為公司徵求員工，往往**要求**他們具備某些條件，但原句卻開闢新的句子 It's not necessary...，不但造成結構跟前句脫節，而且無法看出是公司要求的。

---

353. （劣）I feel sorry for Emma. *She has taken on so much work, but she doesn't have enough time to finish it all.*

我為 Emma 難過。她承接了這麼多工作，卻沒有足夠時間完成全部。

（優）I feel sorry for Emma, **who has taken on more work than she can finish/she has time to finish.**

我為艾瑪難過，她承接的工作多到做不完／沒有時間做完。

關鍵解説

(1) ...so much work, but she... 不是英文正常的説法。表達**多到某人無法～**，英文用 **more (...) than one can...**，既簡潔又有效力。原句用了 22 個字，調整句用了 15-17 個字，如以下例子：

→ Don't bite off **more than you can** chew.
勿不自量力／凡事量力而為。

→ Never try to bite **more food than you can** chew.
食物別咬太大口，以勉難以咀嚼。

(2) 用關係代名詞 who，引導補述用的形容詞子句，將二句併為一句。

---

354. （劣）The little girl is wearing yellow shoes, a yellow dress, and *has painted her nails yellow.* Obviously she *likes* this color.

這個小女孩穿著黃色的鞋子跟黃色的洋裝，而且還把她的指甲擦成黃色。顯然她喜歡這顏色。

（優）The little girl is wearing **a yellow dress, yellow nail polish, and yellow shoes.** Obviously she **prefers** (the color) yellow.

這個小女孩穿著黃色洋裝、擦黃色指甲油、穿著黃色鞋子，顯然她**偏愛**黃色。

關鍵解説

(1) has painted her nails yellow 用子句形式，破壞了結構的平行，用名詞片語 **yellow nail polish** 才能跟 a yellow dress, yellow shoes 維持名詞結構平行。

以下是 Scott Dreyer 提供的例子：

→ Learning a foreign language requires work, an attitude of dedication, and *one must also show a willingness to be self-disciplined.*（劣）

→ Learning a foreign language requires **work, dedication, and self-discipline**.（優）

學習外語需要努力、奉獻的精神、和自律。

(2) 描述穿著宜由上而下：a yellow dress, yellow nail polish, yellow shoes；描述建物宜由下而上；描述照片宜由左而右。

(3) like 是一般用字，依句意這裡宜用強而有力的 **prefer**。

---

355. （劣）I chose this restaurant *out of the others* because it has *excellent food and good service*.

我從多間餐廳之中，挑選出這間，因為它有美味的食物和很棒的服務。

（優）I chose this restaurant **out of/from among** many because it has **excellent food and service**.

我從眾多餐廳挑選出這間，因為菜餚和服務都很棒。

（優）I chose this restaurant **out of/from among** many because it has **excellent food and fast service**.

我從眾多餐廳挑選出這間，因為菜餚很棒，服務也很快。

關鍵解說

(1) out of the others 是從其他餐廳之中，與原句中文不符，故改為 **out of many 或 from among** many。excellent（優等的）和 good（良好的）性質相同，一前一後，給人**每況愈下**的感覺。

(2) 修正句 1 去掉 good，成為 excellent food and service。修正句 2 把 good 改為不同性質的 fast，成為 excellent food and fast service，讓句意通順合理。

356. （劣）If you *run into any problems and don't know how to fix* this coffee machine, please contact us on our customer service line.

如果你遇到任何困難，而且不知道怎麼修理這台咖啡機，請打我們消費者服務專線，跟我們連絡。

（優）If you **run into any problems fixing** this coffee machine, please contact us on our customer service line.

如果你修理這台咖啡機，遇到任何困難，請打我們消費者服務專線，跟我們連絡。

（優）If you **have trouble/difficulty/a problem/any problems fixing** this coffee machine, please contact us on our customer service line.

關鍵解說

run into any problems 和 don't know how to... 其實意思相似，用對等結構表達，顯得累贅，可改為 **run into some problems + V-ing**，或 **have trouble/difficulty/a problem/problems + V-ing**。如：

→ We've **run into some problems setting up** the computer. (Merriam-Webster)
我們組裝這部電腦遇到困難了。

→ Do you **have any difficulty understanding** spoken English?
你聽懂口語英文有困難嗎？

357. （劣）She read the letter with mixed emotions. She smiled *at some times*, *but* cried *at others*.

她讀這封信時，百感交集。她有時笑，有時哭。

（優）She read the letter with mixed emotions—**one moment/minute** she was crying **and the next** (moment/minute) she was smiling through her tears.

她讀這封信時，百感交集。她一會兒哭，一會兒破涕為笑。

關鍵解說

(1) 在 at (some) times..., but at other times... 的用法中，前後兩個動作或狀態，可以相隔甚久，如：

→ **At times** their personalities seem very different, but **at other times** they seem very much alike.
他們的個性有時好像很不一樣，有時又很像。

(2) 但讀一封信需時不久，所以本題是表達在短短時間內情緒變化之快，故宜用 **one moment/minute... and the next** (moment/minute)...，如：

→ Typical English weather—**one minute** it's raining and **the next minute** the sun is shining. (Oxford)

典型的英國天氣——忽雨忽晴。

(3) 修正句 cry 和 smile 用進行式，比較生動。先哭後破涕為笑，讓句意更有戲劇張力。

---

358. （劣）Whatever you do, *spare no effort to do your best*.

你無論做什麼，都要盡力而為。

（優）Whatever you do, **do it the best you can**.

（優）Whatever you do, **spare no effort to make it perfect**.

你無論做什麼，都要盡力做到完美。

關鍵解說

(1) spare no effort 和 do your best 都是盡力而為，語意重複。可修正為 Whatever you do, **do it the best you can**.。若要保留 spare no effort，則可接表目的不定詞片語 **to make it perfect**（使之成為完美），如修正句 2。

(2) 「盡力而為」還可以用 do your best 或 do it as best you can。

---

359. （劣）The thief *broke the window and stole* a lot of jewelry and gold from the jewelry store.

小偷打破窗子，從珠寶店偷了很多珠寶和黃金。

（優）The thief **broke into** the jewelry store **by breaking a window and got/made away with** a lot of jewels and gold.

小偷破窗闖入珠寶店，偷走很多珠寶和黃金。

關鍵解說

(1) 本題語意結構不夠嚴謹，打破窗子和偷走東西，聯結性薄弱，不宜置於對等地位。

(2) 打破窗子應視為闖入珠寶店的一個手段，因此改為 broke into the jewelry store **by breaking a window**（破窗闖入珠寶店），然後再接偷走東西，讓語意完整合理。

360. （劣） The earthquake had caused severe *damage*. There were 2,000 people killed and over 8,000 injured.

地震已造成重大損害，有二千人死亡，八千多人受傷。

（優） **In addition to causing great property damage, the earthquake killed** 2,000 people and injured over 8,000.

這次地震除了造成重大財損外，還造成二千人死亡，八千多人受傷。

（優） **Besides great damage to property, the earthquake caused serious/ heavy casualties**—2000 people were killed and over 8,000 (were) injured.

這次地震除了造成重大財損外，還造成嚴重傷亡，有二千人死亡，八千多人受傷。

關鍵解說

(1) 本題前句談及 damage，但 damage 指損害財物或傷害人（體的部位），不涉及人命，而後句卻涉及傷亡，造成前後句意銜接不當。

(2) 修正句 1 用 In addition to 接財損，再用 the earthquake killed 2,000 people...，取代 There were 2,000 people killed... 這種低效力的表達，並將兩句合併為一句，也把財物和人命的損失，分開表現出來，讓語法、語意正確合理。

(3) 修正句 2 先用 caused serious/heavy **casualties**（傷亡人數），然後用破折號，將實際傷亡情形引述出來。

361. （劣） *My neighbor's dog kept whining last night, which is why* I am so tired now.

我隔壁人家的狗昨晚不停的嗚嗚叫，那是我現在這麼疲倦的原因。

（優） **The continual whining of my neighbor's dog kept me awake** almost all night; **that's** why I am so tired now.

我隔壁人家的狗昨晚不停的嗚嗚叫，讓我幾乎整晚睡不著，那是我現在這麼疲倦的原因。

（優） **The continual whining of my neighbor's dog kept me awake** almost all night, **which is** why I am so tired now.

關鍵解說

(1) 原句語意跳躍。狗叫非疲倦的直接原因，睡不著才是，故要改變表達方式，以 **The continual whining of my neighbor's dog** 當主詞，後接 **kept me awake** almost all night（讓我幾乎整晚睡不著），讓句意更完整合理。

(2) that's why... 是獨立子句，故前面要用分號，因為分號可分開前後兩個對等子句。which is why... 是從屬子句，故前面用逗號。

362. （劣）The girl is spoiled; *whatever requests she makes will be granted by her parents.*

這個女孩子被寵壞了，她所要求的東西父母都會答應。

（優）The girl is spoiled; **she will** get **whatever** she **requests/wants** from her parents.

這個女孩子被寵壞了，她向父母所要求的東西，她一定要得到。

關鍵解說

本題語意結構不盡完善。說 whatever requests she makes...，只能看出她父母的作風，而且是間接表達，故宜改為 **she will get whatever she requests...**，才能直接表達她被寵壞的個性，也讓前後句意無縫銜接。will 必須**重讀**，意指**堅持**。

363. （劣）As I was riding home on my bike, I was startled *when a dog ran into the middle of the road.*

我騎腳踏車回家時，一隻狗跑到馬路中央時，我嚇了一跳。

（優）As I was biking/cycling home, I was startled **by a dog that suddenly ran into the middle of the road**.

我正騎腳踏車回家時，**有一隻狗**突然跑到馬路中央，把我嚇了一跳。

關鍵解說

(1) 劣句使用兩個同義的從屬連接詞 as/when，造成結構、語意都不恰當。

(2) 修正句直接表明被狗嚇到了，再用形容詞子句說明狗做了什麼動作，才嚇了我一跳，讓語意層次分明。

(3) 中文**一隻狗**置於**句首**時，表示**泛**指。本題是特定的一隻狗，所以要改為**有一隻狗**。

364. （劣）If you study hard enough, *getting good grades in math is certainly an attainable* goal.

　　　如果你夠用功，數學得好成績，一定是可以達成的目標。

（優）If you study hard enough, **you're certain/sure to attain/achieve the goal of getting good grades in math**.

　　　如果你夠用功，一定能達成數學得好成績的目標。

關鍵解説

前半句的主詞是 you，後半句的主詞是 getting good grades，破壞了主詞的一致，減弱了文句效力，故把後半句改為 you are certain/sure to...，讓表達強而有力。請參考 021 題關鍵解説 (1)。如：

→ If **you** exercise regularly and eat right, **you will save lots of money on health care**/**lots of money on health care will be saved*.

　　如果你按時運動、又吃對了，那你會省下很多健保費用。

365. （劣）The new rules have improved the city's *traffic. They have led to* a significant reduction in the number of car accidents.

　　　新的規則改善了該城市的交通，它們導致了車禍顯著的減少。

（優）The new rules have improved the city's **traffic safety and significantly reduced** (the number of) car accidents as a result.

　　　新的規則改善了該城市的交通安全，結果／因此車禍也明顯減少了。

（優）The new rules have improved the city's **traffic safety, thereby significantly reducing** (the number of) car accidents.

　　　新的規則改善了該城市的交通安全，結果／因此車禍也明顯減少了。

關鍵解説

(1) traffic 指路上所有往來的車輛，故 improve the city's traffic 語意不通。雖然 traffic 可換成 transportation（交通），但受限於上下文，只能用 improve the city's **traffic safety**，以便跟後面 **car accidents** 遙相呼應。

(2) 交通安全改善和車禍減少，都是實施新法規的結果，故該用 **The new rules have improved... and reduced...**，將兩句緊密結合，但原句用 they 再開闢另一個句子，導致結構鬆散。

(3) 修正句 1 用**強勢表達** significantly reduced，取代弱勢表達 a significant reduction。用副詞片語 as a result，取代 led to，清楚交代前因後果。

(4) 修正句 2 用 thereby 引導分詞片語，補述前述動作所產生的結果。

進階補充

(1) traffic 是車輛的總稱，做單數用，如：

→ More traffic **means** more accidents.
車輛更多意味事故也更多。

→ The more traffic (there is), the more accidents (there will be).
車輛越多，事故也會越多。

(2) traffic 要跟 problem/conditions/jam/congestion/chaos/safety 等連用，中文才會有**交通**的說法。交通問題／狀況／阻塞／壅塞／亂象／安全等就是由車輛（traffic）引起的現象，這些現象才有改善（improve）的餘地。中文交通隨處可用，但英文 traffic 不行。請參考 195 題關鍵解說。

---

366. （劣）If customers are not satisfied with their purchases, they can return *these items* to the store where they bought *the items within a week*.
如果顧客對購買的商品不滿意，可以在一週內，退還給原店。

（優）If customers are not satisfied with their purchases, they can return **them within a week** to the store where they bought **them**.

關鍵解説

(1) 本題重複使用 these items 和 the items 來代替前面提過的 their purchases，實屬不當，宜用代名詞 them，以避免重複。

(2) 副詞片語 within a week，是修飾動詞 return，故要置於 return them 後，以正確表達一週內退還，但本題把它置於句尾，變成修飾 bought，結果意思變成在一週內購買，背離了句子原意。

---

367. （劣）*The Sahara is the largest desert in the world, whose* average rainfall is less than 100 millimeters each year.
撒哈拉沙漠是世界上最大的沙漠，年平均降雨量不到一百毫米。

（優）The Sahara, **the world's largest desert/the largest desert in the world**, has an average annual rainfall of less than 100 millimeters.

關鍵解説

(1) whose 引導的形容詞子句，補述主詞 the Sahara，但距離太遠。修正句用 The Sahara 當主詞，後面接名詞片語 **the world's largest desert/the largest desert in the world** 當其同位語，再用 has 當本動詞，將兩句併為一句，讓文句簡潔有力。類似範例如下：

→ Louisville, **the largest city in Kentucky**, was founded in 1778. (Wykoff/Shaw)
路易斯維爾是肯德基州最大城，建立於 1778 年。

(2) 用強勢的 **has an average annual rainfall of less than 100 millimeters**，取代弱勢的 whose average rainfall is less than 100 millimeters each year。

368. （劣）At the sight of the shark, *the swimmer's face went completely pale* and she started shaking with fright.

一看到鯊魚，泳客的臉完全變得蒼白，而且開始害怕地發抖。

（優）At the sight of the shark, **the swimmer went completely pale** and started shaking with fright.

這位泳客一看到鯊魚，臉色一片蒼白，而且嚇得發抖。

關鍵解說

(1) 中文臉色變蒼白，英文未必要以 face 為主詞。可用人當主詞。

(2) 前面說看到鯊魚（At the sight of the shark），接下來應以看到的泳客（**the swimmer**）為主詞，避免像原句用 the swimmer's **face** went completely pale and **she** started...，主詞變來變去。如以下例子：

→ **At the sight of the snake, the little girl** took to her heels.

小女孩一看到蛇拔腿就跑。

369. （劣）There is a mass of information about healthy diet in this magazine. You will learn a lot *after you read it*.

這本雜誌裡面有很多有關健康飲食的資料，你讀過後，會學到很多。

（優）You can learn a lot **from reading this magazine**, **which contains** a mass of information about healthy diet.

關鍵解說

(1) 本句語意重心在**你學到東西**，故要放在主要子句的位置，再用關係代名詞 which，引導非限定形容詞子句，補述 magazine，把兩句併為一句，也表現出**語意的輕重、主從**。

(2) 中文說**讀過後，學到～**，英文要說**從閱讀～，學到**，故要把 learn a lot after you read it 改為 **learn a lot from reading it**，如：

→ You can learn a great deal **from watching other competitors**.

你可以從觀摩別的競爭對手學到很多。

370. （劣）*There has been a public acknowledgement by the government that* its strategy has failed. Now, the government is *working on* a better plan.

政府已公開承認策略失敗，目前正設法想出一個較好的方案。

（優）**Having publicly acknowledged that its strategy has failed, the government** is now **trying to work out** a better plan.

關鍵解說

(1) 既然**承認和設法想出**都是政府做的，那就可用完成式分詞片語 **Having publicly acknowledged that...** 置於句首，主要子句用 the government 當主詞，將兩句併為一句，讓文句更簡潔有力。

(2) work on（從事於）沒有表結果的意思；work out（想出）才是表結果，所以**設法想出**要改為 **try to work out**。

371. （劣）Messages *can be* conveyed through *the written word and spoken one*.

訊息可以用書寫和口說來傳達。

（優）Verbal messages **are** conveyed through **written or spoken words/ the written or spoken word**.

語言訊息用書面或口說傳達。

（優）Verbal messages **are** conveyed **in speech or writing**.

關鍵解說

(1) message 分兩種：verbal message（語言訊息）和 nonverbal message（非語言訊息）必須區分。本句表事實，因此用讓句意明確的 are，取代讓句意變得較不確定的情態助動詞 can。

(2) 雖然 one 可代替前面的 word，但這樣用法不當，故宜將 the written word and spoken one 改為 **written or spoken words** 或 **the written or spoken word**，讓 written 和 spoken 共同修飾 word(s)，如：

→ When you read, you receive **through printed or written words** what the writer communicates. (Wykoff/Shaw)

你閱讀時，是透過印刷或書寫的文字，接收作者所傳遞的訊息。

(3) 修正句 2 改為 Verbal messages **are conveyed in speech or writing.**，用字更精簡。

372. （劣）The old desk occupies a lot of space. *Since I don't use it anymore*, I'm thinking about getting rid of it.

這張舊書桌占很多空間，因為我不再使用，所以考慮把它處理掉。

（優）The old desk takes up/occupies a lot of space **and is no longer in use**, so I'm thinking about getting rid of it.

這張舊書桌占很多空間，又不再使用了，所以我考慮把它處理掉。

關鍵解說

(1) takes up/occupies a lot of space 和 is no longer in use，都是把書桌處理掉的原因，故宜用對等連接詞 and，將其置於**語意對等位置**。

(2) 用 is no longer in use，取代跟前句脫節的 Since I don't use it anymore，再用連接詞 so，敘述我想如何處理，讓句意完全順暢。

373. （劣）*Instead of going to school by bus, he goes by train*, so as not to meet his teacher.

他為了不要遇見老師，搭火車上學，而不搭公車。

（優）**He goes to school by train instead of by bus** so as to/in order to **avoid** (meeting) his teacher.

關鍵解說

原句用 Instead of 開頭，結果重複使用 going/goes。修正句用 He goes to school by train 開頭，再接 instead of by bus，以避免用字重複。meet 可以是無意的，依本題句意，用有意的 **avoid** (meeting) **sb**（避開某人）更恰當。

374. （劣）My brother enjoys having cold drinks, so he always *puts* his Coke in the refrigerator before he drinks it.

我弟弟喜歡喝冷飲，所以他都先把可樂放在冰箱裡，然後再喝。

（優）My brother enjoys having cold drinks, so he always **cools/chills** his coke (in the refrigerator) before he drinks it.

我弟弟喜歡喝冷飲，所以都先把可樂（放在冰箱裡）冰一冰，然後再喝。

（優）My brother enjoys having cold drinks, so he always **puts his coke in the refrigerator to cool** before he drinks it.

我弟弟喜歡喝冷飲，所以都先把可樂放在冰箱裡冰一冰，然後再喝。

關鍵解說

(1) 這是中式英文。在 **put... + before - 子句**的結構中，通常表示做完 put 這個動作後，就可立刻做子句裡面的動作，如：

→ **Put on** your jacket **before** you **go out**.
穿上夾克再出去。

(2) 飲料放在冰箱裡後，並不能馬上喝，要先冰一冰，故 **put** 要改為 **cool/chill**（冰一冰），或用 **put his coke in the refrigerator to cool**，如：

→ Put the beer in the refrigerator **to cool**.
把啤酒放在冰箱裡冰一冰。

→ **Chill/Cool** the cake in the fridge for about two hours.
讓蛋糕在冰箱裡冰約兩個小時。

375. （劣）She held out her hand, *brushing the dust on my coat off*.

她伸出手來，拍掉我外套上的灰塵。

（優）She held out her hand **and brushed/, brushing** the dust **off** my coat.

關鍵解說

這是中式英文。中文永遠都用靜態介詞**在～上（on）**，但**拍掉外套上的灰塵**英文要說 brush the dust **off** a coat，因為拍了後，灰塵就脫離外套了，故用表**脫離**的**動態介詞 off**，請參考 077 題進階補充。如：

→ Brush the dirt **off** your shoes.
把鞋子上面的泥土刷掉。

376. （劣）Whenever I think of him, *not only the breakfast I had with him after a morning stroll but also the telephone fastened on the wall crossed my mind.*

每次我想到他，不但想到晨間漫步後，跟他共進早餐的情景，也會想到釘在牆上的電話。

（優）Whenever I think of him, **what crosses my mind is not only the breakfast I had with him after a morning stroll but also the telephone** (that was) **fastened on the wall**.

關鍵解說

(1) 本題結構不平衡。主要子句的主詞 not only... the wall 太長，述語 crossed my mind 只有短短 3 個字。修正句用名詞子句 what crosses my mind 當主要子句的主詞，然後述語就可無限延長，讓重點訊息在後，不但符合尾重原則，也解決了頭重腳輕的問題。

(2) 由 whenever I **think** of him 可知本題是**常態敘述**，故過去式動詞 crossed 要改為現在簡單式 crosses。

377. （劣）The sales manager earns NT$80,000 gross a month, but *his net income is about NT$72,000 after taxes are deducted.*

這位業務經理一個月賺約台幣八萬元，但扣除稅款後，淨收入約台幣七萬二千元。

（優）The sales manager earns NT$80,000 gross a month/a month gross, but his **net/after-tax/post-tax** income **is about NT$72,000**.

這位業務經理一個月總共賺台幣八萬元，但淨／稅後收入約台幣七萬二千元。

關鍵解說

net/after-tax/post-tax income 就是指繳完稅後 after tax(es) 的所得，所以原句 after taxes are deducted（扣除稅款後）是多餘的，如：

→ What was your **income after/before taxes**?
你的稅後／前所得多少？

→ **Net earnings** per share amounted to $2.5.
每股的淨利達美金兩塊半。

378. （劣）*The girl was reported missing after the mother hadn't found her for two days.*

這個女孩在這個媽媽兩天沒有找到她之後，被報案失蹤。

（優）**The mother reported the girl missing after she had searched for her in vain for two days.**

這個媽媽在找了這個女孩兩天，都找不到後，就報案失蹤。

（優）**The girl was reported missing by her mother, who had searched for her in vain for two days.**

關鍵解說

(1) 從句意看，報案和找到的行為者，都是這個媽媽，所以前後句主詞都該用 the mother，讓主詞一致，方便掌握句意。

(2) 與其說 hadn't found her for two days，不如說 had searched for her in vain for two days 較實際，因為 find 是結果，search for 是過程，本句在強調過程。

(3) 修正句 2 以 the girl 為主詞，使用被動語態，以關係代名詞 who 引導非限定形容詞子句，補述前面 her mother。

379. （劣）The forest fire *was finally under control* after the firefighters *had tried* for ten hours.

在消防隊員努力十個小時後，森林大火終於被控制住了。

（優）The forest fire was finally **brought under control** after the firefighters (had) **fought/battled** it for ten hours.

消防隊員跟森林大火，搏鬥了十個小時後，才把火勢控制住。

（優）The firefighters had **fought/battled** the forest fire for ten hours **before they finally brought it under control.**

（優）The firefighters finally **brought the forest fire under control** after **it raged** for ten hours.

森林大火肆虐了十個小時後，消防隊員終於將其火勢控制住。

關鍵解說

(1) 本題結構正確有餘，活力、生動嚴重不足。控制火勢用靜態的 be under control，以及努力用 try，力道都不足。

(2) 大火現場，要描述消防隊員與火搏鬥 **fought/battled**、控制火勢 **brought... under control**、以及火勢兇猛 **raged** 的情景，搭用強勢的**動態**動詞，文句才有生命力。

380. （劣）It is important to wear sunglasses on sunny days because *your eyes could be injured if they are exposed for too long.*

晴天時戴太陽眼鏡是重要的，不然眼睛暴露在陽光下太久會受傷。

（優）It is important to wear **sunglasses** on sunny days because **they can prevent damage to your eyes by protecting them from being over-exposed to UV rays/light**.

在豔陽高照的日子，戴太陽眼鏡很重要，因為太陽眼鏡能夠保護眼睛，免受紫外線過度照射，從而防止對眼睛造成傷害。

關鍵解說

(1) 上半句的主題是要戴**太陽眼鏡**，再來就應該**交代太陽眼鏡對眼睛的保護作用**，不宜變換主詞為 your eyes，才能讓表達強而有力。

(2) 只說 if they are exposed for too long，沒有交代暴露於何物，語意不完整。即使後面接 to UV rays/light，because- 子句也是間接、弱勢的表達，讓語意的銜接鬆散，也缺乏直接說服力。

381. （劣）*What parents say and do can affect their children. Their behavior can change how children act and think.*

父母的言行舉止，都會影響小孩，可能會改變小孩的行為和想法。

（優）What parents say and do can **affect/influence and even change the way/how** their children **act and think**.

父母的言行舉止，會影響甚至會改變小孩的行為和想法。

關鍵解說

(1) 原句 what parents do 和 their behavior 意思重疊，affect their children 和 change how children act and think 語意也相似。

(2) 修正句用 **can affect/influence and even change** the way/how their children act and think，將兩句併為一句，避免了不該重複的部分，也讓句意變得更嚴謹，句構變得更簡潔。

(3) 原題前句的 their children 是特指，後句的 children 是泛指，兩者不一致，故改為特指 their children.

382. （劣）*For people* who eat too much meat, it's good *for them* to eat more vegetables.

對於吃太多肉的人來說，多吃蔬菜對他們有益。

（優）**It's good for** people **eating/who eat** too much meat to eat more vegetables.

（優）People **eating/who eat** too much meat **had better eat/should make a point of eating** more vegetables.

吃太多肉的人**最好／應特別注意**多吃蔬菜。

關鍵解說

(1) 修正句 1 去掉 for them，並將前半句 for people who eat too much meat，置於 It's good 後面，成為精簡的句型 It's good for people who eat too much meat to eat more vegetables.，也避免重複 for them。

(2) 修正句 2 直接以 People who eat too much meat 為主部，再接述部 had better eat/should make a point of eating more vegetables，讓語意的表達，乾淨俐落。

383. （劣）Amanda is valued by her supervisor *because she is diligent, conscientious, and she works efficiently*.

艾曼達受其主管器重，因為她認真、盡責、工作又有效率。

（優）Amanda is valued by her supervisor **because she is diligent, conscientious, and efficient**.

（優）Amanda is valued by her supervisor **not only because she is diligent and conscientious but also because she works efficiently**.

艾曼達受其主管器重，不但因為認真又盡責，也因為工作有效率。

關鍵解說

(1) **在 A, B, and C 的結構中，無論是名詞、形容詞、副詞、動詞，這三個項目意思、結構要平行**，如：

→ Success goes to those who **plan carefully**, **think clearly** and **work diligently.**
成功屬於計畫縝密、思考清晰、而且工作勤奮的人。

(2) 把 she works efficiently 改為形容詞 **efficient**，讓 diligent, conscientious, and efficient 結構平行。請比較以下 Wykoff/Shaw 提供的例子：

→ The play is vivid, interesting, *and has a simple plot*.（劣）

→ The play is vivid, interesting, **and simple in plot**.（優）
這齣戲生動、有趣、情節也單純。

(3) 修正句 2 用相關連接詞 not only...but also...，後面各接一個 because 引導的
副詞子句，讓結構平行，但不如修正句 1 簡潔。

384. （劣）*Day after day*, Patrick was getting increasingly bored with the
people he worked with.

派翠克對他的同事越來越厭煩。

（優）**Day by day**, Patrick was getting increasingly bored with the people
he worked with.

關鍵解說

(1) **day after day**：after 是**在～之後**，原意為**一天過完後又一天**，重點在表示
動作天天反覆、沒有變化，如：

→ She wore the same earrings **day after day**.
她天天都戴同樣的耳環。

→ **Day after day**, we do the same things and talk to the same people.
我們天天都做同樣的事情、跟同樣的人講話。

(2) **day by day**：by 表**差距**，如 little **by** little（一點一點地，逐漸地）, older
than you **by** two years（以兩歲之差大於你）。原意為**一天比一天更～**，重
點指**情況天天一點一點的變化**，如：

→ She felt herself growing weaker **day by day**. [= every day]
她覺得自己越來越虛弱。

→ **Day by day**, the situation is becoming more hazardous.
情勢變得一天比一天危險。

(3) 本題在表達情況的變化，故宜將 day after day 改為 day by day。

385. （劣）When Sean came to Taiwan several years ago, *few people knew
about him. But now he is a famous cook in Taiwan.*

修恩幾年前來台時，幾乎默默無聞，但現在他是台灣有名的廚師。

（優）When **Sean** came to Taiwan several years ago, **he was little known.
But now he is one of the most famous cooks in Taiwan/one of
Taiwan's most famous cooks**.

關鍵解說

(1) few people knew about him 不如 **he was little known** 恰當。

(2) 中文他是台灣有名的廚師的說法很正常，但不符合英文習慣說法。請參考
以下範例：

→ A 57-year-old man who used to be a fisherman and who never went to school is now **one of Taiwan's most famous artists**. (Breakthrough)

有一個人年五十七，從前以捕魚為業，未曾上過學，現在是台灣著名的藝術家。

386. （劣）I did not come to jeer; *I wanted to* give suggestions.

我來不是要嘲弄，而是要提出建議。

（優）I did **not** come **to** jeer, **but to** give/offer suggestions.

關鍵解說

本題後半句改用 I wanted to...，破壞了語意連貫與結構平行。談到一反一正，又表示目的的平行結構，最簡潔的用法是 **not (...) to..., but to...**（不是要～，而是要～），如：

→ He did **not** come **to** help, **but to** hinder us.

他不是來幫助我們，而是來阻礙我們。

387. （劣）The definition of success differs from person to person. Some people *think of it as success to be rich enough to buy a big house in a city*.

每個人對成功的定義都不同，有的人認為成功就是要有錢，買得起都市的大房子。

（優）The **definition** of success differs/varies from person to person. Some people **define success as** being rich enough to **afford a mansion** in the city.

每個人對成功的**定義**都不同，有的人把成功**定義**為要有錢買得起都市豪宅。

（優）**Opinions** differ/vary as to/about what success is. Some people **think of success as/think that success is** being rich enough to **afford a mansion** in the city.

對於什麼叫做成功，人人**看法**不同，有的人**認為**成功就是要有錢買得起都市豪宅。

關鍵解說

(1) 原句 think of A as B（認為 A 就是 B）的用法中，A 用虛字 it，指涉後面不定詞片語 to be rich enough to buy...，結果讓結構複雜化，因此以用實體字 success 較單純。請比較以下英文例子之優劣：

中文：他認為繳稅是必要之惡。

→ He thinks of **it** as a necessary evil **to pay taxes**.（劣）

→ He **thinks of taxes as** a necessary evil.（優）

(2) 修正句 1 將原句 *think of* it as success to be rich...，改為 **define** success as **being** rich...，動詞改用 define，搭配前半句同源名詞 **definition**，讓用字一致、語意連貫，也精簡了文句結構。修正句 2 用 **opinions**（意見）開頭，搭配**表示意見的** **think of A as being B** 和 **think that A is being B**，讓句意無縫銜接。請注意 **being** 都**不能省略**，因為 rich 不能修飾 success，必須名詞化為 being rich，才能當名詞 success 的補語。

(3) 把 buy a big house 換成生動、有力的 afford a mansion。

388.（劣）To help *the* victims *after* natural disasters, many people want to *offer help*.

天災過後，為了幫助災民，很多人都想提供援助。

（優）To help **victims of** natural disasters, many people **donate** money **or basic needs/necessities of life such as food, water, and clothes**.

為了幫助天災的災民，很多人捐贈金錢或糧食、水、衣服等生活必需用品。

關鍵解說

(1) after 常被誤用，應說天災的災民，而非天災後的災民。natural disasters 是泛指，所以前面的 victims 也表泛指，故該去掉定冠詞 the，形成**常態敘述**。

(2) 前面說為了幫助，但後面只說提供援助，造成語意空洞。修正句說出援助的具體做法，讓整個句意完整、合理。

389.（劣）The number of *people from Taiwan visiting Thailand has run at an annual average of* about 380,000 since 2004.

自 2004 年起台灣每年赴泰國人數平均約 38 萬人次。

（優）The number of **Taiwanese visitors to Thailand has averaged about 380,000 annually** since 2004.

關鍵解說

(1) 把 people from Taiwan visiting Thailand 換成 **Taiwanese visitors to Thailand**，更簡潔有力，避免拐彎抹角。

(2) **每年平均～**用 has run at an annual average of... 太冗長了，顯得有氣無力。把 average 當動詞用，變成 has averaged about 380,000 annually，用字少了一半。

390. （劣）The attic of our house is used to store a great number of *articles that no one is using currently*.

我們家的閣樓用來存放許多目前沒有人用的物品。

（優）The attic of our house is used to store a great number of **unused articles/articles** (that are) **not in use**.

我們家的閣樓用來存放許多目前不用的物品。

關鍵解說

把目前用不到的物品說成 articles that no one is using currently，實在太冗長了，其實說 **unused articles/items**（目前用不到的物品），或說 **articles/items** (that are) **not in use**（not in use 是形容詞片語，修飾 articles/items），都比原句簡潔多了。

---

391. （劣）As we were ready to go out, it *rained*.

我們準備好要出去時，就下雨了。

（優）As we were ready to go out, it **started/began to** rain.

我們準備好要出去時，就下起雨來了。

（優）We were ready to go out when it **started/began to** rain.

我們正準備好要出去，就下起雨來了。

關鍵解說

(1) 準備好要出去是時間上的一個點，但 rained 是持續性動詞，不是時間上的一個點，故前面要加上**表示時間起點的 started/began**，說成 **started/began to** rain 才恰當，如：

→ Just as we were leaving home, it **started to rain**. (Macmillan)
我們正要出門時，就下起雨來了。

(2) 修正句 2 先講我們正準備好要出去，後接 when (= 就在此時) 子句，如：

→ I was just falling asleep **when someone rang my doorbell**.
我正要入睡時，就有人按門鈴。

392. （劣）Hoping that she could quit smoking, Mary started *restricting her smoking to half a pack* a day.

瑪麗希望能把菸戒掉，她開始限制她抽菸一天只能抽半包。

（優）Hoping that she could quit smoking, Mary started **restricting herself to half a pack** a day.

瑪麗希望能把菸戒掉，開始限制自己一天只能抽半包。

關鍵解說

抽菸的是人，故限制的對象也應該是人，但原句限制 her smoking，實屬不當。
中文說**限制某人～**，英文要說 **restrict sb to sth**，如：

→ I'm **restricting myself to one glass of wine** a day. (Oxford)
　我現在限制自己一天喝一杯酒。

393. （劣）The customer asked to exchange the CD for another copy, for he discovered a few scratches on *the one he had just bought*.

這位顧客要求換張 CD，因為他發現剛買的那張上頭有些許刮痕。

（優）The customer asked to **exchange the CD** (that) **he had just bought**, for he discovered a few scratches *on it*.

這位顧客要求更換剛買的那張 CD，因為發現上頭有些許刮痕。

關鍵解說

這是中式英文。the CD 和 the one (= CD) he had just bought 語意重複。把後半
句的形容詞子句 (that) he had just bought，往前調到 exchanged the CD 之後，
再用 it 代替 the one，讓句意的表達，并然有序。只說 exchanged the CD 即可，
for another copy 可省略。

394. (劣) *He has been painting. The painting* will be finished soon.

他一直在畫畫，那幅畫就要畫好了。

(優) **He has been painting the picture for two hours and he** will be finished soon.

那幅畫他已經畫二個小時了，很快就會畫好。

(優) **He started painting the picture two hours ago and he** will be finished soon.

他二個小時前開始畫那幅畫的，很快就會畫好。

關鍵解說

(1) 前後二句關係密切，故宜併為一句，而且要說出作畫的時間（如 for two/three hours），讓句意完整。前句 painting 是現在分詞，後句 painting 是名詞，二者語法不相關，故把 The painting will be finished soon，改為 **and he** will be finished soon，讓前後子句的主詞一致，句意、語法正確，如：

→ He **started his homework two hours ago** (= He **has been doing his homework for two hours**) and he **still isn't finished**. (Merriam-Webster)

他兩個小時前開始做作業，現在還沒做完。

(2) 修正句 2 把前半句改為過去簡單式 He **started painting** the picture two hours ago。

395. (劣) Roy must have been waiting *for my call* by the telephone because he answered *the phone* immediately.

羅伊一定一直在電話旁等我的電話，因為他立刻接電話。

(優) Roy must have been waiting by the phone **for** he answered **my call** immediately.

羅伊一定一直在電話旁等著，因為他立刻接我的電話。

關鍵解說

去掉原句 for my call，將 he answered the phone 改為 **he answered my call**，避免重複 the phone，讓語意結構更合理。表示推論的原因，較常用 for，如：

→ She **must have sensed** my concern, **for** she said quietly, "Paul, always remember that there are other worlds to sing in." (Information Please)

她一定已經覺察出我很擔心，因為她小聲說「保羅，永遠要記住，還有別的世界上可以唱歌」。

396. （劣）Even if you don't agree with *someone, it is still important to respect his or her opinions.*

即使你不同意某人，尊重他或她的意見還是很重要。

（優）Even if you don't agree with **others, you should still respect their opinions/let them voice their opinions/hear them out.**

即使你看法跟別人不同，仍應尊重人家的意見／讓人家表達意見／聽人家把話說完。

關鍵解說

(1) 本題句構正確，但表達沒有效力。前半句說如果你不同意某人，接下來聽者會問你要怎麼做？，所以主要子句不宜變換主詞。

(2) 把 someone 改為複數 others，用 their 對應，避免接比較彆扭的 his or her。

397. （劣）*Taking care of yourself well* is much more important than doing your reports.

好好保重自己比寫報告重要多了。

（優）**Taking good care of yourself** is much more important than doing your reports.

關鍵解說

(1) 本句用副詞 well 修飾動詞片語 taking care of，不合慣用法，距離 taking 也太遠。凡是動詞片語的結構為**動詞＋名詞＋介詞**，用形容詞 good, better, full, complete 等置於名詞前，如 take (good) **care** of（（好好）照顧），make (good) **use** of（（善加）利用）, take (good) **advantage** of（（善加）利用），因此誤句要改為 **take good care of...**。如：

→ They had to **take very good care of** their children. (Insights and Ideas)
他們必須好好照顧子女。

(2) **但被動態時用副詞 well 很正常，因為情狀副詞 well 緊鄰所修飾的動詞 are taken**。請比較以下範例：

→ It is important to know that these minors **are very well taken care of**. (John Haltiwanger)
重要的是要知道這些未成年人得到很好的照顧。

398. （劣）It's hard to tell you how interesting the book is *by saying*.

很難用話來告訴你這本書多麼有趣。

（優）**It's hard to find the words** to tell you how interesting the book is.

（優）**I can't find the words** to tell you how interesting the book is.

關鍵解説

原句 tell 和 say 意思重疊。**無法用言語來～**用 can't find the words to + V，或 there are no words to + V 來表達更恰當，如：

→ He **couldn't find the words** to tell her how much she meant to him.

他無法用言語來跟她説，她對他有多重要。

→ There are **no words to express** my sorrow and regret for the pain I have caused others by words and actions. (Matt Lauer)

對於我用言行造成別人的痛苦，我無法用言語來表達遺憾和懊悔。

399. （劣）*Seriously damaged, the building was torn down after the disaster.*

這棟建物受損嚴重，災後就被拆除了。

（優）**Seriously damaged by the disaster, the building was torn down shortly afterwards**.

這棟建物因災損嚴重，隨後就拆除了。

關鍵解説

這棟建物是因 the disaster 而受損的，故 seriously damaged 後面要接 **by the disaster**，以交代建物受損的源頭，再把 after the disaster 改為 shortly afterwards，讓整個句意結構層次分明、井然有序。

400. （劣）It was fine in the morning, but *there was a sudden change in the weather* in the afternoon.

早上天氣晴朗，但下午天氣突然變化了。

（優）It was fine in the morning, but **the weather suddenly changed/ broke** in the afternoon.

關鍵解説

(1) 本題下半句用存在句 there was，讓文句變得很累贅，故改用 the weather 開頭，讓前後主詞一致，如：

→ **It** was sunny until the weekend, but then **the weather broke**. (Oxford)

天氣晴朗到週末，然後突然變壞了。

(2) 原句 a sudden change in the weather，change 是當名詞用，讓文句顯得有氣無力，因此把 change 當動詞用，改為 **the weather suddenly changed/broke**，讓文句活潑又有生氣。

401.（劣）It is despicable to mistreat animals. *Animals are also living creatures that should be treated in a fair way.*
虐待動物是卑劣的行為，動物也是值得公平對待的生命。

（優）It is despicable to **abuse** animals, **which should also be treated humanely**.
虐待動物是卑劣的行為，動物也應該受人道對待。

關鍵解說

(1) 用 abuse 取代 mistreat，避免聲音跟後面 treated 相撞。兩個 animals 相鄰造成音感不佳，而且 living creatures 義同 animals，又造成累贅。

(2) 修正句用關係代名詞 which，引導補述的子句，指涉前面的 animals，不但避免重複 animals，也將兩句併成一句，精簡了文句結構。

(3) 用 **treated in a fair way（公平對待）** 有跟人類爭公平的意味，不是很恰當，故改為 **treated humanely（人道對待）**，語意更準確、也更常用。

402.（劣）*Ms. Yao's career* as a teacher started fifteen years ago, *and she wants to spend the rest of her life teaching.*
姚老師的教學生涯十五年前開始，而且她想要一直教下去。

（優）**Ms. Yao started** her career as a teacher/her teaching career fifteen years ago, **and she** wants to **stay on in the teaching profession**.
姚老師十五年前開始她的教學生涯，而且想要一直教下去。

關鍵解說

(1) 本題前半句主詞是 career，後半句主詞是 she，造成句意的銜接不順暢。修正句將前後兩句的主詞調為一致，增強表達效力，如：
  → **He started** (out) as an office boy **but is** now the owner of a large garment factory.
  他開始時是當工友，但現在擁有一家大成衣廠。

(2) she wants to spend the rest of her life teaching 是她下輩子想教書，無法表明她之前也教書。修正句用 **stay on in the teaching profession（繼續留在教書這個行業）**，表示之前教書，而且還會一直持續下去，讓前後句意徹底連貫。

403. （劣）Remove the *potato*'s peel before you cook the *potato*.

煮這個馬鈴薯前要先去皮。

（優）Remove the peel from **the potato** before you cook **it**.

（優）Peel **the potato** before you cook **it**.

關鍵解說

(1) 修正句 1 用 remove the peel from the potato，再用 it 指涉前面的 the potato，以免重覆 the potato。

(2) 修正句 2 peel 當動詞用，說 peel the potato，文句更簡潔。

404. （劣）*Jerry's being three hours late on the first date ruined the impression that Gina had of him.*

傑佛瑞第一次約會，就遲到了三個小時，這毀掉了吉娜對他的印象。

（優）**Jerry was three hours late on his first date with Gina, which ruined the good impression that she had had of him.**

傑佛瑞第一次跟吉娜約會，就遲到了三個小時，這毀掉了她原本對他良好的印象。

關鍵解說

(1) 本題把子句名詞片語化，造成主詞太長，故改回子句 Jerry was three hours late on his first date **with Gina**，再用關係代名詞 which 引導子句，敘述此事產生的後果，讓結構、語意渾然天成。

(2) 原句只說第一次約會，應該先說跟 **Gina** 約會，後半句再用代名詞 she，來指涉 Gina。原本對他的良好印象，時間比 ruined 還早，因此宜將簡單式 had，改為完成式 had had。

405. （劣）Though he is in grave peril, he *refuses to be helped or give in.*

雖然他處境危殆，他不願被幫助，也不願屈服。

（優）Though (he is) in grave peril, he **refuses to accept help, let alone** (to) **give in**.

雖然他處境危殆，但他不願接受幫助，遑論屈服。

關鍵解說

(1) 對等連接詞 or 前用被動、後用主動，降低了表達效力，故把 be helped 改為主動的 accept help，讓語態一致。以下是 Susan Thurman 的範例：

→ I was worried that Bill would drive too fast, that the road would be too slippery, and that *the car would be stopped by the police.*（劣）
我擔心比爾車子會開太快，道路會太滑，車子會被警察攔下來。

→ I was worried that Bill would drive too fast, that the road would be too slippery, and that **the police would stop the car**.（優）
我擔心比爾車子會開太快，道路會太滑，警察會把車子攔下來。

(2) 修正句把 or give in 改為 let alone (to) give in，讓語意逐漸增強。另外，let alone（更不用說）常用於語意否定的句子，後面動詞的結構，要跟前半句平行，但前半句有不定詞 to-V 時，let alone 後面可省略 to，如：

→ He hasn't **read** the first unit, let alone **finished** the book.
他連第一個單元都還沒看完，更不用說讀完整本書了。

→ He still can't **walk**, let alone **run**.
他還不會走路，更不用說跑步了。

→ It's sometimes not easy **to say** things, let alone (to) **do** them.
有時說就不容易了，何況去做。

→ She was even **scared** of her own shadow, let alone **confident** around people.
她連自己的影子都害怕了，遑論在他人面前表現自信。

406.（劣）*Since two years have passed since his wife died*, he has decided to remarry.

因為自從他太太去世，已過了兩年了，所以他已決定再婚。

（優）**Since his wife has been dead for two years**, he has decided to remarry.

因為他太太已去世兩年了，所以他已決定再婚。

（優）**Two years have passed since his wife died**, so he has decided to remarry.

自從他太太去世，已過了兩年了，所以他已決定再婚。

關鍵解說

(1) 修正句 1 把瞬間動詞 die，換成表持續狀況的形容詞 dead，就可跟一段期間 for two years 連用。以 Since his wife has been dead for two years，取代原句前兩個子句，避免重複 since。

(2) 修正句 2 去掉原句句首從屬連接詞 since。後半句連接詞 so，連接左右兩個對等子句，改正了原句不當的用字與結構。

407. （劣）Smoking increases the risk of cancer; *not only can it damage your health, but it damages* the health of those around you as well.

吸菸增加罹癌的風險，不但會損害自己的健康，也會損害身邊的人的健康。

（優）Smoking increases the risk of cancer; **it harms/damages/ruins not only your own health**, **but the health of those around you** (as well).

關鍵解說

(1) 把動詞對等改為名詞對等，讓 your own health 和 the health of those around you 共同當 damage 的受詞，以避免用字重複。請比較以下例子：

中文：我不但喜歡看小說，也喜歡看雜誌。
→ Not only do I **enjoy** reading novels, but I also **enjoy** reading magazines. （劣）
→ I enjoy reading **not only novels but also magazines**. （優）

(2) your health 宜改為 **your own health**，加上 own 以便加重語氣。

408. （劣）*Many Chinese words are borrowed* from other *world languages*, and this is the same with English.

很多中國字是從世界上別的語言借過來的，英文也一樣。

（優）**Chinese has borrowed many words** from other **languages**, and **this is the same with English**.

中文從別的語言借了許多字，英文也一樣。

（優）**Chinese has borrowed many words** from other **languages**, and **so has English**.

關鍵解說

(1) 前半句語意焦點是**很多中國字**，但後半句語意焦點是**英文**，造成語意紊亂，故把 Many Chinese words are borrowed 改為 **Chinese has borrowed many words**，讓 Chinese 和句末的 English 遙相呼應。

(2) other **world languages** 是別的**世界／國際語言**，不是世界上別的語言，因此改為 **other languages**。

(3) 修正句 2 用**副詞 so**，代替前面提過的 borrowed many words from other languages，這時文句要**倒裝**。

409.（劣）*Try to know more new words, so your vocabulary will be larger.*

盡量多認識生字，這樣你的字彙就會變更多。

（優）**Try to learn as many new words as possible to improve/enhance your reading/writing ability**.

盡量多記生字，以增進／提升你的閱讀／寫作能力。

（優）**Try to read frequently and extensively to enlarge/expand/extend/improve/increase your vocabulary**.

盡量經常且廣泛閱讀，以增進你的字彙。

關鍵解說

(1) 靜態動詞 know 要改為動態動詞 learn (= memorize)，因為生字是**學／記來的**。單字記多了，自然提升閱讀/寫作能力，句意這樣鋪陳，才合乎邏輯，但原句接字彙就會變更多，造成語意空轉。

(2) 修正句 2 以 Try to read frequently and extensively 開頭，因為要先盡量經常且廣泛閱讀，才能擴充字彙，這樣語意結構才順暢合理。

410.（劣）The only thing Mom loves about the new house is *there is a large backyard*. Mom can grow vegetables and flowers there.

媽中意這棟新房子唯一之處就是後院很大，媽可以在那裡種菜和花。

（優）The only thing Mom loves about the new house is that **it has a large backyard, where she can grow vegetables and flowers**.

（優）The only **thing** Mom loves about the new house is **its large backyard, where she can grow vegetables and flowers**.

關鍵解說

(1) 本句突然用存在句 there is 來表達有個大後院，結果讓句意中斷。後院是該新房子的，宜沿用房子當主詞，故把 there- 子句改為 that it has a backyard，如修正句 1。修正句 2 用名詞片語 its large backyard 當主詞 thing 的補語，如以下例子：

→ The best **thing** about the location of the house is **its proximity to the town center**. (Cambridge)

這棟房子的地點最棒之處，就是鄰近市中心。

(2) 在 backyard 後面用關係副詞 where，引導非限定的形容詞子句，將兩句併為一句，讓句意更緊密。

411. （劣）*When reading the same poem, readers* may have different interpretations based on their *different* points of view.

讀同一首詩時，讀者可能會根據他們不同的觀點，而有不同的詮釋。

（優）Different people may **have different points of view about/as to how a poem should be interpreted**.

不同的人對於一首詩該如何詮釋，可能會有不同的觀點。

（優）Different people may give/present different interpretations of a poem **based on their own knowledge and experiences**.

不同的人可能根據自己的知識與經歷，對同一首詩提出不同的詮釋。

關鍵解說

(1) 原句語意重點是詩的詮釋，但詩和詮釋卻不在同一個子句裡，造成語意結構鬆散，這也是中文不嚴謹的表達方式。

(2) When reading..., readers... 用了同源字 reading 和 readers，很不恰當，而且把簡單的表達複雜化。修正句 1 用 Different people may have different points of view about/as to how a poem should be interpreted.，意簡言賅。

(3) their different points of view 似乎是中文的說法，不同的詮釋已隱含不同的觀點，故宜換成 their own knowledge and experiences，如修正句 2。

412. （劣）Important events are seldom held in the stadium since it *can't accommodate too many people*.

重大活動很少在這座體育場舉辦，因為容納不下太多人。

（優）Important events are seldom held in the stadium **since they usually attract larger crowds than the venue can accommodate**.

重大活動很少在這座體育場舉辦，因為吸引的人潮，往往非此場地所能容納。

關鍵解說

(1) 英文否定的 **can't... too**（越～越）和 **can't... ＋ 比較級**（再～不過了），**都具有正面含意**。所以 since it can't accommodate too many people 意即**因為它容納越多人越好**，造成句意衝突，如：

→ You **can't** have **too** many friends.
你朋友要愈多愈好。

→ "How are things going?" "**Couldn't be better**."
「近況如何？」「再好不過了／不可能再更好了。」

(2) **容納不下太多人**的說法不嚴謹。修正句把 since it can't accommodate too many people，改為 **since they usually attract larger crowds than the venue can accommodate**，讓前後句意銜接順暢。

413.（劣）The website *can increase your understanding of the poet, helping you know him more.*

這個網站可增加你對這位詩人的瞭解，幫助你更認識他。

（優）The website **offers/provides a lot of information about the poet**, which will **give you a better understanding of him/help you understand him better**.

這個網站提供許多有關這位詩人的資料，可讓你更加瞭解他。

關鍵解說

(1) 劣句 increase your understanding of the poet 和 helping you know him more，意思其實重疊。

(2) 只說「網站可增加你對這位詩人的瞭解」，語意有跳躍的感覺，應先說 **網站提供許多有關這位詩人的資料**，再用關係代名詞 which，引導補述子句 which will give you...，敘述這些資料讓你更了解這位詩人，這樣表達層次分明，按部就班，讓句意合理、完整。

414.（劣）One of the hikers failed to grip the rope and tumbled down the steep slope. *His back was severely injured.*

一位登山客未能抓好繩子，並從陡坡跌落，他的背部受了重傷。

（優）One of the hikers failed to grip the rope and tumbled down the steep slope, **his back** (being) **severely injured**.

（優）One of the hikers failed to grip the rope and tumbled down the steep slope, **severely injuring his back**.

登山客當中有一位繩子沒有抓牢，從陡坡跌下來，重傷其背部。

關鍵解說

(1) 修正句 1 用獨立分詞片語（主詞與主句的主詞不同時）his back (being) severely injured，將二句併為一句，避免再開闢新的句子。因為 being 沒有實義，故常省略，如：

→ Then he realized that he had fallen asleep on the floor, **his head** (being) **pillowed on his English book**. (The Mitchell Family)

然後他意識到他在地板上睡著了，頭枕在英文書上。

(2) 修正句 2 以分詞片語 severely **injuring** his back，取代獨立的句子 His back was severely injured.，維持主詞一致，讓結構更嚴謹，如：
   → Unfortunately, he slipped loose of the harness and fell into the water, **severely injuring his back**. (Ivan Daley)
   不幸的是，他從馬具上滑下來，掉進水裡，重傷其背部。

415. （劣）The murderer struck the man on *his head* with an iron bar.
      兇手用鐵棒猛擊那個人的頭部。
   （優）The murderer struck **the man** on **the** head with an iron bar.
   （優）The murderer struck **the man's head** with an iron bar.

關鍵解說

(1) 中英文都可說**打／抓／摑身體某部位**，身體部位前都用**所有格**。

(2) 英文還有一個說法：先說打／抓／摑**某人**，再說打／抓／摑在**哪個部位**，這時身體部位前通常不用所有格，因為已知身體部位屬誰了。

(3) 身體所有部位都是**惟一的**，所以前面用**定冠詞**，完全合乎邏輯。以下是用法範例：
   → She grabbed **his** wrist. =She grabbed **him** by **the** wrist. (WALD)
   她抓住他的手腕。
   → She slapped **his** face for feeling her up. = She slapped **him** in/across **the** face for feeling her up.
   她賞了他一巴掌，因為他對她動手動腳。

(4) 雖然邏輯如此，但介詞後面**也有使用所有格**的情形，只是語料顯示其使用率比定冠詞 the **少了好幾十倍**。以下是 WALD 的例子：
   → She led **him** by **the** [= his] hand.
   她牽著他的手。

第 14 章

句意前後不銜接或
不合邏輯

416. (X) Some people enjoy their lives while others feel bored every day. Why? The answer is *using time well*.

有的人活得很快樂，有的人卻天天都無聊。為什麼？答案是善用時間。

(✓) Some people enjoy their lives while others feel bored every day. Why? The answer is **in the way/how** they use their time.

有的人活得很快樂，有的人卻天天都無聊，為什麼？答案在於如何利用時間。

關鍵解説

本題句意是善用時間，會造成好壞二種結果，顯然不合理，故必須把 The answer is using time well. 改為 The answer is **in the way/how** they use their time.，表示活得好不好，端看如何利用時間，讓句意通順合理。

417. (X) Go and wash your face! It's *too dirty and full of mud*.

去洗臉！你的臉太髒，而且都是泥巴。

(✓) Go and wash your face! It's **all covered with mud**.

去洗臉！你的臉上都是泥巴。

關鍵解説

(1) be full of 是**充滿、裝滿**，所以主詞是**容器**或**類容器**的東西，如：
   → There is nothing but **a bottle full of milk** in the refrigerator.
      冰箱裡只有滿滿的一瓶牛奶。
   → He goes to his office before dawn and leaves when the sky is **full of** stars.
      他上班時天未亮，下班時已繁星滿天。

(2) 但臉不是容器，而是**表面**。**表面覆蓋著**～要用 **be covered with**，如：
   → Your face **is** all **covered with mud**. (Oxford)
      你的臉上都是泥巴。
   → During the winter, Yu Shan/Mount Jade/Jade Mountain **is** often **capped/covered** with thick snow, **which makes** its entire peak/mountaintop shine/glitter/glisten like jade.
      玉山在冬天常常覆蓋著厚厚的積雪，使整個山頂閃耀如玉。

(3) 泥巴在臉的表面上，而且 too dirty 和 full of mud 語意重複，因此改用 **be covered with mud**。

418. (X) Eating during class is not allowed, *or you'll be punished.*

上課吃東西是不允許的，否則你會受處罰。

(✓) Eating during class is not allowed. **Violators** (of the rule) **will be punished**.

上課不准吃東西，違者會受罰。

(✓) Eating during class is not allowed. **If you break/violate the rule, you will be punished**.

上課不准吃東西，如果你違規，就會受處罰。

關鍵解説

受處罰的先決條件是**違規**，上課不准吃東西只是規定。要説**如果你違規，就會受處罰**，語意才算完整、合理，如：

→ Dangerous driving is not allowed. **Violators** (of the law) **will be prosecuted**.

　不准危險駕駛，違者法辦。

419. (X) *The sky is clear on a sunny day*. Let's go on a picnic.

在陽光普照的日子裡，天空萬里無雲，我們去野餐吧。

(✓) **It/Today is a nice/clear/sunny day**. Let's go on a picnic.

今天天氣晴朗，我們去野餐吧。

關鍵解説

上句**在陽光普照的日子裡，天空萬里無雲**是**一般敍述**，跟下句**我們去野餐吧**，這是**特定敍述**，前後句意無法銜接，故要把上句改為特定敍述**今天天氣晴朗**，才能銜接下句。

420. (X) *Eating*, you had better not exercise right away.

吃著飯，你最好不要馬上運動。

(✓) You had better not exercise **just/right/immediately after eating**.

飯後最好不要馬上運動。

關鍵解説

吃完飯才能運動。為了表現**動作先後**，要把 eating 改為 **after eating**。因為用**持續性動詞** eating，表示 eating 和 exercise 動作同時發生，造成邊吃飯邊運動的不合理現象。請參考035題。以下範例的持續性動詞 lying 和 realized 是同時：

→ **Lying in bed** staring at the ceiling, I suddenly **realized** that I had left my car headlights on. (The Mitchell Family)

　我躺在床上凝視著天花板時，突然意識到我車子頭燈忘了關。

進階補充

(1) 如果分詞片語的動詞**持續的時間極短**，如 **hop in, shut, put down** 等，那麼 V-ing 前面**不必加 after**，就可表現跟主動作**時間的先後**，如：

→ **Hopping** in(to) the car, he drove off/away.
他跳進車裡就開走了。

→ **Shutting the door** as fast as she could, she came back to her seat. (The Mitchell Family)
她盡快地關上門，回到座位上。

(2) 如果 V-ing 的動作**持續一點時間**，則 V-ing 前面**要加 after**，**才能表達**跟主動作時間的先後，請比較以下範例：

→ **Putting on** (= While I was putting on) **my pajamas**, I saw a mouse run across the room.
我在穿睡衣褲時，看見一隻老鼠跑過這個房間。（**穿睡衣褲和看到可以同時**）

Cf：**After putting**/*Putting* on my pajamas, I turned off the light and went to bed.
我穿好睡衣褲後，關了燈就去睡覺了。（**穿睡衣褲和關燈就寢不可能同時**）

---

421. (X) Mr. Wang *makes* a list of his New Year resolutions. *Among all the goals he wishes to achieve, taking regular exercise tops all the others.*
王先生列出新年的新決心。在他所有希望達成的目標中，規律的運動是比其他項目更重要。

(✓) Mr. Wang **made** a list of his New Year/New Year's **resolutions, chief among which is exercising regularly**.
王先生列出了他新的一年決心達成的目標，其中首要的項目就是按時運動。

(✓) Mr. Wang made a list of his New Year/New Year's **resolutions, chief among them** (being) **exercising regularly**.

關鍵解說

(1) **列出**的動作發生在說話前，故要用過去式 made。在同一個表達單位裡面，可依實際情況，使用不同的時態，如：

→ I'm so glad **you're not quitting**! You really **had**/*have* me worried.
你不辭職了，我很高興。你真的讓我好擔心。

→ I **have finished** all the work I **had**/*have* to do.
我該做的事情都（已經）做完了。

★ 說話時讓我擔心的狀況已成過去，故用過去式 had。下句如果用 have to do，那表示現在該做，跟前面已經做完了，語意矛盾。

(2) 第二句前半句 all the goals 跟 resolutions 重複，後半句 all the others 也包含在前面 all the goals 裡面。要說在他所有希望達成的目標中，**規律運動是最重要的項目**，才能避免重複用字。

(3) 用關係代名詞 which 指涉前面 resolutions，引導非限定形容詞子句，如修正句 1，或用 them 指涉前面 resolutions，引導補述用的分詞片語，如修正句 2。子句和片語都用最高級形容詞 chief（首要的）當做 exercising regularly 的補語。

---

422. (X) Ray *committed suicide* yesterday; luckily, he was saved.

雷昨天自殺，很幸運地，他獲救了。

(✓) Ray **attempted suicide/tried to commit suicide** yesterday, but luckily he was saved.

雷昨天企圖自殺，但很幸運地獲救了。

關鍵解說

本題是受中文表達方式的影響，以及字義沒弄清楚，而犯的錯誤。commit suicide = kill（殺死）oneself，人死怎能獲救？故要改為 **attempted suicide/ tried to commit suicide**（企圖自殺），句意才通順合理。

---

423. (X) With an abundant *supply* of minerals, crude oil, and crops, this country is self-sufficient and *needs not to import goods* from overseas.

因為礦物、原油、農糧供應充足，該國可自給自足，而不須要從國外進口貨品。

(✓) (Being) **self-sufficient in the production** of minerals, crude oil, and crops, this country **need not/doesn't need to** import **these goods** from overseas.

因為該國礦物、原油、農糧的生產，可自給自足，所以不須要從國外進口這些貨品。

關鍵解說

(1) 前面說供應充足，接下來就說不必從國外進口，此說不甚合理，因為供應的貨品，有可能從國外進口，故要改為**生產自給自足（self-sufficient in the production of）**才合理，如：

→ Iran **will be self-sufficient in the production of** gasoline by the end of next year.

伊朗到明年底汽油生產就能自給自足。

(2) 說不須要從國外進口貨品也不當。goods 是泛指,應加以限制,因為可能還須進口其他貨品,故改為 **these goods**,以限於前面提到的 **minerals, crude oil, crops**。

(3) **不須要做～**要說 need not + V,need 是情態助動詞,或 don't/doesn't/didn't need to + V,need 是一般動詞。*need(s) not to + V* 不合法,如:
   → You **need not apologize** to him if you don't want to.= You **don't need to apologize** to him if you don't want to.
   如果你不想跟他道歉,那就不必了。

(4) 修正句用**表原因的分詞片語 + 主要子句**。句構不同,但句意一樣。

424. (X) *In addition to wearing her most beautiful gown, she also borrowed* a diamond necklace from her mother.
除了穿著她最漂亮的禮服外,她還跟她媽媽借了一條鑽石項鍊。

(✓) **In addition to her most beautiful gown, she also wore** a diamond necklace she had borrowed from her mother.
她除了穿著最漂亮的禮服外,還戴著跟她媽媽借來的鑽石項鍊。

關鍵解說

誤句語意不通。把穿著禮服和借項鍊擺在語意分量對等位置,很不合理。要說除了穿著禮服外,還戴著項鍊,故用 wore 當主角,以禮服和項鍊為受詞,把 borrowed 當配角,置於形容詞子句裡,修飾 a diamond necklace,讓語意結構恰當、合理。

425. (X) But I'm going to have a heart attack if I *still live* here.
但是我如果仍然住在這裡,我會得心臟病。

(✓) But I'm going to have a heart attack if I **go on/continue living** here.
但是我如果繼續住在這裡,我會得心臟病。

關鍵解說

(1) still 關心的時間是**說話當時**,不是未來,如:
   → Though you've explained it three times, I'm **still** none the wiser.
   雖然你已經解釋三次了,我還是聽不懂。

(2) 本題句意指未來,故 still live 要改為 **go on/continue living**,如:
   → If you **go on** (behaving) **like this**, you will soon get into trouble with the police.
   如果你行為這樣繼續下去,很快就會招惹警察的麻煩。

→ He **went on hitting** his wife although I told him to stop!
雖然我叫他不要再打老婆了,他還是不停地打。

426. (X) *My hobbies are swimming and jogging when I have free time*. I enjoy
sports very much.
我有空時,我的嗜好是游泳和慢跑。我很喜歡運動。

(✓) My hobbies are swimming and jogging—**two forms of exercise** I
most enjoy/enjoy most **when I have free time/in my free time**.
我的嗜好是游泳和慢跑,這是我閒暇時最喜愛(做)的二種運動。

關鍵解說

(1) 本題首句沒有意義。when I have free time 要修飾動詞 enjoy(注意 enjoy
後面不再接 doing),句意才合理。

(2) 前後二句各說各話,毫無關聯,犯了寫作大忌。修正句用破折號,將 two
forms of exercise 和 swimming and jogging 緊緊扣在一起。

427. (X) Dolphins, sharks and whales are all sea animals *in the world*.
海豚、鯊魚和鯨魚都是世界上海中動物。

(✓) Dolphins, sharks and whales are all sea animals.
海豚、鯊魚和鯨魚都是海中動物。

關鍵解說

海中動物本來就存在這個世界上,所以 in the world 是贅詞。如果跟其他動物
比較,而產生**最高級**,就可以用 in the world,如:
→ Blue whales **are the largest sea animals in/*of the world**.
藍鯨是世界上最大的海中動物。

✱ 在最高級的表達法中,單位、團體前用 in,不是看到 the 就搭配 of。

428. (X) The news should *be known in public*.

這則消息應該被公開。

(✓) The news should be **made public/made known to the public**.

這則消息應該公開／讓大眾知道。

關鍵解說

(1) 用 in public（公開地，當眾），表示要能看出動作或狀態的變化，**故常和動態動詞** appear, kick, speak 等、**或動態形容詞** careful, polite, nervous 等連用，不能用靜態形容詞 tall, young, red, fat 等，如：

→ He rarely **appears** in public these days.

他最近很少公開露面。

→ She was very **nervous** the first time she stood on the platform.

她第一次站在台上時非常緊張。

(2) be known in public 是**當眾被知道**，此說不通，因為 know 是靜態動詞，從外表看不出來，故要改為**動態動詞 be made public**、或 **be made known to the public**，如：

→ The results of the experiment **have been made public**.

這個實驗的結果已經公布了。

429. (X) "Are we going to be late?" "I'm afraid *not*."

「我們會不會遲到？」　　「恐怕不會。」

(✓) "Are we going to be late?" "I'm afraid **so**."

「我們會不會遲到？」　　「恐怕會。」

(✓) "Are we going to be late?" "I hope **not**."

「我們會不會遲到？」　　「希望不會。」

關鍵解說

(1) 這是語意邏輯的問題，沒有必要強記。如果問句的訊息是**負面**，那麼答句 afraid（負）要接 **so（正）**，才能**負正得負**，如：

→ "Are we **late**?" "I'm **afraid so**." (Longman)

「我們遲到了嗎？」「恐怕遲到了。」

(2) 如果問句的訊息是**正面**，那麼答句 afraid（負）要接 **not（負）**，才能成為**負負得正**，如：

→ "Was she **satisfied** with your answer?" "I'm **afraid not**."

「她對你的答覆滿意嗎？」　　「恐怕不滿意。」

(3) 修正句 2 回答用 hope（正），故接 not（負），成為**正負得負**，如：
　　→ "Do you think they **forgot**?" "I hope **not**." (Merriam-Webster)
　　　「你認為他們忘了嗎？」　「我希望不是。」

進階補充

當主詞是 it 的時候，除非是實際交談情況，否則只看字面，無法確定問句的訊息是正面或負面，這時 afraid 可接 so 或 not：

(1) 以下是英漢字典上的例子：
　　→ "Is it true?"　　　"I'm afraid **so/not**."
　　　「那是真的嗎？」「恐怕是真的／不是真的。」

　★ 字典沒有說明，讀者若沒弄清楚，以為可隨意使用，就可能犯錯。如果 it 的訊息是負面，那 afraid 只能接 so，如果是正面，那只能接 not。

(2) 以下是高中文法書上的例子：
　　→ "Will it rain tomorrow?"
　　　「明天會不會下雨？」
　　　"I'm **afraid not**."
　　　「恐怕不會。」

　★ 答話者顯然把下雨看成正面的事情，但大概除了像農夫久旱望雲霓外，在日常生活中，我們不希望下雨，因為會造成許多不便，故通常我們會答 I hope not.（我希望不會），或 I'm afraid so.（恐怕會）。

---

430. (X) To keep the guests from secondhand smoke, *there is no smoking* in our restaurant.
為了保護我們的客人，避免接觸二手煙，我們餐廳裡面不准吸煙。

(✓) To **protect** the guests from (exposure to) secondhand smoke, **we don't allow/permit smoking** in our restaurant.

關鍵解說

(1) 中文保護某人，避免接觸二手煙，英文用 protect sb from...。跟 keep 比起來，protect 是更好的用字。

(2) 本題是特定敘述，故不定詞片語 to keep 意思上的主詞，要跟主要主句的主詞相同，但主要子句的主詞不是人，故要把後半句改成 **we don't allow/permit smoking in our restaurant**，讓前後動作的主詞相同，也讓句意合理。

有些人認為 There is no + V-ing... 的結構只能表達**不可能～／無法～**，不能表達**不可以～／禁止～**，若要表達**不可以～／禁止～**，只能用 No + V-ing...，但這不完全正確。以下舉例說明：

(1) **No smoking** (in this room).
（這個房間裡面）不准抽菸。
  ＊**No + V-ing...** 表禁止，用於標語／告示牌，因力求簡潔，故省略 there is。

(2) There is no + V-ing... 有三重含意：**不可以～／禁止～**、**沒有人～**、和**不可能～／無法～**。請參考以下例子：
  → **There is no smoking in the hostel**. Those that need to smoke must go outside the front door. (Amenities-Hostel Connect)
  這家青年旅館內**不准**抽菸，要抽菸的人必須走出前門。
  → **There is no smoking in this hostel.**
  這家青年旅館內**沒有人在抽菸／不准抽菸**。
  → **There is no knowing/telling** what impact the coronavirus epidemic will have on the global economy.
  目前**不知道**冠狀病毒疫情對全球經濟會有多大的衝擊。

---

431. (X) He told me to turn off the radio. He said that he couldn't concentrate on his work *if I turned on the radio*.
他叫我關掉收音機，他說如果我開收音機，他無法專心工作。

(✓) He told me to turn off the radio. He said that he couldn't concentrate on his work **if the radio was on/with the radio on**.
他叫我關掉收音機，他說如果收音機開著／收音機開著，他無法專心工作。

關鍵解說

(1) 從句意看，收音機本來就開著，沒有必要再開一次，故把 if I turned on the radio，改為 **if the radio was on**，句意才合理，如：
  → Do you mind if I turn the CD player off? I'm going to make a phone call, and it's hard to hear **if the CD player is on**. (Betty Schrampfer Azar)
  我把 CD 播放機關掉，可以嗎？我要打電話，如果 CD 播放機開著，很難聽清楚。

(2) turn on the radio 是**動作**，**收音機開著**是**附帶狀態**，所以用 **with the radio on**，如：
  → It's hard to concentrate on my homework **with the television on**.
  電視機開著，我很難專心做作業。

432. (X) Everyone's DNA is unique. *No one—except for twins—shares the* same DNA.

每個人 DNA 都是獨一無二的，除了雙胞胎外，沒有一個人有相同的 DNA。

(✓) Everyone's DNA is unique; **no two people**—except (for) **identical twins**—**have/share** exactly the same DNA.

每個人 DNA 都是獨一無二的，除了同卵雙胞胎外，沒有二個人的 DNA 完全相同。

關鍵解說

(1) 本題語意不夠準確。twins 要加以限定，因為異卵雙胞胎 fraternal twins 的 DNA 不一樣，故 twins 前要有 **identical**（同卵的）才準確。

(2) 即使說 no one has/shares the same DNA 也不完整，要說 no one has/shares the same DNA as another person，或 no two people/persons have/share the same DNA 才算適當，因為談到不同，牽涉的數目至少兩個，如：

→ **No two fingerprints** are ever the same.

從來沒有兩個指紋是相同的。

433. (X) *For safety*, I always put my wallet in the inner pocket of my bag *so that it will not be stolen easily*.

為了安全起見，我都把皮夾放在包包的內袋，才不會輕易被偷走。

(✓) **For safety** (reasons), I always put my wallet in the inner pocket of my bag.

為了安全起見，我都把皮夾放在包包的內袋。

(✓) I always put my wallet in the inner pocket of my bag **to prevent it from being stolen**.

我都把皮夾放在包包的內袋，**以防被人偷走**。

(✓) I always put my wallet in the inner pocket of my bag **so that no one will steal it.**

我都把皮夾放在包包的內袋，**這樣才不會有人偷走**。

關鍵解說

(1) 這是中式英文。用 For safety 已經表示目的，後面 so that 引導的子句也是表目的，故該去掉 so that- 子句，如修正句 1。

(2) 不會輕易被偷走的真正含意是**還是會被偷走，只是過程不容易**，但這非說話者本意。請參考修正句 2-3。以下是類似範例：

→ He put a new lock on the boathouse **so that no one would steal his boat**. (Understanding Grammar)

他把船屋裝上新鎖，這樣才不會有人把船偷走。

434. (X) The workers of the car company *made a request* that *their pays get a raise by* five percent.

這家汽車公司的員工要求他們的薪水加薪百分之五。

(✓) The workers of the car company **requested that they** (should) **get a 5% pay raise/rise/increase**.

這家汽車公司的員工要求加薪百分之五。

(✓) The workers of the car company **requested that they** (should) **get a pay raise/rise/increase of five percent**.

關鍵解說

(1) 說 their pays get a raise，犯了兩個錯誤：pay 只作單數使用；獲得加薪的主詞是人，不是薪水，故要改為 **they get a pay raise**。加薪 5% 可用 a 5% pay raise/rise/increase，**a 5% 當形容詞用**；也可用 a pay raise/rise/increase **of five percent**，of five percent 是**形容詞片語**，修飾前面的名詞 raise/rise/increase，但都要用**人／工會**等當主詞，如：

→ I received **a five percent** (= a 5%) **increase** in my salary.
我獲得加薪百分之五。

→ The union is demanding **a pay rise of 10%**.
工會要求加薪百分之十。

(2) made a request that... 是弱勢表達，強勢的表達用動詞 requested that...。request 接 that- 子句的用法請參考 041 題。

進階補充

by...percent 是**副詞片語**，修飾**動詞**。以下例子的 by ten percent 是修飾動詞 increased。介詞 by 可省略，這時 ten percent 當副詞受詞，如：

→ **My salary increased** (by) **ten percent** this year.
我的薪水今年增加百分之十。

= I got **a 10% increase/raise/rise** in salary this year.

= I got a pay increase/raise/rise **of 10%** this year.

435. (X) *As for my learning method, I think I prefer the method of learning by doing.*

至於我的學習方法，我想我比較喜歡「做中學」的方法。

(✓) **As for me**, I prefer the method of learning by doing.

至於我，我比較喜歡「做中學」的方法。

(✓) As for my learning method, **I think it will bring about/produce the best results**.

至於我的學習方法，我認為它會產生最好的結果。

關鍵解説

本題句意不通，因為 learning method 和 method of learning 語意重疊，要把 As for my learning method 改為 **As for me**。如要保留 As for my learning method，則要交代我的學習方法有何可取之處，語意才算完整、合理，如：

→ He was a wicked enough person, but **as for his suggestions**, I found **them really helpful**.

他心眼夠壞，至於他的建議，我覺得很有助益。

436. (X) The teacher punished the two students *to stand still* with their backs against the wall.

這位老師處罰這兩個學生，背部靠著牆壁，站著不能動。

(✓) The teacher punished the two students **by making/having them stand still** with their backs against the wall.

關鍵解説

punish（處罰）沒有驅動力，故不可能有 punish + O + to-V 的説法，請參考 007 題進階補充。談到 punish，只有以下兩種用法：

(1) **敘述處罰的原因**：用 punish sb **for** sth/**for** doing sth，for 表**因為**。另外，admire（欽佩）, criticize, reprimand（斥責）, scold 等，用法亦同，如：

→ He was punished **for bullying** his classmates.

他因霸凌同學而受處罰。

→ She scolded (= reprimanded) the children **for not wanting to help with chores around the house**.

她責罵小孩子不想幫忙做家務雜事。

(2) **敘述處罰的方式**：用 punish sb **by** doing sth 或 punish sb **by/with** sth。**by/with** 表示**以、用、藉**，如：

→ Parents should never punish their children **by making/having** them go hungry.

父母絕不該用讓小孩挨餓的方式來處罰他們。

437. (X) *I switched the engine on, but it did not work,* so I had to take a taxi to work.

我把引擎發動了，但引擎不運轉，所以我必須搭計程車上班。

(✓) **I couldn't start my car**, so I had to take a taxi to work.

我無法發動我的車子，所以只得搭計程車上班。

關鍵解說

本題句意前後矛盾。switched the engine on 是**把引擎成功發動了**，但後面再接 but it didn't work，造成句意衝突，故要修正為 I **couldn't start my car**, so I had to take a taxi to work.，這個表達最簡便。

進階補充

動詞＋介副詞 on/off 都表示**動作有結果**了，以下都是動作有結果的用語：turn on/off, put on/off（脫掉），take off, kick off 等。請比較下列例子之正誤：

→ I *turned the light on*, but it didn't go on.（誤）

我把燈開亮了，但燈沒亮。

→ I **flicked/flipped/pressed the switch**, but the light didn't go/come on.（正）

我按了開關，但燈沒亮。

438. (X) I've never met him, but from *what I've heard,* he *is supposed to be* as charming as he is deceptive.

我跟他未曾謀面，但根據我所聽到的，他應該很有魅力，又很會騙人。

(✓) I've never met him, but from **what I've heard about him**, I think he **is/should be/must be** as charming as he is deceptive.

我跟他未曾謀面，但根據我所聽到的對他的風評，我認為他是／應該是／一定是很有魅力，又很會騙人。

關鍵解說

(1) 只説 what I've heard 語意不完整，故改為 what I've heard **about him**。
suppose 原意為**認為**，故 be supposed to 意指**被認為要～**，引申為**應該**（怎麼做才對）或**被期待要怎麼做**，是表義務的應該（should），不是表「**推測的應該（should）**」，如：

→ You **are supposed to/should** clear up the kitchen when you've finished your meal.

吃完飯後，你應該把廚房收拾乾淨。

(2) be supposed to 也可做**據説，大家都説，被大家認為是**解，但這都**不是説話者自己**的意見。如：

→ He is supposed to be the richest man in town.
據說他是鎮上最有錢的人。

(3) 本題說話者聽了別人對他的風評後，理當據此**自己推斷**他是／應該是／一定是什麼樣的人，故要把表示**義務的應該 is supposed to**，改為表示**事實的 is** 或**推測的 should be**（應該是）/**must be**（一定是），上下句意才能連貫／成立。用 should 表示不是很肯定的推測，用 must 表示肯定的推測。如以下範例：

→ From **what I have heard about him** and from what you have just said, **I think he is** a dominator. (Dennison Ambrose)
根據我所聽到的對他的風評，和剛剛你所說的，我認為他是個獨攬大權的人。

439. (X) *Buses, trains, and bicycles* are *our means of transportation to school*.
公車、火車和腳踏車是我們上學的交通工具。

(✓) **Bicycles, buses, and trains** are **the means of transportation we take to school**.

關鍵解說

交通工具的順序最好由慢而快。交通工具不會自己跑到學校去，必須搭乘，因此要把 our means of transportation to school 改為 the means of transportation **we take** to school（我們搭乘上學的交通工具）。

440. (X) Once we make a commitment to others, we've got to *do our best to do all we can*.
一旦我們承諾他人，我們必須盡全力。

(✓) Once we make a commitment to others, we've got to do **our best/the best we can/all we can** to fulfill it/make it real.
一旦我們承諾他人，就必須盡全力去履行／促其實現。

關鍵解說

(1) do our best 和 do all we can 語意重疊，也造成句意空轉，應說**要盡力去履行那個承諾／促其實現**才行，如：

→ Once you make a commitment, stand by it and do all you can **to make it real**.
一旦你承諾了，就要堅守那個承諾，而且盡力促其實現。

→ It is better not to make a commitment than to make **one** and not **fulfill** it.
與其承諾而不履行，不如不要承諾。

(2) **盡全力**可以說 do one's best, do the best one can, do all one can。

441. (X) *On receiving* Paula's report card, *her mother's face* turned red with rage.

一收到寶拉的成績單時，她媽媽的臉氣得發紅。

(✓) **On seeing** her report card, **Paula's mother** flushed with rage/anger.

寶拉的媽媽一看到她的成績單時，氣得滿臉通紅。

關鍵解說

句首的省略句或片語，意思上的主詞，要跟主要子句的主詞相同，故要把 her mother's face 改為 **Paula's mother**，因為人才會做 seeing 的動作。把 receiving 改為 **seeing**，語意更精確，因為**看到了才會生氣**，如以下範例：

→ Hit was apprehensive that his father would fly off the handle **on seeing** his report card. (Scribd)

希特擔心他爸爸看到成績單時，會大發雷霆。

442. (X) Having been standing for more than five hours, *the salesclerk's legs were stiff and sore*.

售貨員站了 5 個多小時，腿僵硬又痠痛。

(✓) Having been standing for more than five hours, **the salesclerk had stiff and sore legs**.

關鍵解說

(1) 句首分詞片語的邏輯主詞，要跟主要主句的主詞一致，本題分詞片語的邏輯主詞是人，不是售貨員的腿，因此要把主要子句 the salesclerk's legs were stiff and sore 改為 **the salesclerk had stiff and sore legs**，如以下範例：

→ For example, Ante Coric played only 20 minutes and **had stiff legs** by the end. (James Tyler)

例如，安特‧科里奇只打了 20 分鐘，到最後雙腿就僵硬了。

(2) 以下是分詞片語用法正誤舉例：

→ Having injured his legs, *it was difficult to walk without clutches*.（誤）

他因為腿部受傷，不拄著拐杖很難走路。

→ Having injured his legs, **he had difficulty walking without clutches**.（正）

→ Not paying attention to the road, *his car bumped into the truck in front of him*.（誤）

他因為不注意看路，撞上了前面的卡車。

→ Not paying attention to the road, **he bumped into the truck in front of him**.（正）

443. (X) You should govern your temper, or you'll offend your friends *unnoticed*.

你應該控制脾氣，不然你會得罪朋友，而沒有被（別人）察覺。

(✓) You should govern your temper, or you'll offend your friends **without realizing it/unconsciously/unknowingly**.

你應該控制脾氣，不然會不知不覺得罪朋友。

關鍵解說

(1) unnoticed 意即 without being seen/noticed（沒有被人看到／察覺），用在本題造成語意不通。以下是 unnoticed 的用法範例：

→ I would often sit reading in a corner of the library completely **unnoticed**.
我以前常坐在圖書館的一個角落看書，完全沒有人注意到。

(2) 要說**不知不覺／無意中得罪朋友**才正確，故要把 unnoticed 改為 without realizing it/unconsciously/unknowingly（不知不覺地），如：

→ Unfortunately, we all **do things unconsciously** that bother other people, but that is because nobody is perfect. (Guided Composition)
可惜我們都會不知不覺做些事情煩擾別人，不過那是因為沒有人是完美的。

444. (X) Can I *return these comic books to you until* next Thursday?

我可以到下禮拜四把這些漫畫書還給你嗎？

(✓) Can I return these comic books to you **next Thursday/on Thursday next**?

我可以在下禮拜四把這些漫畫書還給你嗎？

(✓) Can I **keep** these comic books **until next Thursday**?

關鍵解說

(1) 這是中式英文。return（歸還）是非持續性動詞，不能跟 till/until 連用。**next/last + 週日名稱**當時間副詞片語用，若要加介詞 on，詞序要改為 **on + 週日名稱 + next/last**，如修正句 1。

(2) 向人借書到歸還以前，都**持有**這些書，故用持續性動詞 **keep**（持有），就可搭配持續性介詞 till/until，如修正句 2。

445. (X) Jenny *hesitated in the act of doing* bungee jumping.

珍妮在做高空彈跳時，猶豫不決。

(✓) Jenny **hesitated about/over doing** bungee jumping.

珍妮對於要不要做高空彈跳，猶豫不決。

(✓) Jenny **was hesitant about/over doing** bungee jumping.

關鍵解説

(1) 這是中式英文。**in the act of + V-ing** 意指**正在做某事時**，如：
→ The boy was caught **in the act of stealing apples** from the garden.
這個男孩在偷園中蘋果之際，當場被捉到。

(2) 由此可知，**hesitate 和 in the act of + V-ing 不可共現**，故要改為 **hesitate/be hesitant about/over + V-ing**，表示**對於要不要做某事，猶豫不決**，如以下範例：
→ She is still hesitating/hesitant **about sending** her son to a private school.
她還在猶豫，要不要把兒子送到私校就讀。

446. (X) With *the rise of unemployment rate, it is* not easy for the young people in Taiwan to find a decent job, let alone buy an apartment of their own.

由於失業率上升，台灣的年輕人不易找到像樣的工作，更不用説買一間自己的公寓。

(✓) With **the rise in the unemployment rate/the unemployment rate rising, young people** in Taiwan are **having difficulty finding** a decent job, let alone **buying** an apartment of their own.

(✓) With **the rise in the unemployment rate/the unemployment rate rising, young** people in Taiwan **are finding it difficult to get** a decent job, let alone (to) **buy** an apartment of their own.

關鍵解説

(1) **由於失業率上升**用 with the rise **in the** unemployment rate，介詞用 in，unemployment rate 是可數，前面要有 the，也可説 **with** the unemployment rate **rising**。**with the rise of... 作由於／隨著～的興起**解，如：
→ **With the rise of** the Internet, we have a world of information at our fingertips.
由於／隨著網路的興起，浩如煙海的資訊，我們唾手可得。

(2) 主要子句以 young people 開頭，取代 it is...，讓語意的表達更直接。

(3) having 和 finding 都用現在進行式，表示目前的、有時限的狀況，如：

→ **I'm finding** it difficult at the moment to study and pay my bills at the same time. (Michael Vince)

我目前覺得同時讀書又付各種帳款很困難。

(4) let alone（更不用說）的用法，請參考 405 題關鍵解說 (2)。修正句 1 接 buying，修正句 2 接 (to) buy。

447. (X) *When young*, my parents often took me to the beach.

我父母小時候，常帶我去海邊。

(✓) **When I was young**, my parents often took me to the beach.

我小時候，父母常帶我去海邊。

(✓) **When young, I** was often taken to the beach by my parents.

我小時候，常給父母帶去海邊。

關鍵解說

(1) 省略句的主詞要跟主要子句的主詞相同，結果句意變成 When my parents were young，語意不通，因為**小時候**是指**我**，故要改為**完整的**子句 **When I was young**，如修正句 1。比較以下例子之正誤：

中文：我三歲時祖母過世了。

→ When three years old, my grandmother passed away/died.（誤）

→ When **I** was three years old, **my grandmother** passed away/died.（正）

→ **I** was three years old when **my grandmother** passed away/died.（正）

(2) 如果前面省略句要保留，則後半句要用以「**I**」為首的被動態，讓前後子句的主詞都是**我**，如修正句 2。

進階補充

但如果是**一般的、泛時的**敘述，則省略句的意思上的主詞，就可以沒有對應主要子句的主詞，如：

→ A good rule to follow **when traveling** is to do as the locals do.

旅行時該遵循的良規就是：看當地人怎麼做，就那麼做。

→ It is a matter of necessity to wear formal clothes **when meeting the Queen**.

跟女王見面時，穿正式的服裝，是必要的事情。

448. (X) *Whenever your hand comes into contact with a surface that's too hot, your body will react even more quickly than you do*!
每當你的手碰到過熱的表面時，你的身體會反應得比你來得快！

(✓) **If** your hand touches a hot surface, **you will pull it back reflexively/ instinctively. This is because the body reacts faster than the brain** (does).
如果你的手碰到很燙的表面，你會自然把手縮回，這是因為身體的反應速度比大腦還快。

關鍵解説

(1) whenever (每當～) 引導的句子，用在一般敍述，如：
  → **Whenever** he leaves the house, he **has to wear** a disguise.
    他每次出門，都要喬裝打扮。

(2) 手碰到燙的東西應屬意外，故宜用 if 取代 whenever，如：
  → Everyone should know what to do **if** an earthquake occurs.
    每個人都應該知道如果發生地震該怎麼辦。

(3) 手碰到燙的東西，再來應銜接自然把手縮回，但原題接你的身體會反應比你快，犯了語意彈跳的毛病，尤其拿你的身體跟你比較，毫無道理。這種自然反應，不須先經過大腦處理，所以要用身體 (the body) 跟大腦 (the brain) 比較才恰當。

449. (X) Since they need my help, they *must feel much more painful than* I can imagine.
既然他們需要我幫助，他們感覺的痛苦，一定遠超過我能想像。

(✓) Since they need my help, they **must be suffering much more than** I can imagine.
既然他們需要我幫助，他們現在所受的苦，一定遠超過我能想像。

關鍵解説

(1) 形容詞 painful 是**引起疼痛的／讓人痛苦的**，只能用來修飾身體的部位或事情，不能用來修飾人 (they)，如：
  → **My hands were sometimes so painful** and swollen that I could not wear gloves.
    我的手有時候腫痛到無法戴手套。

  → Love is the best school, but the tuition is high and **the homework can be painful**. (Diane Ackerman)
    戀愛是最好的學校，但學費很高，功課有時也讓人痛苦。

(2) 表達人受苦要用 suffer，故把 must feel much more painful than... 改為 **must be suffering much more than I can imagine**。suffer 是動態動詞，這裡要用進行式，如修正句。

450. (X) Max sent an e-mail to Helen, *but she never sent him a reply.*

馬克斯寄給海倫一封電子郵件，但她從來沒有回覆他。

(✓) Max sent an e-mail to Helen **but never got/received a reply**.

馬克斯寄了一封電子郵件給海倫，但從未收到回覆。

關鍵解說

這是中文的表達模式。前半句主詞是 Max，後半句變成 she，破壞了主詞一致，故要把 but she never sent him a reply 改為 **but never got/received a reply**，讓句意更連貫。以下是 Wykoff/Shaw 的正誤範例：

→ *I asked a question *but he made no reply.*

我問了一個問題，但他沒有答覆。

→ I asked a question **but received no reply**.

我問了一個問題，但沒有收到回覆。

451. (X) The kettle had boiled dry because Rita *put it on the stove for too long.*

這個水壺的水煮乾了，因為麗達把它放在爐子上面太久。

(✓) The kettle had boiled dry because Rita **left the gas on by mistake**.

這個水壺的水煮乾了，因為麗達不小心讓瓦斯一直開著。

關鍵解說

這是中式英文。put 是瞬間動詞，不能搭配 for too long。而且說放太久，語意也不夠精確。**不小心讓瓦斯一直開著 left the gas on by mistake**，才是把水煮乾的合理原因，如：

→ She **left the gas on by mistake** and the pan boiled dry. (Oxford)

她不小心讓瓦斯一直開著，結果鍋子煮乾了。

452. (X) *Seeing the magician change a hat into a rabbit, the little girl's curiosity was awakened.*

看到魔術師把帽子變成兔子時，這小女孩的好奇心被喚醒了。

(✓) **The little girl** had her curiosity aroused/piqued/awakened **as she watched the magician change a hat into a rabbit.**

這個小女孩看著魔術師把帽子變成兔子時，她的好奇心油然而生。

關鍵解說

(1) Seeing 的邏輯主詞是 the little girl，而主句的主詞是 curiosity，但 curiosity 不會做 seeing 的動作，這犯了寫作之大忌。另外，看魔術表演宜用 watch（觀看）。

(2) 修正句以 The little girl **had** her curiosity aroused/piqued/awakened 為主句，這裡 had 是**經驗動詞，不是使役動詞；the little girl 是感受經驗的人，不是主動促成使役行為的人**。從句以 she 為主詞，讓前後子句主詞一致。以下是參考範例：

→ Kim Keister **had his curiosity piqued** when he read media reports that women had overtaken men in the workplace as a whole. (Metro)

金凱斯特看到媒體報導說，女性在整個職場上的表現超越了男性，這讓他的好奇心油然而生。

453. (X) *Some one deciding to line up* for hours just for the chance to try a new product or restaurant *is very common* in Taiwan.

有人決定為了能夠嘗試新的產品或餐廳，排好幾個小時的隊，這在台灣相當常見。

(✓) **People lining up for hours** just for a chance to try a new product or restaurant **are a common sight in Taiwan**.

民眾只為了能夠嘗試新的產品或餐廳，而排隊好幾個小時，這在台灣是常見的景象。

(✓) **It is a common sight in Taiwan to see** people lining up for hours just for a chance to try a new product or restaurant.

關鍵解說

(1) 句首用 someone 表示有一個人，用在本句的情境中完全不恰當。我們看到排隊的人一定很多，因此要將 someone 改為 people。用 deciding to 不但多餘，還造成句意不通，因為**民眾排隊**是看得到的景象，而**決定**根本看不到。

(2) 談到**民眾排隊的景象**，用 **a common sight**（常見的景象）取代 common（常見的），讓表達更具體，如：

→ These motorbike gangs **are a common sight** here in Macao.

這些機車黑幫在澳門這裡是很常見的景象。

(3) 修正句 2 用 It is a common sight in Taiwan 開頭，虛主詞 it 指涉後面不定詞片語 to see... ，如：

→ During those endless summer days, **it was a common sight to see** birds sheltering in little patches of shade, and panting to lose heat. (The Guardian)

在那些漫長的夏日裡，看見鳥兒躲在小片蔭涼處喘息散熱，那是司空見慣的事。

454. (X) I seldom use my cell phone *unless it is to contact* my parents.

除非跟父母聯絡，我很少使用我的手機。

(✓) I seldom use my cell phone, **except to contact** my parents.

(✓) I seldom use my cell phone, **except when I contact** my parents.

(✓) I seldom use my cell phone **unless I contact** my parents.

關鍵解說

(1) it 指涉的對象不明，故把 unless it is to contact，改為 **except to contact**（除了要聯絡），contact 的主詞仍然是主句的主詞，如：

→ The old man seldom left his house, **except to go** to church.

這個老人除了（想要去）上教堂外，很少出門。

→ Those sick with the flu should stay home, **except to get medical care**.

得流感的病人，除了要就醫外，應待在家裡。

(2) 也可以使用 **except when I contact** 或 **unless I contact**，如：

→ Iris meditates (for) half an hour every day, **except when she is busy**.= Iris meditates (for) half an hour every day **unless she is busy**.

愛麗絲除非很忙，每天都靜坐冥想半個鐘頭。

455. (X) *Because of this reason*, she quit her well-paid job.

由於這個原因，她辭掉了高薪的工作。

(✓) **For this reason/Because of this**, she **gave up/quit/left** her well-paying/well-paid job.

關鍵解說

這是中式英文。**because of** 已經含有 **reason** 的元素，故不可再接 **this reason**，要改為 **for this reason** 或 **because of this**，如：

→ **Because of this/For this reason**, only affluent people are capable of buying a grand mansion like this.

由於這個原因，要很富有的人，才買得起這樣富麗堂皇的豪宅。

456. (X) English is not difficult because all of its words are *made up with 26 letters*.

英文不難，因為所有的字都是由二十六個字母組成的。

(✓) English words are not difficult to **memorize** because they are all **spelled with the 26 letters of/in the alphabet**.

英文字不難記，因為都是用二十六個字母拼出來的。

(✓) English words are not difficult to **memorize** because they are all **made up of letters of the alphabet**.

英文字不難記，因為都是由字母組成的。

關鍵解説

(1) **由～組成**是 be made up of...，不是 *be made up with...*，如：

→ The word "pepper" **is made up of/has** six letters.

Pepper 這個字有六個字母。

→ If you love life, don't waste time, for time is what life **is made up of**. (Bruce Lee)

如果你熱愛生命，就不要浪費時間，因為時間是生命組成的要素。

(2) 原句意指所有英文字都有二十六個字母，這背離事實。為了讓上下句意連貫、具體，把英文不難，改為英文字不難記。

457. (X) Luke usually has his breakfast at 6 a.m. *except that* he gets up late.

路克通常早上六點吃早餐，除了晚起以外。

(✓) Luke usually has his breakfast at 6 a.m., **except when** he gets up late.

路克除了晚起外，通常早上六點吃早餐。

關鍵解説

(1) except that 前後子句的語意延續而相關，請參考 454 題。如：

→ He didn't tell <u>me anything</u> **except that** he (did tell <u>me that he</u>) needed my help.

他除了跟我説需要我幫忙以外，沒有跟我説什麼。

★ 畫底線部分是相關的二件事情，而且語意上都是 tell 的受詞。

→ The hotel is really good **except that** the price doesn't really match the value.

這間旅館真的不錯，可惜不算值回票價。

★ 價格和價值比，跟旅館是同一件事情。

(2) except when 表示**在某種情形之外**，前述狀況才會發生，如：
→ Tigers are on the whole very good-tempered, **except when** (they are) wounded.
老虎除了受傷時以外，大致上脾氣很溫和。
→ She never uses foul language, **except when** she gets furious.
她除了暴怒時外，不會講髒話。

(3) 本題意指除了晚起的情形外，通常六點吃早餐，故要把 except that 改為 **except when**，句意才合理。

458. (X) If there is still no answer, *try to knock* on his back door.
如果仍然沒有回應，敲他的後門看看。
(✓) If there is still no answer, **try knocking** on his back door.

關鍵解説

(1) **try + to-V** 是**努力去做**某事，但**沒有做到的含意**，如：
→ I'm not perfect and I don't want to **try to be** perfect.
我不完美，我也不想努力成為完美。

(2) **try + V-ing** 是**試做某件事情，看看會有何結果**，如：
→ **Try praising** your wife. I believe it will work wonders.
試試讚美老婆看看，我相信那會創造奇蹟。

(3) 本題句意是嘗試敲他的後門，實際去敲，看看會有何結果，所以要用 **try knocking**。

459. (X) *For those paper factories, it is necessary for them* to plant three trees for *the future use* when they cut down one.
對那些製紙工廠來説，它們砍掉一棵樹時，必須種三棵，供將來使用。
(✓) **For every tree they cut down, those paper factories** must plant three trees for **future use**.
那些製紙工廠每砍掉一棵樹，必須種植三棵，供將來使用。

關鍵解説

(1) for those paper factories 跟 for them 意思相同。以 **For** every tree they cut down 開頭，再以 those paper factories 當句子主詞，讓結構單純，文句有力。for 表交換。

(2) **供將來／以後使用**要説 **for future/later use**，因為這裡 use 是不可數名詞，又非表特定，故前面不可有定冠詞 the，如：

→ It's necessary to file these fingerprints **for future use**.
　有必要將這些指紋存檔，供將來使用。

→ Don't spend all this money; save some **for later use**.
　這筆錢不要全部花掉，留一些以後使用。

460. (X) Amy is waiting for Jason's reply, *but he has not yet responded to her e-mail.*
　　　艾咪在等傑森的答覆，但他還沒回覆她的電子郵件。

(✓) Amy is still waiting for **Jason's reply to her e-mail**.
　　艾咪還在等傑森回覆她的電子郵件。

(✓) Amy is still waiting for **Jason to reply to her e-mail**.

(✓) Amy sent Jason an e-mail, **but hasn't received a reply yet**.
　　艾咪寄電子郵件給傑森了，但還沒有收到回覆。

關鍵解說

本題措詞紊亂，前後二句的意思其實相同，造成語意繞圈子，因此要改變表達方式，讓文句簡潔有力，句意通順、合理：

(1) **等傑森回覆她的電子郵件**可說 waiting for Jason's reply to her e-mail，如修正句 1；也可以說 waiting for Jason **to reply to** her e-mail，如修正句 2。

(2) 修正句 3 沿用 Amy 當主詞，貫穿整句，避免像誤句把後半句主詞改為 he，破壞了主詞的一致。

461. (X) If you *ask me one word to describe the* life in China, I would use the word "*haste.*"
　　　如果你問我一個字，來描述中國的生活，我會用「匆忙」這個字。

(✓) If you **asked me to describe life in China in one word**, I would use the word "**hurried/hasty**."
　　如果你要我用一個字，描述在中國的生活，我會用「匆忙的」這個字。

關鍵解說

(1) **問我一個字描述～**語意不通，要說**要我用一個字描述～**（**asked me to describe... in one word**）才精確。在 life in China/the country/a city/on (the) earth 等用語中，life 前通常沒有 the，如：

→ Have you ever thought of what **life on (the) earth** was like ten million years ago?
　你有沒有想過，一千萬年前地球上的生活，是什麼樣貌？

(2) 配合主要子句用過去式 would，if 子句改用過去式 asked，表示這只是想像的情況。修飾名詞 life，要用形容詞 hurried/hasty。

462. (X) *As a student of the English department in college,* I got the chance to read more masterpieces *from* foreign writers.

我大學唸英文系，有機會讀到更多來自外國作家的名作。

(✓) As **an English major/a major of English** in college, I got the chance to read more masterpieces (written) **by** foreign writers.

我讀大學時主修英文，有機會讀到更多外國作家的名作。

關鍵解說

用 As an English major/a major of English in college 代替 As a student of the English department in college，讓表達更具體。某人寫的作品，介詞用 **by**，不用 from，由 written **by** 省略而來，如：

→ On the wall was a painting (painted) **by** Leonardo da Vinci.

牆上掛著一幅達文西的畫作。

463. (X) Waiter: *How do you like your steak*? Ms Lin: *I'd like a well-done one.*

服務生：「你覺得你的牛排如何／好不好吃？」林小姐：「我要一客全熟的牛排。」

(✓) Waiter: **How would you like your steak (done/cooked)**? Ms Lin: (**I'd like it) well done**.

服務生：「你的牛排要幾分熟？」林小姐：「我要全熟的。」

關鍵解說

(1) How do you like sth? 是**你覺得某物怎麼樣／好不好**？；How would you like sth (+ OC)? 是**你想要某物怎麼樣**？，二者語意不同。本題前句要改為 **How would you like your steak** (prepared/cooked/done)?（你（現在）想要你的牛排怎麼料理？），對應的回答是 (I'd like it) rare（一分熟）/medium rare（三分熟）/medium（五分熟）/medium well（七分熟）/well done（全熟）.。

(2) 誤句回答用 **a well-done one**（一塊全熟的牛排），那是泛指牛排，顯然跟問句的 your steak 衝突，故要改為 (I'd like **it** (= my steak)) **well done**.，也就是要用 V + O + OC 的句型。

(3) 如果是**泛時的、一般的**敘述，原句的問法可行，如：

→ "How **do you like** your **steaks** cooked?" "I like my **steaks** medium rare."
(Merriam Webster)（常態敘述）

「你**平常**牛排都吃幾分熟的？」「我都吃三分熟的。」

464. (X) The police checked for footprints near the victim's house to find clues that could *lead to possible suspects*.

警方在受害者住家附近，檢查看看有無腳印，以便找到能導致可能嫌犯的線索。

(✓) The police checked for footprints near the victim's house to find clues **to/as to/about the identity of** the suspects.

警方在受害者住家附近，檢查看看有無腳印，以便找到能確認嫌犯的身分的線索。

(✓) The police checked for footprints near the victim's house to find clues **that could lead to the arrest of** the suspects.

警方在受害者住家附近，檢查看看有無腳印，以便找到能逮捕嫌犯的線索。

關鍵解說

(1) 找到線索目的在確認嫌犯的身分，如：

→ The police still have no clue **to/as to/about** the identity of the killer.

關於殺手的身分，警方仍然沒有線索。

(2) 用 **lead to**（導致）就要接**結果**，本題**逮捕**才是結果，故要接 **the arrest of the suspects**，但誤句接 possible suspects，語意不通。如：

→ The information **has led to the arrest of** three suspects. (Merriam-Webster)

這個情報導致三個嫌犯被捕了。

465. (X) Because I was *impatient with the long line of passengers* waiting for the bus, I decided to walk all the way up the mountain.

因為我對大排長龍等公車的乘客不耐煩，所以我決定一路步行上山。

(✓) **Because I was/Being** impatient **at having to wait in a long line** for the bus/to get on the bus, I decided to **trudge** all the way up the mountain.

因為我不耐必須大排長龍等公車／著上公車，所以決定一路跋涉上山。

關鍵解說

(1) be impatient with sb 是對人不耐煩，弄錯對象了，要針對**必須大排長龍等公車／著上公車**這件事情，語意才合理，如：

→ She was getting impatient **at having to wait** for so long to get a driver's license.

要等這麼久才能考駕照，她漸漸不耐煩了。

(2) 把 walk 換成較生動有力的 trudge（跋涉），表示即使舉步維艱，也願迎難而上。

466. (X) Loneliness, which can *cause a number of problems to your body, can be a risk to your health*.

寂寞會引起一些身體問題，所以可能對健康有風險。

(✓) Loneliness **can lead to an increased risk of developing physical and mental health problems, including anxiety, depression and insomnia**.

寂寞感會增加罹患身心健康問題的風險，包括焦慮、憂鬱、失眠。

關鍵解說

(1) 本句結構漂亮，但句意不合理。problems to your body（身體的問題）和 risk to your health（健康的風險），語意繞圈子。請比較以下例子：

→ *The student, *who knows lots of English words, has a large English vocabulary*.

這個學生懂很多英文單字，他英文單字量很多。

→ The student, **who reads intensively in English, has acquired a large vocabulary**.

這個學生平時廣讀英文，已經學到大量的單字了。

(2) 應列舉一些身體的問題／健康的風險的**實例**，充實文句內容。

467. (X) I understand that college students like to indulge in parties, movies, and *lots of activities*.

我瞭解大學生喜歡沉溺於辦聚會、看電影和很多活動。

(✓) I understand that college students like to indulge in parties, movies, and **lots of other activities**.

我瞭解大學生喜歡沉溺於辦聚會、看電影和很多別的活動。

關鍵解說

誤句中文很正常，但英文不行。activities 前要加上 **other**，把前面提過的活動 parties 和 movies 排除掉，語意才合理，如：

→ The camp offers bowling, rock climbing, and **other** recreational activities.

這個育樂營提供保齡球、攀岩、和別的休閒活動。

468. (X) The teacher provided his students with two articles about global warming. One was *a copy of an English newspaper* while the other was taken from the Internet.

這位老師給學生二篇關於地球暖化的文章，一篇是一份英文報紙，一篇取自網路。

(✓) The teacher provided his students with two articles about global warming**: one taken from an English newspaper and the other** taken from the Internet.

這位老師給學生二篇關於地球暖化的文章，一篇取自一份英文報紙，一篇取自網路。

關鍵解說

(1) 誤句有語病。a copy of an English newspaper 是一份英文報紙，但文章是取自報紙的一小部分，不是整份報紙。

(2) 修正句用冒號把二句併為一句：**one taken from an English newspaper and the other taken from the Internet**。

469. (X) Reading *one's personal letters* without permission is an invasion of *the privacy*.

未經允許而看一個人的個人信件，就是侵犯隱私（權）。

(✓) Reading **other people's letters** without permission is an invasion of their **privacy**.

未經允許而看別人的信件，就是侵犯他們的隱私（權）。

關鍵解說

(1) 本題句意不夠嚴謹。one's personal letters 泛指任何人的信件，沒有把自己排除掉，故要改為 **other people's letters**，personal 是贅字。

(2) privacy 是不可數名詞，不加冠詞 the，但不可數名詞前可以有所有格，所以本題 privacy 前可加上 their。

470. (X) It's no use *persuading* such a busy man *like* Mr. Wright to host the party.

說服像萊特先生這麼忙的人，來主持聚會，是不會成功的。

(✓) It's no use/good (your) **trying to** persuade **such a busy man as/a busy man like** Mr. Wright to host the party.

（你）想要說服像萊特先生這麼忙的人，來主持聚會，是不會成功的。

關鍵解説

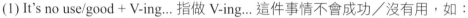

(1) It's no use/good + V-ing... 指做 V-ing... 這件事情不會成功／沒有用，如：

→ It's **no use worrying** about the future. Concentrate your mind on the present moment.

煩惱未來的事情沒有用，把心思專注於當下。

(2) 用 persuading 表示已說服成功（請參考 490 題關鍵解説 (1)），語意跟 It's no use/good 衝突，故要把 It's no use persuading 改為 **It's no use/good** (your) **trying to persuade...**，表示（你）**想要成功說服他，是不可能的。trying 是必要用字**。要指出動作者時，才要在 V-ing 前加上所有格，如：

→ It's no use **trying to persuade** him (that) you're innocent. (Cambridge Dictionary)

想要讓他相信你的清白，那不會成功的。

→ If you **are trying to persuade**/*are persuading*/*persuade* people to do something, it seems to me that you should use the language they use every day. (David Ogilvy)

如果你想說服人家去做事情，在我看來，你應該使用他們平常使用的話。

(3) **such 要和 as 連用**，如：

→ In **such** a situation **as**/*like* this, delays are inevitable.

在像這樣的情況下，耽誤無法避免。

471. (X) As the man fell out of love, *it seemed as if the end of the world had come to an end.*

因為這個人失戀了，好像世界末日已經結束了。

(✓) As the man fell out of love, he felt as if **it were the end of the world/ the world had come to an end**.

這個人因為失戀了，所以他覺得好像是世界末日／世界已到了盡頭。

關鍵解說

好像世界末日已經結束了語意不通，要改為**好像是世界末日 as if it were the end of the world**，或**好像世界已到了盡頭 as if the world had come to an end**。下半句用 it seemed as if...（看來好像），跟上半句脫節，故改為 **he** felt as if...（他覺得好像），主詞不變，讓語意銜接順暢。

472. (X) You'd better drink up the milk *before you take it out of the refrigerator for over 30 minutes.*

牛奶從冰箱拿出來超過 30 分鐘之前最好喝完。

(✓) You'd better drink up the milk within 30 minutes **of taking/after you take** it out of the refrigerator.

牛奶從冰箱拿出來後，最好 30 分鐘之內喝完。

關鍵解說

這是中式英文。不能用瞬間動詞 take out + 一段期間。**～ 30 分鐘之內～**要說 **...within 30 minutes of**，或 **...within 30 minutes + after- 子句**。請比較以下例子之正誤：

中文：百分之七十的病人感染這種病毒後，在一年內死亡。

→ Seventy percent of patients die *before they become infected with the virus for a year.*（誤）（瞬間動詞 become 不能接一段期間 for a year）

→ Seventy percent of patients die **within a year of becoming infected** with the virus.（正）(Macmillan)

473. (X) Before the judges announced *who would win the speech contest*, Melissa *felt anxious*.

在裁判宣布誰會贏得演講比賽之前，蒙莉莎很焦慮不安。

(✓) Melissa **anxiously fidgeted** as she was waiting for the judges to announce **the winners of the speech contest/the speech contest winners**.

蒙莉莎在等裁判宣布演講比賽的獲勝者時，焦慮得坐立不安。

關鍵解說

(1) 本句宜改用 Melissa 為主詞，描述她在等待裁判宣布結果時焦慮的心境，讓語意緊密扣在一起。

(2) **比賽的結果出來，已成為事實，才能宣布**，但誤句用 who **would** win...（誰會贏～），表示**尚未成為事實**，造成語意不合邏輯。**要把優勝者的名字宣布出來，或者宣布未來的計劃，才會用子句形式**，如：

→ We are pleased to announce that the winner of the 2022 photography competition **is** David Smith.

我們很高興宣布，2022 年攝影比賽獲勝者是大衛·史密斯。

→ Trump just basically announced that **he would declare** an emergency in 3 weeks if Congress doesn't give him what he wants. (Elizabeth Goitein)

川普基本上剛宣布，如果國會不給他所想要的（經費），他三週後**就要**宣布緊急狀態。

(3) 如果只宣布**比賽的優勝者**，則必須用片語形式 **the winners of the speech contest** 或 **the speech contest winners**，如：

→ **The winners of the competition** will be announced next month. (Oxford)

比賽的優勝者下個月會宣布。

(4) felt anxious（覺得焦慮）是弱勢、模糊的表達，宜改為強勢、生動的 **anxiously fidgeted**，把焦慮的心情具體的表現出來。

474. (X) Judy *cannot put on* her leather shoes. Her mother *buys* her a new pair.

茱蒂穿不上她的皮鞋了，她媽媽買一雙新的給她。

(✓) Judy **is growing out of** her leather shoes, so her mother **has decided/ is going** to buy her a bigger size/pair.

茱蒂快長大到皮鞋快穿不下了，所以她媽媽已決定／打算買一雙較大的給她。

關鍵解說

(1) 這是中式英文。cannot put on her leather shoes 是她不會穿皮鞋，或許要人幫忙，本句指是因為腳變大了，鞋子才穿不下，這時要用 grow out of/ outgrow（因長大而穿不下）來表達，如：

→ It's terrible the way **Sheila's growing out of her shoes**; she needs **a bigger size** every three months! (Rosemary Courtney)

熙拉的鞋子很快就穿不下，每三個月就需要一雙較大的，實在可怕。

→ My son has **grown out of/outgrown** all his old clothes.

我兒子長大了，所有舊衣服都穿不下了。

(2) 誤句現在簡單式 buys 指常態的買，應改為**特定敘述** has decided/is going to buy。把 new 換成 bigger，語意更精確。

475. (X) He *doesn't* catch a bird. →*A bird isn't caught by him.*

他一隻鳥也沒捉到。→有一隻鳥沒有被他捉到。

(✓) He **didn't** catch a bird yesterday. →**Not a/No bird was caught by him yesterday**.

他昨天一隻鳥也沒捉到。→昨天沒有鳥被他捉到。

關鍵解說

本題誤用現在簡單式，要改用過去簡單式 **didn't catch**，而且要搭配過去時間（如 yesterday），語意才算完整。主動態改為被動態時，不能改變語意，原題若照規則改為被動句 A bird wasn't caught by him yesterday.，意思變成昨天有一隻鳥沒有被他捉到，意即其他的鳥都被他捉到了，背離原句意，故要用 **Not a/No** bird was caught by him yesterday.。**故主動句中若有 ...not...a/an...，改為被動句時，要以 no-word 開頭，以避免語意產生變化。**

476. (X) *In summer, dry weather* and discarded cigarette butts may bring about wildfires, some of which *have caused* great damage.

在夏季，乾燥的天氣與亂丟的菸蒂，可能引發野火，其中有些已經造成重大災害。

(✓) **During dry seasons**, carelessly discarded **lit/lighted cigarette butts may start** wildfires and cause great damage.

在天乾物燥的季節，亂丟未熄滅的菸蒂，可能引發野火，造成重大災害。

(✓) **Every year during dry seasons**, smokers carelessly dropping **lit/ lighted cigarette butts** in the woods/in forests **start** many wildfires, **some of which have caused** great damage.

每年在天乾物燥的季節，吸煙的人把未熄滅的菸蒂亂丟在樹／森林裡，引發多起野火，其中有些已經造成重大災害。

(✓) **Every year during dry seasons**, smokers carelessly dropping **lit/ lighted cigarette butts** in the woods/in forests **start** many wildfires, **some of them having caused** great damage.

關鍵解說

誤句結構完全正確，但句意完全不合邏輯，請參考以下的說明與修正：

(1) dry weather 未必直接引起火災，天乾物燥只會讓火災更容易發生，和發生之後更難以收拾，雷擊和人類的疏失或故意才是直接原因。所以把 in summer 和 dry weather 換成 **during dry seasons** 更實際。

(2) cigarette butts 未必會引起火災，雖然有此用法，但改用 lit/lighted cigarette butts，或 lit/lighted cigarettes 更合理。前半句只說**可能**引發火災，後半句卻說其中有些火災**已造成**重大災害，造成句意明顯衝突。

(3) 修正句 1 用 may start wildfires and cause great damage，表示火災和損害未必會發生，讓句意合理。修正句 2 用表常態的現在簡單式 start many wildfires，表示火災每年都發生，這樣句末的 some of which have caused great damage 語意才能成立。修正句 3 用 some of them **having caused...**，因為 wildfires 後面沒有任何連接詞，來引導子句，所以依邏輯推理，這裡要用片語的形式，片語沒有限定動詞，故只能用非限定動詞 **having** caused，不能用限定動詞 have caused。

477. (X) *He is one of the best, if not the best student I've ever taught.*

他是最優秀者之一，即使不是我教過的最優秀的學生。

(✓) **He is one of the best students I've ever taught, if not the best.**

他是我教過的最優秀的學生之一，即使不是最優秀的。

關鍵解説

這是語意位置輕重的問題。省略句 if not... 只是附加的敘述，所以不能占據該句的語意重心 the best students I've ever taught，因此要把 the best students I've ever taught 置於主要子句裡，把附加敘述 if not the best 置於句末，這樣語意結構才合理，如：

→ This is one of the tallest/highest mountains I've ever climbed, if not the tallest/highest.

這是我登過的最高的山之一，即使不是最高的。

478. (X) She bruised her knees when she accidentally *slipped on the wet floor and fell down to the ground.*

她在濕滑的地板上滑了一跤，摔倒在地，膝蓋都瘀血了。

(✓) She (accidentally) **slipped on the wet floor and bruised her knees.**

她在濕濕的地板上滑了一跤，擦傷了膝蓋。

(✓) She (accidentally) **fell down to the ground and bruised her knees.**

她跌倒在地上，擦傷了膝蓋。

關鍵解説

本題句意不合理。floor 在室內，ground 在室外，故不可能在室內滑了一跤，又同時跌倒在室外地上。可把地點分開，用 slipped on the wet floor 和 fell down to the ground，而且各用對等動詞，讓句意合理，如：

→ The old man **slipped** on a banana skin/peel **and broke** his right arm.

這個老人踩到香蕉皮滑倒，折斷了右手臂。

479. (X) We all enjoyed ourselves very much at the party, *but it was thundering and lightening that night*.
我們聚會都玩得很愉快，但當晚雷電交加。

(✓) **Though it was thundering and lightening that night**, we all still enjoyed ourselves very much at the party.
雖然當晚雷電交加，我們聚會還是都玩得很愉快。

關鍵解說

誤句兩個子句不相關，但擺在對等位置，造成句意無法銜接，只要把 but it was thundering and lightening that night，改為**從屬子句** Though it was thundering and lightening that night，就可解決句意隔閡的問題。

480. (X) *Most teachers* suggested that Angie (should) apply *for* universities in Taiwan.
大部分老師建議安琪申請臺灣的大學。

(✓) **Most of Angie's teachers** suggested that she apply **to** universities in Taiwan.
安琪的老師大多建議她申請臺灣的大學。

關鍵解說

(1) 本句是特定敘述（specific statement），提出建議的老師要有特定範圍，但句首 most teachers（大多數老師）是泛指，造成句意不通，因此要把 most teachers 改為特指的 most of Angie's teachers。以下是 **most + 名詞**（表泛指）與 **most of + 特定名詞**的用法舉例：
→ **Most primary school teachers** are in school before the school day starts and remain after school is finished.
大多數小學教師上學前就到校，放學後還留校。（泛指）
→ Judy has always received praise from **most of her teachers**/*most teachers.
茱蒂一直獲得大多數老師的讚美。（特指）

(2) to 是**動態介詞**，表示**向～**，所以 **apply to + 單位**，表示**向某單位申請**。for 是**靜態介詞**，表示目的，所以 **apply for + 目的物**，表示**想要申請的東西**。以下是用法舉例：
→ International students wanting/who want to apply **to** universities in Denmark will need to prove their English proficiency. (studee)
想要申請丹麥的大學的國際學生，需要證明他們的英語水準。
→ If you want to study in Denmark, you may need to apply **for** a student visa, depending on where you are from. (studee)
如果你想在丹麥求學，你可能需要申請學生簽證，這取決於你來自哪裡。

481. (X) This area of land will be the site for a new museum. *By then*, we can visit exhibitions here.

這塊地要建造新的博物館。到那時,我們就能來這裡看展覽了。

(✓) The new museum, which will be located on this area of land, is scheduled **for completion/to be completed** in the summer of 2025, **from which time** we will be able to visit exhibitions here.

這座新的博物館,將座落在這塊地上,預定 2025 年夏季蓋好,從那時起我們就能來這裡看展覽了。

關鍵解說

(1) 前句只說這塊地要用做新圖書館的館址,後句就說到那時(By then),讀者會不清楚到哪個時候。故句子用了 by then,前面要交代動作的時間背景,以免造成句意無法銜接。其實 **by then** 是**到那時以前**。請比較以下例子:

→ I'll call you **around five o'clock**. **By then**, I should have come up with a solution to your problem.

我五點左右打電話給你,到那時(以前)我應該已經想出解決你問題的方法了。(想出的時間在五點以前)

Cf: The last time I went to Scotland was **in May**, **when**/*. *By then* the weather was beautiful.

我上次去蘇格蘭是在五月份,那時天氣很好。

(2) 博物館蓋好前,根本無法來這裡看展覽,故不可使用 by then(到那時以前)。修正句說出博物館預定在 2025 年夏季蓋好,然後用關係副詞 **from which time**,指涉 2025 年夏季,表示**從那時起**我們就能來這裡看展覽,讓語法正確,句意合理連貫。

482. (X) *We were studying, but all at once the lights went out.*

我們正在讀書,但燈突然熄滅了。

(✓) **When/While we were studying, all at once the lights went out.**

我們在讀書時,燈突然熄滅了。

關鍵解說

(1) 一個句子用了對等連接詞 but,表示前後句意產生對比,如:

→ The student **wasn't as intelligent as the others, but** because she was diligent, **she received the highest test score**.

這個學生不如其他的學生聰明,但因為她很勤勉,所以考試得最高分。

(2) 本題前後子句語意不相關，遑論對比，故要把前半句改為時間從屬子句 **When/While we were studying**，表現出燈熄滅的時間背景。

483. (X) In general, women enjoy a longer span of life than men. In Taiwan, men *die on average at the age of 77, which is* five years earlier than most women.

通常女人壽命比男人長，在台灣男人平均 77 歲死亡，比多數女人早 5 歲。

(✓) In general, women live longer than men. The average **life span** of males in Taiwan is 78 years, (being) **4 years less/shorter than that** (= the life span) **of females.**

通常女人比男人長壽，台灣男人平均壽命是 78 歲，比女人壽命少 4 歲。

關鍵解說

(1) 談到壽命，我們通常說正面的**活到～歲**，不會說**在～歲死亡**。

(2) 原句關係代名詞 which 指的是前面**台灣男人 77 歲死亡**這件事情，結果變成事情在跟 most women 比較，語意不合理。

(3) 修正句先說台灣男性均壽 **78 years**，再用分詞片語 (being) 4 years less...，補述前面的 78 years，形成壽命跟壽命比較，讓句構、語意正確。

484. (X) It is not too much to say that *English is a useful language in the world.*

說英語是世界上有用的語言並不過分。

(✓) English is a useful language **when you are talking to someone from other countries**.

當你和外國人交談時，英語就可派上用場。

(✓) It is not too much to say that English is **the world's most widely used language for business, tourism, academia and diplomacy**.

說英語是世界上商業、觀光、學術、外交使用最廣泛的語言，毫不誇張。

關鍵解說

(1) 英語本來就在這個世界上，所以本句 in the world 不但是贅詞，而且任何語言都有用，所以只說 English is a useful language. 意義不大，有必要充實句意內含，如修正句 1。

(2) 前半句用 It is not too much to say，語意分量重，後面 English is a useful language 語意分量輕，給人前面雷聲大，後面雨點小的感覺，因此要強化後半句的語意分量，如修正句 2。

485. (X) Some people seem to think that children from poor families are *either slow in learning or have difficulty getting somewhere.*
有些人似乎認為，出身貧窮家庭的小孩，不是學習緩慢，就是很難有成就。

(✓) Some people seem to think that children from poor families **either learn slowly or have no motivation to learn at all**.
有些人似乎認為，出身貧窮家庭的小孩，不是學習緩慢，就是根本沒有學習慾望／動機。

(✓) Some people seem to think that children from poor families **usually learn slowly, which hinders/restricts them from getting ahead in their schoolwork**.
有些人似乎認為，出身貧窮家庭的小孩，通常學習緩慢，這妨礙他們學業的進展。

關鍵解說

(1) 把 are slow in learning 換成動作動詞 **learn slowly**，以便跟 **have no motivation...** 對稱平行，增強表達效力。**學習緩慢跟很難有成就**是因果關係，但誤句置於對等位置，造成句意不合邏輯。

(2) 修正句 1 改為**不是學習緩慢，就是根本沒有學習慾望**，讓前後句意對等、平行。修正句 2 用關係代名詞 which 引導補述用的子句，說明學習緩慢造成的結果，讓語意的表達層次分明。

486. (X) To *learn* English well, *our teacher* asked us to watch English programs on TV.
我們老師為了要學好英文，要求我們看電視英文節目。

(✓) In order for **us to learn** English well, **our teacher asked** us to watch English programs on TV.
我們老師為了讓我們學好英文，要求我們看電視英文節目。

關鍵解說

置於句首的不定詞片語，其意思上的主詞，要跟後面主要子句的主詞相同，結果本題句意變成**我們老師為了學好英文**，顯然不通，因此要把 To learn English well，改為 In order **for us to learn** English well（為了讓我們學好英文），這樣 learn 的主詞是我們，而 asked 的主詞是我們老師，兩個動作各有其主詞，讓句意合理，如：

→ **In order for their products to be** more competitive in the market, many companies are trying to find ways to cut their production costs.
很多公司為了讓產品在市場上更具競爭力，紛紛尋求降低生產成本的方法。

＊表目的時，如前後主詞不同，要用 **in order for sb to do sth** 的結構。

487. (X) This summer vacation, my whole family *will go* camping in the mountains for a whole week, *being close to nature and learning to live without all those modern conveniences.*

今年暑假，我們全家要到山區露營一整個禮拜，接近大自然，學習過著沒有現代化方便設備的生活。

(✓) This summer vacation, my whole family **is going** camping in the mountains for a whole week **to get close to nature and learn to live without all those modern conveniences**.

今年暑假，我們全家要到山區露營一整個禮拜，目的是要接近大自然，學習過著沒有現代化方便設備的生活。

關鍵解說

(1) 已計畫好的事情，宜用 be going to，故 will go 宜改為 is going。

(2) **be** 動詞本身表**存在**，故句末由 being 引導的分詞片語，是用來補述前半句**已存在的狀況**，讓句意更完整，如：

→ Nowhere else **can you** find a better location than this, **being only minutes away from downtown**.

別的地方你找不到比這個更好的地點了，離市區只有幾分鐘的路程。

→ Now he stands 177cm tall, **being 10 cm taller** than when he graduated from junior high school.

他現在身高 177 公分，比國中畢業時高了 10 公分。

(3) 前半句**只說**要到山區露營，動作根本**尚未發生，何來補述**？故後半句要改為**不定詞片語 to get close to nature and...**，表達去山區露營的**目的**才正確，如：

→ They went on a camping trip **to get back to nature**. (Merriam-Webster)

他們去露營以回歸大自然的懷抱。

488. (X) Those who *have a spiritual life rather than a material life* can enjoy real happiness.
擁有精神生活而非物質生活的人，可以享受真正的快樂。

(✓) Those who can **strike/create a better balance between spiritual life and material life** can enjoy real happiness.
精神生活和物質生活，能夠取得適當平衡的人，就能夠享受真正的快樂。

關鍵解說

(1) 在 **A rather than B** 的結構中，**B 被否定掉了**，如：
→ It is quality **rather than** quantity that matters/counts.
重要的是質，不是量。

(2) 原句意指有精神生活，而沒有物質生活，此說不合理，二者只分輕重，不分有無，故要把整個主詞改為 Those who can **strike/create a better balance between** spiritual life and material life，讓句意合理，如：
→ It's important to **strike/create a better balance between** work and leisure.
工作與休閒之間取得適當平衡很重要。

489. (X) In my view, *this is a book worth being read by everyone.*
我認為這本書值得每個人閱讀。

(✓) In my view, this book is **worthy of being read/worthy to be read** by everyone.

(✓) In my view, this book is **a must-read for everyone**.
我認為這是人人必讀的書。

(✓) In my view, this is **a must-read book for everyone**.

關鍵解說

(1) **worth 是介詞**，後面接 V-ing 是**表被動**，故不再使用**被動態** being read。V-ing 必須是**及物動詞**，或**不及物動詞 + 介詞**，如：
→ Friends are **worth having**/*worth being had*, so never lose a chance to make them.
朋友值得擁有，所以不要失去交友的機會。

→ Spend time with people who you think are **worth spending time with**.
你認為值得陪伴的人，就要去陪伴。（you think 是插入句，省略也不影響句構）

(2) This is *a book worth reading*. 是弱勢的表達，宜改為 **This book is worth reading**. 或 **This book is worthy of being/to be read**.，請比較以下例子：
→ It's not easy to find **a book** (that/which is) **worth reading over and over** (again).
要找到一本值得一讀再讀的書不容易。

(3) 表達**人人必讀的書**，可用 **a must-read/a must-read book** for everyone。

490. (X) She *has been persuading* him *not to smoke*.
她一直苦口婆心勸他不要抽菸。

(✓) She **has been trying to persuade** him **to quit smoking**.
她一直想要說服他戒菸。

(✓) She **has been advising** him **to quit smoking**.
她一直（苦口婆心）勸他戒菸。

關鍵解說

(1) persuade 定義是**說服成功**。**說**為過程，**服**為結果，故 **persuade** 是動作**有結果**的動詞，而結果是**瞬間的**，不能用**進行式**。故 *has been persuading* 要改為 **has been trying to persuade**，**try 才能用於進行式**，而且是個必要用字。請參考 470 題關鍵解說 (2)。如以下例子：
→ For years, I **have been trying to persuade** people that George W. Bush, although no Einstein, is not stupid.（還沒說服成功）(Molly Ivins)
多年來，我一直想要讓大家相信，雖然喬治·布希絕非愛因斯坦之輩，但他並不笨。

(2) 如果要保留進行式，可把 persuading 改為表過程的 **advising**（勸）。not to smoke 是**不要去做某一次抽菸的行為**，跟**一直苦口婆心勸**語意不搭調，必須把 not to smoke 改為 quit smoking（戒菸），意思變成一直苦口婆心勸他戒菸，語意才合理。

491. (X) To prevent *the accident* from happening, every one of you should stay awake and alert all the time while working.
為了防止發生意外，你們每一個人工作時，都應該隨時保持清醒和警覺。

(✓) To prevent **accidents at work**, every one of you should stay awake and alert all the time.
為了防止**工作時發生意外**，你們都應該隨時保持清醒和警覺。

關鍵解說

事件名詞 accident, earthquake, attack, delay, injury, collision, crash, explosion 等前，加上不同的冠詞，可表示事件的不同狀況：

(1) **a/an + 事件名詞**：可表示事件已發生或未發生，依句意而定，如：
→ He had **an accident** on his way home from school.（已發生）= **An accident** happened to him on his way home from school.
他放學回家途中出了意外。

→ He swerved and avoided **an/*_the_ accident**.（未發生）
他急轉彎，結果避免了一場意外。

(2) **the + 事件名詞**：事件都**指定**出來了，就表示**該事件已發生**，如：
→ If she had not texted while driving, **the accident** would never have happened.
如果她當時開車沒有傳簡訊，這個意外就絕對不會發生了。（實際已發生）

(3) **零冠詞 + 複數事件名詞**：表**泛指**，也連帶表**泛時**，如：
→ There are a lot of precautionary measures that employers and employees can take to prevent **accidents at work**.
雇主和員工都可以採取很多預防措施，來預防**上班時發生意外**。

(4) 本句前面用表特定的 **the** accident，表示意外發生過了，但又說預防，語意矛盾，故要改為表泛時的 accidents 才合理。

(5) **意外**是在**工作**時發生的，因此說 accidents at work，句意更合理，原句把二者置於不同的子句，那是中文不嚴謹的表達方式。

492. (X) Being honest is _what Emily most wants for_ her future boyfriend.
艾蜜莉最想要給她未來男朋友的就是誠實。

(✓) **Honesty/Being honest is what Emily most wants in** her future boyfriend.
誠實／誠實就是艾蜜莉最想要她未來男朋友具有的特質。

(✓) **Honesty/Being honest is what Emily most expects from** her future boyfriend.
誠實／誠實就是艾蜜莉最指望她未來的男朋友具有的特質。

關鍵解說

(1) want sth for sb 是指**要某物給某人**，但人不可能把誠實給某人，只能想要某人**內在**具有某特質，故要改為 **want sth in sb**，如：
→ Integrity is what people **want in/expect from** all government officials.
清廉就是民眾想要／期望所有政府官員具有的特質。

(2) 如果把 want 換成 expect，則接介詞 from（向，對），表達**向某人期望某事**，如：
→ It's only natural for a teacher to **expect hard work from** his students.
老師很自然就會期望學生努力讀書。
→ She knows perfectly well that she has **nothing to expect from** him anymore.
她完全明白，她對他不再有任何指望了。

493. (X) There are two kinds of men: one *may be* generous and considerate; the other *may be tight with money and selfish.*

人有兩種：一種可能是既慷慨又體貼，另一種可能是既吝嗇又自私。

(✓) There are two kinds of men/people: **one is** generous and considerate, and **the other is stingy and selfish**.

人有兩種：一種既慷慨又體貼，另一種既吝嗇又自私。

(✓) There are two kinds of men/people: **those who are** generous and considerate, and **those who are stingy and selfish**.

人有兩種：既慷慨又體貼的人，和既吝嗇又自私的人。

關鍵解說

(1) 既然把人分成兩種，就表示這兩種人連同其特質，都已存在，但本句用 may be（可能是），表示未必存在，造成句意矛盾，故要把 may be 改為表已存在的 **is**，如：

→ There are two kinds of fools. One **says**, "This is old; therefore, it is good." The other **says**, "This is new; therefore, it is better." (Dean Inge)

傻瓜有兩種：一種說「這是舊的，因此不錯」，另一種說「這是新的，因此更好」。

(2) 提到兩種人、事、物時，不一定要用 one...the other... 來表達。以下提供一些多樣的表達方式：

→ There are two kinds of books: **books** you want to read from cover to cover **and books** you use for reference.

書有兩種：讓人想從頭讀到尾的書，和用來參考的書。

→ There are two kinds of failures: **those** who thought and never did, **and those** who did and never thought. (Laurence J. Peter)

失敗者有兩種：想而不做者，和做而不想者。

(3) 片語 tight with money 宜換成單字 stingy（吝嗇的），以便跟後面 selfish 對稱、平行。

494. (X) In the past, *we chose our jobs for our parents*. Now most *teenagers* choose theirs *because of their interests*.

以前我們為父母選擇工作，現在大部分青少年，因為興趣選擇工作。

(✓) **Back in our day, a majority of parents tended to dominate their children's choice of jobs**. Today, however, most young adults enjoy the freedom of choosing their jobs **based on their own preferences**.

在我們那個時代，大多數父母往往主導子女選擇工作，然而現在大部分年輕人，都可依自己的喜好，自由挑選工作。

★

關鍵解說

(1) in the past 語意比較模糊，本句表世代差距，故改為 back in our day。

(2) chose our jobs for our parents 意指**挑選我們的工作給父母做**，語意不通，本句在表達**挑選工作時，受父母主導**。

(3) teenagers 指 13 到 19 歲的人，很少碰到選擇工作的問題，故改為 young adults。

(4) choose their jobs because of their interests 意指**他們的興趣是挑選工作的原因**，語意不清，故改為 choosing their jobs **based on their own preferences**。

495. (X) *It's been a long time for scientists to study if sleep helps memory.*

由科學家研究睡眠會不會幫助記憶，已經有一段很長的時間了。

(✓) **It's been a long time since scientists began to study the effects of sleep on memory**.

科學家開始研究睡眠對記憶的影響，至今已經有一段很長的時間了。

(✓) **Scientists have long been studying the effects of sleep on memory**.

長久以來，科學家一直在研究睡眠對記憶的影響。

關鍵解說

(1) 在 It is + 形容詞／名詞 + for sb to do sth 的結構中，**形容詞／名詞**必須能夠對不定詞這件事情表示評論，否則句意不能成立。比較以下文句之正誤：

→ It's *a long time* for you to study hard.（誤）

你努力讀書是很久了。

＊a long time 不是對你努力讀書這件事情的評論或意見。

Cf：**You once studied hard, but that was a long time ago**.（正）

你讀書努力過，但那是很久以前的事情了。

→ It's **time** for you to study hard.（正）

現在你努力讀書，是適當的時候。

＊ 這裡 time 不是純指時間，而是指 the right moment（適當的時候），對你努力讀書這件事情提出評論，隱含你若錯過現在適當的時機，可能為時已晚。

(2) 把原句語意不通的句型 *It's been a long time for...*，改為 **It has been a long time + since- 子句**，或 **Scientists have long been studying...**，同時把 if sleep helps memory 改為 **the effects of sleep on memory**，語意才恰當，因為睡眠品質有好壞。

496. (X) You had better *put* your valuables in a safe so that *a thief would have difficulty taking them away*.
你貴重的物品最好放在保險箱裡，這樣小偷要拿走時，會遭遇困難。

(✓) You had better **keep** your valuables in a safe **to prevent them from being taken away/stolen**.
你貴重的物品最好存放在保險箱裡，以防被拿走/偷走。

(✓) You had better **keep** your valuables in a safe **so that no one will take them away/steal them**.
你貴重的物品最好存放在保險箱裡，這樣才不會有人拿走／偷走。

關鍵解說

(1) 本句**放**指**存放**，故 keep 是較好的用字。so that a thief would **have difficulty taking them away** 的真正意思是：會有小偷來拿／偷走，只是過程會遭遇困難。但這非說話者的本意。請參考 433 題關鍵解說 (2)，如：
→ I **managed to get** a visa, but it was difficult. I **had difficulty getting** a visa. (English Grammar in Use)
我終於拿到簽證，但很難。我拿到簽證遭遇困難。

(2) 說話者本意是**以防被偷／拿走**，故要改為 **to prevent them from being taken away/stolen**，或用 so that 引導表目的的副詞子句，讓句意通順合理，如：
→ He wore dark glasses and a wig **so that nobody would recognize him**.
他戴墨鏡和假髮，這樣才不會有人認出他來。

497. (X) Often people feel less positive or a bit gloomy on Mondays. *According to* a common English expression, *it can be said that* they are suffering from "the Monday doldrums."

星期一人們往往覺得較不積極，或有點頹喪。根據一個英文常見的說法，那可以說是他們得了「週一精神萎靡症」。

(✓) Often people feel/People often feel less positive or **even** a bit gloomy at work on Mondays, **and are therefore described as suffering from** "the Monday doldrums" —a common English expression.

很多人星期一上班時都覺得較不積極，或甚至有點頹喪，因此他們就給人形容為得了「週一精神萎靡症」——這是英文常見的說法。

關鍵解説

(1) according to 後面接資料來源，主要子句裡面陳述相關的事實，如：

→ **According to the survey**, about 30% of children in the U.S. worry about their families' financial difficulties.

根據這項調查，約百分之三十的美國小孩，擔心他們的家庭經濟困難。

(2) 但本題 according to 接 a common English expression，而主要子句裡的 the Monday doldrums 就是指前面的 a common English expression，造成語意不通且矛盾。因此宜改為 **the Monday doldrums—a common English expression**，讓 a common English expression 當 the Monday doldrums 的同位語。

(3) 另外，誤句 it can be said + that 子句，用 it 當虛主詞，指涉 that- 子句，此表達方式不直接又累贅，宜改為 **and are therefore described as suffering from "the Monday doldrums"**，讓語意的表達直截了當，不但將兩句併為一句，也讓前後文句主詞一致，增強了表達效力。

498. (X) After falling *off from* the horseback once, I always *have second thoughts* when my friends invite me to go horseback riding with them.

我從馬背摔下來過後，我朋友邀請我去騎馬時，我都會決定後再考慮該不該去。

(✓) I once **fell off/from** the horseback, so now I always **think twice about/before** accepting my friends' invitation to go horseback riding with them.

我從馬背摔下來過，所以現在朋友邀請我一起去騎馬，都會慎重考慮是否接受。

關鍵解說

(1) 本題把 have second thoughts 誤解為**慎重考慮**，結果造成語意不通，其實它的定義是**做成決定後，覺得錯了、懷疑、擔心**等，如：

→ I am **having second thoughts about** lending him the money.
我在重新考慮該不該借錢給他。

＊ 本句表示我早就決定要借錢給他，但目前在重新考慮，是否該借給他。

→ I'd like a cup of coffee, please—actually, **on second thoughts**, I'll have a beer.
請給我一杯咖啡——想了一想後——我還是喝一杯啤酒吧。

＊ on second thoughts 後面所做成的決定，必須跟前面的不一樣。

(2) off 和 from 都表示**脫離**，故只須擇其一。另外，**慎重考慮是否去做某事**要說 **think twice about/before doing sth**，如：

→ I'd **think twice about/before investing** in horse racing if I were you.
如果我是你，我會慎重考慮該不該投資賽馬。

499. (X) The Taiwan Strait separates Taiwan from mainland China, *whose narrowest point is only 100 miles wide.*
台灣海峽分隔台灣和中國大陸，最窄處約一百哩寬。

(✓) The Taiwan Strait, **whose narrowest part is about 81 miles wide**, separates Taiwan from mainland China.
台灣海峽最窄的部分約 81 哩寬，分隔台灣和中國大陸。

(✓) The Taiwan Strait, (which is) **about 81 miles wide at its narrowest point**, separates Taiwan from mainland China.
台灣海峽最窄處約 81 哩寬，分隔台灣和中國大陸。

關鍵解說

(1) 在 *whose narrowest point is only 100 miles wide* 中，**point 指距離的一個點，沒有長、寬、高，故不能用 wide 修飾**。可把 point 改為 **part**（如修正句 1），或改為 it is about 81 miles wide **at its narrowest point**，at 可指時間／距離的一個點，搭配 point 順理成章。

(2) 原句 whose narrowest point is only 100 miles wide 補述台灣海峽，但相距稍遠，故在主詞 The Taiwan Strait 後面，補述海峽最窄處 whose narrowest part is.../(which is) about 81 miles wide...，再將語意重心**分隔台灣和中國大陸**，置於句末。

500. (X) This town is a famous tourist spot. *Not only is the scenery breathtaking, but people can also enjoy a variety of activities.*
這個城鎮是個知名的觀光景點。不但風景美麗，人們也可以從事各式各樣的活動。

(✓) This town is a famous tourist spot/attraction/destination, **where visitors/tourists/people can not only enjoy the beauty of its scenery/ its beautiful scenery but (they can) also do a variety of other activities.**
這個城鎮是知名的觀光景點，在這裡遊客（觀光客）／觀光客／民眾不但能夠欣賞景色之美／優美的景色，還能夠做各式各樣**別的**活動。

關鍵解說

(1) 第二句用了**相關連接詞片語** not only...but also（不但～而且～），但因為任意**變換主詞**，造成前面**風景美麗**，和後面**人們從事各式各樣的活動**，語意上完全不相關。以下列舉 not only...but also 的正確用法：
→ Not only is **it** late, but **it** is snowing.
不但天色晚了，而且還在下雪。

→ **The castle** is not only/Not only is **the castle** rich in history, but **it** (= the castle) affords stunning views over Scarborough.

這座城堡不僅歷史豐富悠久，而且可以俯瞰斯卡波羅（Scarborough）的美景。

(2) 在第二句裡面，欣賞美景和做活動，都是人做的事情，所以修正句用人當主詞，貫穿整句。欣賞美景也是活動，故後面用 do a variety of **other** activities，other 不能省略。

(3) 修正句在 tourist spot（景點）後面使用關係副詞 where，引導補述用的子句，說明遊客／民眾在這個景點能做哪些事情，讓前後句意無縫銜接。

附錄

- 附錄 A 略語表

- 附錄 B 特殊名詞釋義

- 附錄 C 形容詞子句另類教學法

- 附錄 D 關係代名詞 what 引導名詞子句的另類教學法

- 附錄 E 以字母 o 結尾的名詞，複數形是加 -s，還是加 –es ？

- 附錄 F 英文字母 o 與單字 to 和 do 的玄妙

- 附錄 G 形容詞後面接的不定詞，表達那些意含 ？

■ 附錄 A 略語表

AmE 美式英文 = American English

adj 形容詞 = adjective

adv 副詞 = adverb

BrE 英式英文 = British English

C 補語 = complement

Cf 比較 = compare

n/N 名詞 = noun

O 受詞 = object

prep 介系詞 = preposition

S 主詞 = subject

sb 某人 = somebody

sth 某物，某事 = something

V 動詞 = verb

V-ing 動名詞或現在分詞

 to-V 不定詞

vi 不及物動詞 = **i**ntransitive **v**erb

vt 及物動詞 = **t**ransitive **v**erb

(*) 字或句前有星號，表示不可接受或錯誤

斜體字表示「弱勢、不當、或錯誤」。引用的範例裡面的（ *... ），是作者自行加上去的。

■ 附錄 B 特殊名詞釋義

一、**動態／動作動詞**（dynamic/action verb）：如：eat, shout, rain, etc.，表示從外表能明顯看出動作進行的過程，所以可用於進行式。有些動態動詞沒有動作進行的過程，如：finish, explode, etc.。

二、**靜態／狀態動詞**（stative/state verb）：如：be, know, like, seem, etc.，表示從外表看不出動作的進行，主要用來表示狀態（的持續），所以**不可用於進行式**。

三、**瞬間動詞**（momentary verb）：如：begin, start, die, finish, lose, etc.，表示動作一開始就幾乎（隨即）結束，因此不可接「一段期間」。

四、**持續性動詞**（durative verb）：如：rain（動態）, know（靜態）, etc.，表示動作或狀態可以持續，所以可以接「一段期間」。

五、**情態助動詞**（modal auxiliary verb）：如：need, can, could, may, might, will, would, shall, should, ought to, must，用來表示「需要、能力、可能性、允許、意志、必要性」。情態助動詞必須跟另一個原形動詞，組成完整的限定動詞。一般助動詞（如 has, have, had, do, does, did, be）本身沒有含意，主要用來形成否定句、疑問句，以及表現各種不同的時態。

六、**一般／常態敘述**（general statement）：針對一般的事實／事件所作的描述，因此具有「**一般性、普遍性、恆久性、習慣性、反覆性**」等特性，且**說話時動作沒有發生**，如「她每天睡七個小時」，要說 She **sleeps** seven hours a day.，這表示她的習慣。

七、**特定敘述**（specific statement）：針對特定的動作或狀態所作的描述，因此具有「**短暫性、易結束、易變化**」等特性，如「她（現在）在睡覺」，要說成 She **is sleeping** (now).，這表示她現在**一定在睡覺**，**不可能**在做其他的事情，而且不久就會結束。

八、**泛指**（generic reference）：針對名詞而言，指整個群體，如「**凡人**必有死」，要說成 All **men** must die.，men 的前面不可以有限定詞 the，因為凡是「the＋複數名詞」都是表「特指」。

九、**特指**（specific reference）：針對名詞而言，指整個群體當中特定的部分成員或個別的成員，如「**這些人**昨天都死掉了」，要說成 All **the men** died yesterday.，men 的前面要有限定詞（如：the, these, those）。如果說成 All **men** died yesterday.，那人類不就絕跡了。

■ 附錄 C 形容詞子句另類教學法

　　幾十年來，國人教學英文形容詞子句的方法，從來沒有變化，都是用二句英文，然後把相關的部分，改為關係代名詞，將其中一句改為形容詞子句，把二句併為一句。但這是間接的教學法，因為英文句子是老師給的。其實英文形容詞子句的教學，無須用不懂中文的老外那一套方法，而是配合學生已經精通的中文文法，去駕馭英文法，這才是最直接、最有效的方法。老師要做的是再加強學生認識中文形容詞子句的結構而已。**中文的形容詞子句只有二類**，以下分別舉例，說明如何輕易將中文含有形容詞子句的句子，轉換成正確的英文：

(1) **中文的形容詞子句以主詞**（名詞／代名詞）**開頭者：**

中文：我昨天買 的（關係詞）那本書 有二百頁。
　　　　形容詞子句　　　　　中心詞／主語　　述語

英文：The book **(that/which)**（關代／的）**I bought yesterday** has 200 pages.
　　　　主詞／先行詞　　　　　形容詞子句　　　　　　　述語

＊ 英文的形容詞子句，位置跟中文恰好相反，這是語言特性使然。中文是「形容詞子句＋中心詞」，透過關係詞「的」，把「我昨天買」和中心詞「那本書」的關係建立起來。英文是「先行詞＋形容詞子句」，透過關係代名詞「that/which」，把先行詞 The book 和 I bought yesterday 的關係建立起來。語意上 the book 是動詞 bought 的受詞，所以指涉先行詞 the book 的關係代名詞 that/which，自然也是處於受詞位置，受詞位置的關係代名詞可省略，因為關係詞只有文法作用，沒有實義，去掉也不影響句意與句構。

　　英文的關係代名詞／媒人主要有二個（都借用**疑問詞**）：即 **who**（用來指**人**，也可指動物）和 **which**（用來指**事、物、動物**）。另外還有一個另類的 **that**，因為它不是 wh-word，不是純關係代名詞，所以用法**沒有分類限制**。我們也可看出英文關係代名詞 **who, which, that 對應中文的關係詞「的」**。

　　弄清楚中英文形容詞子句的位置後，只要依樣畫葫蘆，就可輕易處理所有的英文形容詞子句，以下的例子證明處理方式易如反掌：

中文：我在飛機上遇到 的（關係詞）那個婦人 看起來臉色很蒼白。
　　　　　形容詞子句　　　　　中心詞／主語　　述語

英文：The woman **(who/whom/that)**（關代／的）**I met on the plane** looked pale.
　　　　主詞／先行詞　　　　　形容詞子句　　　　　　　述語

＊ 本句先行詞是 the woman，是動詞 met 的受詞，所以關係代名詞在受格位置，用whom/that，受格關係代名詞 whom 常用主格 who 取代。that 沒有格的變化。

(2) 中文的形容詞子句以動詞開頭者：

中文：<u>撞到我</u> 的（關係詞）<u>那輛車子</u> 是 30 年的老爺車。
形容詞子句　　　　　　中心詞／主語　　　　述語

英文：<u>The car</u> **that/which**（關代／的）<u>**hit me**</u> is a thirty-year-old jalopy.
主詞／先行詞　　　形容詞子句　　　　　　述語

＊以動詞開頭的形容詞子句，依邏輯推理，要補上主詞，因為子句也是句，句子的最重要成分就是「主詞＋動詞」，所以先行詞後面的關係代名詞／媒人 that/which 自然都當 hit 的主詞，當主詞的關係代名詞自然不能省略。省略後就變成 The car hit me is a thirty-year-old jalopy.，可看出 The car 在沒有連接詞的情況下，接了二個動詞 hit/is，所以結構錯誤。

中文：成功屬於**有毅力** 的（關係詞）<u>人</u>。
形容詞子句　　　　先行詞

英文：Success goes/belongs to <u>those/people</u> **who**（關代 / 的）**have perseverance**.
先行詞　　　　　　　形容詞子句

＊先行詞沒有指定哪些特定的人，所以「人」是泛指，可用 those 或 people。

　　以上是老師先給中文句子，讓學生依照法則處理，接下來讓學生自己造英文簡單句，自己演變成形容詞子句：

＊直接用簡單句（simple sentence）演變成形容詞子句：這是最簡單又最有效的學習方式。簡單句的主詞或受詞，必須至少有一個是名詞，因為名詞才能當形容詞子句的先行詞。形容詞子句具有限定、辨認作用，而代名詞身分已確定，因此無須再限定、辨認。以下舉例說明如何運作：

簡單句：**The man** lives in **the old house**.
　　　　　這個人住這間老房子。

本句有**兩個名詞** the man 和 the old house，故有以下**二個**演變成形容詞子句的方式：

1. 把該句的受詞 the old house，調到句首當先行詞，再接關係代名詞 that/which，其他照寫，這時關係代名詞一定當受詞，所以可省略，最後再補足語意，成為完整的句子。補足的部分以粗體字表示：

演變 the old house **(that/which)**（的）**the man lives in**
　　　　這個人住**的**這間老房子

補足 (1) The old house (that/which) the man lives in **was built in 1900**.= The old house <u>in which</u> (*in that*) the man lives **was built in 1900**.（正式用法）
　　　　　這個人住的這間老房子，**建造於 1900 年**。

* 形容詞子句以介詞結尾時，可將介詞調到關係代名詞 which 前，但這是正式用法，有時聽起來會不太自然。因為介詞後要接受詞，所以此時關係代名詞不能省略。which 主、受詞同形。但不能用「介詞 + 關係代名詞 that」，請參考 025 題進階補充 (3)。

> **補足 (2)** **Many people want to visit** the old house (that/which) the man lives in.
> = **Many people want to visit** the old house <u>in which</u> (*in that*) the man lives.
> 很多人都想要參觀這個人住的這間老房子。

2. 用單句的主詞 the man 當先行詞，後面接關係代名詞／媒人 who/that，其他照寫，這時關係代名詞也一定當主詞，所以不可省略。最後再補足語意，補足的部分以粗體字表示：

> **演變** the man **<u>who/that</u>**（的）**<u>lives in the old house</u>**
> 住這間老房子的這個人

> **補足 (1)** The man that/who lives in the old house **rarely talks to his neighbors**.
> 住這間老房子的這個人，**很少跟鄰居交談**。

> **補足 (2)** **I know** the man who/that lives in the old house.
> **我認識**住這間老房子的這個人。

* 關係代名詞 that/who 是形容詞子句動詞 lives 的主詞，故不能省略。把所有的形容詞子句去掉，文句結構依然正確，因為形容詞 (子句) 不是文句必要的要素。以下是更多的參考例子：

> **簡單句** We went into **the house** yesterday.
> 我們昨天進去這間房子。

> **演變** the house (**<u>that/which</u>**)（的）**<u>we went into</u>** yesterday
> 我們昨天進去的這間房子

> **補足 (1)** The house (that/which) we went <u>into</u> yesterday **has been deserted for years**.= The house <u>into which</u> (*into that*) we went yesterday **has been deserted for years**.
> 我們昨天進去的這間房子，**已荒廢多年了**。

> **補足 (2)** **She is hiding in** the house (that/which) we went <u>into</u> yesterday.= **She is hiding in** the house <u>into which</u> (*into that*) we went yesterday.
> **她現在躲在**我們昨天進去的這間房子。

> **簡單句** I talked to you <u>about</u> **a car** yesterday.
> 我昨天跟你談到了一輛汽車。

> **演變** the car (**<u>that/which</u>**)（的）**<u>I talked to you about</u> <u>yesterday</u>**
> 我昨天跟你談到的那輛汽車

補足 (1) The car (that/which) I talked to you **about** yesterday **is a brand-new Porsche**.= The car <u>about which</u> (*about that) I talked to you yesterday **is a brand-new Porsche**.

我昨天跟你談到的那輛汽車**是全新的保時捷**。

補足 (2) **I'll show you** the car (that/which) I talked to you **about** yesterday.= **I'll show you** the car <u>about which</u> (*about that) I talked to you yesterday.

我來讓你看看我昨天跟你談到的那輛汽車。

＊本形容詞子句的 about 很容易遺漏。任何子句的基礎都是單句，單句的基礎若健全，演變成任何形容詞子句都不是問題，這跟先會走路，再學跑步，原則相同。

進階補充

注意以下文句之正誤（請參考 025 題進階補充 (2)）：

1. This is the place where I was born in.（誤）
＊where 是關係副詞，副詞不當（介詞的）受詞，所以介詞 in 是多餘的。

2. This the place which I was born.（誤）
＊which 只能當關係代名詞，故這裡 place 只有名詞性質，在本句中要當介詞 in 的受詞，由原單句 I was born in this place，可看出誤句 born 後面少了介詞 in。

3. This the **place** (that/where) I was born.（正）
＊that 可當關係副詞，而且先行詞 place 具有副詞性質，所以後面接的 that 才能當關係副詞 (= where)，這時關係副詞 that/where 可省略。這是很多人包括老外都弄不清楚為什麼句 3 正確，而句 4 錯誤的原因。

4. This is the house (that/which) I was born.（誤）
＊先行詞 house/city/country 等是純名詞，不具有副詞性質，所以後面接的 that/which 不能當關係副詞，而只能當關係代名詞，可見 born 後面少了 in。

5. This is the house (that/which) I was born **in/in which** I was born.（正）

6. This is the house **where** I was born.（正，最常用）
＊先行詞 house 是純名詞，不具有副詞性質，所以關係副詞 where (= in which) 不能省略。

＊ 形容詞子句有限定與非限定之分 ：限定形容詞子句修飾前面的名詞，對該名詞具有辨認作用，是必要的訊息，不能省略；非限定形容詞子句補述前面的名詞，對該名詞沒有辨認作用，是附加的訊息，可以省略，所以子句前後要有逗號隔開：

A. 限定形容詞子句 ：
→ The astronaut **who/that first set foot on the moon** was Neil Armstrong.
第一位踏上月球的太空人是阿姆斯壯。
→ The new car **(that/which) we bought last week** has been stolen.
我們上週買的新車失竊了。

＊把以上限定形容詞子句去掉，雖然語法仍然正確，但可看出語意不清楚、也不完整。

B. 非限定形容詞子句：

→ Neil Armstrong, **who first stepped on the moon**, lived to the age of 82.
阿姆斯壯是第一位踏上月球的太空人，享年 82 歲。

→ The sun, **which gives us light and heat**, is a fixed star and the center of the solar system.
太陽給我們光和熱，是恆星也是太陽系的中心。

★ 把以上補述用的形容詞子句去掉，不但語法仍然正確，語意也清楚、完整。注意非限定形容詞子句，指人時關係代名詞用 who，指事物時用 which，罕見用 that。有不少文法學者主張先行詞是「人」時，只搭用關係代名詞 who，先行詞是「事物」時，限定形容詞子句只搭用關係代名詞 that，非限定形容詞子句才搭用 which。這個主張有其道理在，因為疑問詞 who 本來就是指「人」，所以 who 優於 that；which 本來是疑問詞，that（那個）本來是指示詞，由 which tie（哪一條領帶）和 that tie（那一條領帶），可看出前者是非限／指定，後者為限／指定。也因為指示詞 that 所具有的「指定，限定」的功能，讓它能夠在限定形容詞子句裡面，扮演替代關係代名詞 who, which 和關係副詞 where, why, when 的雙重角色，可見它具有副詞性質，而非純關係代名詞。請參考 025 題關鍵解說 (3)。

利用學生已經精通的中文文法，輕易跨越學習英文法路上的層層關卡，尤其讓學生自己造單句，自己將單句演變成形容詞子句，也自己應用所學補足需要的語意，無形中激發了學生的創意和想像力，不但讓學生輕而易舉運用英文形容詞子句，也讓學生真正感受學習英文變得靈活、有趣、無負擔、又有效率。

■ 附錄 D 關係代名詞 what 引導名詞子句的另類教學法

用傳統的方法，很多學生都要折騰好久，才能掌控形容詞子句，對於關係代名詞 what 引導的名詞子句，更是頭痛萬分，所以通常老師會先教形容詞子句，因為大家都認為 what 引導的關係子句比較難，但這不是事實的真相，其實在教形容詞子句之前，就教過 what 引導的疑問句了，只要將 what- 問句，轉變成名詞子句，就可形成 **what- 關係子句**，比形容詞子句更簡單，只是師生都沒有察覺而已，以下的例子足以證明：

一 . what 是子句的受詞時：

a. **What** did he **buy** yesterday?
他昨天買了**什麼**（東西）？

→ **what** he **bought** yesterday
他昨天買了什麼（東西）／他昨天所買的東西（名詞子句）

＊把疑問句名詞子句化：子句只有肯定式，因此當然要去掉形成疑問句的過去式助動詞 did，再把 buy 還原為過去式 bought，即成為名詞子句 what he bought yesterday，用來當句子的主詞或受詞。請注意這個子句中文可以有二解：

中文 (1)：我沒有問**他昨天買了什麼**（東西）。
→ I did not ask him **what he bought yesterday**.

＊本句 what 是疑問代名詞。英文把 What did he buy yesterday? 叫做「直接問句」，所以用問號，把 what he bought yesterday 叫做「間接問句」，間接問句就不是問句了，不是問句自然要用「肯定式」，所以用句號，可見中英文完全一致。搭配中文把這些邏輯弄清楚，無須浪費腦部空間，硬塞那些文法術語、或問句轉換成子句的規則。

　　what 當**疑問代名詞**用時，一般定義為「什麼」，其實清楚又完整的定義是「**什麼東西**」，所以 **what 轉用作關係代名詞時，實質定義為「所～的」（東西）**，因為問人家買什麼東西，就是想知道「人家**所買的**東西」，語意的轉換渾然天成，無須死記，**這也是為何 what 前面沒有先行詞（名詞）**，因為 what **已經內含先行詞（名詞）**了，這一點跟關係代名詞 who, that, which 不同，因為 **who, that, which** 沒有實質定義（所以在受詞位置時，可以省略，**what 有實質定義，所以無論在任何位置，都不可省略**），只是對應中文關係詞「**的**」，所以前面要**有先行詞**（名詞），讓它們修飾。這也是關係代名詞 who, that, which 引導的是**形容詞子句**，而關係代名詞 what 引導的是**名詞子句**的原因。請比較以下例子的 what：

中文 (2)：他要讓你看**他昨天所買的東西**。
→ He will show you **<u>what</u> he bought yesterday**.= He will show you **the thing**(s) (that/which) **he bought yesterday**.

＊本句 what 不是疑問代名詞，而是關係代名詞，等於名詞／先行詞 the thing(s) + 關係代名詞 that/which。這是個熱門的考題，要學生選／填 what 或 that/which。把語意邏輯弄清楚，問題自然迎刃而解，這才是根本之道，不是練習題一本又一本的做，那只是浪費時間而已。本文主旨在談關係代名詞 what，所以下面例子裡的 what 都當關係代名詞用。

　　只要**搭配中文**，把關係代名詞 what 定義為「**所～的**（東西）」，就有能力輕易用中文來駕馭英文。例如：我所擁有的 = what I have；你所擁有的 = **what you have**；我所喜歡的 = **what I like**；他所需要的 = **what he needs**；他所說的 = **what he says**；我所喜歡讀的 = **what I like to read**。以下列舉幾個實例，證明運作起來多容易：

　　b. **你所擁有的**都是我的，而**我所擁有的**都是我自己的／**你的**就是我的，而**我的**是我自己的。
　　　→ **What you have** is mine and **what I have** is my own.= **What is yours** is mine and **what is mine** is my own.

c. 不要相信**他所說的**。
　　→ Don't believe **what he says**.

d. 即使你無法擁有**你所喜歡的**，你至少能喜歡**你所擁有的**。
　　→ (Even) if you cannot have **what you like**, you can at least like **what you have**.

e. 買**你所需要的**，不是**你所想要的**。**你所想要的**未必是**你所需要的**。
　　→ Buy **what you need**, not **what you want**. **What you want** is not necessarily **what you need**.

f. 選擇**你所愛的**，然後愛**你所選擇的**。
　　→ Choose **what you love** and then love **what you choose**.

g. 做**你所喜歡的事**叫做自由；喜歡**你所做的事**叫做快樂。
　　→ Doing **what you like** is freedom. Liking **what you do** is happiness. (iNahid)

h. 我只讀**我所喜歡**（讀）**的**／**有趣的**，不是讀**我的老師所期望我讀的**。
　　→ I only read **what I like** (to read)/**what is interesting**, not **what my teacher expects me to read**.

i. **我要你做的事情**，就是去幫我寄這個包裹。
　　→ **What I want you to do** is to mail the package for me.

二. what 是子句的主詞時：

　　關係代名詞 what **當主詞用時**，一般人會認為連高中生都不易掌握，但只要老師平常隨機做語意訓練，又懂得**用疑問句來演變**、輔以**簡單的推理**，即使國中生，也有能力完全理解、應用。同樣的學習要點，有人把它變得很難，有人把它變得很容易，正是所謂戲法人人在變，只是巧拙相去甚遠。以下列舉幾個實例，證明運作起來難變易：

j. **What made her angry?**
　　什麼（事情／原因）使她生氣？→ 使她生氣的（事情／原因）

＊ 問人家「什麼事情／原因使她生氣」，就是想知道「使她生氣的事情 / 原因」，所以當主詞的關係代名詞 what，就可定義為「～的（事情／原因／條件／特質等）」，中文「～的」後面接的名詞由句意決定。問句跟肯定句（S＋V）的結構剛好一樣，所以不必改變詞序，直接使用原來的問句，再補足語意而已，補足部分以畫底線表示。結果本來最難的似乎變成最簡單。請參考以下例句：

中文：**使她生氣的**（事情／原因）就是他的嘲笑和辱罵。
　　→ **What made her angry** was his jeers and taunts.
　Cf：He wants to know **what made her angry**.
　　　他想要知道什麼事情／原因使她生氣／使她生氣的事情／原因。

＊ 像 Cf 句的上下文，名詞子句 what made her angry，中文就可以有二種解釋，前者 what 是疑問詞，後者 what 是關係代名詞。

k. **What surprised him most?**
   什麼（事情）最讓他驚訝？→最讓他驚訝的（事情）

中文：最讓他驚訝的（事情）是她連二加二等於四也不知道。
→ **What surprised him most** was that she didn't even know two plus two is four.
＊雖然有三個子句，好像很難，但搭配中文語意邏輯來運作，一切易如反掌。

l. **What happened next?**
   接下來發生什麼（事情）？→接下來（所）發生的事情

中文：接下來（所）發生的事情最讓他驚訝。
→ **What happened next** surprised him most.

中文：大家對於接下來（所）發生的事情都很驚訝。
→ Everyone was surprised at **what happened next**.

m. **What makes the difference between a leader and a mediocrity?**
   什麼（特質）造成領袖異於庸人？→造成領袖異於庸人的特質

中文：造成領袖異於庸人的特質，就是正直、同理心、創新、先見之明、激
      勵人心、虛心、思辨能力等等。
→ What makes the difference between a leader and a mediocrity is integrity,
   empathy, innovation, vision, inspiration, open-mindedness, critical thinking and
   many others.

n. **What matters most in life?**
   人生最重要的是什麼？→人生最重要的（東西、事情）

中文：人生最重要的（東西、事情）就是良好的價值觀。
→ **What matters most in life** is good values.

三.what 是子句的主詞補語時：what 意指「人或事物的整個內涵、本質」：
   o. 今天的生活方式跟一百年前的（生活方式）不同了。
      → The way of life today is different from **what it was** a hundred years ago.
   p. 事情未必是**表面上看起來那樣**／事情未必表裡如一。
      → Things are not always **what they seem**.
   q. 一個人的價值在於**他的人品**，不在於**他的財富**。
      → A man's worth lies in **what he is**, not in **what he has**.
   r. 他不是**以前的他**了。
      → He is not **what he used to be**. = He is not **the person** (that) **he used to be**.
   s. 我父母促成**今天的我**。
      → My parents have made me **what I am today**.= My parents have made me
         the person (that) **I am today**.

t. **你有什麼思想**，你就是什麼樣的人，不是你認為**你是什麼樣的人**，你就是什麼樣的人。

　　→ You are **what you think**. You are not what you think **you are**.

＊第一個 think 是「思想」，第二個 think 是「認為」。

■ 附錄 E 以字母 o 結尾的名詞，複數形是加 -s，還是加 -es?

　　這個問題的確造成困擾，尤其英語詞源複雜，即使詞源相同的名詞，複數形也未必一致。平時還可以查字典，考試時怎麼辦？如果一一背誦，除非天賦凜異，過目不忘，否則還沒背熟記牢，恐怕先腦中風了！以下提出幾個原則，供大家參考，增加理解，盡可能減少記憶：

一. 名詞任何形式的縮簡字，其複數形「只能接 -s」，因為「縮簡」的目的在「簡便」，-s 比 -es 簡便，如：app（應用程式／軟體）= application; auto（汽車）= automobile; cello ['tʃɛlo]（大提琴）= violoncello; hippo（河馬）= hippopotamus; homo（同性戀者）= a homosexual person; kilo（公斤）= kilogram; KO（擊倒對手）= knockout; limo（豪華轎車）= limousine; loco（火車頭）= locomotive; logo（標記，圖案），縮簡自 logotype; memo（備忘錄）= memorandum; photo（照片）= photograph; piano（鋼琴），縮簡自義大利文 pianoforte; TKO [ˌtiˌke ˊo]（技術擊倒），縮簡自 technical knockout; rhino（犀牛）= rhinoceros; typo（排印錯誤），縮減自 typographical error。

二. 英文名詞字尾已有連續二個母音字母，則「只能接 -s」。其實動詞的曲折變化原則也一樣，不必死記規則，如：bamboo（竹子）; bureau（局，處）; boo-boo（哇哇哭泣聲）; coo（咕咕聲）; cuckoo（杜鵑）; embryo（胚胎）; igloo（雪屋）; kangaroo（袋鼠）; loo（抽水馬桶）; moo（哞哞的叫聲）; radio（收音機）; ratio（比率）; studio（工作室）; taboo（禁忌）; tatoo（刺青）; video（錄影（帶））; zoo（動物園）等。動詞 study → studies，但 say [se] → says [sɛz]; play → plays 等，因為 -ay 視為雙母音字母。

三. 以下單字的複數形只能接 -s：名詞 do（用於 dos and don'ts 片語中，意即「該做和不該做的事情（things one should and should not do）」）; Eskimo（愛斯基摩人）; kimono（日本和服）; placebo（安慰劑）; pomelo（文旦）; portfolio（資料夾）; scenario（腳本）; solo（獨奏曲）; pro（贊成者，專家）; taco（墨西哥夾餅）; tempo（步調）; yoyo（溜溜球）等。

四. 剩下眾多的單字，有的可接 -s 或 -es，有的只能接 -es，若要記個分明，恐怕不累死也剩半條命：banjo(e)s（班卓琴）; buffalo(e)s（水牛）; cargo(e)s（貨物）; domino(e)s; embargo**es**（禁運）; echo**es**（回音，共鳴）; hero**es**（英雄）; hobo(e)s（流浪漢）; jingo**es**（盲目愛國主義者）; mango(e)s（芒果）;

mosquito(e)s（蚊子）; motto(e)s（座右銘）; no(e)s（否定）; Negroes（黑人）; portico(e)s（門廊）; potatoes（馬鈴薯）; tobacco(e)s（菸草）; tomatoes（蕃茄）; tornado(e)s（龍捲風）; torpedoes（魚雷）; tuxedo(e)s（小禮服）; vetoes（否決）; vino(e)s（廉價的葡萄酒）; volcano(e)s（火山）; wino(e)s（酒鬼）; zero(e)s（零）等。

＊ jingo [ˋdʒɪŋˏgo] 讀音像「軍國」，jingoism 讀音像「軍國主義」。embargo（禁運）：em- = im- = in-（進入），bar = 柵欄／阻擋／禁止，go = 出入，原意為「禁止商船出入港口」。

五．由以上的說明與歸納，可看出只能接 -es 的常用字才九個，其他的接 -s 就行，所以我們把焦點放在這九條好漢上，既省時又省力，若再組成有意義的口訣，或許只要 6 分鐘，就能解決這個難纏的問題，真正達到「**6 分鐘護一生**」的最高境界：

＊**九條好漢**：共鳴 **echo**; 禁運 **embargo**; 英雄 **hero**; 盲目的愛國主義者 **jingo**; 黑人 **Negro**; 馬鈴薯 **potato**; 蕃茄 **tomato**; 魚雷 **torpedo**; 否決 **veto**。

＊**口訣**：有一位盲目的**愛國主義者 jingo**，提議以**魚雷 torpedo** 來**禁運 embargo 馬鈴薯 potato** 和**蕃茄 tomato**，無奈乏人**共鳴 echo**，而慘遭**否決 veto**，最終只能嘆**英雄 hero** 氣短了。（至於 Negro（黑人），這是舊式用語，有時帶有冒犯之意，宜用 African-American（非裔美國人（的）））。

■ 附錄 F 英文字母 o 與單字 to 和 do 的玄妙

一．字母 o 的玄妙：

A. 字母 o 狀如圓圈、中空。舉臉部五官為例，最重要且攸關生死的二個器官就是鼻和嘴，英文分別是 nose 和 mouth，裡面都有 o。鼻不中空，如何吸氣入肺，嘴不中空，無法進食入胃，也無法代鼻行呼吸。學瑜珈的人都會練習以下的呼吸動作：

→ Inhale through the **nose** and exhale through the **mouth**.
鼻吸嘴吐。

B. 字母 o 也狀似輪子，意象為「**動**」。介詞以「**持續性動態介詞**」to, into, onto, toward, through, across, round/around 等，和「**瞬間動態介詞**」off, from, out of 為代表，裡面都有字母 o。「**靜態介詞**」如 in, on, at, by, near, under 等，其中 on 也有 o，但**靜態介詞或瞬間動態介詞，都不可能以字母 o 結尾**。

二．to 的玄妙：

A. 觀察 to 的構造，像一個人推著輪子往前走。往前走有二層含意：空間上往前面的目標邁進，這時 to 是**動態介詞**；時間上往未來的動作前進，這時 to 是**不定詞**。以下舉例說明：

→ I'm going │ **to the beach**.
　我要去海灘。（「到達海灘」的時間在 **going** 之後的未來）
→ I promise │ **to help** you. 我保證幫助你。
　（「幫助」的時間發生在主動詞 **promise** 之後的未來）

所以發生在主動詞後面的動作，才用不定詞（**to-V**），否則用（**V-ing**）。從
這二個例子我們也可看出時空一致。請比較以下二句：
→ He admitted **robbing** the bank.
　他**承認搶劫**銀行。（搶劫發生在承認之前）
→ He intended **to rob** the bank.
　他**打算搶劫**銀行。（搶劫發生在打算之後，也可能不會發生）

有關動詞後面接動名詞或不定詞，請參考 007 和 171。

B. 但 V + (O +) to-V 的 to-V 未必都表示未來。沒有外擴驅動力的動詞，
如 appear（好像，似乎），assume（以為，假定），believe, deem（認為），
imagine（想像），know（知道，確定），look（看起來），prove（證明是），
seem, suppose（認為），think（認為）等，**這類動詞後面的 to-V，當主詞補語
或受詞補語。簡單式的 to-V 發生的時間跟主要動詞「同時」，完成式的 to-V
發生的時間在主要動詞「之前」，**如以下例子：
→ They **appear/look/seem to be** in perfect health.
　他們似乎／看起來／似乎非常健康。
　= It **appears/looks/seems** as if they **are** in perfect health.
→ She **assumes/believes/deems/imagines/thinks/supposes** herself **to be** very
　charming.
　她以為／相信／認為／想像／認為／認為自己很有魅力。
→ I **know** him **to be** (*become*) an honest man.
　我知道他是老實人。（to be 和 know 同時）
　= I **know** that he **is** (*becomes*) an honest man.
Cf：I **expect** him **to become** an honest man.（to become 發生在 expect 之後）
　我期望他成為老實人。
　= I **expect** that he **will become** an honest man.
→ He **was** charged with buying the sports car, **knowing** it **to have been** stolen/
　knowing that it had been stolen.
　他被控購買這輛跑車，因為他知道那是偷來的／那是贓車。（偷車的時間比
　知道還早，所以用完成式不定詞 to have been）
　= He **was** charged with buying the sports car because he **knew** that it **had been**
　　stolen.
→ They **appear/seem to have become** more confident in themselves.
　他們好像／好像變得更有自信了。（變成的時間比 appear/seem 早，所以用完
　成式不定詞 to have become）
　= It **appears/seems** that they **have become** more confident in themselves.

C. 具有「移動性」的動詞，才會緊接動態介詞 to，如 crawl/go/run/rush/walk **to** the sofa。「非移動性」的動詞，如 lie（躺著）/sit/sleep/stand/stay，不可能緊接 to，而要接靜態介詞 on，説成 lie/sit/sleep/stand/stay **on** the sofa。所以「到達台北」要説 get **to** Taipei 或 arrive **in** Taipei，這是因為 get 是「移動性」動詞，意含 move/travel，故搭配「動態」介詞 to，而 arrive（到達）是「非移動性」動詞，所以搭配「靜態」介詞 in。*arrive to Taipei* 邏輯不通。

三. do 的玄妙：

A. 英文含有 **be 動詞** am, is, are，和**助動詞** can（會）, may（可以）, must（必須）, should（應該）等的句子，形成疑問句時，只須要將 be 動詞和助動詞置於主詞前面即可。如以下例子：

→ Watching TV **is** fun.（肯定句）
　看電視很好玩。
　Is watching TV fun?（疑問句）
　Yes, it **is**.（回答句）
→ He **can** swim.（肯定句）
　他會游泳。
　Can he swim?（疑問句）
　Yes, he **can**.（回答句）

B. 但含有一般動詞 know（懂，知道）, understand（了解，懂）, like（喜歡）, walk（走路）, read（讀）, write（寫）等，形成疑問句時，不能將這類動詞，置於主詞前，**以下三句的問句形成方式錯誤：**

→ You **walk** to school.（肯定句）
　你走路上學。
　***Walk** *you to school*?（疑問句）
　Yes, I* **walk.（回答句）
→ You **know** English.（肯定句）
　你懂英文。
　***Know** *you English*?（疑問句）
　Yes, I* **know.（回答句）

　　在疑問句中，置於主詞前面的字必須是**虛詞**（function words），如 be 動詞、助動詞，不可以是**實詞**（content words），如 know, walk 等，那麼句中本動詞是實詞時，要借用哪個動詞來當作虛詞／一般助動詞，置於主詞前，形成問句。置於主詞前的虛詞，必須是最短的單音節動詞。老師不宜直接給學生答案，好讓學生啟動「心智鍛鍊（mental exercise）」，這是最有效的教學程序。

　　答案是非「do」莫屬，因為寫 d 先寫 c，始於動，再一畫垂直下來，終於靜。d 狀似彌勒佛，穩如泰山，其意象為**「靜」**，o 狀如輪子，其意象為**「動」**，這等於説 do 代表了所有「動態動詞（如 walk）和靜態動詞（如

know，be 動詞除外）」。do/does 當實詞用時，定義為「**做**」，當虛詞／助動詞用時，沒有定義，只有文法作用。上面二個誤句要改為：

→ You **walk** to school.（肯定句）
你走路上學。
Do you walk **to school**?（疑問句）
Yes, I **do** (= **walk to school**).（回答句，**do 代表動態動詞 walk**）
→ You **know** English.（肯定句）
你懂英文。
Do you know English?（疑問句）
Yes, I **do** (= **know English**).（回答句，**do 代表靜態動詞 know**）

　　文法書和教學過程，都直接說句中有一般動詞，造問句時要用助動詞 do/does 置於主詞前，但學生莫名所以，只好照背，造成不少學生被卡住。其實只要帶領學生觀察、理解，學來不但易如反掌，還能欣賞英文句法設計之巧妙。

■ 附錄 G 形容詞後面接的不定詞，表達那些意含？

　　這裡要談的是很少人談過的「**be + Adj + to-V**」的結構，**其中 Adj 的「定義」**不同，一樣會造成句意性質不同，不須要死記。以下分項舉例說明：

一. 定義上具有驅動力（driving force）**的形容詞** anxious（渴望的），afraid（不敢的），certain（一定會～的），determined（決心要～的），dying（非常渴望的），eager（渴望的），happy（樂意的），impatient（迫不及待的），inclined（想要～的），(un)likely（（不）可能會～的），longing（渴望的），ready（樂意的），reluctant（不情願的），resolved（決心要～的），scared（感到害怕的），sure（一定會～的），(un)willing（（不）願意的）等。**這類形容詞有能力驅動主詞去做後面的 to-V，故 to-V 時間發生在主要動詞 be 之後**，如以下例子：

主詞	動詞（現在）	形容詞	→→→不定詞 to-V（未來）
He 他	is	**certain/sure/likely** 一定會／一定會 / 可能會	**to live** to (be) a hundred. 活到一百歲。
She 她	is	determined/resolved 決心要／決心要	**to overcome** her fear of heights. 克服懼高症。

| He 他 | is | **happy/ready/ willing**
很樂意／樂意／願意 | **to help out** anyone who needs help.
去幫助需要幫助的人。 |
| She 她 | is | **afraid/scared**
不敢／不敢 | **to jump** into the water.
跳進水裡。 |

Cf：He **is sure of living** to be a hundred years old.
　　他自信能活到一百歲。
　= He **believes that he can live** to be a hundred years old.
　　他相信他能活到一百歲。
＊本句 sure 不是定義為「一定會～的」，而是定義為「相信的」，是具有動詞
（believe）含意的形容詞，不具外擴驅動力，所以接 of + V-ing，不接 to-V。

二. 定義上沒有外擴驅動力的形容詞：beautiful, (un)comfortable, convenient, handy（方便的）, difficult, easy, hard（困難的）, impossible, perfect, ready（準備好的）, (un)pleasant, tough（困難的）, ugly 等，**這類形容沒有能力驅使主詞去做 to-V 的動作，所以主詞變成 to-V 的受詞，形成形式上主動，語意上被動的句型，所以 to-V 的 V 必須是及物動詞，如果是不及物動詞，後面要加上介詞**，如以下例子：

→ Besides **being beautiful to look at,** trees also remove carbon dioxide from the air.
　樹木除了看起來漂亮之外，還會除去空氣中的二氧化碳。
→ The emergency kit **is convenient/handy to carry** and **easy to assemble and use**.
　這個急救箱攜帶方便，組裝、使用也很容易。
→ The problem **is difficult/hard/tough/impossible to solve**.
　這個問題很難／很難／很難／不可能（被）解決。
→ Steel benches **are uncomfortable to sit <u>on</u>** in the summer.
　鋼製的長椅夏天坐來不舒服。
→ This song **is perfect/pleasant to listen to**.
　這首歌聽起來很棒／心情舒暢。

三. 跟心理狀態、情緒有關，多數由及物動詞轉成的沒有外擴驅動力的形容詞：amazed（感到驚奇的）, annoyed（感到生氣的）, delighted（感到高興的）, disappointed（感到失望的）, excited（感到興奮的）, glad, happy（高興的）, satisfied（感到滿意的）, surprised（感到驚訝的）等。**這類形容詞沒有能力驅動主詞去做後面的 to-V，故 to-V 發生的時間跟主要動詞 be「同時」，不可能在主要動詞 be 之後。不定詞 to 主要在避免雙動詞**，如以下例子：

→ They **were amazed to discover that their grandmother had been a professional** dancer.
他們發現祖母當過職業舞者時很驚奇。

→ She **was annoyed to find** that he had been lying to her.
她發現他一直在騙她時很生氣。

→ I **am delighted/excited/glad/happy to hear** the news of your promotion.
我聽到你升遷的消息時很高興／興奮／高興／高興。

→ We **were disappointed/surprised to learn** that you could not come.
我們得知你不能來時，都很失望／覺得很意外。

→ I **am satisfied to do** this sort of work.
我做這種工作很滿意。

　　把學習建立在堅若磐石的「語意」基礎上，很多學習要點瞬間就可解決，不必牽涉記憶，無奈教學基因遺傳，導致我們捨此不由，堅持繼續折磨、折損。古云：「取法乎上，僅得其中；取法乎中，僅得其下；取法乎下，則無所得矣」，這用在精進教與學的方法上，最是發人深省。

語研力 **E068**

超越英文法：
大量應用語意邏輯策略，以500則錯誤例示，心智鍛鍊英文認知能力，一掃學習迷思！

以貼近「認知教學」理念，達「親理解遠記憶」目的。

作　　者	黃宋賢
顧　　問	曾文旭
出版總監	陳逸祺、耿文國
主　　編	陳蕙芳
執行編輯	翁芯俐
內文排版	李依靜
封面設計	陳逸祺
法律顧問	北辰著作權事務所

印　　製	世和印製企業有限公司
初　　版	2022 年 06 月
出　　版	凱信企業集團 - 凱信企業管理顧問有限公司
電　　話	（02）2773-6566
傳　　真	（02）2778-1033
地　　址	106 台北市大安區忠孝東路四段 218 之 4 號 12 樓
信　　箱	kaihsinbooks@gmail.com

定　　價	新台幣 420 元 / 港幣 140 元
產品內容	1 書

總 經 銷	采舍國際有限公司
地　　址	235 新北市中和區中山路二段 366 巷 10 號 3 樓
電　　話	（02）8245-8786
傳　　真	（02）8245-8718

**本書如有缺頁、破損或倒裝，
請寄回凱信企管更換。**
106 台北市大安區忠孝東路四段250號11樓之1
編輯部收

【版權所有　翻印必究】

國家圖書館出版品預行編目資料

超越英文法：大量應用語意邏輯策略，以500則錯
誤例示，心智鍛鍊英文認知能力，一掃學習迷思／
黃宋賢著. – 初版. – 臺北市：凱信企業集團凱信企
業管理顧問有限公司, 2022.06
　面；　公分
ISBN 978-626-7097-17-5(平裝)

1.CST: 英語 2.CST: 語法

805.16　　　　　　　　　　　　　111006985